KB251839

상복이
어울리는 여자

상복이 어울리는 여자

초판 1쇄 찍은 날 § 2004년 10월 19일
초판 1쇄 펴낸 날 § 2004년 10월 29일

지은이 § 유다은
펴낸이 § 서경석

편집장 § 문혜영
편집 및 디자인 § 이종민
마케팅 § 정필 · 강양원 · 이선구 · 김규진 · 홍현경

펴낸곳 § 도서출판 청어람
등록번호 § 제1081-1-89호
등록일자 § 1999. 5. 31
어람번호 § 제5-0028호

주소 § 경기도 부천시 원미구 심곡1동 350-1 남성B/D 3F (우) 420-011
전화 § 032-656-4452 팩스 § 032-656-4453
http://www.chungeoram.com
E-mail § eoram99@chollian.net

ISBN 89-5831-286-6 03810

Chungeoram romance novel

상복이
어울리는 여자

유다은 지음

도서출판
청어람

목차

프롤로그

따사로운 햇살이 한옥집 너른 마당을 가득 채우고 있었다. 봄볕에 나무들은 새싹을 틔우고 꽃들은 꽃망울 터뜨릴 준비를 했다. 제주도에서부터 올라온 꽃 소식은 일주일만 있으면 서울에 도착할 거라고 한다.

혜승은 툇마루에 앉아 봄볕을 쬐며 막 싹틔우기 시작한 개나리와 철쭉을 바라보고 있었다. 따뜻한 봄볕이 얼굴에 닿는 느낌이 너무 좋았다. 지은 지 칠십 년이 넘는 한옥집은 겨울에는 온몸이 움츠러들도록 춥지만 봄으로 넘어가는 이 계절만큼 운치있고 아름다웠다. 햇빛이 대문을 넘어 마당으로, 그리고 장지문을 지나 방 안으로 들어오면 미세한 먼지들의 움직임마저 꽃잎이 바람에 흔들리는 듯 보였다. 모든 생명이 깨어나는 계절 봄. 어쩌면 봄은 모진 겨울을 견뎌냈기 때문에 더 아름다운지도 모른다.

마침 재래식 부엌에서 나오던 충주댁은 툇마루에 앉아 있던 혜승을 보고는 피식 웃었다.

"이제는 좀 살 만한가 보네, 밖에도 나와 앉아 있고?"

혜승은 충주댁을 보고 멋쩍어 살짝 얼굴을 붉혔다.

"네. 이제 겨울은 다 갔는지 햇볕이 정말 따뜻해요."

"혜승 학생은 그렇게 추위를 잘 타면서 이 오래된 한옥에서 견디는 거 보면 용해. 이 참에 사장님께 집 좀 고쳐 달라고 말씀드려 봐."

충주댁은 혜승이 그런 말을 하지 않을 거라는 걸 알면서도, 아니, 설혹 혜승이 말을 꺼낸다 할지라도 혜승의 아버지가 집을 고치지 않을 거라는 걸 알면서 괜스레 한번 말을 꺼냈다. 이 오래된 한옥집은 안성 '한' 씨의 종가집으로 삼백 년이 넘는 한씨 가문의 중심에 있다. 일제시대에 혜승의 증조할아버지께서 독립운동을 했다는 이유로 일본군에 의해 불태워지고 토지수탈을 당한 종가집을 후손들이 독립 후 서울에다 다시 지은 것으로 비록 원래의 종가집은 아니지만, 칠십여 년을 한씨 가문의 중심으로써 그 역할을 충실히 하고 있었다.

이 집은 혜승의 아버지가 무척 아끼고 소중히 여기는 집이었다.

여기에는 약간의 사정이 있는데, 아버지가 어릴 때 이 집을 잃은 적이 있었다. 단순히 집을 잃은 것이 아니라 종가집을 잃은 것이었고, 아버지는 이것을 한씨 문중의 수치로 여겼다. 집을 되찾기 위한 각고의 노력 끝에 집을 다시 찾았고, 그 후 될 수 있는 대로 집의 원형을 건드리지 않으려고 노력했다. 덕분에 콘크리트 건물들이 빼곡한 동네에서 유일한 한옥이었다.

집 고치는 것을 꺼리시던 아버지의 고집을 꺾은 것은 몇 년 전 어머니가 관절염 진단을 받으면서였다. 한겨울 찬 바깥에서 일하셔야 할 어머니를 생각하셔서 어렵게 욕실과 신식 주방을 집 안에 들이는 공사를 할 결단을 내리신 것이었다. 물론 재래식 부엌과 우물은 그대로 남겨두고 집의 원형을 거의 건드리지 않는다는 조건을 달고서 말이다.

"아빠가 허락하실 리 없지요. 욕실과 주방도 겨우 만든 거 다 아시면서 그런 말씀을 하세요? 아마 무너지기 전에는 안 고치실걸요? 워낙 튼튼하고 관리를 잘해서 쉽게 무너지지도 않을 테지만 말이에요."

"하긴 사장님 집에 대한 애착이야 유별나시지……."

충주댁의 말에 혜승은 집을 쭉 훑어봤다.

"이상하죠, 아줌마. 어릴 때는 이 집이 낡고 불편해서 정말 싫었는데요, 이제는 모르겠어요. 내가 이 집을 싫어하는 건지, 좋아하는 건지. 겨울에 창호지 발라진 문틈으로 들어오는 바람도 싫고요. 아침에 신발 신으려고 발을 신발 안에 넣으면 차가운 신발에 소스라치게 놀라는 것도 싫은데 오늘 같은 날은 집이 정겹게 느껴지기도 해요."

"혜승 학생도 어른이 돼간다는 증거지."

"그래도 종가집 일은 여전히 싫어요. 일 년에 스물두 번이나 지내는 제사도 정말 익숙해지지 않고요. 들고 날 때마다 방문 밖에서 절하는 것도 싫고, 제가 딸이라 대가 끊긴다고 양자를 들이라는 목소리 높이는 집안 어른들도 마찬가지고요. 오실 때마다 어머니께 얼마나 독촉을 하는데요, 자손을 못 봤으면 양자라도 들여서 대를 이어야지 종부로서 대체 뭐 하는 거냐고. 양자를 들이기 싫어하는 건 아버지라고 아무리 말해도 꼭 어머니께 닦달들을 하시잖아요."

"사모님께서 그 일로 힘들어하시지……. 죄인이라 그러시고……."

혜승의 어머니는 이십칠 년 전에 안성 한씨 집안에 종부로 들어와 시집온 지 오 년 만에 난산 끝에 첫 딸인 혜승을 낳고 더 이상 아이를 가질 수 없었다. 이십칠 년 동안 종가집 종부로서 그 몫을 훌륭히 해냈음에도 불구하고 아들을 낳지 못해 죄인인 양 살아왔다.

두 분은 그 옛날에 연애결혼을 하실 정도로 서로 사랑하셨고, 혜승의 아버지는 양자를 들이자는 문중의 거센 압력에도 물러서지 않았다. 혜승을 시집보내고 나서 지손들 중 출중한 인물을 양자로 삼아 종가집과 종가 재산을 물려주겠노라고 문중 어른들을 설득했다.

"어른들께는 엄마가 이십칠 년간 종부 일 열심히 해내신 건 안 보이시고, 아들 못 낳으신 것만 보이나 봐요."

"사모님께서 자꾸 양자를 들이자고 사장님을 설득하시는 것 같던데……."

"아빠는 저 시집갈 때까지 기다리신다고 하셨는걸요. 요즘에는 차라리 저 어렸을 때 양자를 들이는 것이 더 낫지 않았을까 해요. 다 큰 어른을, 그것도 남의 집 식구로 몇십 년을 살던 사람을 가족으로 받아들이기가 쉬울까 싶어서요. 더군다나 문중 어른들이 추천한 사람이 안국동 재종백숙부 어르신 둘째아들이라니……."

"가만있자…… 그 집 둘째가 혜승 학생보다 몇 살이나 위지?"

"저보다 네 살 위예요."

"이런 말, 내가 하기는 뭣하지만 난 그 어른 영 믿음이 안 가더라고. 늘 오셔서는 종손으로의 의무니 접빈객으로서의 의무니 하며 어려운 일만 있으면 사장님께 찾아와서 아쉬운 소리만 하고 가시잖아."

보는 눈은 다 거기서 거긴가 보다. 혜승 자신도 안국동 어르신을 좋지 않게 생각하던 터라 충주댁의 말을 반박하지 못했다. 은근히 욕심 많고 대접만 받으려고 하는 그 어른은 미덥지 않은 면이 있었다. 대를 잇기 위해 양자를 들인다면 그걸 이해 못할 것도 아니지만 하필이면 그 어른의 아들인 것도 영 개운치 않고, 자기보다 나이가 많은 것도 걸렸다. 어른들은 아주 모르는 남보다야 그나마 가까운 친척이니 서먹서먹하지는 않을 거라고 하지만 그건 탐욕스런 그 집 식구들을 모르고 하는 말이다.

"저도 맘에 차진 않지만 문중 어른들이 그쪽을 강력하게 추천하고 있는 실정이라서…… . 결정은 아빠가 하실 일이고, 제가 시집간 다음에 들인다니 아직 멀었는데요 뭐. 그 집 사람 들어오는 것 맘에 안 드는데 시집가지 말고 그냥 부모님이랑 같이 살까요?"

"예끼, 그런 말 말아, 나이 차서 시집 안 가는 것도 불효야."

"후후후, 그냥 해본 말이에요. 제가 시집을 안 가긴 왜 안 가요? 대한민국에서 제일 멋진 남자 만나서 결혼할 건데요. 단, 결혼하기 전에 종손인지는 반드시 물어봐야지!"

"왜? 종손이면 시집 안 가게?"

"그럼요. 제가 어머니 어떻게 사시는지 봤는데 종손에게 시집가고 싶겠어요? 아무리 멋진 남자도 종손이면 퇴자예요. 하하하."

혜승은 크게 한번 웃고는 우울한 기분을 날려 보내려 했다.

"아줌마, 우리 점심으로 국수 삶아 먹을까요? 기분이 처질 때는 매콤한 게 최고라는데…… . 비빔국수 먹고 기분 전환이나 해요."

"그럴까? 사장님, 사모님도 안 계신데 간단하게 국수나 먹을까?"

"네. 제가 장독에 가서 고추장 가지고 올게요."

혜승의 아버지는 해마다 봄, 가을이면 들어오는 주례 부탁을 거절하지 못하시고 휴일이면 결혼식장을 찾아다니셨는데, 올해도 예외는 아니어서 어머니와 같이 오후 한 시 예식이라며 시간 맞춰 나가셨다.

종손의 행동거지 하나가 그 집안의 명성을 결정하는 만큼 손님이 오면 늘 반갑게 맞아 대접해야 하고, 배웅할 때는 대문 밖까지 나와서 해야 하며, 지손들의 큰일에는 반드시 참석하여 자리를 빛내야 한다. 귀찮을 법도 한데 혜승의 아버지는 싫은 내색 한번 없이 묵묵히 그 의무를 다했다.

장독에서 고추장을 퍼 온 혜승은 주방으로 들어가 충주댁에게 건넸다. 충주댁은 벌써 국수 삶을 물을 올려놓고 고명으로 얹을 오이며 무를 양념하고 있었다.

"아줌마, 여기 고추장이요. 벌써 물 올려놓으셨네요."

"거기 놔둬."

"이거 보니까 잔치국수 생각난다. 멸치 국물 내서 말아 먹으면 맛있을 텐데……. 오늘 결혼식에서 두 분은 드시고 오시겠죠?"

"어디 요새 국수들 하나? 갈비탕 아니면 뷔페 그렇지 뭐. 어떤 사람들은 호텔에서 양식으로 한다면서? 한국 사람에겐 한국 음식이 최고지. 누가 호텔서 하는 예식 갔다 와서 입만 버렸다고 하드라고."

"그런가? 국수 하는 데 없을까요?"

"글쎄, 아마 거의 없을 거야."

"아쉽네요. 결혼식에는 잔치국수가 제격인데."

"요새 결혼이 큰일인감? 여전에는 누구네 잔치 있으면 동네 사람들 다같이 몰려가서 며칠을 음식 만들었지. 만드는 음식 틈틈이 먹으며 신랑 신부 잘살기를 기원하고, 뭐 약간 흥도 보고 하면서. 인심도 좋아서 어느 마을에 잔치 있다 하면 다른 마을 거지도 몰려왔어. 그래도 다 배불리 먹여 보냈지. 요즘에는 허례허식이라고 못하게 하지만 그게 다 사람 사는 정이여. 요새는 축의금 봉투 내민 사람만 표딱지 한 장씩 주면서 밥 먹으라고 한다면서? 삭막한 세상이야! 기쁜 날 찾아오는 손님 밥 한 그릇 먹여 보내는 게 뭐 어려운 일이라고 그러는지……. 쯧쯧쯧."

"훗훗훗, 아줌마 말씀이 옳아요. 요즘 사람들이 정이 없긴 하죠."

혜승은 충주댁의 말에 맞장구를 치며 웃었다.

"내가 할 테니까 들어가 있어."

"아니에요. 저도 도울게요. 물 끓는다. 제가 국수 집어넣을게요."

혜승과 충주댁은 매운 양념을 한 비빔국수를 맛있게 먹었다.

이상한 일이다.

저녁때가 다 되도록 아무런 연락도 없이 부모님이 오시질 않고 있다. 벌써 예식이 끝났을 텐데……. 오랜만에 반가운 분이라도 만나셨나? 그래도 그렇지…… 휴일이면 집에서 조용히 책을 읽으시거나 서예를 즐기시는 아버지께서 이렇게 늦으실 리가 없는데……. 볼일이 있으시면 어머니는 먼저 집으로 보내셨을 텐데, 두 분 모두 늦으시기는 처음이라 혜승은 괜스레 가슴이 두근거리기 시작했다. 꼭 무슨 큰일이 일어날 것만 같았다. 초조하게 부모님을 기다리던 혜승은 참지 못하고 부모님께 전화를 할 요량으로 전화기가 있는 곳으로 갔다.

그때 불길하게 전화벨이 울렸다. 전화기 쪽으로 가던 혜승의 발걸음이 딱 멈췄다. 왠지 전화를 받아서는 안 될 것 같았다.

혜승이 전화를 받지 않자 충주댁이 주방에서 나와 혜승을 힐끗 보고는 전화기 쪽으로 다가갔다.

"네, 명륜동입니다. 네. ……네? 그게 무슨……!"

전화를 받던 충주댁의 목소리가 한순간 높아졌다가 다시 가라앉았다.

"……네? 무슨 병원이라고요?"

'병원!'

전화에 대고 충주댁이 병원이라고 한 순간 혜승의 머리는 하얘졌다. 두근거리던 가슴이 쿵쾅거리기 시작했다. 충주댁이 전화를 끊고 혜승을 쳐다봤다. 눈에는 눈물이 맺혀 있고 얼굴은 딱딱하게 굳어 있었다.

"……혜승 학생, 어떻게 해? 어쩌면 좋아? 이 일을 어쩌면 좋아? 흑흑흑……."

급기야 아줌마는 흐느끼기 시작했다.

"……아줌마, 무슨 일이에요? 네? 무슨 전화냐고요?"

혜승의 목소리는 점점 높아져 급기야 비명 소리에 가까울 정도로 올라갔다.

"사장님하고 사모님이…… 흑흑흑. 두 분이 탄 차가…… 교통사고가 나서…… 흑흑흑…… 돌아가셨대."

충주댁은 마지막 말을 겨우 내뱉었다.

혜승은 시간의 흐름이 느려지는 것처럼 충주댁의 말도 천천히 자신의 귀에 들어오는 것만 같았다. 그러나 분명히 교통사고라고…… 돌아가셨다고…… 했다. 충주댁의 마지막 말이 귀에 들어오는 순간 눈앞이 캄캄해지며 정신을 잃었다.

1

신라병원 지하 삼층에 있는 장례식장에는 문상객이 줄을 지어 문상을 오고 있었다. 그러나 이상하게도 부의금을 내미는 사람은 보이지 않았다. 한씨 가문의 전통은 부의금을 받지 않고 오히려 문상객에게 교통비를 지급한다. 문상객은 방명록에 이름과 주소, 방문한 시간을 적으면 거리에 따라 교통비를 받는다.

혜승은 하얀 상복을 입고 상주 자리에서 곡을 하고 문상객을 맞았다. 아직까지도 꿈만 같았다.

어제 기절한 혜승을 충주댁이 병원으로 옮겼다. 그녀는 깨어나 바로 부모님께 가겠다며 일어서는 혜승을 겨우 진정시키고, 의사의 허락을 받은 다음 영안실로 데려갔다.

혜승은 부모님을 보자마자 오열했다. 사고로 갑자기 돌아가신 것이 기가 막혔고, 임종도 지키지 못했다는 죄책감이 혜승을 덮쳤다.

사람들이 우는 혜승을 밖으로 끌어냈다. 영안실 밖으로 이끌려 나와 지칠 때까지 울자 눈물이 마르고 현실감이 없어졌다. 자신이 어디에 있는지도 모르겠고, 부모님이 돌아가신 것도 마치 꿈만 같아서 아무런 느낌도 없었다. 머리가 텅 비고, 감정도 사라지고, 그저 기계적으로 움직일 뿐이었다.

염을 한 후 상복을 입고 문중에 전화를 해 부모님의 사고 소식을 전했다. 하루가 지났지만 먹지도 자지도 못하고 빈소 앞을 지키며 서 있었다.

혜승의 옆으로는 양자 말이 오가던 안국동 어르신의 둘째가 아들인 양 서 있었고, 그 어른은 손님을 맞고 있었다. 허깨비마냥 서 있는 혜승과 분주히 움직이며 생기가 넘치는 그 어른과 그 어른 둘째아들이 묘한 대조를 이루고 있었다.

문상객에게 음식을 나르던 충주댁이 문상객이 뜸한 틈을 타서 혜승에게 다가왔다.

"혜승 학생, 뭐라도 좀 먹어야지. 이러다가 혜승 학생마저 쓰러지겠어."

"……."

충주댁의 말을 들었는지 못 들었는지 혜승은 아무런 대꾸도 없이 멍하니 빈소만 지키고 있었다.

"혜승 학생이 이러는 거 두 분도 바라지 않으실 거야. 뭐라도 좀 먹고 기운을 내야지."

"……아줌마, 제가 왜 여기 있지요? 제가 왜……?"

충주댁은 하루아침에 부모를 모두 잃은 혜승이 가엾어서 눈물이 났다. 얼굴을 옆으로 돌리고 혜승이 모르게 눈물을 찍어냈다. 법적으로는 성인이지만 아직은 어린 혜승이 감당하기에는 너무 큰 슬픔일 것이다. 아무런 준비도 없이 갑자기 찾아온 죽음에 적응할 준비가 안 돼서 혜승은 마치 길을 잃은 아이처럼 보였다.

"아무 생각도 하지 마. 우선 할 일 하나만 하자. 지금 할 일은 밥 먹고 기운 내는 거야. 그래야 장례까지 버티지, 그렇지 않으면 장례도 제대로 못 치러. 큰일나려고 그래? 어여 일어나. 하루 사이에 얼굴 까칠해진 것 좀 봐."

충주댁은 혜승의 팔을 붙잡고 일으키려 했다. 혜승은 충주댁의 손에 이끌려 일어나다가 무릎에 힘이 빠져 그 자리에 주저앉았다.

"아줌마, 저 숨 좀 돌리고 일어날게요. 곧 식당으로 갈 테니까 먼저 가세요. 정말이에요. 곧 갈게요."

충주댁은 혜승을 빤히 바라보다 길게 한숨을 쉬고는 자리에서 일어났다.

"알았다. 내가 육개장 따뜻하게 데워놓을 테니 어여 일어나서 와."

쯧쯧쯧, 혼자 남아 험한 세상을 어찌 살아가려누……. 귀한 집 외동딸로 곱게 키워왔는데 저 혼자 그 큰집 살림을 어찌 꾸려갈까나……. 옛말에 죽은 사람보다 산 사람이 더 불쌍하다고 혜승을 근 십오 년을 지켜본 충주댁은 돌아가신 사장님 부부보다는 남겨진 혜승 쪽이 더 가슴이 짠하고 가여웠다.

"그러게. 그럼 그 많은 재산은 다 어쩔 건가? 그 댁 외딸이 물려받는 건가? 종가집도 그렇고, 선산에, 부동산도 그렇게 많다면서? 그 어른이 종손 노릇 제대로 한 것도 다 부동산에서 나오는 임대수익 덕분 아니었나! 요즘 세상에 재산 없이 종가가 어떻게 유지가 되나?"

"글쎄, 내가 알기론 종가와 선산은 한 사장이 살아생전에 문중 재산으로 내놓은 걸로 아는데. 부동산이야 한 사장 개인 재산이니 딸이 물려받겠지만 말이야."

"허—엄!"

복도에서 혜승의 아버지 재산에 대해 이러쿵저러쿵 얘기하던 두 사람은 등 뒤에서 들려오는 헛기침 소리에 깜짝 놀라서 뒤돌아봤다. 젠장, 하필이면 '한상철' 그 양반이다. 둘째가라면 서러울 정도로 탐욕스러운 사람이다.

"이게 뭐 하는 짓인가? 장례식장에서 재산 얘기라니. 쯧쯧, 어디서 배워먹은 버르장머리야!"

다짜고짜 두 사람을 향해 호통을 친 사람은 혜승이 안국동 어르신이라고 말하던 사람이었다.

"죄송합니다, 어르신."

두 사람은 얼른 사과를 하고 뒤돌아 도망치다시피 장례식장을 벗어났다. 서둘러 그 자리를 벗어나던 두 사람은 마침 들어오던 한 남자와 부딪쳤다. 두 사람은 고개를 살짝 꾸벅여 미안함을 표시하고 계속 가던 길을 갔다.

"아버님."

들어오던 남자가 한상철을 향해 말했다. 그가 아무런 대답도 않고 자신이 들어온 문을 계속 쳐다보자 의아해하며 출입문 쪽으로 시선을 돌렸으나 아무도 없었다.

"아버님, 무슨 언짢은 일이라도 있으세요?"

"언감생심 지들이 무슨 재산을 넘봐!"

"누가 뭐라는데요?"

"아니다. 허허……. 벌써 죽을 게 뭐람. 조그만 늦게 죽었어도, 아니, 네 동생을 한 사장 집에 양자로 들이는 문제를 조금만 일찍 서둘렀어도……."

상철은 허탈한지 한숨을 내쉬며 말했다.

"아! 무슨 말씀이신지 알겠습니다, 아버님."

상철은 자신의 큰아들을 쳐다봤다. 어려서부터 영리한 아이였다. 저놈은 아마 자신이 둘째를 한 사장 집에 양자로 보내려 한 까닭을 알고 있을 것이다.

"뭐가 말이냐?"

"한 사장님 재산 말입니다. 그게 아쉽다는 것 아니십니까?"

"흠!"

상철은 부정도, 긍정도 하지 않고 헛기침만 했다.

"하지만 크게 걱정하실 건 아니라고 봅니다. 한 사장님 딸은 이제 겨우 스물두 살이라고 들었는데 뭘 알겠습니까? 딸이라서 문중 일도 잘 모를 것이고, 또 한 사장님이 집 안에서 재산에 대해 이러쿵저러쿵 얘기하셨을 리도 없잖습니까? 평생 바깥일은 남자가 하고 여자는 집안만 평안히 유지하면 된다는 생각으로 사신 분이지 않습니까? 그분은 혜승이가 외딸이라고 좋은 교육 시키고 잘 가르치기는 했지만, 사업하시는 데 데리고 다니는 것은 못 봤습니다. 아버님께서 적당히 구워삶으시면 말 들을 겁니다."

"글쎄다……. 내가 나서서 그럴 수야 없지 않겠냐? 남들 눈도 있는데……."

상철은 아들의 말에 고개를 끄덕이면서도 체면 때문에 선뜻 나서

지 못한다는 듯 말꼬리를 흐렸다.

"아버님께서 무슨 생각으로 혜성이를 상주 자리에 혜승이와 같이 세웠는지 대강 알고 있습니다. 문중 재산을 혜성이에게 물려받게 하려는 거 아니십니까? 그럴 요량으로 걔를 혜승이 옆 상주 자리에 세우신 거 아닙니까, 혜성이가 그 집에 양자로 들어가려 했다는 것도 문중 사람들에게 부각시킬 겸. 아닙니까?"

"어―험."

상철은 자신의 속내를 읽어낸 큰아들을 말에 헛기침으로 수긍했다.

"한 사장님 재산도 걱정하실 거 없습니다. 한 사장님은 2대 독자였습니다. 따지고 보면 아버님께서 한 사장님한테 가장 가까운 친척 아닙니까? 홀로된 일가붙이 거두어주는데 누가 뭐라겠습니까? 오히려 문중에서 잘했다고 할 겁니다. 체면도 서고 재산도 차지하고 일석이조지요."

상철과 상철의 큰아들은 은밀한 미소를 지으며 서로를 마주 보았다. 놀랍도록 닮은 얼굴이다. 생김새뿐만 아니라 얼굴에 드러난 욕심이 그 둘을 똑같아 보이게 했다.

"장례식 끝나고 적당한 기회를 봐서 혜승이를 데려오시지요. 집에다 데려다 놓으면 조정하기도 쉬울 테고요."

상철은 아들의 말에 고개를 끄덕였다.

그때 출입문에서 또 다른 문상객이 들어오자 상철은 얼굴에서 미소를 지우고 침통한 표정으로 얼굴을 바꾸고는 문상객을 맞으러 발걸음을 돌렸다. 그의 큰아들도 아버지를 따라 문상객 쪽으로 함께 걸어갔다.

믿을 수가 없다!

혜승은 방금 자신이 들은 말을 믿을 수가 없었다. 정신을 차리려고 잠시 화장실에 가던 도중 자신이 들은 얘기를 믿을 수가 없었다.

재산이라니……. 아버지가 돌아가신 지 채 하루도 지나지 않았다. 아직 관 뚜껑이 덮인 것도 아니다. 고인이 산소에 묻히기도 전에 재산 이야기라니……. 문상을 온 사람들이라면 최소한 고인이 살아생전에 베푼 은덕과 생전 모습을 그리워하며 고인을 추억해야 하는 것 아닌가? 어떻게 장례식에서 이런 불손한 말들을 할 수 있단 말인가? 아버님이 어떻게 사셨는데…….

그 많은 문중 식구들 거느리고, 돌보고, 지손이라고 때때로 찾아오는 손님들 다 대접하고, 문중의 일인데 모른 척할 거냐면서 어려운 부탁을 해도 싫은 내색 없이 다 들어주셨다.

뿐만 아니라 할아버지가 돌아가시고 어린 아들을 홀로 키우시는 할머니를 닦달해 팔아먹은 종가집도 아버지가 되찾으셨다. 집을 되찾으신 후에도 종택은 개인 재산이 아니라 문중 재산이라고 문중으로 돌려줬었다.

그런데 그렇게 사신 아버지가 돌아가시자마자 장례식장에서 재산 얘기로 귀를 더럽히다니……. 조금 전에 들은 이야기를 머리 속에서 지워 버리고 싶었다.

가슴이 무너져 내렸다. 손을 뻗어 벽을 짚고는 숨을 골랐다. 입을 크게 벌리고 공기를 들이마셔도 가슴이 답답하다. 숨을 제대로 쉴 수가 없다. 다리는 힘이 풀려 자꾸만 바닥에 주저앉으려 했다. 그 자리를 피하려 무조건 걸었다. 풀리는 다리로 천천히 벽을 짚고 따라 걸어가니 화장실이 보였다. 안으로 들어가니 다행히 아무도 없었다.

안쪽 문을 열고 들어가 변기 뚜껑을 내려놓은 다음 그 위에 주저앉았다.

"어헉…… 헉…… 꺽…… 꺽…… 흡……."

숨이 막히고 목소리가 제대로 나오지 않아 꺽꺽대며 거친 숨을 몰아쉬었다. 새어 나오는 울음소리를 누가 들을세라 손으로 입을 틀어막았다. 한 손으론 가슴을 쥐어뜯으며 슬픔을 억눌렀다. 흘러내린 눈물이 목을 타고 내려와 상복의 동정을 적시고 가슴으로 흘렀다. 차가운 눈물이 가슴으로 흐르자 온몸이 덜덜 떨렸다. 사시나무 떨듯 부들부들 떨리는 몸으로 화장실에서 혜승은 그렇게 서럽게 울음을 토해냈다. 큰 소리 내어 울지도 못하고 슬픔은 가슴에 차곡차곡 쌓였다.

한참을 울던 혜승은 밖으로 나와 세면대 앞에 섰다. 머리는 헝클어지고, 눈은 퉁퉁 부었으며, 창백한 안색에 볼은 붉게 달아오른 자신이 거울 속에 있었다. 혜승은 손을 들어 자신의 얼굴에 흐르는 눈물을 닦아냈다. 목도, 가슴도 온통 눈물로 젖었지만 겨우 얼굴에 있는 눈물만 닦아낼 뿐이었다. 손으로 닦아내도 눈물 자국이 남자 혜승은 물을 틀어 얼굴을 씻었다. 물은 차가웠으나 혜승은 느끼지 못했다. 마음이 더 차가웠기 때문이다.

혜승은 얼굴을 씻고 나서 거울에 비친 자신의 모습을 바라보다 갑자기 양 볼을 찰싹 때렸다.

정신차려, 한혜승! 너 이대로 무너지면 안 돼! 지금부터 정신 똑바로 차려야 해! 너 이대로 멍청이 있다가는 바보 되는 수가 있어. 지금 슬퍼할 때가 아니야. 나중에…… 나중에 슬퍼하더라도 지금은 아니야. 정신차리자. 정신차리고 생각을 하자, 혜승아! 우선 제일 먼저 해야 할 일이 무엇인지 생각해 보자. 이렇게 있어봤자 달라지는 건 아무것도 없어! 돌아가신 부모님이 다시 살아 돌아오지도 않을 거고, 재산을 위해 너를 물어뜯으려는 친척들이 사라지는 것도 아니야. 앞으로 어떻게 할지만 생각하자. 지금은 슬픔에 잠겨 있을 때가 아니야.

혜승은 우선 기운을 차려야겠다는 생각을 했다. 아까 밥 한술 뜨라고 했던 충주댁의 말이 생각나 화장실을 나와 식당으로 갔다.

"어여 와. 하도 안 와서 막 찾으러 가던 참이었어."

충주댁이 혜승을 반겼다.

"죄송해요, 화장실 좀 갔다 오느라고요."

충주댁은 혜승의 얼굴을 빤히 바라봤다. 눈이 빨간 게 운 기색이 역력했다. 모르는 척하고 따뜻한 육개장을 한 그릇 가득 퍼주었다.

"어여 먹어."

혜승은 충주댁이 주는 육개장을 한 그릇 받아 들고 쳐다보다 굳은 결심을 한 얼굴로 밥을 만 다음 숟가락으로 퍼서 입으로 가져갔다. 결연한 표정으로 밥을 꾹꾹 씹어 먹었다. 입 안이 까슬까슬하고, 갑작스레 들어간 음식으로 위는 요동쳤지만 한 그릇을 다 비울 때까지 숟가락을 놓지 않았다. 국물까지 모두 마시고 나서야 식사를 멈췄다. 그런 혜승을 보면서 충주댁은 비로소 한숨 놓았다.

강남의 한 호텔 로즈 룸에서는 영화 '악몽'의 전국 관객 사백만 돌파 기념파티가 진행 중이었다.

영화 '악몽'은 스릴러 공포 영화로 스릴러 영화의 불모지인 국내에서 처음으로 흥행에 성공한 스릴러 영화라고 할 수 있다. 그동안

착하고 청순가련형의 여주인공 역만 맡아왔던 여배우 송진희가 이 중인격자 주인공의 심리 상태를 성공적으로 보여줌으로 인해 연기 변신에 성공하였다.

다른 스릴러 공포 영화는 범인을 유추해 나가는 과정에서의 반전과 재미를 추구한 반면 '악몽'은 처음부터 범인인 여주인공을 드러내 놓고 여인공의 심리 상태에 따라 극을 진행시켜 갔다. 범인이 누구인지 관객이 먼저 알고 범인에게 동화되어 가면서 관객 스스로가 범인이 되는 형식의 이 영화는 관객의 엄청난 지지 속에 흥행에 성공하였다.

영화 제작에 참여한 모든 사람들은 물론 기자들과 간간이 재계 인사도 눈에 띄는 화려한 파티였다. 테이블에는 시원한 샴페인이 넘쳐났고 뷔페식으로 차려진 음식들은 예술 작품 같아서 먹기가 아까울 정도였다.

"자, 영화의 성공을 축하하며 건배 한번 하지."

감독이 건배를 제안했고 모두들 잔을 높이 치켜들고 영화의 성공을 축하하며 건배를 했다. 감독의 주위에는 영화를 빛낸 사람들이 모여 있었다. 김상진 감독을 비롯해서 여주인공인 송진희, 남주인공인 이주원, 그리고 영화의 홍보를 맡은 사람들이 한데 모여서 영화에 대한 얘기로 웃음꽃을 피우고 있었다.

"난 정말 진희 씨가 그렇게까지 잘해낼 줄 몰랐어. 처음 정 사장이 여주인공으로 진희 씨를 추천했을 때는 좀 망설였거든. 여태까지 진희 씨 이미지가 이런 쪽은 아니었잖아."

김 감독은 진희에게 캐스팅 과정에서 망설인 얘기를 하며 연기력을 칭찬했다.

"제 이미지요? 어떻게 생각하셨는데요? 청승가증형의 역할만 골라서 하는 연기력은 쥐뿔도 없는 백치미인요?"

진희는 김 감독의 말에 장난스레 대꾸했다.

"그럴 리가 있나. 나는 단지 연기 변신에 성공한 진희 씨가 대견하다, 뭐 그런 얘기지. 또 그런 진희 씨의 숨은 연기력을 찾아낸 정 사장이 대단하다는 말이기도 하고."

김 감독은 자신의 말에 진희가 은근한 질책을 하자 민망해하며 얼른 뒷수습을 하기 시작했다.

"그러게요. 정 사장님은 배우의 숨은 얼굴을 찾아내는 데 거의 천부적인 자질을 지니신 것 같아요. 처음 만든 영화에서 서연미를 비운의 여주인공으로 내세워 흥행에 성공했잖아요. 서연미는 그때까지 시트콤 전용 배우였는데……."

옆에서 그들의 대화를 듣고 있던 남주인공 이주원이 김 감독을 거들며 한마디 했다.

진희는 주원의 말에 고개를 끄덕였다. 정태진 사장은 영화계에 뛰어든 지는 얼마 안 되지만 개봉하는 영화마다 엄청난 흥행을 기록했고, 또 전혀 의외의 배우를 간판으로 내세우는 특이한 제작자였다.

처음 이 영화의 출연 제의가 들어왔을 때 진희 자신조차 제대로 해낼 용기가 없어 거절하려고 했다. 그러나 영화 제작자인 정태진 사장을 만나면서 생각을 바꿨다. 그는 특유의 자신감으로 자신을 설득시켰고, 진희는 그 열정에 반해 영화의 출연을 허락했다. 그리고는 엄청난 연기 공부를 했다. 시나리오에 대해 분석하고, 스릴러 영화를 모니터하고, 자신의 이미지를 바꾸기 위해 노력했다. 아마 데뷔 전과 후 모든 기간 동안보다 영화 출연을 계약하고 영화를 찍는 기간 동안의 노력이 더 클 것이다.

여기에는 영화를 잘해보고 싶다는 욕심도 물론 있었지만 태진에게 잘 보이고 싶었던 마음이 더 크리라. 영화를 찍는 도중 둘은 연인 사이로 발전했다. 불행히도 그는 영화 출연을 미끼로 성 상납을 받는 사람은 아니었다. 그랬다면 오히려 유혹하기가 쉬웠겠지만 말이다.

선이 굵은 미남에 체격 좋은 그는 요즘 유행하는 꽃미남 축에는 못 끼지만, 오히려 그런 남자다운 분위기가 묘하게 매력적인 사람이다. 선물을 주는 데 인색한 사람은 아니었고, 침대 테크닉 또한 좋았다.

진희가 처음 그 사람을 침대로 끌어들이던 날 그는 그들의 관계가 일시적이라는 점을 분명히 했다. 결혼은 배제된 관계.

하지만 진희는 자신있었다. 그를 자신의 남자로 만들 자신이 있었다. 그동안 많은 남자들을 만나왔지만 그만큼 끌리는 사람은 없었다. 그중에는 유명한 배우도 있었고, 잘 나가는 재벌 2세도 있었고, 소위 명문가라고 말하는 대단한 집안 남자도 있었다. 하지만 붙잡고 싶다고 차지하고 싶다고 욕심난 남자는 그가 처음이었다.

그녀는 그를 만날 때마다 점점 더 그에게 빠져드는 자신을 느꼈다. 급기야 어떻게든 그를 붙잡아야겠다는 생각을 했다. 수단과 방법을 가리지 않고 그를 차지하고 싶었다. 그러나 그는 빈틈이 없는 남자였다. 오늘 파티에 함께 참석하자는 청을 냉정하게 거절당하고 화가 난 그녀는 아는 스포츠 신문 기자에게 슬쩍 그와의 결혼설을 흘렸다. 신문에 기사가 나서 공식화되면 인터뷰를 해서 그들의 교제 사실을 알리고, 점차 결혼으로 몰아갈 것이다. 여론을 부추겨 로맨스로 만들면 그도 쉽게 그녀를 버리지는 못할 것이다. 그녀를 버릴 경우 비난의 화살은 그에게 돌아갈 것이 뻔했다. 그동안 순진하고 착한 청순가련형의 여주인공을 해온 이미지가 있기 때문에 그는 졸지에 순진한 여배우를 농락한 비열한 제작자가 될 수밖에 없었다. 그녀는 이번 영화의 성공으로 여배우로서의 커리어를 쌓을 기회가 많이 생겼지만, 그를 붙잡는 데 성공하면 결혼하고 연예계를 은퇴할 생각이다.

그녀는 열일곱 살에 연예계에 데뷔해서 올해로 연예계 생활 십 년째에 접어들었다. 눈치가 빠르지 못하면 살아남지 못하는 것이 연예계다. 십 년을 오로지 청순가련형의 여주인공 이미지로만 연예계에서 버텼다. 웬만한 사람이면 수많은 신인에 밀려 사라졌을 것이다. 그녀는 그만큼 이미지 관리에 뛰어났고 상황 파악이 빨랐다.

정태진!

그는 지금도 거물이지만 앞으로 더욱더 대단한 사람이 될 것이다. 그는 그녀에게 든든한 보험이 돼줄 것이 분명했다. 꼭 붙잡을 것이다. 무슨 수를 쓰든 그가 하늘 높이 비상했을 때 그의 옆에 있는 사람은 그녀가 되리라.

"그나저나 정 사장님은 왜 이렇게 늦으시지? 진희 씨, 뭐 들은 얘기 없어?"

"같이 나오는데 급한 연락을 받아서 그쪽 일 해결하고 온다고 했으니까 좀 늦을 거예요."

진희는 교묘하게 자신과 그가 동거하고 있다는 식으로 말을 흘렸다.

"그래?"

김 감독은 노골적으로 정 사장과의 관계를 드러내는 진희의 말에 입 안이 씁쓸했다. 진희는 요즘에 노골적으로 두 사람의 관계를 드러내 스텝들 사이에서는 모르는 사람이 없었다. 그런 그녀의 뻔뻔한 모습에 그녀와 처음 같이 일하게 된 스텝들은 경악을 금치 못했다.

쯧쯧쯧, 연기와 현실은 엄연히 다르다고 누차 말했건만 진희의 경우는 근 십여 년을 청순하고 깨끗한 이미지로 버텨 사람들은 그것이 그녀의 본모습이라는 착각에 빠지곤 했다. 김 감독은 비교적 사람 보는 눈이 정확했고, 그동안 살펴본 모양새로는 진희 혼자 정 사장에게 몸 달아 있을 뿐이지 정 사장 쪽은 냉랭했다.

김 감독은 진희의 뻔한 수작에 속으로 코웃음을 쳤다.

은근한 비웃음을 보이는 김 감독에게 진희가 한소리 하려는 순간 입구에서 한 남자가 들어서는 것이 보였다. 눈길이 확 쏠렸다. 결코 무시할 수 없는 존재감. 아마 그가 종로 한가운데 있어도 자신은 그를 찾아낼 수 있으리라.

그가 두리번거리자 진희의 가슴은 뛰기 시작했다. 자신이 그를 한눈에 알아본 것처럼 그도 자신을 알아볼 거라고 믿었다. 파티에 참석한 많은 사람들을 제치고 자신만을 바라보며 똑바로 걸어올 그를 생각하자 가슴이 두근거리기 시작했다. 그러나 그가 들어서는 순간 스포츠 신문 기자가 말을 걸었고, 그는 기자의 말을 듣느라 잠시 발을 멈췄다. 진희는 실망을 감추고 그의 다음 행동을 기다렸다.

태진은 서둘러 파티장으로 들어섰다. 그가 개발한 온라인 게임의 미국 내 판권에 대한 계약을 마치느라 파티에 좀 늦은 것이다. 그 게임은 국내에서 큰 인기를 끌고 최근 한류 열풍이 불고 있는 대만, 중국 시장에서 큰 성공을 거두었다. 얼마 전에는 게임의 본고장이라 할 수 있는 일본에도 진출해 비디오 게임이 주류를 이루는 일본의 게임 판도를 온라인 게임으로 전환시키는 데 큰 역할을 해서 화제가 되기도 했다.

미국은 단일 국가로는 중국과 더불어 가장 큰 시장이고, 통신망의 시설 면에서는 중국과 비교도 되지 않을 정도로 기반이 잘 잡혀 있는 곳이었다. 태진은 예상보다 이른 자신의 성공에 기분이 좋았다. 미국 쪽에서 먼저 컨택해 와서 성사시킨 계약이기에 더 만족스러웠다. 이제 남은 곳은 유럽뿐이었다.

오늘은 또한 그가 제작한 영화가 전국 관객 사백만을 돌파한 기념 파티기도 했다. 축배를 들 일이 두 개나 되는 것이다. 영화는 게임으로 돈을 번 그가 제일 처음 투자에 나선 종목이다. 문화산업은 부가가치가 높은 사업으로 일찍이 그가 눈을 돌린 사업이다. 소위 대박이 나면 웬만한 기업의 일 년 총매출과 맞먹는 돈을 벌 수 있다.

그가 맨 처음 게임, 특히 온라인 게임에 눈을 돌린 것은 전 세계 시장을 손쉽게 공략할 수 있다는 장점 때문이었다. 그는 국내에서 인터넷에 무료 서비스로 게임을 제공한 다음 게임의 인구가 늘자 유료로 전환했다. 이런 전략은 잘 먹혀 들어가서 유료 전환 후 줄기 시작하던 게임 접속자 수가 석 달을 기점으로 증가했고, 육 개월 후에는 무료 서비스 때의 접속자 수를 넘어섰다. 그 이후에 계속 승승장구해서 현재에 이르렀다.

게임으로 번 돈을 투자한 그의 첫 영화는 제작비가 거의 들지 않는 멜로 영화였고, 여배우는 의외로 시트콤 전용 배우로 알려진 서연미였다.

크리스마스 시즌에 허리우드 흥행 대작과 맞붙어 무참히 깨질 거라는 예측을 깨고, 액션 영화들 틈에서 엄청난 흥행을 거뒀다. 첫 주 개봉관은 오십 개에 불과했지만 입소문이 퍼지며 셋째 주에는 백삼십 개 극장으로 늘어났고, 구정 시즌까지 롱런하면서 한국 영화의 자존심을 세워주었다.

제주도 성산 일출봉에 앉아서 바람에 흩날리는 머리카락이 얼굴을 반쯤 가리고 목까지 빨갛게 변하도록 울고 있는 영화 포스터는 사람들의 궁금증을 자아냈고, 의외로 서연미의 멜로 연기가 훌륭해서 눈물로 한국인의 정서를 자극한 점이 흥행의 큰 요인으로 작용했다.

그 후 그가 손을 대는 영화마다 흥행에 성공해 그는 영화계의 떠오르는 다크호스가 되었다.

이번 영화는 그의 네 번째 영화로 전국 관객 사백만 돌파를 기념하여 파티를 열었다. 비록 주최자인 자신이 늦었지만 다른 사람들은 파티를 즐기는 듯했다.

태진은 주위를 두리번거리며 김 감독과 주연 배우를 찾았다. 영화를 찍는 도중 자신의 정부가 된 진희가 꽤 골을 내고 있을 거라 생각했다. 파티에 함께 참석하자는 제의를 그가 거절했기 때문이다. 요즘 진희는 은근히 자신을 옭아매려 했고, 공식 석상마다 그의 파트너로 참석하려 했다.

진희와 처음 섹스를 같이 했을 때 분명히 밝혔음에도 그녀는 룰을 어기고 선을 넘어오려 하고 있었다. 다시 한 번 분명히 경고할 필요가 있었다, 이 이상 선을 넘어오면 끝이라고.

"정 사장님."

매일 스포츠 신문 기자가 그를 불렀다.

"안녕하세요, 축하드립니다."

"네, 감사합니다. 모두 기사를 잘 써주신 덕분입니다."

태진이 입바른 인사로 답했다.

"제가 뭐 한 일이 있나요. 영화가 워낙 좋았지요. 이렇게 손대는 영화마다 성공하시니…… 그 비결이 뭔지 궁금합니다."

"글쎄요……. 시나리오가 튼실하고, 배우들이 연기 잘해주고, 감독이 연출 잘해주는 게 비결이라면 비결이지요."

"후후후. 너무 틀에 박힌 말이군요."

"사실이니까요."

"그럼 한 가지만 더 묻겠습니다. 좋은 소식이 들리더군요. 여배우 송진희 씨와 결혼하신다는 말이 돌던데……."

태진은 순간 안색을 굳혔다.

"헛소문입니다."

태진은 단호하게 말했다. 이런 일일수록 애매하게 대답하면 이런 저런 구설수에 오른다는 걸 잘 알고 있기 때문이다.

"그런가요? 두 분이 최근 강남 쪽에 자주 나타나신다는 소문이 돌 더군요. 목격자도 꽤 있고요."

"글쎄요. 그 목격자가 제가 약혼하는 장면이라도 봤답니까?"

"그런 건 아니지만…… 단순한 제작자와 배우 사이로 보이진 않았 다고 하던대요."

"미혼 남녀가 만나는 게 무슨 얘깃거리가 되겠습니까?"

"그게 단순한 남녀면 얘깃거리가 안 되겠지요. 하지만 두 분은 평 범한 사람은 아니지 않습니까?"

"분명히 말하지만 저는 결혼할 계획이 없습니다. 본인이 결혼할 생각도 없는데 결혼설이라며 기사화된다면 그건 허위기사겠지요.

이만 실례하겠습니다."

태진은 자신의 생각을 단호히 밝혔다. 이로써 함부로 결혼 추측 기사는 쓰지 않을 것이다. 그의 인생에서 결혼이란 계획은 없었다. 진희가 아닌 다른 누군가와도 결혼할 생각은 없었다. 이런 식의 질문을 받으면 결혼을 강요받는 것 같아서 불쾌했다.

목격자라고? 그가 진희와 다니는 장소는 철저하게 사생활이 보장되는 곳이었다. 목격자가 있을 턱이 없었다. 설혹 그들을 본 사람들이 있다 하더라고 그런 장소에 오는 사람들 중 한가하게 남의 스캔들이나 캘 사람은 없었다. 증거는 없지만 거의 확실히 진희가 흘린 것이리라.

파티장 저쪽에서 기대에 찬 진희의 눈길이 느껴졌다. 태진은 천천히 그쪽으로 걸어갔다.

"김 감독님."

태진은 일부러 김 감독의 이름을 먼저 불렀다. 그 순간 진희의 얼굴이 딱딱하게 굳어졌다.

"정 사장님, 아니, 주인공이 이렇게 늦으시다니⋯⋯."

"주인공은요? 제가 무슨⋯⋯. 여러분들이 주인공이지요. 모두 여러분들이 열심히 해주신 덕분이지 저야 한 일이 있습니까? 그저 자금만 댔을 뿐입니다."

"태진 씨~"

진희는 태진이 자신을 본체만체하고 김 감독에게 인사를 건네자 충격을 받았다. 그가 오로지 자신에게 다가올 거라 생각했는데 돌아온 것은 무시였다. 그러나 재빨리 표정을 수습하고 다정하게 태진을 불렀다.

"송진희 씨, 좋은 연기 덕분에 영화가 흥행에 성공했습니다. 감사합니다."

송진희 씨! 그가 모르는 사람처럼, 아니, 그저 배우와 제작자 사이가 다인 것처럼 말한다. 정말이지 철두철미한 사람이다. 그가 만만치 않다는 건 알았지만 이렇게까지 지독할 줄은 몰랐다. 어떤 전제로 시작했든 간에 그들은 지금 연인 사이다. 비록 그가 사적인 관계라고 공식적인 자리에서는 남남이라고 말했지만 그래도 그들은 연인 사이가 아닌가? 그런데 그는 아니라고 한다. 그들은 그냥…… 제작자와 여배우 외엔 아무 사이도 아니라고 한다. 그동안 주위에 그들의 관계를 알리려고 얼마나 노력했는데 저 무심한 남자는 그녀의 노력을 한순간에 물거품으로 만든다. 그녀를 실없는 여자로 만든다. 진희는 충격을 감추고 억지로 얼굴에 미소를 띠었다.

"태진 씨, 너무 딱딱하잖아~ 공식적인 자리라고 너무한 것 아냐?"

진희는 이대로 포기할 수가 없어 다시 한 번 태진에게 다정하게 말을 건네며 그의 팔짱을 꼈다. 진희의 살가운 말을 듣는 순간 태진은 얼굴을 찌푸리고 자신의 팔에 매달린 진희의 손을 쳐다봤다. 그러자 주변 사람들은 그들의 눈치를 살피기 시작했다.

"와, 배고프다! 나는 그만 뷔페 테이블로 가야겠네. 저기 차려진 음식이 장식품도 아닌데 아무도 손을 안 대는 걸 보면 날 기다리고 있는 모양인데……. 다른 분들은 식사 안 하세요?"

둘 사이의 공기가 심상치 않음을 느낀 홍보팀 직원 한 명이 말하자 말 끝나기가 무섭게 모두들 식사를 핑계로 자리를 떴다.

"어이, 주원아, 저기 영화협회 지 이사 아냐? 같이 인사나 하러 가

자. 자, 따라와. 소개시켜 줄게."

김 감독은 앞으로 변하게 될 진희의 얼굴 표정이 궁금했지만, 모두들 자리를 비켜주자 별수없이 이 주원을 데리고 영화협회 지 이사를 만나러 갔다.

모두를 자리를 비켜준 후에도 태진은 얼굴을 찌푸린 채 아무 말도 없이 서 있었다. 온몸에서 냉기가 풀풀 풍겼다. 결국 침묵을 참지 못하고 진희가 먼저 입을 열었다.

"저기…… 자기가 늦어서 내가 일 때문이라고 둘러댔어."

"……."

여전히 태진은 아무런 말도 없다. 진희는 내심 불안해지기 시작했다. 눈앞에서 위험 경고등이 깜박이는 것만 같았다. 진희는 침묵에 눌려 압사할 것만 같았다. 슬슬 부아가 치밀어 올라오기 시작했다. 진희는 우선 주위에 기자들은 없는지 살펴보고 태진에게 언성을 높여 불만을 성토했다.

"자기가 다정한 성격이 아니라는 건 내가 알고 있었지만, 남 무시하는 성격인 줄은 몰랐어."

"무시해? 내가 널 언제 무시했는데?"

"지금 무시가 아니고 뭐야? 늦게 참석해서 김 감독에게만 인사하고 나는 안중에도 없었잖아. 내가 자기 불러도 그냥 차갑게 인사치레만 하고. 나는 일부러 자기 생각해서 일 때문에 늦는다고 변명까지 해줬는데 말이야."

"남이라……. 네가 방금 그랬지, 남 무시하는 성격인 줄 몰랐다고. 그래, 우리 남이야. 서로 타인이지. 그런데 네가 왜 내 변명을 해주어야 하지?"

"어머, 자기~ 내가 남이라고 해서 화났구나? 나는 그냥 별생각없이 한 말이야. 자기가 날 무시하니까 홧김에 그만……."

평소에 제법 눈치가 빠르던 여자가 오늘은 왜 이렇게 답답하게 구는 걸까! 태진은 짜증이 확 치밀어 오르는 걸 느꼈다.

"요점이 틀렸어. 내 말은 네가 내 변명을 해줄 필요가 없단 거야. 우리 서로 남이니까. 네가 내 비서도 아닌데 내 스케줄에 대해 꿰고 있는 것도 부자연스럽잖아. 그리고 내가 분명히 말했지, 우린 사적인 관계일 뿐이라고. 그런데 이게 무슨 짓이지?"

태진은 얼음처럼 차가운 눈으로 자신의 팔에 매달린 진희의 손을 쳐다보며 냉정하게 말했다.

"나는 그냥 우리가……."

진희는 말문이 막혔다. 이 상황을 어떻게 타개해 나갈까? 어떻게 말해야 그가 이해하고 넘어갈까? 아마 약간의 말실수로도 그는 그들의 관계를 정리하려 할 것이다. 그가 자신을 사랑하는 것도 아니고―사랑! 과연 이 남자가 사랑이 뭔지 알기나 할까?―주변에 여자가 부족한 사람도 아니니까 자신은 정리되고 그 자리는 새로운 여자가 들어설 것이 분명했다.

"우리? 너 이런 식으로 관계를 드러낼 정도로 어리석어? 스캔들이라도 나면 너만 손해인 거 몰라? 아니면 다른 생각이라도 하고 있는 거야?"

"다른 생각이라니…… 내가 뭘……."

"글쎄, 그건 네가 더 잘 알겠지."

태진이 자신을 똑바로 바라보자 진희는 순간 움찔했다.

"그냥…… 미안해! 우리 약속을 한순간 잊어버렸어. 오늘 영화의 성공으로 너무 들떠서 샴페인을 많이 마셨나 봐. 실수야! 맹세코 우리 관계를 드러낼 생각은 없었어. 그냥 무심코 나온 말일 뿐이야. 자기도 말했듯이 스캔들 터져야 나만 손해 아냐? 내가 일부러 내 무덤 팔 리가 없잖아. 어쩌다 보니 말실수를 했어. 미안해. 다신 이런 일 없도록 할게."

진희는 얼른 사과를 했다. 지금은 한발 물러나야 할 때라는 걸 알았다. 여기서 더 물고 늘어져야 돌아오는 건 이별뿐이다.

"다시 한 번 분명히 말해 두지만 우린 그저 엔조이하는 관계일 뿐이야. 서로 맘에 들어 섹스를 즐기는 사이, 그게 우리야. 서로 즐기다 누군가 한 사람 싫증나면 그걸로 끝이고. 나한테 결혼이나 영원한 관계를 바라지 마. 내 인생에 그런 건 없어."

"알아. 나도 동의했던 거니까. 나도 아직은 배우로서 커리어를 쌓는 게 더 중요해. 이번 영화의 성공으로 시나리오도 많이 들어왔고."

진희는 자신의 속마음을 감추고 아무렇지도 않게 거짓말을 했다.

"알면 됐어. 이런 일로 다시 얘기하는 일 없었으면 해."

태진은 진희에게 그들의 관계에 대해 다시 한 번 확인시켰다. 뭐가 찜찜하긴 했지만 솔직히 그녀와의 섹스는 만족스러웠기 때문에 이번만 조용히 넘어가기로 했다. 그러나 또다시 그녀가 그들의 관계에 환상을 품으면 정리해야겠다고 마음먹었다.

"알았어. 이제 그만 하고 다른 손님들한테도 인사하러 가죠. 아까 우리 때문에 다들 자리를 비켜준 것 같은데."

진희는 태진의 말을 수긍하는 척하며 다음 기회를 노리기로 마음먹었다.

자동차들의 행렬이 산을 따라 올라가고 있었다. 혜승은 맨 앞차에서 부모님의 영정 사진을 들고 있었다.

몇 해 전에 아버지가 자신의 묘자리를 봐두신다고 지관과 함께 선산을 찾은 일이 있었다. 산허리쯤에 지관이 아주 좋은 자리라며 골라 준 자리에 아버지는 잔디를 입히고 그 둘레는 어머니가 좋아하시는 목련이며 라일락을 심으셨다. 두 분이 돌아가실 때가 되면 목련나무와 라일락나무는 크게 자라, 봄이면 하얗고 탐스러운 목련꽃이 눈을 즐겁게 하고, 라일락 향이 코를 즐겁게 만들 거라고 하셨다.

그때는 미처 몰랐다, 이렇게 일찍 올 줄은……. 이렇게 일찍 두 분을 모시고 올 줄은 정말 몰랐다. 서울에서 안성 선산까지 오는 한 시간 반 동안 속으로 빌고 또 빌었다. 제발 천천히 가게 해달라고, 조금만 더 늦게 가게 해달라고. 그러나 차는 무심히 벌써 산으로 올라간다. 조금만 더 가면 묘자리가 보일 텐데……. 혜승은 가슴이 차 올랐다. 목구멍 아래서 울컥 솟아나는 감정을 애써 억눌렀다.

차가 마지막 커브를 틀자 부모님을 모실 곳이 보였다. 하얀 목련이 벌써 꽃을 피워 주변을 아름답게 만들고 있었다. 아직은 목련이 꽃을 피우기엔 쌀쌀한 날씨지만 이곳의 목련은 꽃을 피웠다. 참았던 눈물이 목련을 보는 순간 터져 나왔다. 아버지는 아셨던 것일까? 자신이 이렇게 일찍 오게 되리라는걸. 그래서 벌써 몇 해 전부터 이곳을 가꾸신 것일까? 이 계절에 가실 것을 미리 아신 걸까? 왜 하고 많은 꽃 중에, 어머니가 좋아하시는 그 많은 꽃 중에 하필이면 이 계절에 피는 꽃을 심어놓으신 걸까?

차에서 내리자 아직은 꽃을 틔우지도 않은 라일락 향기가 코를 찌르는 듯 어지러웠다. 상여를 앞으로 혜승이 그 뒤를 따라갔다. 혜승은 피지도 않은 라일락 향기에 취해 멍하니 있을 뿐이었다. 상여가 묘지에 도착하자 하관을 시작했다. 혜승의 요청에 따라 부모님 두 분은 합장하기로 했다. 관이 묘지에 안착되자 누군가 혜승에게 삽을 건네주었다. 혜승은 흙을 한 삽씩 퍼서 부모님의 관 위에 뿌렸다. 혜승의 뒤로 가까운 친척 순으로 삽을 받아 들고 관 위에 흙을 한 삽씩 뿌렸다.

그 뒤로 이어진 절차를 혜승은 하나도 기억하지 못했다. 봉분이 만들어지고 잔디를 입히는 동안 혜승은 목련만 바라보며 나지도 않는 라일락 향기에 취해서 멍하니 있기만 했다.

부모님 영정을 모시고 돌아오는 길에 더 이상 목련도 보이지 않고, 라일락 향도 느껴지지 않자 그제야 혜승은 설움이 복받쳐 올라왔다.

아침 일찍 일어난 충주댁과 혜승은 삼우제 준비를 했다. 부모님이 돌아가신 지 벌써 삼 일째 맞는다. 상복 차림에 혜승이 앞치마를 두르고 주방에서 일하는 모습이 안쓰러워 충주댁이 한마디 했다.

"혜승 학생…… 내가 할 테니 그만 좀 앉아 있어."

평소와 다름없이 혜승을 부르던 충주댁은 한순간 멈칫했다. 상복을 입고 초췌한 얼굴로 서 있는 혜승을 더 이상 학생이라고 부를 수는 없을 것 같았다. 이미 어른이 되어버린 얼굴이었다.

"……"

충주댁의 말에 혜승은 마주 보고 살며시 입술을 일그러뜨렸다. 아마도 괜찮다는 표현으로 미소를 지으려 했나 보다. 그러나 일그러진 입술은 미소라기보다는 서글픈 슬픔 쪽에 가까워 보였다.

"아줌마, 고맙습니다."

느닷없는 혜승의 말에 충주댁이 쳐다봤다.

"떠나지 않고 여기에 계셔주신 것 말이에요."

"그런 말 말아. 이런 상황에 떠나면 내가 사람도 아니게."

"그래서 말인데요…… 계속 남아주시면 안 될까요?"

"걱정 말아, 안 떠날 테니까. 여기 떠나면 내가 갈 곳이나 있남. 여기서 벌써 몇 년인데……. 인자 여기가 내 집 같아."

"……고맙습니다."

충주댁에게 고마움을 표시하고 얼른 고개를 돌리는 혜승의 눈에는 눈물이 살짝 비쳤다. 충주댁은 자신의 눈에서도 눈물이 보일라 손을 들어 눈물을 훔쳤다. 자신에게 남아달라는 부탁을 한 혜승의 속이 어땠을까를 생각하니 눈에 눈물이 차 올랐기 때문이다.

두 사람은 마음을 진정시키고 다시 제사 음식 준비를 했다. 음식 준비가 끝나자마자 안국동 어른이 아들들을 데리고 왔다.

"상심이 크겠구나."

상철은 짐짓 안쓰럽다는 듯한 어조로 인사를 건넸다. 옆에 서 있던 두 아들도 상철이 인사를 건네자 그를 따라 고개를 까딱였다.

"예, 찾아주셔서 감사합니다."

혜승은 속에서 올라오는 쓴물을 삼키며 간신히 감사 인사를 했다. 아직은 싸울 때가 아니므로 그저 아무것도 모르는 것마냥 부모님 삼우제에 맞춰 찾아온 친척에게 감사 인사를 하는 듯 그렇게 답례의 말을 했다. 자신에게는 그들과 싸울 준비를 할 시간이, 아니, 부모님께서 평생 일구신 것을 그들로부터 지켜내기 위해서 준비를 할 시간이 필요했다.

"안으로 드시지요."

"아니다. 곧 산소로 가야 할 것을……."

"아직 준비가 덜 되었습니다. 제사 음식 준비는 거의 끝났습니다
만 차에 싣고 차비를 하려면 시간이 좀 걸리겠습니다. 일찍 준비를
하느라 서둘렀으나 아직 제 손이 느려서요. 사당에 인사드리시는 동
안 서둘러 준비를 끝내겠습니다."

혜승은 사당에 예를 갖추지 않은 상철을 은근히 책망했다.

상철은 순간 움찔했으나 혜승이 자신을 책망했으리라고는 생각지
못하고 별생각없이 한 말이라 여겼다. 이제 갓 스물을 넘긴 여자애가
하루아침에 부모를 함께 잃었는데 무슨 정신이 있어서 자신의 예의
없음을 탓하겠는가. 늙으니 쓸데없는 걱정만 느는 것 같았다.

"험. 그래, 내가 경황이 너무 없어 사당에 미처 예를 갖추지 못했
구나. 너희들도 따라오너라."

상철은 아들들과 함께 사당 쪽으로 발걸음을 옮겼다.

혜승은 사당으로 가는 그들의 뒷모습을 뚫어져라 바라봤다. 혜승
에게 그들은 반드시 무찔러야만 할 적군이었다. 아버지의 든든한 그
늘 아래서 한 번도 남과의 전투를 해본 적이 없는 혜승에게는 어쩌면
너무 버거운 상대일지도 모른다. 아버지의 육촌 형과 그 아들들. 육
십 평생의 경험과 관록을 상대하기에 혜승은 너무 어리고 경험도 부
족하다.

혜승은 그들에게서 시선을 돌려 자신이 태어나고 자란 집을 둘러
보았다. 금방이라도 엄마가 부엌문을 열고 나와 장독대를 살필 것만
같았다. 그러나 장독대 위에 수북히 쌓인 먼지가 안주인의 부재를 증
명할 뿐이었다.

산소에 가서 삼우제를 지내고 오면 장독대부터 닦아야겠다고 생각했다. 이제 아침이면 일어나 자신이 장독대 위의 먼지를 훔치고, 뚜껑을 열어 바람을 쏘이고, 저녁이면 다시 장독 뚜껑을 닫아야 하리라. 혜승의 코에는 정월에 끓이던 간장 냄새가 나는 듯하다. 장독을 보자니 구리다며 타박했던 간장 끓이던 냄새마저 그리웠다.

태진은 차를 구기동의 고급 빌라촌 방향으로 몰았다. 바쁘다는 핑계로 오랫동안 찾아뵙지 못한 고모를 뵈러 가는 길이었다. 태진이 열한 살 되던 해 알코올 중독이었던 아버지가 돌아가시고, 어머니가 집을 나가자 홀로 남은 태진을 거둬준 고마운 고모였다. 결혼을 한 달 앞두고 있던 고모는 태진을 키우는 것을 시댁에서 반대하자 결혼을 깨고 여태까지 홀로 태진을 키우며 사신 분이다.

아직도 기억에서 선하다. 어머니가 집을 나가고 홀로 있는 자신을 찾아와 얼굴을 가만히 쓰다듬다가 조그만 어깨를 힘 주어 꽉 안아주면서 태진아, 태진아 정답게 불러주던 목소리가 귓가에서 떠나질 않는다. 어쩌면 다정하고 슬픈 울음 섞인 그 목소리가 여기까지 자신을 지탱해 준 힘일지도 모른다.

자신을 데려오고 고모가 인사동에서 찻집을 낸 후에야 고모의 결혼이 깨졌다는 걸 알았다. 어린 나이지만 그게 자신 때문이라는 걸, 자신을 위해 고모의 인생을, 행복을 포기했다는 걸 알았다. 그래서 누구보다도 열심히 공부했다. 아마도 그것만이 유일하게 고모에게 보답하는 길이라는 걸 알았기 때문일 것이다.

그런 노력 끝에 그는 성공했다. 물론 돈도 많이 벌었다. 자본주의 사회의 특성상 돈이 신분을 대변하기도 한다. 이제는 아무도 그가 고아라고 수군거리지도, 동정하지도 않는다. 결손가정의 아이라고 뭔가 일을 저지를지도 모른다는 의심에 찬 시선도 보이지 않는다.

처음 자신의 손으로 돈을 벌어 고모에게 통장을 건넸을 때도 고모는 가만히 손을 잡고 잘했다! 잘했다! 하며 쓰다듬어 주기만 했다. 아무리 통장을 고모에게 주려 해도 결코 받지 않으셨다. 예전에 살던 전세방을 빼고 자신이 사드린 지금 빌라로 이사 올 때도 나는 이런 큰 집 필요없다며 연신 거절하셨던 분이다. 일 때문에 회사 근처로 나가 사는 조카를 위해서 간혹 밑반찬을 마련해 놓고 가시는 분이었다.

생각해 보니 너무 무심했던 것 같다. 정말이지 고모에게는 갚아도 갚아도 모자란 큰 은혜를 입었는데, 그건 달랑 돈으로 갚을 수 있는 게 아닌데 집을 사드린 것으로, 한 달에 얼마간의 용돈을 드리는 것으로 할 도리를 다 했다고 생각했다니……. 나도 다른 한심한 인간들과 마찬가지로 돈을 벌어 마음이 변했던가?

생각에 빠져 있는 사이 어느새 빌라 앞에 도착했다. 문 앞에서 벨을 누르니 안에서 고모의 목소리가 들린다.

[누구세요?]

카메라를 통해 방문객의 얼굴이 보이는데도 고모는 카메라는 보지도 않고 늘 묻곤 한다.

"저예요, 고모."

[태진이냐?]

고모가 반갑게 문을 연다. 오랜만에 고모의 얼굴을 보니 주름이 는 것 같다. 마음 한구석이 짠하다.

"바쁠 텐데 어떻게?"

반갑지만 조카의 사정을 먼저 걱정한다. 고모는 변함없이 다정하다.

"오늘은 좀 한가해서요. 오랜만에 고모가 끓여주는 청국장 먹고 싶어서 왔어요."

태진이 떠는 넉살에 선영은 조용히 웃었다. 선영이 왜 모르겠는가? 조카인 태진이 얼마나 성공했는지. 산해진미라도 얼마든지 먹을 수 있을 정도로 성공했다는 걸 선영도 잘 알고 있다. 그런데 태진은 청국장이 먹고 싶단다. 태진이 어릴 때, 가난하고 궁핍했던 시절에 지겹게 먹었던 청국장, 김치찌개 이런 것들이 먹고 싶다고 자신을 가끔 찾아오는 조카의 마음을 왜 모르겠는가?

"그래? 얼른 들어와라. 내가 찌개 올려놓으마."

금방 식탁을 차린 선영은 태진을 불렀다. 대답이 없어 거실로 가봤더니 태진은 어느새 소파에서 잠이 들어 있었다. 큰 키를 소파에다 집어넣지 못해서 고개를 수그리고 다리를 접은 채 잠들어 있는 태진은 꼭 어린아이 같았다. 선영은 미소가 절로 나왔다. 태진이 회사 근처로 나가서 산 이후로는 이렇게 무방비 상태로 잠들어 있는 태진을 볼 기회가 없었다.

자식이라 생각하고 키웠다. 태진을 자신의 배 아파 낳지는 못했지만 자신의 아들이라고 생각하고 키웠다. 조카라고 생각했으면 아마 지금껏 홀로 키우지는 못했을 것이다. 올케의 가출로 상처받은 태진을 처음 봤을 때부터 결혼을 깨고 태진을 키울 결심을 하면서 하늘이 주신 자식이라고 생각했다. 보살핀다고 보살폈어도 해주지 못한 것이 더 많아 미안한 아들. 태진은 선영에게 아들이었다.

아직 홀로 제 짝을 만나지 못한 것이 아쉽고 안타까웠다. 결혼 얘

기를 끄집어낼라 치면 질색을 해, 그 마음의 상처가 짐작이 가서 더
더욱 가여웠다. 태진이 여자들을 불신하는 걸 알고 있었지만 뭐라 할
수 없기에, 언젠가 태진에게 사랑을 주고 믿음을 줄 수 있는 따스한
가슴을 가진 여자를 만나 가정을 이루고 사는 것을 보는 게 선영의
소원이었다.

한잠 달게 자고 일어난 태진은 선영이 차려준 식탁 앞에 앉아 밥
두 공기를 쓱싹 비웠다.

"아, 잘 먹었다! 역시 고모가 끓여준 청국장이 최고라니까요!"

선영은 배를 두드리는 태진 앞에 구수하게 끓인 숭늉을 내놓고 태
진에게 줄 밑반찬을 싸기 시작했다. 일하는 아주머니가 어련히 알아
서 잘하겠냐만은 그래도 김치며 장아찌들은 직접 만든 것을 챙겨주
고 싶었다.

"뭘 그렇게 많이 챙기세요. 요새는 바빠서 집에서 밥 먹을 일도 별
로 없는데. 그리고 집에 반찬이 없어야 그 핑계 김에 고모 한 번이라
도 더 찾아뵙지요."

"바쁘더라도 아침은 꼭 챙겨 먹고 다녀라. 몸 상한다. 그리고 빵
쪼가리 같은 것 먹지 말고, 일하시는 분한테 밥 한 공기씩 따로 담아
냉동실에다 얼려두라고 하고. 아침에 하나씩 꺼내서 레인지에 데우
면 따슨 밥만은 못해도 빵보다는 나을 게야."

"네. 제 걱정은 마시라니까 그러시네. 고모야말로 어디 편찮으신
데 없으시지요? 불편한 점 있으시면 말씀하세요."

"불편은 무슨…… 그저 집이 너무 커서…….."

"쓸쓸하세요? 저 들어와 살까요?"

"아니다. 그렇지 않아도 바쁜 애가……. 후, 얘기가 나왔으니 말인

데…… 난 이런 좋은 집, 편치 않다. 네가 내 생각해서 마련해 준 집이니 정 붙이고 살아야지 하다가도 너무 크고 황량해서 꼭 남의 집에 들어와 있는 것 같아. 나는 그냥 마당 있는 조그만 한옥 하나 구해 나갈까 한다."

"많이 불편하세요?"

태진은 자신이 사드린 집이 불편하다는 고모가 야속하면서도 혹시 자신의 만족을 위해서 고모를 불편하게 만든 것은 아닌가 생각하니 마음이 착잡했다.

"불편하다기보다 어색하지. 너무 좋은 집, 좋은 물건들이라 만지면 망가질 것 같고 남의 것 만지는 것 같고 그렇다. 예스런 한옥 하나 구해서 마당에 꽃이나 심고, 나무나 가꾸고 그러면서 살았으면 한다."

"그러시면 제가 하나 알아볼게요."

"아니다. 너 바쁜 것 아는데 내가 알아보마."

"직원 시켜서 알아보면 되니까 걱정 마세요."

태진은 고모의 집을 나서며 마음이 편치 않았다. 세상에서 유일하게 태진이 걱정하고 사랑하는 사람이 있다면 그건 고모였다. 냉정하고 계산적인 성격의 그이지만 고모에게만큼은 달랐다. 뭔가 자꾸만 해드리고 싶었다. 자신이 고모에게 받은 사랑을 돌려주고 싶었다.

집에 돌아와 부모의 뒤를 이어서 부동산 임대업을 하는 대학 시절 친구에게 전화를 걸어 예스런 한옥집이 매물로 나온 게 있는지 연락해 달라고 전화를 했다. 고모가 현대적이고 고급스럽게 꾸며진 빌라가 싫으시다니 고풍스러운 한옥을 한 채 사드려야겠다며 친구에게 부탁을 하고는 전화를 끊었다.

고모댁에 다녀온 영향인가 어쩐지 집안이 황량해 보였다. 유명한 인테리어 디자이너가 최신 유행에 맞게 꾸민 집은 마치 잡지에 나오는 사람의 손때라고는 묻어 있지 않은 집 같았다. 어린 시절 그에게 집은 자신이 가지지 못한 것들을 느끼게 하는 공간이었고, 성공한 후 그에게 집은 자신이 가진 것들을 보여주는 공간이다.

가죽 소파와 커다란 벽걸이 TV, 고급스런 장식장들로 채워진 거실은 어린 시절 고모와 살던 집보다도 넓었다. 주방에는 비록 쓸 일은 별로 없지만 최신 주방 기구들이 걸려 있고, 욕실은 까만 대리석으로 만들어졌다. 디자이너의 취향으로 욕실에 들어갈 때마다 무덤에 들어가는 듯한 느낌이 들었다. 거실만큼이나 커다란 침실에는 침대 하나만 덩그러니 그 자리를 차지하고 있었다.

담배를 한 개비 꺼내 물었다. 담배의 연기와 냄새는 그에게 묘한 안정감을 주곤 했다. 담배가 주는 안정감을 잠시 누리던 태진은 일을 하러 서재로 들어갔다. 채워지지 않는 허전함을 일로 달랬다. 일은 결코 그를 배신하지 않는 믿음직한 친구였다. 언제나 노력한 만큼 돌아오는 솔직하고 믿을 수 있는 친구.

"나는 네가 우리 집으로 왔으면 한다. 아직 어린 너에게 이 큰 집은 무리일 듯싶구나. 여자 혼자 사는 것도 영 마음이 놓이질 않고. 저승에 있는 네 부모님들도 편치 않으실 거다, 너 혼자 사는 건. 네 아버지와의 정도 있고 널 우리 집에서 거두는 것이 순리일 듯싶구나."

삼우제를 지내고 돌아온 직후 상철은 혜승에게 자신의 집으로 갈 것을 권했다. 겉으로야 혜승을 위한다는 명분을 내세웠지만 혜승이 슬픔에 잠겨 정신이 없는 사이 모든 일을 처리하려는 속셈이었다.

"······."

혜승은 아무런 말도 할 수가 없었다. 설마 이렇게 빨리 마수를 드러내리라고는 미처 예측하지 못했었다. 아직 아무런 준비도 하지 못했는데 정신이 아찔했다. 이대로 모든 것을 빼앗기는 것은 아닐까? 시간을 벌어야 하는데······.

"말씀은 감사합니다만······ 부모님의 49제라도 이 집에서 지내 드리고 싶습니다. 충주댁 아주머니도 계시구요. 제 걱정은 마세요."

상철은 혜승의 대답을 듣고 계획이 틀어지는 걸 느꼈다. 부모님의 49제를 제 손으로 지내고 싶다는데 대놓고 반대할 수도 없고 난감하기 그지없었다.

"충주댁이야 고용인이고, 너 혼자 어찌하려고. 부모님의 49제야 안국동에서도 지낼 수 있지 않겠느냐."

상철은 다시 한 번 혜승을 설득했다.

"부모님 살아생전에 지내시던 곳에서 때 맞춰 상식도 올리고 하면서 지내고 싶습니다. 절 걱정해 주시는 마음은 알겠습니다만 충주댁 아주머니께서 잘 돌봐주실 거예요. 우선은 부모님 49제 지낼 때까지만이라도 다른 생각 안 하고 조용히 지내고 싶습니다."

"······그래? 네 생각이 그렇다는데 별수없지. 그렇지만 혼자 지내는 것은 아무래도 마음이 놓이질 않는구나. 그래서 말인데 혜성이를 당분간 이 집에서 지내게 하는 게 어떻겠느냐?"

상철은 혜승이 자신의 집으로 오도록 설득하는 것이 힘들어지자 둘째아들인 혜성을 종택으로 들여보낼 생각을 했다. 임기응변격으로 생각한 것이지만 좋은 생각인 듯싶었다. 우선 아들을 종택으로 들여보내고 혜승을 자신의 집에 데려다 놓으면 저절로 종가 재산도, 혜승의 아버지인 한 사장의 재산도 자신에게 떨어질 것이 아닌가?

"죄송합니다, 상중인 집에 손님을 들이는 것은 법도가 아닌지라. 또한 여자들만 있는 집에 남자가 들어오는 것도 예의에 어긋나고 해서……. 저한테도 부모님을 잃은 슬픔을 삭일 시간이 필요하구요."

"흠, 친척 사이에 예의는 무슨……."

"저는 부모님 임종도 지키지 못해 큰 불효를 저질렀습니다. 부모님 사시던 곳에서 상식이라도 제대로 올려야 그 불효를 씻을 것 같습니다. 조용히 두 분을 추모할 시간을 갖고 싶습니다."

"그래, 알았다. 네 뜻이 정 그렇다면 내 더는 권하지 않으마. 하나 내가 네 피붙이 중에서 그나마 가장 가까운 사람 아니냐. 도움이 필요하거든 언제든 연락하거라."

"네."

상철은 더는 혜승에게 권하지 못하고 집으로 돌아갔다.

혜승은 상철이 돌아가고 난 후에야 안도의 한숨을 쉬었다. 상철이 그냥 물러서지 않을까 봐 심장이 떨렸었다. 얘기를 나누는 도중에 몇 번이고 난 당신의 속셈을 알고 있어! 하고 소리치고 싶었다. 더러운 위선자라고, 날 위하는 척하지 말라고, 시커먼 당신의 속셈이 보인다고 말하고 싶었다. 장례식장에서 당신이 하는 말을 들었다고, 돈만 아는 버러지라고 쏘아붙이고 싶었지만 결국 그러질 못했다.

우선은 시간을 버는 일이 가장 중요하니까. 알고 있는 내색을 해서 일부러 경계심을 키울 필요는 없으니까. 참아야 했다.

누굴 만나야 하지? 그래, 변호사. 변호사를 먼저 만나봐야겠다. 아냐, 아버지의 고문 변호사를 만나면 안국동 귀에 들어갈지도 몰라. 다른 사람을 만나자. 어디서 찾지? 믿을 만한 사람을 어디서 찾아야 하지?

"얼굴이 말이 아니야. 한숨 푹 자."

찻잔을 치우러 들어온 충주댁이 혜승을 보면서 한마디 했다. 그 순간 혜승의 뇌리를 스치는 것이 있었다.

"아주머니, 전에 친구 분이 사기당하셨을 때 도와준 변호사가 있다고 하셨지요?"

"그건 왜?"

"변호사가 필요해서요. 그분 믿을 만한가요?"

"변호사라면 사장님 고문 변호사도 계시잖아?"

"그분 말고 다른 분이 필요해요. 친구 분이 선임하셨던 변호사 믿을 만해요?"

"아마 그럴걸? 그 친구가 가게 계약할 때 당한 사건인데 뭐, 나야 법적인 거야 자세히 모르지만 하여튼 법적으로 하면 세입자가 주인의 명의를 도용해서 사기친 거라 돈도 날리고 가게도 못할 뻔했는데 어찌어찌 주인이랑 합의해서 가게는 할 수 있게 되었다고 했지. 고마워서 수임료인가 뭔가 주려고 했더니 한사코 거절하면서 밥이나 한 끼 사라고 했다더라고. 친구가 그런 사람 없다며 고마운 사람이라고 어찌나 칭찬을 하던지……."

"그분 연락처 좀 알 수 있을까요?"

"아마 알 수 있을 거야. 무슨 일로 그러는데?"

충주댁의 물음에 혜승은 장례식장에서 있었던 일이며, 아까 있었던 일을 모두 얘기해 주었다. 혜승의 말이 끝나자 충주댁은 분노했다.

"아니, 그런 몹쓸 사람들이 있나! 아이구, 이를 어째. 이를 어째."

충주댁이 화를 내다가 결국에는 눈물을 보인다.

"우리 혜승이 불쌍해서 어쩌나. 가엾어서 어쩌나."

혜승은 자신을 붙잡고 우는 충주댁의 모습에 설움이 왈칵 치밀어 올랐다. 울지 않으려고, 강해지려고 노력했지만 가끔 한 번씩 치밀어 오르는 슬픔은 어쩔 수가 없었다. 세상에 오직 혼자라고 생각했는데 가만히 안아준 충주댁 가슴의 온기가 너무 다정해서 그만 눈물이 흘렀다.

무심히 시간이 흐르면 언젠가는 조금 덜 아프겠지. 여린 가슴에 꽂힌 슬픔이 좀 더 시간이 흐르면 다른 감정들로 채워져 가슴 한구석에 들어가는 날이 오겠지. 태어나 처음 하는 이별은 숨이 막히도록 힘들다.

큰 나무 옆에서 그 나무의 그늘에서 제대로 자라지 못하던 작은 나무가 큰 나무가 사라지자 뜨거운 태양빛에 견디지 못하고 말라 죽었던 것처럼 부모님의 그늘이 번거롭고 귀찮기만 하다가 어느 날 갑자기 부모님이 돌아가셔서 그 그늘이 사라져 버리자 세상의 뜨거움에 혜승도 말라 죽을 것만 같았다.

볼을 타고 흘러내리는 눈물이 뜨거워 가슴도 불타는 것만 같았다. 충주댁과 둘이 서로를 끌어안고 서러움에 울음을 토해내면서 슬픔이 좀먹은 가슴이 뜨겁게 그리고 조용히 타올랐다.

충주댁의 소개로 만난 변호사는 의외로 무척이나 젊은 사람이었다. 많이 봐줘야 삼십 대 초반으로밖에 보이지 않았다. 얼굴이 선해 보이는 사람이었다.

혜승의 얘기를 무척 진지한 자세로 듣고는 부모님을 잃은 데에 대한 위로부터 먼저 건네는 세심한 사람이었다. 순간 느껴지는 호감에 죄스럽기까지 했었다. 상중에 남자에게 호감을 느낀다는 것이 왠지 부적당하게 느껴졌다. 그래도 그의 친절에 마음이 한결 가벼워지는 듯했다.

그의 말로는 재산 상속에 관해서는 유언장에 언급된 바가 없다면 사촌 이내의 친족에 한해서만 가능하다고 했다. 따라서 육촌 간인 안국동 어르신과 그의 아들들에게는 상속권이 없다고 했다. 혜승이 법적으로 성인이므로 후견인이 필요치 않고, 사촌 이내의 가까운 친척이 없으므로 부모님의 재산은 모두 혜승에게 상속된다고 했다.

그런데 문제는 혜승이 살고 있는 집과 선산이었다. 혜승이 살고 있는 집과 선산은 총유로 되어 있는 문중 재산이므로 만약 총회에서 사람들의 동의를 얻는다면 혜승의 허락 없이 임의로 처분하는 것이 가능하다고 했다. 아무리 혜승의 아버지가 양도한 것이라고 해도 한 번 양도한 이상 권리가 없다고 했다. 제일 좋은 방법은 혜승이 구입하는 것이라고 했다.

우선 혜승은 변호사의 조언에 따라 부모님의 부동산과 유가 증권 등의 재산을 상속받고 상속세를 지불했다. 그 과정에서 상속세를 감당하기 위해 몇몇 부동산은 처분하고, 몇몇 부동산은 현물로 상속세를 납부해야 했다. 그러나 다행히도 별문제없이 상속 문제를 처리할 수가 있어서 한시름 놓았다.

여전히 집과 선산이 문젯거리로 남아 있긴 했지만 말이다. 넉넉히 값을 지불하고 사들일 수 있으면 좋겠지만 그렇지 않을 경우에 어떻게 해야 할지 그 점이 답답했다. 집으로 가는 발걸음이 무거웠다.

집으로 돌아온 혜승은 제일 먼저 부모님의 신위가 모셔져 있는 사당으로 건너갔다. 원래 여자는 평생에 딱 한 번만 사당에 들어갈 수 있다. 딸이라면 시집갈 때 인사드리면서 한 번, 며느리라면 시집와서 인사드릴 때 한 번. 혜승도 평생 단 한 번 시집갈 때 저 사당 문을 넘어갈 줄 알았다. 평소 남자들만 들어갈 수 있는 사당에 얼마나 들어가고 싶었던지……. 부모님이 이렇게 일찍 돌아가셔서 들어가게 될 줄 모르고 말이다.

안으로 불천위 제사를 지내는 조상들께 먼저 예를 올리고, 고조의 신위, 증조의 신위, 할아버지, 할머니의 신위에 예를 올리고 나서야 부모님 신위에 예를 올렸다. 학교에 간 사이 충주댁이 점심 상식을 올렸는지 아침에 혜승이 올린 나물 찬이 아니었다.

사당에서 나와 안채로 향했다. 학교에 다닐 때는 머리에 상장을 달고 다니지만 집 안에서는 상복을 입었다. 원래는 삼 년을 상복을 입고 부모님 묘소 앞에서 시묘살이를 해야 하지만 요즘은 사회생활 때문에 탈상 기간이 짧아져서 일 년, 아주 짧게는 49제 후에는 탈상을 하기도 한다.

"오늘은 이르네."

충주댁이 안채로 건너오는 혜승을 보고 말했다.

"네. 수업이 일찍 끝나서요."

"그래? 덥지? 뭐 시원한 거 한 잔 줄까?"

"네, 정말 덥네요. 여름은 여름인가 봐요."

"시원한 녹차 한 잔 줄까?"

"조금 이따가 주세요. 초당에 가서 옷 좀 갈아입고 올게요."

"혜승아."

충주댁이 초당으로 가려던 혜승을 불렀다. 혜승에게 학생이라고 부르는 게 어색하다고 뭐라 불렀으면 좋겠냐는 충주댁에게 그냥 이름을 부르라고 한 뒤부터 충주댁은 혜승의 이름을 불렀다.

"네?"

"사모님도 없으신데 안채로 오는 게 어때?"

초당에서 홀로 지내는 혜승이 안쓰러워서 충주댁은 혜승에게 안채로 오라고 했다.

"있던 곳이 편해요. 또 지금 안채로 가면 엄마 생각이 더 날 것도 같고요."

"혼자 초당에 있는 게 안쓰러워서 그러지. 또 언제까지 안채를 비워둘 수도 없고. 그러지 말고 안채로 건너와. 내가 지내는 행랑채와도 가깝고. 사실 초당은 좀 떨어져 있어서 마음이 안 놓여서 그래."

"……생각해 볼게요."

혜승은 한참을 말없이 있다가 겨우 대답했다. 충주댁의 걱정이 이해가 갔기 때문이다. 사실 혜승이 지내는 초당은 별당채의 하나로 안채의 뒤쪽에 홀로 떨어져 있었다.

혜승의 집은 안채와 사랑채가 일자로 되어 있는 구조로 담을 하나 사이어 두고 있지만 담 사이에 문을 하나 지나면 되므로 거리상으로는 멀지 않다. 물론 충주댁이 지내는 행랑채는 한쪽 문으로는 사랑채와 통하고 또 다른 쪽 문으로는 안채와 통해 거리는 그리 멀지 않다. 그러나 혜승이 지내는 초당은 안채의 뒤쪽에 위치해 행랑채와의 거리가 멀었다. 행랑채에서 초당으로 오려면 안채를 거쳐 초당으로 와야 하기 때문이다. 혹시 혜승에게 무슨 일이라도 있으면 거리가 멀어서 충주댁이 혜승에게 오기까지 사간이 걸릴 수밖에 없었다. 물론 집 안에 경보 장치가 돼 있긴 해도 충주댁은 혜승을 가까운 곳에서 살피고 싶었던 것이다.

무정하게도 시간은 흘러 혜승의 부모님의 마지막 49제 날이 되었다. 상철의 식구들을 비롯해서 혜승의 아버님의 생전 친구 분들과 문중의 몇몇 어른들이 참석했다. 49제는 평소 혜승의 어머니가 다니시던 광덕사에서 지냈다. 혜승은 49제가 끝나고 찾아주신 분들께 인사를 한 후에 집으로 돌아왔다. 물론 그 뒤를 상철과 그 아들들이 따라왔다.

혜승은 그들을 사랑채로 안내하고 차를 대접했다.

"그래, 생각은 좀 해봤느냐?"

상철이 차를 한 모금 마시고 잔을 내려놓은 다음에 혜승의 얼굴을 쳐다보며 말했다.

"예."

혜승은 조용히 대답했다.

혜승의 대답이 끝나자 상철의 얼굴에는 미소가 떠올랐다. 저것이 안국동으로 올 모양이구나. 그렇지 않고서야 저렇게 조용하게 있을 리가 없지. 하지만 한참이 지나도 혜승은 입을 열지 않았다. 아까 '예'라고 대답한 것이 오겠다는 것인가 안 오겠다는 것인가 답답해하던 상철이 먼저 입을 떼었다.

"언제 올 생각이냐? 빠를수록 좋겠지."

"계속 이 집에서 지내기로 마음을 정했습니다."

"뭐라?"

혜승의 대답에 상철은 크게 놀랐다. 다 되었다 생각했는데 갑자기 뒤통수를 맞았으니 안 놀라고 배기겠는가.

"이 집에서 지낸다고? 혼자서 어찌 지내려고? 생활은 어찌하고?"

상철은 다급히 되물었다.

"전에 말씀드렸다시피 충주댁도 있고요. 생활은…… 부모님 돌아가시면서 나온 보험금도 있고, 또 물려받은 재산도 있으니 별문제가 없을 것입니다."

혜승이 이렇게 나올 줄 몰랐던 상철은 입이 쩍 벌어졌다. 그러나 우선 혜승을 설득하는 것이 먼저라 생각하고 혜승을 설득하기 시작했다.

"네가 홀로 지내면 무시하는 사람도 있을 것이고, 또 재산 문제도 그렇다. 여기저기서 말도 많고 문제도 많이 생길 게야. 네가 안국동으로 오면 그런 문제야 나나 네 오라비들이 해결해 주지 않겠니? 너도 편할 것이고."

"괜찮습니다. 앞으로는 홀로 살아가야 할 텐데 자꾸 어르신께 폐를 끼칠 수도 없고, 어려움이 있다면 혼자 힘으로 이겨봐야 하지 않겠습니까? 혼자 해결하다가 정 힘들면 그때 도움을 청하겠습니다."

상철은 화를 참지 못하고 얼굴빛이 울긋불긋하게 변했다. 인상을 찌푸려 미간이 좁아지고 얼굴이 험악해졌다. 입 안에서 할 말을 고르는 듯 입가가 씰룩씰룩했다.

"……그러면 언제 황 변호사를 만나 얘기를 해야겠구나. 언제가 좋으냐?"

"황 변호사는 왜요?"

혜승은 짐짓 모르는 척 시치미를 뗐다.

"한 사장의 유산을 정리해야 하지 않겠느냐? 네가 잘 모를 터이니 황 변호사와 내가 의논을 해서 결정하마."

상철은 큰 은혜라도 베푸는 양 말했다.

"유산의 정리는 이미 끝났습니다."

"뭐야?!"

상철이 이번에 놀란 것에 비하면 아까 놀란 것은 새 발의 피었다. 자신이 크게 소리를 지른 것도 모르는 듯했다.

"유산 정리가 끝났다니 그게 무슨 말이냐?"

"말 그대로 상속에 대한 절차가 모두 끝났습니다."

혜승은 시시각각으로 변하는 상철의 얼굴을 보면서 의외로 침착한 자신에게 놀랐다. 혹, 목소리를 떨면 어쩌나 걱정했었다. 상철이 아들들과 합세해 자신의 뜻을 강제로 관철시키려 하면 어쩌나 오늘 아침까지만 해도 가슴이 두근두근했었다. 그러나 막상 닥치니 별것 아니었다. 오늘에 대해 준비를 했었고, 준비한 만큼 자신감도 있었다.

"상속에 대한 절차가 끝났다니? 누가? 누구에게 끝났다는 게냐?!"

화가 머리끝까지 치민 상철은 고래고래 소리를 지르기 시작했다. 아침까지만 해도 혜승을 데려가고 한 사장의 재산을 챙길 자신의 계획에 아무런 의문을 품지 못했었다. 하지만 지금 저 어린것이 뭐라 한 것인가? 상속에 대한 절차가 끝났다니? 혹시 몰라서 한 사장의 고문 변호사인 황 변호사 측에 사람을 두어 살폈었다. 분명 오늘 아침까지도 혜승이 다녀간 적이 없다고 했다.

"제가 상속을 받았습니다만……."

혜승은 조용하고 차분하게 대답했다.

"네가, 네가 어떻게……. 황 변호사한테 다녀간 적이 없을 텐데……."

상철은 믿지 못하겠다는 듯이 말끝을 흐렸다.

역시 황 변호사에게 안 가기를 잘했네. 혜승의 생각대로 황 변호사 측에 끈이 닿아 있었던 것이다.

"상속에 대한 문제도 끝났고 하니 굳이 안국동으로 갈 것까지야 없을 듯합니다, 어르신."

"말도 안 되는 소리! 어떻게 너 혼자 상속을 받는다는 말이냐? 나는, 나도 있고 우리 혜성이도 있는데. 맹랑한 것 같으니라고. 친척들을 빼돌리고 저 혼자 재산을 차지하다니. 내가 가만 놔둘 것 같으냐? 어림도 없다. 암, 어림도 없고말고!"

이제는 자애로운 친척인 양 가장하던 가면을 벗어던지고 자신의 얼굴에 번들거리는 탐욕을 드러내면서 상철이 혜승을 향해 거칠게 소리쳤다.

"제가 선임한 변호사의 말로는 모든 절차가 합법적으로 끝났다고 하던데요."

"합법적? 상속권이 있는 친척들을 제외시키고 뭐가 합법적이라는 거냐?"

"저야 변호사가 하는 말을 믿을 수밖에요."

"네가 선임한 변호사라고? 어디 변두리의 아무것도 모르는 풋내기겠지. 필시 잘못된 것일 테니 바로잡아야겠다."

"상속은 이미 끝났습니다. 상속세도 모두 지불했고요."

"건방진! 어디서 말대꾸야!"

상철은 드디어 이성을 잃어버리고 흥분하기 시작했다.

"소송을 해서라도 내 권리를 되찾고야 말겠다. 너 따위에게 당할 내가 아니야. 어린 게 건방지게 돈 맛은 알아서 제 부모 죽자마자 좋아라 홀라당 돈부터 챙겨? 돼먹지 못한 것 같으니라고!"

상철의 말에 혜승은 기가 막혔다. 말도 안 되는 폭언에 있는 힘을 다해 예의를 지키고 있던 혜승도 폭발하고야 말았다.

"지금 돈만 아는 돼먹지 못한 것이라고 하셨습니까? 그럼 장례식 장에서 어떻게 하면 재산을 한 푼이라도 더 챙길까 궁리하는 사람은 뭐라고 불러야 합니까? 남의 재산 챙기려고 아들을 팔아먹는 사람은 뭐라고 불러야 할까요?"

"뭐, 뭐라……?"

상철은 말문이 막혔다. 어떻게 그 일을……?

"소송이요? 네, 어디 한번 해보십시오. 권리? 지금 권리라고 하셨 습니까? 제가 알아본 바로는 어르신께 권리 따윈 없다 하더이다. 재 산의 상속은 사촌 이내에 한해서 가능하다는 건 모르셨던 모양이지 요? 그래, 누가 이기나 소송, 어디 한번 해보십시오!"

상철은 혈압이 올라가 뒷머리가 당겼다. 설마 저게 장례식에서 한 말을 알고 있었단 말인가? 그리고 시치미를 떼고는 속으로 칼을 갈 아왔다는 건가?

"네가 무얼 잘못 알고 있는 모양이다. 아버님이 그러실 리가 없지 않겠느냐."

상철의 둘째인 혜성이 옆에서 거들었다.

"제 귀로 똑똑히 들은 이야기입니다. 제가 들은 이야기가 아니더 라도 오늘 하시는 것을 보니 제 생각이 틀리지 않은 듯싶군요. 오늘 제사에 와주신 것은 감사합니다만 이만 가주시지요. 몸이 곤합니 다."

혜승은 그만들 보내고 혼자 있고 싶었다. 사실을 알고 있다는 것

하고 눈앞에서 보는 것하고는 천지차이다. 직접 눈앞에서 탐욕을 드러내는 상철을 보니 마음이 두 쪽으로 갈라지는 듯 아팠다. 몸 안에 피가 모두 빠져나가서 온몸이 차갑게 식는 것만 같았다.

"내가 이대로 있을 듯싶으냐? 가만두지 않겠다! 어디 한번 해보자꾸나!"

상철은 일어서서 나가면서까지 미련을 버리지 못했다.

혜승은 상철의 식구들이 나가고 나서 온몸을 떨었다. 상철에 대한 분노로, 또 놓아버린 긴장감으로 온몸이 떨렸다. 가만두지 않겠다는 상철의 말이 머리 속에서 울리면서 혜승을 괴롭혔다.

방 한가운데 있는 침대에는 벌거벗은 남녀가 누워 있었다. 방 안 공기에서 찐득찐득한 냄새가 나는 듯했다. 욕망이 구석구석 배어 있는 냄새. 솔직하고 본능적인 냄새가 코끝에서 맴돌며 여인의 욕망을 다시 한 번 자극했다. 진희는 벌거벗은 태진의 가슴을 손바닥으로 애무했다. 탄탄한 근육이 손끝에서 느껴졌다.

태진의 일은 거의 사무실에서 이루어져 몸을 움직이는 일과는 거리가 멀었다. 일중독을 의심할 만큼 일에 빠져 사는 태진은 별다른 운동을 하는 것 같지도 않았다. 진희는 태진이 갖고 있다는 휘트니스 센터의 회원권을 어렵게 손에 넣었지만 운동하러 오는 태진을 보지는 못했다. 그런데도 탄탄한 가슴은 아마도 타고난 것이리라.

자신에게 화가 나 있는 태진이 오랜만에 찾아서 진희는 기쁜 마음에 달려왔다. 그동안 연락이 없어서 혹시 헤어지려고 마음먹은 것이 아닌가 의심하던 참이었다. 그러나 태진은 그러한 진희의 의심을 종식시키려는 듯 뜨겁게 진희를 안아주었다.

섹스는 그저 섹스일 뿐이라고 말하지만 사실 섹스만큼 남녀 사이를 가깝게 만들어주는 것은 없다. 몸에 입고 있는 옷을 벗고, 또 가식을 벗어던지고 그저 알몸으로만 상대를 만날 수 있는 게 섹스 말고 다른 무엇이 있단 말인가. 진희는 태진이 자신을 단순한 섹스 파트너로만 취급한다는 것을 알고 있지만 섹스를 나눌 때만큼은 태진에게 가장 가까운 사람이 자신이라는 기분이 들어서 좋았다.

가슴을 애무하던 진희의 손목을 태진이 잡았다. 그 바람에 진희의 몸이 태진 쪽으로 쏠렸다. 진희는 자신의 몸이 태진 쪽으로 끌어당겨지자 태진의 가슴에 자신의 젖가슴을 살짝 문질렀다. 태진의 탄탄한 근육이 진희의 보드라운 가슴 위로 느껴졌다. 태진의 단단한 가슴이 주는 느낌이 너무 좋아 자신도 모르게 신음을 흘렸다.

"하아, 자기야."

진희는 자신의 몸을 태진의 몸에 휘감았다. 손으로 태진을 애무하면서 태진의 턱에 입을 맞췄다. 깔깔한 턱수염이 진희를 더욱 흥분시켰다. 혀로 부드럽게 태진의 턱 선을 따라 입 맞추던 진희는 어느새 태진의 몸 아래에 있었다.

태진은 진희의 도발에 넘어간 자신이 혐오스러웠지만 꽤 오랫동안 분출시키지 못한 욕망이 그에게 진희의 몸을 가지라고 충동질하고 있었다. 진희의 입술에 거칠게 키스하며 그녀의 한쪽 젖가슴을 세게 움켜줬다.

"아―악, 학!"

진희는 태진이 가슴을 움켜쥐자 그 짜릿한 고통에 소리를 질렀다. 태진이 손가락 사이로 유두를 가지고 장난을 치기 시작했다. 한쪽 젖가슴에서 다른 쪽으로 진희는 기대감에 몸을 떨었다. 진희의 입술에 거친 키스를 퍼붓던 태진의 입술이 진희의 가슴 쪽으로 내려왔다. 태진은 진희의 젖가슴을 이 사이로 감질나게 물고 유두를 입술 안에 넣고 빨았다. 진희의 온몸에 불꽃이 일었다.

"하아— 태진 씨, 제발……."

진희가 태진에게 애원하기 시작했다. 진희는 상체를 일으켜 태진의 몸에 더 밀착되기를 원했다. 하지만 태진은 진희의 몸을 침대에 밀어붙이고 그녀의 애원을 모른 척했다. 태진의 손이 진희의 가슴 사이를 지나 허리로 또 아랫배를 쓰다듬는 동안 진희는 흐느낌 섞인 신음을 흘리며 무력하게 침대에 누워 있었다. 태진의 손이 진희의 다리 사이로 옮겨졌다. 무릎을 벌리고 진희의 허벅지를 움켜줬다. 진희의 몸이 침대에서 튕기듯이 들렸다. 진희의 허벅지를 지난 태진의 손은 그녀의 여성 사이에 자리 잡았다. 진희의 몸은 이미 촉촉해져서 태진을 받아들일 준비가 돼 있었다. 태진은 콘돔을 찾아 끼우고 그녀의 몸 안으로 들어갔다. 뜨거운 욕망을 토해내는 태진의 격렬한 몸짓에 진희는 점차 머리 속이 하얗게 탈색되는 것 같았다.

"하—악, 악… 헉… 헉… 아—악!"

마침내 폭발한 열정으로 두 사람 모두 한동안 움직이질 못했다.

"하—아, 정말 굉장했어!"

시간이 흐른 뒤 진희가 태진의 가슴에 기대서 조금 전의 정사에 관한 감상을 털어놨다. 그러나 태진은 진희의 몸을 밀어내고 일어나 욕실로 향했다. 꽤 오랜만에 만난 건데 섹스의 여운을 즐기기도 전에 획 일어서 나가 버리다니 그런 태진을 보면서 진희는 맘이 상했다. 섹스가 끝난 뒤 샤워하는 그의 버릇을 진희도 모르는 바는 아니지만 그럴 때마다 자신의 흔적을 지워내려는 것만 같아서 기분이 나빠지곤 했다.

욕실 안에서 태진이 샤워하는 물소리가 들리고 곧 이어 욕실 문이 열리고 목욕 가운을 입은 태진이 나왔다. 젖은 머리가 무척이나 섹시했다. 침대 옆에 있는 의자에 앉고는 담배를 한 개비 꺼내 불을 붙였다. 진희는 침대에서 일어나 태진의 담뱃갑에서 담배를 꺼내 입에 물고는 고개를 숙여 태진이 입에 물고 있는 담배 끝에 자신의 담배 끝을 가져다 대고 불을 붙였다. 진희가 숙였던 고개를 들고 담배 연기를 빨아들이자 그녀의 탐스러운 가슴이 출렁거리기 시작했다. 그러나 태진의 시선을 붙잡지는 못했다.

"다음 영화 준비는 잘되나요?"

진희가 담배를 태우며 태진에게 물었다. 그는 아무 말 없이 진희를 한번 흘깃 쳐다봤다. 다음 영화의 여배우 자리가 탐나는 것일까? 일 이야기는 안 하는 걸 아는 여자가 영화 얘기를 꺼내니 의심이 생겼다.

"묻지도 못해요? 그냥 궁금해서요."

사실은 다음 영화의 여배우가 누군지 궁금해요. 그 여자도 당신에게 추파를 던질까 봐, 그 여자가 나보다 아름다울까 봐 걱정돼요.

하지만 진희는 속마음을 감추고 가볍게 얘기했다.

"다음 영화는 당분간 보류야."

"어머, 왜요?"

"시나리오는 나왔는데 아직 여배우를 못 찾았어. 장소 섭외도 그렇고."

"무슨 영환데요?"

"이 바닥은 비밀 엄수가 생명이란 것 몰라?"

"그 말은 내가 떠벌리고 다닌다는 뜻 같아서 불쾌하군요."

"대답할 필요성을 못 느껴. 그리고 당신이 신경 쓸 일도 아니고."

"흥, 누가 뭐래요?"

태진은 담배를 다 태우고 일어나 옷을 챙겨 입었다.

"벌써 일어나려구요?"

"먼저 나갈 테니 나중에 나와."

"이렇게 눈치 보면서 만나는 거 신경 쓰이지 않아요? 그냥 당신 집이나 내 집에서 만나면 편하잖아요. 다른 사람들 신경 쓰면서 호텔 드나들 필요도 없고."

"호텔이 편해."

태진은 그렇게 말하고 방을 나갔다. 홀로 남은 진희는 입술을 깨물었다. 정말이지 분통 터지게 하는 남자였다. 한차례 섹스가 끝나고 그가 긴장을 풀고 있을 때 다시 한 번 유혹했지만 역시나 콘돔을 잊지 않았다. 임신이라도 하면 그가 달라질까 싶어 의도적으로 유혹했지만 결과는 실패였다.

아직 태진의 주위에 다른 여자는 없지만 그것 역시 장담할 일은 아니었다. 원래 성공한 남자의 주변에는 여자들이 꼬이는 법이니까 말이다. 뭐, 다음 영화가 유보 상태라니 또 다른 여배우 걱정은 하지 않아도 되니 그나마 다행이라고 할 수 있고, 또 오늘의 만남으로 보아 당분간은 헤어질 생각이 없는 것 같아 한시름 놓았다.

저번에 기자에게 흘린 결혼설은 그가 정면으로 부인하는 바람에 효과를 거두지 못했고, 그 다음 계획으로 임신을 생각했으나 그마저도 실패였다. 이래저래 머리를 굴려봐도 그의 숨겨둔 여자에서 탈출할 방법이 보이질 않는다.

호텔에 드나드는 것조차 따로 다닐 정도로 빈틈없는 남자에게 무슨 약점을 기대할 수도 없고, 그렇다고 놓아주고 물러나기에는 상대가 너무 아까웠다. 해보는 데까지 해볼 수밖에······.

2

초복이라더니 한낮의 기온이 33도를 넘어서는 무더운 날씨이다. 가만히 서 있어도 등에서 땀이 주르르 흐를 정도도 더웠다. 태진은 좋은 한옥이 매물로 나왔다는 친구의 말을 듣고 집을 보러 가는 중이었다. 차 안은 에어컨 바람으로 시원했지만 차밖의 아스팔트의 이글거리는 열기는 아지랑이를 피어 올리고 있었다.

빽빽이 들어차 있는 건물들 사이로 친구가 일러준 길을 따라 가자 어느 순간 건물들이 사라지면서 고즈넉한 한옥이 한 채 보였다. 낮은 담장 안으로 넓은 공간과 나무가 7월의 무더위를 한꺼번에 날려 버리는 듯했다.

이천 평 규모에 지은 지 칠십 년 된 한옥이라고 했다. 조선시대에 지어진 아흔아홉 칸짜리 대갓집은 아니지만 일제시대에 제법 규모 있게 지어진 한옥이라고 친구 녀석이 입에 침이 마르도록 칭찬을 했다. 문화제로 지정이 되지 않아 수리를 하거나 현대적으로 건축을 해도 아무 하자가 없는 물건이라고 했다.

마침 오후 스케줄이 비어서 집을 보기 위해 온 태진은 오길 잘했다고 생각했다. 콘크리트 건물들 사이에 갇혀 지내다가 나무와 흙으로 지어진 한옥을 보자 가슴이 탁 트이는 것 같았다. 겉모양만 봐도 구입하고 싶을 정도로 맘에 들었다.

차에서 내려 대문 앞으로 다가가니 문이 살짝 열려 있었다.

"계십니까?"

왠지 옛사람들마냥 '이리 오너라'라고 인사를 해야 할 것 같은 집이다. 안에 대고 소리를 질렀지만 아무런 인기척이 없었다. 잠시 기다리다가 조심스레 안으로 들어가 봤다. 집을 둘러보니 정면에 안으로 들어가는 문이 하나 있고 왼쪽에 안으로 들어가는 문이 있었다. 왼쪽에 달린 조그만 문 안쪽에서 무슨 소리가 들리는 것 같아 발걸음을 옮겼다.

작은 문을 열자 삐걱거리는 소리가 들렸다. 문을 열고 안으로 들어갔는데 소리는 더 안쪽에서 들렸다. 왠지 발걸음이 조심스러워진다. 몰래 남의 집이나 엿보는 사람이 된 것 같은 기분이다. 소리가 들리는 곳으로 계속 걸어갔다. 자신도 모르게 발소리를 줄이면서.

태진은 눈앞에 보이는 광경에 발걸음을 딱 멈췄다. 한 여자가 하얀 소복을 입고 장독대 위에 놓인 항아리를 닦으면서 혼잣말을 하고 있었다.

"한여름 태양빛 받아 빨갛게 익어라."

아마도 고추장 항아리인 모양이다. 여자는 그 항아리를 다 닦자 옆에 있는 항아리를 닦으면서 또다시 혼잣말을 중얼거렸다.

"나쁜 벌레는 다 죽고, 맑은 장 되어라."

언뜻 보아도 제 몸보다 더 큰 항아리를 닦으며 여자는 씩씩하게 중얼거린다.

여자의 이마에는 땀방울이 송골송골 맺혀 있고, 하나로 묶은 머리는 땀 때문에 목에 들러붙어 있었다. 태진은 문득 그 여자의 이마를 훔쳐 주고 목에 붙어 있는 머리를 떼어주고 싶다는 생각을 했다. 이마에 맺힌 땀방울이 햇빛에 반사되어 반짝거린다. 그녀의 코에 키스를 한다면 저 콧등에 맺힌 땀방울을 맛볼 수 있을 텐데……

태진은 넋이 나가 여자를 바라봤다. 하얀 소복을 입은 여자가 내리쬐는 태양 아래서 너무 작고 아름다워 보였다. 영화의 제작자로 많은 여배우들을 만나봤지만 저렇게 맨얼굴에 태양 아래서 저렇게 아름다운 여자는 없었다. 모두들 태양은 피부에 적이라고 피하기만 했다. 그런데 저 여자를 보니 얼굴에 주근깨가 있더라도 예쁠 것 같다는 생각을 했다. 물론 그녀의 피부는 하얗고 투명하지만 말이다. 반쯤 걷어 올린 한복 소매 사이로 가늘지만 강단있어 보이는 팔조차 예뻤다.

항아리를 닦느라 숙인 고개 밑에 하얀 저고리 동정이 살며시 앞으로 들리면서 그녀의 살이 살짝 보였다. 살짝 살이 내비치는 것이 가슴을 거의 드러낸 차림의 여자들보다 더 자극적이다. 단단히 묶은 고름을 풀어 그녀의 속살을 보고 싶다는 생각을 했다. 이마에서 흐른 땀방울이 그녀의 턱을 지나 목으로, 그리고 그 아래 저고리의 동정 사이로 흘러내린다. 갑자기 서 있기가 불편할 정도로 욕망이 차 오르는 걸 느꼈다.

정신을 차릴 새도 없이 그녀가 고개를 들었다. 그녀의 시선이 태진에게 꽂혔다.

"깍!"

혜승은 장독대 위의 항아리를 닦다가 이상한 시선이 느껴져서 고개를 들었다. 그러자 눈앞에 처음 보는 낯선 남자가 자신을 집어삼킬 듯이 쳐다보고 있어서 깜짝 놀라 자신도 모르게 소리를 질렀다.

"누구시죠?"

혜승은 놀란 가슴을 진정시키고 남자에게 물었다.

태진은 여자가 자신에게 누구냐고 묻는 소리를 듣고서야 정신을 차렸다. 목소리를 들으니 그녀가 살아 있는 사람처럼 보인다.

"아, 죄송합니다. 밖에서 불렀는데 아무런 인기척이 없어서……실례인 줄 알지만 그냥 들어왔습니다."

"예. 그런데 무슨 일로……."

"부모님은 안 계신가요? 아니면 집안의 다른 어른이라도?"

태진은 여자의 나이가 어려 보여서 여자의 부모님을 찾았다. 많이 봐줘야 이십 대 초반 정도로 보이는 여자가 집을 내놓지는 않았을 테고, 여자의 부모님이나 집안의 다른 어른이 집을 내놓았다고 생각했기 때문이다.

혜승은 남자의 물음이 의외였다. 그동안 부모님을 찾아오신 손님 중에 지금 혜승의 눈앞에 서 있는 남자 같은 사람은 없었기 때문이다. 또한 부모님께서 돌아가신 지 삼 개월이 지났는데 부모님과 친분이 있는 사람이 이제야 찾아온다는 것도 이상한 일이었다.

"어떻게 부모님을 아시는 사이신지는 모르겠지만 돌아가셨습니다."

여자의 대답에 태진은 여자의 옷차림이 소복이라는 걸 기억해 냈다. 그러면 집안의 다른 어른이 집을 내놓은 것일까?

"다른 어른들은……?"

"안 계십니다. 저 혼자입니다만 무슨 일로 오셨는지요?"

태진은 여자의 대답에 놀랐다. 일가친척 하나 없는 고아라는 말인가? 그러면 집을 내놓은 사람이 저 여자인가?

"저는 집을 보러 왔습니다. 집을 내놓으셨지요?"

"네? 집을 내놓다니 누가? 뭔가를 잘못 알고 오신 것 같은데요?"

"틀림없이 이 집이 매물로 나온 것을 보고 왔습니다."

"그럴 리가……."

남자의 말에 혜승은 발밑의 땅이 흔들리는 것만 같았다. 집을 내놓았다니 우려하던 사태가 온 것이다. 안국동 어르신의 가만히 안 있겠다는 말이 계속 걸리더니만 이런 일이 있을 줄이야……. 혜승이 순간 뒷걸음질을 치다가 비틀거렸다.

태진은 자신의 말에 놀라 여자가 비틀거리는 걸 보고 뛰어가 부축했다. 손으로 등을 받치고 여자를 부축해서 마루에 앉혔다. 뼈가 가늘고 선이 고왔다. 여자의 등을 받힌 손에서 얇은 옷감 사이로 여자의 매끄러운 피부가 만져졌다. 손 아래 부드러운 피부의 감촉과 여자의 체온이 느껴졌다. 손을 당겨서 여자를 품에 안고 싶은 생각에 손이 근질거렸다.

한눈에 보기에도 여자는 심한 충격에 빠져 있는 것 같았다. 여자가 집주인이 아닌가? 놀라는 폼으로 봐서는 집을 내놓은 사람은 여자가 아닌 것 같았다. 태진은 여전히 손을 여자의 등에 올려놓고 있었다. 조금이라도 오래 그녀의 피부의 감촉과 체온을 느끼고 싶었다.

"괜찮으십니까?"

여자의 창백한 안색이 걱정된 태진이 물었다. 여자는 그의 물음이 들리지 않는 듯 가만히 앉아 있다가 한참 만에 입을 열었다.

"예. 초면에 추태를 부려 죄송합니다."

혜승은 충격에서 벗어나 남자에게 고마움을 표시했다.

"아닙니다."

여자가 충격에서 벗어나자 아쉽지만 여자의 등에 있던 손을 내려 놓을 수밖에 없었다.

"집을 보러 오셨다고 했습니까? 실례지만…… 어느 부동산에 매물로 나와 있는지 알려주실 수 있는지요?"

"워낙 덩어리가 큰 매물이라서 일반 부동산이 아니라 돈이 있는 사람들을 상대로 물건을 소개시켜 주는 곳에 매물로 나와 있는 걸 봤습니다."

혜승은 충격이 가시자 남자의 말에서 희망이 보이는 것 같았다. 변호사의 말에 따르면 혜승이 집을 구입하는 것이 가장 좋은 방법이라고 했지 않는가? 안국동 어르신이 문중 사람들을 어떻게 설득했는지 몰라도 일단 매물로 나온 이상 자신이 구입해도 되니 오히려 혜승으로서는 잘된 일일지도 모른다.

"거기가 어딘지 알 수 있을까요?"

혜승은 남자에게 어느 부동산인지를 물었다.

"여기 연락처입니다."

남자는 순순히 명함 한 장을 건네주었다. 혜승은 명함을 조심스레 받아 들었다. 그리고는 태진을 향해 말했다.

"저…… 대단히 죄송합니다만 오늘은 그만 가주셨으면 합니다."

태진은 여자의 태도에서 이상한 점을 느꼈다. 부모님이 돌아가셨다며 상복을 입고 집 안에 있는 것으로 보아 이 집에 사는 사람이 분명한데 집이 매물로 시장에 나와 있는 것을 모르는 점도 그렇거니와 자신이 건네준 부동산의 명함을 생명줄이라도 되는 것처럼 바라보는 것도 어딘지 부자연스러웠다. 집과 여자 사이에 사연이 있는 것 같았다.

"저도 한 가지만 물어도 되겠습니까?"

태진은 자신의 의문을 여자에게 물어보기로 했다.

"예. 제가 대답해 드릴 수 있는 거라면."

"이곳에 사십니까?"

"예."

"그러면 집을 내놓았다는 걸 몰랐던 것 같은데 집주인은 아니신 듯하고 어떻게 된 사연인지 들을 수 있을까요?"

"그건…… 집안일이라 말씀드리기가 곤란하군요."

여자가 자세한 사정을 말하지 않자 더욱더 궁금증이 증폭됐다. 하지만 뭔가 말 못할 사정이 있는 것 같아 더 이상 캐묻지 못했다.

"정 그렇다면 알겠습니다. 다음에 다시 뵙지요."

"예, 안녕히 가세요."

태진이 마루에서 일어서자 혜승이 따라 일어서면서 인사를 했다.

"이건 대답해 줄 수 있는 질문일 것 같은데, 이름이 뭐지요?"

"네?"

혜승은 의외의 질문에 말문이 막혔다. 이 남자가 왜 이름을 묻는 것이지?

"이름이요, 당신 이름. 아, 참고로 제 이름은 정태진입니다."

"아, 예. 저는 한혜승이라고 합니다."

혜승은 남자의 태도에 의문이 들었지만 남자를 빨리 보내고 변호사에게 전화를 해야겠다는 생각에 자신의 이름을 알려주었다.

"한혜승! 그럼 혜승 씨, 다음에 또 뵙지요."

태진이 혜승에게 손을 내밀어 악수를 청하자 혜승이 손을 맞잡으며 악수를 했다. 태진은 혜승의 손 감촉이 너무 부드러워 놓고 싶지 않은 마음에 악수가 끝나고 손을 빼내면서 천천히 그녀의 손을 쓰다듬었다. 그러나 혜승은 어려서 그런지 아니면 남자에 대한 경험이 없어서 그런지 태진의 미묘한 유혹을 알아채지 못했다.

태진은 혜승을 꼭 다시 만나게 될 것 같은 예감에 사로잡힌 채 밖으로 나왔다. 대문을 나서자 숨 막히게 더운 공기가 코로 들어왔다. 집 안에 있을 때는 덥다는 생각을 하지 못했는데 밖으로 나서자 한여름 더위가 느껴졌다. 마치 집 안만 전혀 다른 세상 같았다. 상쾌하고 청량감있는 것이 대문을 경계로 딴 세상이 펼쳐져 있는 듯했다. 마치 낮잠을 자고 그 안에서 꾼 꿈처럼 느껴졌다.

혹시 아까 본 여자도 무더운 여름이 만들어낸 환상이 아니었을까? 아니다. 이름이 있는 환상이 존재하겠는가? 여자의 이름이 한혜승이라고 분명히 본인의 입으로 말했다. 실존하는 사람이다.

태진은 차에 타고 에어컨을 켠 다음 품 안에서 휴대전화를 꺼내 친구에게 전화를 걸었다. 집과 혜승의 주변에 대해 알아봐 줄 것을 부탁했다. 자신이 왜 그러는지 알 수 없지만 그녀가 신경 쓰였다. 그녀에 대한 사소한 것 하나하나까지 모두 알고 싶었다.

그녀의 얼굴이, 얼굴에 흐르던 땀방울이, 동정 사이로 보이던 그녀의 투명한 살이, 그리고 자신의 손바닥에 남아 있는 그녀의 등 감촉 그 모든 것이 그를 사로잡았다. 태진은 손을 들어 자신의 손바닥을 쳐다봤다. 그녀의 곧고 아름다운 등의 감촉이 아직도 손에 남아 그를 괴롭혔다. 태진은 자신도 모르는 사이 손바닥에 입을 맞췄다. 그녀의 향기가 느껴지는 듯했다.

혜승은 태진이 가고 나서 변호사에게 전화를 했다. 집이 매물로 나왔으니 구입에 대한 절차를 알아봐 달라는 부탁을 했다. 변호사는 매물로 시장에 나왔다면 별문제가 없을 것이라고 장담을 했다. 전화를 끊고 나서 혜승의 마음은 한결 가벼워졌다.

아까 그 남자, 이름이 뭐라고 했더라? 하여튼 자신에게 부동산 명함을 주고 간 남자가 무척이나 고마웠다. 그 남자가 아니었더라면 집에 대한 소식을 듣지 못했을 테니 말이다. 집을 사는 문제가 마무리되면 그 남자의 말과는 달리 다시 만날 일은 없겠지만 말이다.

"네? 그게 무슨 말씀이세요? 저한테는 안 팔겠다고 했다니요?"

혜승은 행복한 기분으로 변호사의 전화를 기다리고 있었다. 그러나 기대와는 달리 변호사의 전화는 좋은 소식이 아니었다. 문중 사람들이 집을 파는 권한을 안국동 어르신한테 일임했는데 안국동 어르신이 혜승에게는 집을 팔지 않는다고 했다는 것이다.

[말 그대로 혜승 씨에게는 팔지 않겠답니다.]

"시세보다 더 쳐준다고 해도요?"

[네. 제 생각에는 혜승 씨가 물려받은 아버님의 재산 때문에 튕기는 것 같습니다.]

"그럼, 저번 일 때문에……."

[예. 아무래도 혜승 씨에게 돈을 더 뜯어내려는 생각인 것 같습

니다.]

혜승은 변호사의 말을 듣고 눈앞이 깜깜해졌다. 아버지의 재산을 무사히 지켜냈다고 기뻐하고 있었는데……. 이대로 집을 날릴 수도 없고 그렇다고 아버지의 재산을 고스란히 내놓을 수도 없고 혜승은 막막했다.

"무슨 방법이 없을까요?"

[글쎄요……. 좀 위험하긴 방법이긴 하지만 혜승 씨가 아무런 대응도 안 하는 건 어떨까 하는데요. 집을 팔려고 내놓은 건 돈을 챙기려는 의도도 있지만 혜승 씨의 대응을 보려는 의도도 있어 보입니다. 집 값을 시세보다 더 쳐주겠다고 했음에도 불구하고 혜승 씨에게 안 판다는 건 혜승 씨가 물려받은 재산을 다 토해낼 때까지 만족하지 않겠다는 뜻이니 혜승 씨가 아무런 반응도 보이지 않는다면 결국 적정한 선에서 타협이 이루어지리라고 봅니다.]

"집을 보러 오신 분이 계시는데요?"

[하하하, 집을 보러 왔다고 다 사는 건 아닙니다. 또 혜승 씨 집은 대지가 커서 땅 값이 있기 때문에 그렇게 금방 팔리지는 않을 겁니다. 팔려는 쪽에서도 집을 사려는 그 누구보다 혜승 씨가 더 값을 후하게 쳐주리라는 걸 알고 있을 테고요. 제 생각이지만 당분간은 그냥 지켜보는 것이 더 나을 듯합니다.]

"알겠습니다. 당분간은 그냥 지켜보도록 하지요."

[잘 생각하셨습니다. 변동 사항이 있으면 바로 연락드리겠습니다.]

변호사와 통화를 끝내고 답답한 마음에 방을 나와 대청마루에 앉았다. 안채의 안 대청마루, 여기서 어머니와 함께 음식을 만들곤 했다. 대청마루 앞에 불을 피우고 봄이면 화전을 부치고, 여름이면 맷

돌을 꺼내 콩을 갈고, 가을이면 송편을 만들고, 겨울이면 대청의 분합문을 닫고 한기를 막으며 엿가락을 늘이고 가래떡을 구워 먹곤 했다.

집 안에 있는 사소한 구조물 하나하나마다 손때가 묻어 있고 추억이 깃들어 있다. 할머니, 할아버지의 모습이 있고, 아버지, 어머니의 모습이 있고, 나고 자란 혜승의 모습이 있다. 이 집은 단순한 집이 아니라 혜승의 가족 앨범 같은 것이다. 한 발걸음만 내디뎌도 그 자리에 지난 세월의 추억이 고스란히 묻어 있다.

낡은 집을 그대로 안고 사시는 아버지가 이해가 안 가더니 이제야 왜 그러셨는지 이해할 수 있다. 아마 아버지에게도 추억이었으리라. 손 닿는 곳마다 소중한 기억이 있어 차마 허물고 새로 만들지 못하셨을 것이다. 지금 혜승이 그런 것처럼.

태진은 드디어 혜승에 대해 조사한 보고서를 손에 넣었다. 혜승과 그 집에 대해 조사하라고 지시를 하고 오늘 보고서를 손에 넣을 때까지 자신이 이 보고서를 얼마나 기다렸는지 미처 알아차리지 못했다. 조사가 끝났다면서 보고서를 들고 온 흥신소 사람에게서 보고서를 낚아채고 싶어 근질거리는 손을 간신히 진정시켰다.

보고서를 넘기자 제일 먼저 눈에 들어온 것은 혜승의 이름이었다. 웃기는 일이다. 그저 한 번 본 여자의 이름이 이렇게 반가울 줄이야. 태진은 자신도 모르게 얼굴에 미소를 띠었다. 그러나 차분히 읽어 들어가자 점차 얼굴에서 미소가 사라졌다. 혜승의 부모님이 돌아가신 일 하며, 집을 내놓게 된 전말과 그 과정에서 한상철이 노리는 것이 무엇인지 지극히 객관적인 문체로 써 있는 보고서가 태진의 신경을 자극했다.

소위 성씨에 힘준다는 전통이 있다는 가문에서 종손이 죽자 그 딸이 살고 있는 집을 팔아 콩고물 챙길 생각을 하다니……. 마음속에서 분노가 치미는 듯했다.

세상에는 더 불행하고 불쌍한 사람들도 많이 있다. 막말로 부모한테 버림받고 돈 한 푼 없이 길거리에서 죽어가는 사람들도 있다. 그런데 왜 그녀의 불행에 신경이 쓰이는지 모르겠다. 그녀를 궁지로 몬 사람들에 왜 욕이 치미는지 스스로도 이해가 가지 않았다.

"이게 단가?"

태진이 보고서를 내밀고 장승처럼 조용히 서 있는 홍신소 사람에게 물었다.

"얼마 전에 한혜승 씨의 변호사가 집을 사는 문제로 한상철 씨를 만났으나 거절당했습니다."

태진은 홍신소 사람의 대답에 인상을 찌푸렸다. 한상철이 집을 팔라는 요청을 거절했다?

"그래?"

"네. 아마도 한혜승 씨가 상속받은 재산을 노리는 것 같습니다."

"무슨 근거로?"

"한혜승 씨 부친의 변호사는 강남에 사무실을 갖고 있는 황석철 변호사인데 한혜승 씨가 다른 변호사를 선임해서 부친의 유산을 정리했습니다. 그 과정에 한상철 씨와의 마찰이 있었습니다. 후에 한상철 씨가 황 변호사를 찾아가 유산 상속에 관해 의의를 제기했으나 묵살당했답니다."

"그래서 한상철이 집을 내놨다는 거로군. 그녀가 집을 사려고 하면 값을 높여서 그녀의 상속 유산을 챙기려는 심산이었겠군."

"예, 그렇게 보여집니다."

"그 후에 또 부딪친 일은 없었나?"

"없었습니다. 의외로 한혜승 씨 쪽에서 아무런 반응이 없습니다."

"호, 그래? 한상철의 속셈을 알아차린 건가? 의외로 현명하군."

"그런데……."

"그런데?"

"한상철이 선산을 내놨습니다."

"뭐야? 선산을? 돈에 눈이 멀어 조상도 안 보이나 보군. 하긴 조상이 눈에 보이는 사람이 종택을 팔아먹을 생각을 할 리가 없지."

"한상철이 생각보다 질이 나쁩니다."

"계속 한상철, 한혜승 주변을 살피도록 해. 뭔가 새로운 게 생기면 바로 보고하고. 아, 그리고 종가하고 선산이 문중 재산이라고 그랬지?"

"예. 문중의 총유로 되어 있습니다만 한상철이 대표로 매각에 나섰습니다."

"알았어. 그만 나가보고 더 파고들어서 조사해 봐."

"알겠습니다."

태진은 흥신소 직원을 내보내고 생각에 잠겼다. 왜 겨우 한 번 본 그녀에게 마음이 쓰이는지, 그녀의 뒷조사를 시키는지 그 자신조차도 이해할 수가 없었다. 명륜동에서 그녀를 본 후에 며칠 동안 계속 그녀의 모습이 떠올랐다. 일을 하던 순간에도 여름의 태양 속에 녹아들어 있던 그녀의 모습이 느닷없이 떠올라 그의 욕망을 부풀리곤 했다. 그녀의 얼굴에 흐르는 땀방울이나 그녀의 피부 감촉 같은 것들을 생각하면 그도 모르는 사이 바지 앞섶이 부풀러 오르곤 했다.

벌써 여러 날이 지났지만 자신의 손에는 여전히 그녀의 피부 감촉이 남아 있었다. 그녀의 등을 만진 곳이 치마와 저고리 사이의 경계선이었다. 손을 조금만 움직이면 저고리 안으로 손을 집어넣어 거추장스런 옷감의 방해를 받지 않고 그녀의 피부를 만질 수 있었다. 그 순간 그녀를 끌어안지 않으려고, 그녀의 저고리 안으로 손을 집어넣지 않으려고 무척이나 노력했었다.

시간이 흐를수록 그날의 영상이 머리 속에서 또렷해졌다. 일을 하다 잠깐씩 짬이 나면 기분을 맑게 해주는 공기로 채워진 것 같은 그녀의 집으로, 그리고 고운 그녀의 생각에 빠져들곤 한다.

오랜 생각 끝에 그가 내놓은 결론은 그녀에 대한 자신의 이끌림의 정체가 무엇인지 확인해 봐야 한다는 것이다. 지금의 이 감정에서 벗어나는 길은 그것뿐이다.

그녀를 가지리라! 결국 그는 그녀를 가지게 되리라.

그녀에 대한 자신의 감정의 정체를 모르는 순간에도 그는 어쩌면 그녀를 손에 넣을 궁리를 하고 있는지도 몰랐다. 그래서 그녀의 뒷조사를 시키며 그녀에게 다가갈 준비를 하고 있었는지도 모른다.

서울 땅에 물론 숫자가 적긴 하지만 한옥이 그녀의 집 하나뿐인 것도 아닌데, 만약 맘에 드는 집이 없으면 땅을 사 새로 지어도 되는 것인데 그는 그녀의 집이 탐이 났다.

아니다, 이건 거짓말이다. 사실 그는 그녀가 그 집을 아끼기 때문에, 그녀가 살고 있는 집이기 때문에 그 집을 탐내는 것이다. 보고를 받으면서 그 집이 그녀의 부모님에게 또한 그녀에게 얼마나 중요한 집인지 알 수 있었다.

한씨 문중의 집이라고? 지정 문화제가 되고도 남을 집이라고? 대지가 넓어 투자가치가 좋다고? 아니다. 태진이 그 집을 사려는 이유는 혜승 때문이었다. 고모를 위해서였다면 그렇게 사연이 많은 집을 고집할 이유가 없다.

흥신소에 지시를 했으니 조만간 더 자세한 것을 보고받을 수 있으리라.

태진은 아까 흥신소 사람이 말했던 총유라는 말에 집을 소개해 준 자신의 친구에게 전화를 걸었다.

"나야. 명륜동 한옥 말이야? 총유로 되어 있다니 그게 뭐야?"

[아, 그거? 공동 소유의 하난데 주로 종교 단체나 문중의 재산이 그렇게 되어 있는 경우가 많아.]

"그냥 공동 소유랑 달라?"

[물론이지. 공동 소유의 경우 지분도 인정이 되고, 분할해서 팔 수도 있지만 총유의 경우 불가능하지. 오로지 총회의 결정에 따라야 해. 명륜동 한옥의 경우는 문중의 회의나 내부 규정에 따라서만 판매가 가능하지.]

"뭐야, 그럼. 골치 아프잖아."

태진은 친구의 이야기를 듣고 머리 속이 복잡해졌다. 친구의 말에 따르면 문중 전체를 설득해야 한다는 건데⋯⋯.

[이미 팔기로 문중에서 결정한 거니까 구입하는 데 별문제는 없을 거야. 정 그렇다면 문중의 내부 규정에 대해 알아보든지.]

"알았어. 이만 끊자."

태진은 친구와의 전화 통화를 끝내고 흥신소 사람에게 전화를 해 한씨 문중의 총회 규정에 대해 알아보라고 지시를 했다. 생각보다 일이 훨씬 복잡해지는 것 같았다. 단순히 공동 소유라 생각했는데 부동산에 대한 지식이 짧아 간과한 것이다.

흥신소에 지시한 한씨 문중의 내부 규정이 파악되면 협상에 들어가 집을 손에 넣으리라. 그리고 그녀도…….

"그게 무슨 말이냐? 누군가 문중 사람들에게 접근하고 있다니?"

상철은 큰아들에게서 나온 의외의 말에 당황했다. 혜승에게 상속 재산을 토해내게 하기 위한 작전의 일부로 종택을 내놓은 것은 큰아들의 머리에서 나온 생각이다. 집을 내놓으면 혜승이 이를 사기 위해 비싼 값이라도 지불할 것이라는 계산에서였다.

처음에는 계획대로 혜승이 시세보다 비싸게 주고 산다고 했으나, 상철 자신이 가격을 올리기 위해 혜승에게는 팔지 않는다고 한 뒤부터는 아무런 반응 없이 조용했다. 그런 혜승을 더욱 압박하기 위해 선산까지 내놓았지만 여전히 반응이 없었다.

사실 그가 노리는 것은 혜승이 상속받은 재산이다. 종택과 선산이 아무리 가격이 나간다고 해도 문중 재산인 이상 문중 사람들과 나누어야 하는 것이다. 결국 나누고 나면 돌아오는 몫이 적었다. 혜승이 상속 재산을 자신에게 양도하고 나면 종택을 혜승에게 팔려고 맘먹고 있었는데 갑자기 제삼자의 등장이라니 놀랄 일이 아닐 수 없었다.

"누군지 아직 파악이 되지 않고 있으나 문중 사람들을 만나서 문중 총회에서 종택을 그 사람에게 팔 것을 지지하겠다는 서류에 도장을 받고 있습니다."

"뭐야? 누가 멋대로 한다는 게야!"

"문중의 총회 규정상 총회에 소속된 사람들의 70% 이상의 동의만 있으면 되니 문제가 될 건 없습니다."

"그럼 어떻게 되는 것이야?"

"계속해서 문중 사람들에게 접근해서 지지를 얻어낸다면 결국 그 사람에게 팔 수밖에 없는 거지요."

"혜승이 아닌 게 확실하냐?"

"네, 혜승은 아닙니다. 그쪽에서는 전혀 움직임이 없습니다."

"그럼 누가, 어떤 조건에 남의 가문 종택을 산다는 것이야?"

"사람은 파악이 안 됐습니다만…… 판매 시기가 언제가 되든 시세보다 20% 비싼 값에 사기로 했답니다. 그리고 문중 총회에서 지지를 해주고는 조건으로 집의 등기가 완료되면 따로 얼마씩 지불하기로 하는 서류에 도장을 찍은 모양입니다."

"허! 누구 맘대로?"

"아버님께서 의견을 내놓으셔서 문중 총회에서 70%의 동의를 얻어 종택을 팔기로 했으니 파는 거야 기정사실이고, 누구에게 팔 것인가 하는 것도 역시 70%의 동의만 있으면 되니 총회에서 지지를 받는다면 결국 그 사람에게 파는 수밖에요."

상철은 허탈했다. 자신의 계획대로 되는 것이 하나도 없었다. 설마 하니 제삼자가 그 집을 탐내리라곤 생각지 못했다.

혜승에게 종택을 팔면 결국 혜승도 한씨 집안 자손이니 남의 손에 넘어가는 것은 아니다. 지금이야 부모가 죽어 애틋하겠지만 시간이 지나고 시집을 가고 나면 결국 혜승도 자신의 아버지처럼 종택을 문중에 돌려줄 것이라 믿었다. 그렇게 되면 한 사장의 재산도, 그리고 문중의 재산인 종택과 선산도 모두 자신의 손에 들어올 것이라 생각했었다.

누가 인생은 계획대로 되는 것이 아니라 했던가. 정말이지 이렇게 자신의 계획을 빗겨갈 줄이야.

"이렇게 된 이상 방법은 하나뿐입니다, 아버님."

"......."

상철은 아무런 말도 할 수 없었다. 허탈한 감정에 만사가 다 귀찮았다.

"누군지 모르지만 그 사람에게 될 수 있는 한 많은 돈을 받고 파는 방법밖에는 별달리 뾰족한 수가 없습니다. 문중의 총회에 의결권이 있는 사람들 중에서 얼마나 많은 사람들이 그 사람의 제안을 수락했는지 모르지만 30% 이상의 문중 사람들이 그 사람에게 넘어갔다면, 70% 이상의 찬성을 얻을 수 없으므로 결국 그 사람에게 넘기는 수밖에는 없습니다."

상철은 큰아들의 말을 듣고 생각에 잠겼다. 사실 종택을 팔아먹는 일은 가문에 큰 죄를 짓는 일이다. 비록 자신이 종택을 매물로 내놓긴 했지만 한씨 집안 사람이 아닌 다른 성을 가진 사람이 사리라곤 생각해 본 적이 없었다.

만약 남의 손에 들어간다면 사당에 모신 불천위(不遷位) 조상들의 위패는 어찌한단 말인가? 지금 문중에는 예전의 한 사장처럼 문중 일에 발 벗고 나설 만한 사람은 없다. 아니, 오히려 제 잇속만 챙기려는 사람들이 대부분이다. 그러니 자신이 종택과 선산을 팔자고 했을 때 동의한 것이 아닌가.

지금 종택을 잃어버린다면 다시 찾기는 힘들리라. 웃돈을 더 주고 집을 사려 하는 사람이 쉽사리 다시 내놓을 리도 없으니 말이다.

모두 다 혜승이 그 아이 때문이다. 어린것이 고집을 피워 일이 이

지경까지 된 것이다.

"아버님!"

상철이 입을 열지 않고 생각에 잠겨 있자 상철의 큰아들이 아버지를 불렀다.

"어찌하시렵니까?"

"……그 종택을 사려는 사람에 대해 자세히 알아보아라. 그 다음에 얘기하자."

"예."

상철은 우선 종택을 구입하려는 사람에 대해 알아본 다음에 결정을 내리기로 하였다. 지금 돌아가는 상황을 보면 결국은 파는 쪽으로 결정이 날 것 같았다. 상철은 마음이 좋지 않았다.

그러나 그는 여전히 자신의 잘못을 혜승에게 돌리고 있었다. 모두 혜승의 잘못이라고 자신의 잘못이 아니라고 마음에 남아 있는 조그만 양심을 덮으며 그렇게 모든 화살을 혜승에게 돌렸다.

청담동에 유명한 한정식 집의 란실에서 상철과 태진이 만나고 있었다. 조사를 통해 배후에 태진이 있다는 걸 안 상철이 먼저 태진에게 만나자고 연락을 해왔다. 태진은 상철을 굳이 피할 이유가 없어서 만나기로 했다.

이미 문중 총회에서 의결권을 가진 사람들 중에서 절반가량이 태진에게 팔 것을 승낙한 상태니 사실 상철의 동의가 꼭 필요한 상황은 아니었다.

돈에 눈이 먼 사람들. 태진이 이번 일을 벌이면서 새삼 느낀 것이다. 돈에 대한 욕심에 눈이 먼 사람들은 그 집에 살고 있는 혜승이 어떻게 되든 말든 그가 준비한 집을 팔겠다는 서류에 도장을 찍었다. 돈이 양심을 이겼다.

드디어 상철도 나섰다. 태진은 혜승의 상속 재산에 손을 댈 수 없는 그가 결국은 집을 파는 데 도장을 찍으리라 믿었다. 욕심이란 건 원래 쉽게 버리지 못하는 법이니까 말이다. 한 푼도 못 건지는 것보다는 얼마라도 자기 손에 들어오는 게 낫다는 걸 잘 알고 있을 테니 말이다.

상철과 태진은 우선 식사부터 하기로 했다. 미리 예약을 해둔 진(眞) 정식이 나왔다. 이곳의 한정식은 아주 유명한데 그중 으뜸으로 치는 것이 진 정식이다. 일인당 이십만 원에 호가하는데도 불구하고 예약없이는 식사를 할 수 없을 정도로 항상 붐비는 곳이다.

한 상에 모든 음식이 차려져 나오는 일반 한정식과는 달리 식사 순서에 따라 코스 요리가 나오듯이 차례로 나왔다. 미리 만들어둔 음식이 없이 손님이 예약한 시간에 맞추어 차례로 만들어 따뜻할 때에 내놓기 때문에 음식이 아주 정갈하고 맛있었다.

그러나 반면에 차례로 나오는 음식 때문에 종업원이 수시로 드나들어서 비밀스런 얘기나 사업적 협상을 하기에는 적당한 곳이 아니다. 그래서 이곳에서 식사를 하는 사람들은 대부분 식사를 끝내고 디저트를 먹은 후 얘기를 나누곤 했다.

상철과 태진도 간단한 인사를 나눈 후에 식사를 먼저 들었다. 디저트로 나온 수정과를 먹으면서 상철이 말문을 열었다.

"명륜동 종택을 사려는 이유를 물어도 되겠소?"

태진은 마시던 수정과를 내려놓고 상철을 빤히 바라봤다. 아주 직접적인 눈길이었다. 뭔가 찔리는 것이 있는 사람은 이런 직접적인 눈길을 피하기 마련이다. 아니나 다를까, 상철이 수정과가 담겨진 다기를 잡으려는 제스처를 취하면서 고개를 숙였다.

"그저 마음에 들어서요."

상철은 태진의 대답이 믿기지 않았다. 장난감을 사는 것도 아니고 일이억짜리 물건도 아닌데 단순히 마음에 들어서 산다는 것은 말이 되지 않았다.

"토지 개발을 염두에 두고 구입하려는 것이오?"

태진의 한쪽 눈썹이 올라갔다. 토지 개발? 저 작자가 진정 그 집의 아름다움을 모르는가?

"지금 있는 집을 부수고 다시 지을 생각은 없습니다."

"그럼 무슨 생각으로 그 집을 사려는 것이오?"

"제가 그 이유를 말씀드릴 의무는 없다고 봅니다."

"그 집은 우리 한씨 집안의 종택이오. 남의 손에 넘어가기 전에 집을 필요로 하는 이유를 알고 싶소."

"종택이라……? 그럼 종택을 팔고자 내놓은 이유가 무엇인지 제가 여쭤봐도 되겠습니까?"

"그, 그건 집안일이라 말하기가 좀……."

"저 역시 개인적인 이유라 말씀드리기가 곤란하군요."

태진이 상철 자신이 댄 핑계를 똑같이 대며 빠져나가자 더 이상 물을 수가 없었다. 상철은 머리를 굴려 이야기를 어떻게 풀어가야 자신에게 유리할는지를 생각해 봤다.

"흠, 정 사장이 정히 그 집을 사고 싶다면 팔 용의가 있소만, 다만 가격이……."

상철은 말꼬리를 흐렸다. 태진이 지불하겠다는 돈에서 더 받으려는 생각에서였다.

"시세보다 20% 비싼 값에 사고, 총회에서 지지를 해주시면 등기의 소유권 이전이 끝나는 대로 따로 얼마간 돈을 지불하겠습니다."

태진은 다른 사람들보다 비싼 가격을 쳐달라는 상철의 말에 숨은 속뜻을 알았지만 모르는 척하고 다른 사람들과 똑같은 조건을 내세웠다.

"흠, 정 사장도 알다시피 그 집은 문중 총유로 되어 있소. 문중 총회에서 70% 이상의 동의가 있어야 팔 수가 있소. 하니 집을 사자면 그 절차가 보통 복잡한 게 아니지. 나는 문중에 영향력이 제법 있으니 자네를 도와줄 수도 있네만……."

큭큭큭, 그러니 돈을 더 내라 이 말인가? 태진은 속으로 실소를 금치 못했다.

"그래, 어떻게 도와주시겠다는 건지요?"

상철은 태진이 자신이 던진 미끼를 문 것 같아 기뻤다.

"총회에서 70%의 동의를 얻어주겠네. 아직 버티고 있는 문중 사람들도 꽤 여럿 되지. 그들을 설득해 줄 수도 있다네."

태진은 미소를 지었다. 입가에는 웃음을 짓고 있지만 눈은 싸늘했다.

"어르신 제가 다짐을 받은 문중 사람이 열여섯 명입니다. 절반을 넘지요."

"내가 아까 말했다시피 70%의 동의가 있어야 한다니까."

"저를 바보로 아십니까? 제가 가진 게 총회의 50% 의결권이니 70%의 동의가 있어야 한다면 결국 저를 제외하곤 아무도 그 집을 손에 넣을 수가 없게 되는 거지요. 그 집을 처분하시려면 저한테 파실

수밖에 없습니다."

"아예 안 팔 수도 있지."

"하하하, 결국 파실걸요. 어르신께서 스스로 무덤을 파셨으니까 말입니다."

"뭐야?"

"후후, 제게 종택을 팔겠다 동의한 사람들은 종택이 제 소유가 되는 것과 동시에 목돈을 만질 수 있습니다. 돈을 싫어하는 사람은 없지요. 더군다나 총회에서 표결 한 번만 하면 큰돈을 손에 넣을 수 있는데 누가 마다하겠습니까? 그 돈을 가지기 위해서라도 나머지 사람들을 설득할 겁니다. 애초에 가만히 있던 사람들을 설득해 종택을 팔겠다는 동의를 얻어낸 사람은 어르신입니다. 이제 문중 사람들은 욕심에 눈을 떴습니다. 어르신 덕분이지요. 몰랐으면 모를까 돈을 손에 넣을 수 있는 방법을 알았는데 가만히 있겠습니까? 어르신이 아니어도 결국 제게 팔 것입니다. 어르신 스스로가 판 무덤입니다."

상철의 태진의 말에 얼굴이 딱딱하게 굳었다. 총회에서의 의결권을 핑계로 좀 더 많은 돈을 요구할 생각으로 먼저 태진에게 만나자고 연락했는데 돈은커녕 어린놈에게 비웃음만 샀으니 얼굴이 화끈거렸다.

일은 확실히 틀어진 것이고 상철은 아까까지의 정중함을 벗어던지고 거리낌없이 자신의 분노를 표현했다.

"쯧쯧, 고아라더니 본데없이 자라서 하는 짓 하곤. 남의 등 뒤에서 수작 부리는 짓거리밖에 할 줄 모르지. 내가 자네 같은 위인하고 말을 섞으러 온 것 자체가 헛일이지."

"하! 그래, 대단한 양반 가문인 한씨 집안 사람들은 얼마나 고귀해서 하나뿐인 종손이 죽자 바로 종택을 팔아먹는답니까? 어르신께서는 존경받을 위인이라 육촌 형 재산을 노리고, 그 외동딸은 집에서 내쫓는 겁니까? 그런 사람 같지 않은 짓거리 하는 게 본데있는 거라면 저는 차라리 본데없는 고아인 것이 다행이라는 생각이 드는군요."

상철은 태진이 뱉어내는 험한 말에 얼굴이 파랗게 질렸다. 여태까지 자신 앞에서 이렇게 버르장머리없이 험한 말을 한 사람은 없었다. 이제 갓 서른 넘은 어린놈이 대드는 꼴이라니 기가 막혔다.

"너…… 너 이 녀석!"

상철은 화를 참지 못하고 두 주먹을 쥐고 상을 내려쳤다. 쾅 하는 소리가 나더니 내려치는 반동에 수정과를 담았던 다기가 바닥에 떨어져 쩍 소리를 내며 깨졌다.

태진은 그 광경을 보면서도 태연하게 있었다.

그 대단한 우월의식이라니……. 고아로 자란 것이 태진의 선택이 아니었듯이 좋은 가문의 집안에서 태어난 것 역시 상철의 선택은 아니었다. 상철에게 태진이 고아라며 무시할 수 있는 자격을 준 사람은 아무도 없다.

지금의 태진이 있기까지 거저 얻은 것은 아무것도 없었다. 모든 것이 태진의 노력으로 이루어진 것이다. 반면에 상철은 모든 걸 거저 얻은, 태어나면서부터 주어진 것에만 만족한 사람이었다. 그런 인간이 하는 말은 태진에게 상처가 되지 않는다.

가지고 태어난 것에 만족하고 더 이상 노력하지 않는 사람들. 자신이 가진 것에 감사할 줄 모르고 당연한 것이라 여기는 사람들. 태진은 살면서 그런 사람들을 많이 봐왔다.

상철처럼 마치 그 가문이 자신인 양 착각하며 사는 사람들이 있다. 정작 자신의 모습은 모르고 자신의 비열함과 잘못이 가진 배경에 의해 가려지고 용서받을 거라 생각하면서 아무것도 아닌 자신의 실체를 부정하는 사람들이 있다.

그 가증스런 위선을 숨길 노력도 하지 않고 태연하게 가문이라는 예의라는 이름 아래 그러한 배경을 가지지 못한 사람들을 무시하고 심지어는 비난하는 사람들. 자신이 하는 행동은 무엇이든 정당한 행동이고 남이 하는 행동은 돼먹지 못한 행동이라 말하는 사람들. 상철처럼 어른으로서 져야 할 의무는 안중에도 없고, 어른으로 대접만 받으려 하며 아랫사람을 괴롭히는 사람들.

"하시는 행동이 참으로 고상하시군요."

"너, 너!"

상철은 혈압이 오르는지 벌건 얼굴로 뒷머리를 손으로 짚었다.

"나이가 있으신데 건강 조심하시지요. 이래선 더 이상 대화가 되지 않을 것 같으니 저는 이만 일어나겠습니다. 아, 본데없이 자란 고아라도 인사는 할 줄 압니다."

태진은 마지막으로 한 번 더 상철에게 펀치를 날리고 일어서서 식당을 나왔다. 상철의 비난에 새삼 태진이 상처받을 건 없지만, 혜승을 생각하니 마음이 안 좋았다.

태진은 고아로 고모와 단둘이 자라면서 남들의 비난과 시선에서 상처받지 않고 무심히 대하는 법을 배웠지만, 혜승은 부모님의 든든한 울타리에서 좋은 집안의 규수로서 예쁨만 받고 좋은 소리만 듣다가 상철의 비열함을 겪어야 했으니 얼마나 힘들었겠는가.

태진은 커다란 종택에서 홀로 집을 지키기 위해 싸우는 혜승이 안

쓰러우면서도 한편으로는 그 당당함에 감명받았다. 혜승의 여린 몸 어디에서 그런 강단이 나오는지 신기했다.

당신이 당한 것에 대한 앙갚음을 내가 조금은 했는데 당신은 알까? 아마 모르겠지? 그리고 어쩌면…… 내가 한 일로 인해 당신이 나를 원망할지도 모르겠는걸?

3

태진은 꼭 한 달 만에 다시 명륜동을 찾아왔다. 손에는 이 집에 대한 등기권리증이 들려 있었다. 총회에서 한상철이 죽어라 반대를 했지만 결국 집은 태진의 손에 들어왔다. 태진의 예상대로 욕심에 눈이 벌건 문중 사람들이 태진의 손을 들어준 까닭이다. 뭐, 미리 미끼를 던져 둔 덕분이긴 했지만 말이다.

아마 혜승이 태진이 한 것처럼 문중 총회에 의결권이 있는 사람들에게 접근해서 그들을 설득했다면 집을 차지한 사람은 혜승이었을 것이다. 그녀가 문중 일에 무지해서 문중 총회에서 의결이 돼야 집을 팔 수 있다는 사실을 몰랐기 때문이리라. 아니, 설혹 알았더라도 한상철이 집을 팔려고 내놓았을 때 이미 문중을 장악했을 거라 생각했을 공산이 크다. 그게 아니라면 순진하고 착해 돈이 사람을 어떻게 바꿀 수 있는지를 몰랐기 때문이리라.

태진은 대문 앞에 서서 굳게 닫힌 문을 바라봤다. 저번과는 달리 문은 잠겨 있는 듯했다. 잠긴 문을 보자 이상한 생각이 든다, 마치 그녀에게서 외면당한 것 같은 느낌이.

훗, 외면이라? 그녀는 날 외면할 만큼 잘 알지도 못하는걸?

기분 탓인지 굳게 닫힌 대문이 마치 자신을 쫓아낸 것처럼 느껴진다. 여기는 감히 네가 들어올 공간이 아니라고 자신을 밀어내는 것만 같다.

태진은 자신의 억측을 머리에서 지우고 대문 옆에 달린 벨을 눌렀다.

[누구세요?]

스피커에서 낯선 여자의 목소리가 들린다. 그녀는 아니다. 그녀를 만난 지 한 달. 그동안 그는 머리 속으로 수천 번쯤 그녀의 목소리를 들었다. 분명히 단언하건대 그녀의 목소리는 아니다. 나이가 많은 오십 대 정도 된 여자의 목소리다.

"한혜승 씨를 찾아왔습니다. 안에 계신지요?"

[무슨 일로 오셨는지 용건을 먼저 말씀해 주세요.]

경계심 어린 목소리가 스피커폰을 타고 흘렀다.

"정태진입니다. 한 달 전에 집에 관한 일로 혜승 씨를 뵌 적이 있습니다."

[네, 알겠습니다. 잠시만 기다려 주세요.]

시간이 좀 흐른 후에 딸각 소리가 나면서 문이 열렸다. 겉으로 보기엔 보통 나무 문인데 아마 경보 장치가 되어 있는 듯싶었다.

문이 열리자 태진은 안으로 들어갔다. 오십 대쯤 되어 보이는 여자가 태진을 맞았다.

"이쪽으로 오세요."

여자가 태진을 안내한 곳은 한 달 전에 태진이 혜승을 본 곳과는 반대 방향이었다. 여러 개의 방 중 서재로 보이는 곳으로 안내를 했다. 고서적과 이름 모를 고가구들이 많이 있는 남성적인 방이었다.

"여기서 잠시만 더 기다리세요."

여자가 말을 하곤 방 밖으로 나갔다.

아마도 여기가 사랑방인 듯하다. 책이며 가구며 정겹게 놓여 있지만 여성의 섬세함은 보이지 않는다. 십중팔구 돌아가신 그녀의 아버지가 쓰시던 방이리라.

저렇게 흘려 쓰는 듯한 글씨를 초서라 하던가? 초서가 쓰여 있는 열 폭짜리 병풍이 세워져 있었고, 그 앞에 있는 상 위에 놓여 있는 책은 방 주인이 금방이라도 다시 책을 읽으러 들어올 것처럼 보였다.

태진은 자리에 앉지 않고 가구를 만져 보았다. 자신의 집에 있는 모던한 스타일의 가구와는 달리 정감이 있었다. 검붉은 색의 가구는 옻칠이 되어 있는 것처럼 보인다. 그때 뒤에서 그녀의 목소리가 들렸다.

"그건 아버님이 쓰시던 책장이에요."

태진이 가구를 만져 보느라 잠시 한눈을 판 사이 그녀가 방에 들어온 것이다.

"주인의 허락도 없이 함부로 대해서 죄송합니다."

태진은 혜승의 목소리를 듣자마자 만지고 있던 가구에서 손을 뗐다. 그리고 혹 혜승의 마음이 상하지 않았나 싶어 얼른 사과를 했다.

"아닙니다. 물건이란 손때가 묻어야 더 정감이 가는 법이랍니다. 저를 찾으셨다 전해 들었는데 우선 이리로 앉으시지요."

혜승은 태진에게 자리에 앉을 것을 권한 다음에 경상을 사이에 두고 태진의 맞은편에 앉았다. 혜승이 자리에 앉자 충주댁이 오미자 화채를 내왔다. 오미자 화채는 혜승의 집에서 주로 여름에 해먹는 것이었다. 시원하게 해서 먹으면 여름의 지친 입맛을 바꿔주는 화채였다.

"드시지요."

혜승이 태진에게 화채를 들도록 권했다.

태진은 목이 타던 차라 사원한 화채를 단숨에 마셨다. 고모가 태진을 키우면서 인사동에서 전통 찻집을 했기 때문에 전통 차에 대한 건 태진도 어느 정도 알고 있다. 오미자 화채도 여름이면 고모가 종종 만들어주시곤 했었다.

혜승은 화채를 한 모금 마시고 내려놨다. 불쑥 그가 찾아온 것이 좀 불안했다. 변호사의 말로는 원채 값이 비싸서 집이 쉽게 팔리진 않을 거라지만, 집을 한 번 보고 간 사람이 다시 찾아온 것은 집을 사겠다는 의도인 것만 같아서 맘이 편치 않았다.

"화채가 시원하고 맛있군요. 잘 먹었습니다."

태진은 화채에 대한 답례 인사를 하고 혜승을 살폈다. 한 달 전과 별로 달라진 것이 없다. 여전히 하얀 소복 차림에 머리는 목 뒤에서 단정히 하나로 묶었다. 한쪽 무릎을 세우고 단정히 앉은 품새가 귀밑머리를 땋고 머리끝에 댕기만 맨다면 영락없이 조선시대 양갓집 규수로 보일 거란 생각이 들었다.

언뜻 봐도 어려 보이는 얼굴이나 쉽게 볼 수 없는 품위가 있다. 얼굴에 가득 차 있는 수심도 그녀의 품위를 훼손시키지는 못했다. 근심은 사람을 늙게 한다고 하는데 그녀는 슬픔과 근심에 둘러싸여 있는 모습조차 눈을 뗄 수 없을 만큼의 묘한 매력이 있었다.

태진은 고개를 숙여 자신이 가져온 이 집의 등기권리증이 들어 있는 노란 서류 봉투를 쳐다봤다. 그녀의 얼굴에 드리워진 수심에 자신이 한몫 더 보태야 한다고 생각하니 마음이 무거웠다. 그러나 어쩌랴, 일은 이미 벌인 것을. 끝까지 가보는 수밖에 없다.

"저를 찾으셨다 들었는데 무슨 일로 오셨는지……?"

태진이 어떻게 얘기를 꺼내야 할까 망설이던 차에 혜승이 먼저 방문한 이유를 물었다. 태진은 빙빙 돌려 말하는 것보다 차라리 직접적으로 말하는 것이 더 낫겠다 싶어 서류 봉투를 혜승과 자신의 사이에 자리하고 있는 경상 위에 올려놓았다.

혜승은 그가 올려놓은 서류 봉투를 의아한 시선으로 바라보았다. 찾아온 용건을 말하라고 했더니 난데없이 서류 봉투를 경상 위에 올려놓았다. 경상 위에 올라와 있는 노란 서류 봉투가 어쩐지 불길하다.

"여기 집에 대한 등기 이전을 마친 서류입니다."

혜승은 가만히 서류 봉투를 쳐다보고만 있었다. 서류 봉투를 만지고 그 안에 있는 등기권리증을 보면 집이 팔렸다는 것이 사실이 될 것만 같았다. 혜승 자신만 서류 봉투를 열지 않으면 없던 일이 될 것만 같았다. 아니, 자신의 손으로 직접 사실을 확인하는 것이 두려웠다.

결심이 선 듯 쳐다보고만 있던 서류 봉투에 손을 가져가 열어보았다. 등기권리증이 있었다. 무엇에 홀린 것처럼 천천히 등기권리증을 넘겨보았다. 소유주가 정태진이었다.

아, 그의 이름이 정태진이던가? 한 달 전에 방문했을 때 이름을 가르쳐 주었었지, 참. 그런데 왜 기억을 하지 못했지? 얼굴은 기억하고 있었는데……. 이제 다시는 잊어버리는 일이 없겠지! 소유주가 그로 되어 있는 이 서류는 아마도 평생 기억나겠지! 그리고 그의 이름도 함께, 죽을 때까지 못 잊겠지?

"집을 되파실 의향은 없으신지요? 값은 넉넉히 쳐드리겠습니다."

혜승은 우선 집을 다시 되팔 의향이 있는지부터 물었다. 만약에 시세 차익을 노리거나 투자를 목적으로 집을 구입한 거라면 가격이 맞는다면 다시 되팔 수도 있지 않을까 하는 생각에서였다.

"집을 되팔 의향은 없습니다."

태진의 단호한 말투에 혜승은 마지막 희망이 사라지는 것 같았다.

"언제까지 집을…… 비, 비워 드리면 되나요?"

혜승은 그 말을 하기 위해 자신이 가진 모든 용기를 짜냈다. 의연한 태도로 말하고 싶었지만 말이 끊기는 것은 어쩔 수 없었다. 하지만 발음 하나하나에 신경 쓰면서 말을 마쳤다.

"원치 않는다면 집을 비워줄 필요는 없습니다."

"네? 그게 무슨 말인지……?"

혜승은 태진이 하는 말을 이해할 수가 없었다. 되팔 의향도 없으면서 집을 구입한 사람이 살고 있는 사람더러 원치 않으면 집을 비워줄 필요가 없다고 하다니? 그럼 그는 자신이 살려고 이 집을 산 것이 아니란 말인가? 그럼 뭣 때문에 이런 집을 산 것일까?

겉보기엔 고풍스럽고 좋지만 이런 한옥을 가꾸는 일은 보통 힘든 일이 아니다. 이 집의 마루와 기둥은 혜승의 어머니께서 매일같이 기름칠을 해가며 닦은 것이다. 그냥 물걸레로 닦으면 벌레가 먹거나 습기가 차서 나무가 상한다 하시며 늘 기름칠을 해서 닦으셨다. 반질반질 윤이 나는 기둥과 마루는 그런 어머니의 이십 년 노력 덕분이었다.

그뿐이 아니다. 방형 초석에 사각주 나무 기둥을 세우고 황토 흙에 수수깡과 볏짚을 섞어 만든 흙벽돌로 지은 이 집은 때때로 보수공사를 필요로 했다. 흙이 갈라지면 다시 황토로 메워야 하고, 지붕의 기와가 깨지면 기와 만드는 공장까지 가서 사다가 올려야 했다. 보통 마음가짐으로는 한옥에서 살기 힘들었다.

그래서 혜승은 태진이 어려운 마음을 먹고 이 집을 샀다고 생각했다. 그런데 정작 집을 산 당사자는 집을 비워줄 필요가 없단다. 어떤 의도로 해석해야 할까? 갈피를 잡을 수가 없었다.

"우선 몇 가지 질문을 드려도 될까요?"

태진의 혜승의 궁금증을 풀어줄 생각이 없는지 질문에는 대답하지 않고 엉뚱한 소리를 했다.

"네? 네."

혜승은 뭐라 말해야 할지 몰라 우선 대답부터 했다.

"이 집이 혜승 씨에게 얼마나 중요합니까?"

"……이 집은 제가 태어나고 자란 집입니다. 뿐만 아니라 제 아버님께서 태어나신 곳이기도 하지요. 집을 받치고 있는 상석 하나, 담의 돌 하나, 집 안에 자라고 있는 나무 한 그루까지 모두 부모님과 저의 손때가 묻어 있는 집입니다. 제가 살아온 이십이 년간의 세월이 이 집 안에 가득 있습니다. 집 안에서 사사로운 물건들 모두 그만한, 아니, 그보다 더한 세월의 무게를 지고 있습니다. 이만하면 얼마나 중요하냐는 질문에 답이 됐는지요?"

혜승은 잠시 생각에 잠겼다가 태진의 질문에 대답을 했다.

태진은 혜승의 대답에서 그녀가 이 집을 얼마나 소중하게 생각하고 있는지를 알 수 있었다. 아파트같이 편한 집을 선호하는 요즘 사람들은 절대로 모를 것이다. 그녀가 이 집에 느끼고 있는 애정을 이해 못할 것이다.

태진은 그녀가 부러웠다. 따뜻한 집에서 자란 그녀가 말로 할 수 없을 만큼 부러웠다. 그리고 자신도 그런 집을 가지고 싶었다. 생각만 해도 따스해서 절로 웃음이 나는 집을 가지고 싶었다. 그녀와 함께라면 그런 집을 만들 수 있을 것만 같았다.

이 집에 들어왔을 때 마치 세상에서 가장 편한 곳에 온 듯한 느낌이었다. 맑고, 청량하고, 그리고 몸이 따뜻해지는 듯한 느낌이 들었다.

이제 알았다! 그건 그녀 때문이었다! 그녀 때문에 몸이 따뜻해진 것이다. 그녀가 가진 따뜻함을 그가 느낀 것이리라. 그녀가 이제까지 그토록 간절히 원하고 찾아다니던 그의 집이요, 그의 가정이었다. 아무리 많은 돈을 벌어도, 그리고 아무리 좋은 집에서 살아도 결코 만족할 수 없었던 차가운 그의 가슴을 녹여줄 단 하나의 사람, 그게 그녀였다.

그에게 이제 두 번 본 사람인데 그걸 어떻게 아느냐고 묻는다면 아마 대답할 수 없겠지. 그 자신조차 알 수 없는 일이니까. 하지만 그녀를 처음 본 순간부터 아마 느끼고 있었을 것이다. 그녀가 그가 바라는 가족이라는 것을, 그녀가 자신의 아내가 되기를, 그리고 그를 위해 정성스레 음식을 준비하는 모습을 떠올렸을 것이다. 항아리를 닦고 있는 그녀를 처음 봤을 때부터 말이다.

이제는 그는 알아버렸다. 정말 소중한 보석을 봐버린 것이다. 이

제 싸구려 모조품으로는 만족할 수가 없었다.

집이 그녀의 인생의 발자취였다면 그에게 그녀는 인생의 꿈이요, 미래이다. 그녀를 만남으로써 그의 인생은 두 가지로 나뉘어져 버렸다. 그녀를 만나기 전의 암울한 어린 시절의 모습을 간직하고 있는 그와 그리고 그녀와 함께 미래를 만들어 나갈 그로 나뉘어졌다.

그의 미래에는 반드시 그녀가 있으리라! 치사하고 비겁하다는 비난을 받아도 이 집을 미끼로 그녀와 거래를 하리라. 집을 미끼로 그녀에게 올가미를 씌우리라. 아니, 그녀의 지난 인생의 추억을 미끼로 그녀의 앞으로의 인생을 저당 잡을 것이다.

"아마존 강에 사는 피라냐란 물고기는 먹이를 먹을 때 먹이의 머리와 뼈만 남겨놓고 모두 먹어치운다고 합니다. 먹이의 머리에는 살이 붙어 있어도 결코 먹지 않는다고 하더군요. 많은 학자들이 그 이유를 밝히기 위해 연구를 했지만 아직까지는 그 이유는 밝혀지지 않았다고 합니다. 저는 그 얘기를 듣고 피라냐에게 먹이가 잡혀먹히는 장면을 상상해 봤습니다. 피라냐들이 자신의 몸을 뜯어 먹는 동안 발버둥 치면서 자신의 살점이 떨어져 나가는 걸 지켜볼 수밖에 없는 먹이를 말입니다."

혜승은 집에 대한 얘기를 하다가 느닷없이 피라냐 얘기를 하는 태진을 의아한 시선으로 바라봤다. 그가 얘기하는 피라냐의 먹이 먹는 습성은 소름 끼치도록 섬뜩했다. 혜승이 태진이 말한 장면을 상상하자 자신도 모르는 사이 몸을 부르르 떨려왔다.

"왜, 왜 그런 말을 제게……."

혜승이 눈빛이 사정없이 흔들렸다. 태진을 바라보는 두 눈에는 공포가 가득 담겨져 있었다.

"그들도 굶주린 피라냐와 마찬가지입니다. 뼈만 남을 때까지 먹이 먹는 일을 결코 멈추지 않을 것입니다. 지금 그들의 먹이는 혜승 씨 구요."

혜승은 그제야 태진이 왜 피라냐 얘기를 꺼냈는지 깨달았다. 하지만 낯선 그에게서 가문의 추문이 나오는 것이 싫었다. 자신을 쳐다보는 그의 눈길에 부끄러움을 느꼈다.

"저는…… 그것은, 제가 감당해야 할 싸움입니다. 손께서 관여하실 일은 못 됩니다."

"어쩌면 그들은 피라냐보다 더 무서운 존재일지도 모릅니다. 그들은 인간이니까요. 동물들은 오직 배고픔을 위해 사냥하지만 인간은 그렇지 않거든요."

태진은 혜승의 완곡한 의사 표현을 무시하고 자신의 생각만 말했다.

"정태진 씨!"

"혜승 씨가 하나를 막아내면 또 하나를 들고 나올 것이고, 둘을 막아내면 또 다른 무엇을 들고 나와 혜승 씨가 결국 지칠 때까지 괴롭히겠지요. 포기란 없을 것입니다. 그들은 이미 욕심에 눈을 떴으니 말입니다."

태진은 계속해서 자신의 생각만을 말해 나갔다.

"이제는 종택이 아니라 다른 데로 눈을 돌리겠지요. 이미 내놓은 선산이야 말할 것도 없고, 어쩌면 이 집에 있는 선조의 유물들까지 노릴 겁니다. 조상의 유물이니 당연히 문중 전체의 재산이라 우기겠지요. 그것뿐일까요? 아닙니다, 그게 다가 아닐 겁니다. 어쩌면 듣도 보도 못한 친척이 나타나 어른 행세를 할지도 모르지요."

"제게 이런 말씀을 하시는 이유가 무엇입니까?"

혜승은 태진이 왜 자신에게 그런 말을 하는지 그 이유를 알 수가 없었다. 또 태진이 어떻게 자신에게 일어나는 일을 알고 있는지도.

그녀의 기억으로는 한 달 전에 집을 보러 왔다며 찾아와 별다른 대화도 나누지 않았었다. 가기 전에 그녀의 이름을 물어보고는 자신의 이름을 말해 준 것이 전부였다. 그런데 다시 만난 지금 그는 그녀의 집을 이미 샀고, 그녀에게 일어나는 일에 대해 자세히 알고 있다.

혜승은 잠시 섬뜩했다. 누군가, 아니, 낯선 타인이 자신에 대해 잘 알고 있다는 것이 공포가 될 수도 있다는 걸 처음 알았다. 마치 보이지 않는 눈이 여기저기서 자신을 훔쳐보는 것만 같았다.

태진은 자신의 얘기에 혜승이 겁을 먹었다는 걸 그녀의 눈동자에 비친 두려움으로 알았다. 하지만 그것이 자신에게 유리한 일이 될지 불리한 일이 될지는 알 수 없었다.

"그들이 계속 달려든다면 어떻게 할 겁니까?"

"아까도 말씀드렸지만 그건 제 문제입니다."

혜승은 태진이 꺼내는 말들이 곧 사실로 이루어질 것이라는 걸 느끼고 있었지만 그에게 그런 말을 듣는 것이 싫었다. 자신에 대해, 그리고 자신의 가문의 일에 대해 지나치게 많이 알고 있는 것이 불쾌하고 불안했다.

그가 바라는 것이 무엇인지 몰라서 더 불안한지도 몰랐다. 자신이 가진 패를 다 보여주는 사람은 그가 가진 패만 신경을 써서 대비하면 되지만, 자신의 패를 감추고 있는 사람은 어떤 패에 대비해야 할지를 몰라 상대방이 불안해하기 마련이다. 혜승은 그의 다음 말을 듣고 싶지 않았다. 그가 자신에게 바라는 것이 무엇인지를 알고 싶지 않았다. 그를 그냥 보내고만 싶었다. 예의를 버리고 나가라고 하고 싶었다.

"혜승 씨는 아마 그들을 막아내지 못할 겁니다. 혜승 씨는 세상의 좋은 면만 보고 자란 사람일 테니까 말입니다. 부모님이 돌아가시기 전까지 세상에는 혜승 씨 부모님처럼 좋은 사람만 있다고 믿었을 테니까요. 사람들이 얼마나 집요하고 탐욕스러운지 모를 테니까 말입니다. 제가 이 집을 어떻게 손에 넣은 줄 아십니까? 문중 총회에 의결권이 있는 사람마다 찾아다니며 그 욕심을 채워줬기 때문입니다. 한상철은 아마 혜승 씨가 물려받은 모든 재산을 다 내놓을 때까지 혜승 씨에게 이 집을 팔지 않았을 겁니다. 아니, 어쩌면 혜승 씨가 물려받은 재산을 다 내놓은 후에도 또 뭔가를 요구했을지도 모르지요."

혜승은 그의 말을 들을수록 점점 더 겁에 질렸다. 도대체 그가 자신에게 왜 이러는지 그 이유를 알 수가 없었다. 왜 이런 말을 하는지, 왜 그렇게까지 하면서 이 집을 샀는지, 그리고 집에서 나갈 필요가 없다는 말까지 그가 하는 행동을 이해할 수가 없었다.

"제게 왜 이러시는 겁니까?"

혜승은 다시 물었다.

"막아줄 수도 있습니다."

"네? 뭘 말입니까?"

"혜승 씨가 처해 있는 상황 말입니다. 그들의 탐욕으로부터 당신을 보호해 줄 수도 있습니다."

"왜요? 정태진 씨, 당신이 왜 그래야 하지요? 아니, 제가 왜 그래야 하지요? 제가 왜 제 짐을 당신에게 맡길 거라고 생각하십니까?"

"당신이란 말, 듣기 좋군요."

태진은 혜승의 입에서 나온 당신이란 말이 듣기 좋았다. 그런 생각이 자신도 모르게 그만 튀어나와 버렸다.

혜승은 그런 태진을 기가 막힌 표정으로 쳐다봤다. 대체 이 남자의 뇌 속에는 무슨 생각이 들어 있는 것인지 정말이지 궁금해졌다.

"스트레스가 과한 듯한데……."

"미치지 않았냐는 뜻이라면 아닙니다."

태진은 혜승의 말을 중간에서 가로챘다. 틀림없이 스트레스 운운하며 병원에 가보라는 말일 것이다. 태진은 속으로 피식 웃었다. 그녀는 얌전하긴 하지만 유약하지는 않다. 하긴 유산을 처리한 방식에서 보자면 제법 결단력과 강단도 있다.

혜승은 태진을 똑바로 바라봤다. 그의 말대로 미친 것 같지는 않다. 허우대는 멀쩡해 보이니 말이다. 혜승은 순간 돌아가신 아버지가 그를 보셨으면 좋아하셨을지도 모른다는 생각을 했다. 자신을 바라보는 눈빛이 살아 있다. 아버지는 눈이 살아 있는 사람을 좋아하셨다. 간혹 세상의 절망을 모두 담고 있는 듯한 시들시들한 눈을 가진 사람을 보면 그 사람들의 눈이 살아나 활활 타오르기 전까지 그 절망에서 탈출할 수 없을 거라고 말씀하시곤 했다.

혜승은 돌아가신 아버지 생각을 하자 목이 메어왔다. 태산 같으신 분이었다. 언제나 기댈 수 있는 언덕이라고 생각했었다. 무슨 문제든 꺼내놓기만 하면 해결책을 내주시던 분이다.

태진은 혜승을 가만히 기다리고 있었다. 자신을 바라보다 생각에 빠진 것 같았다. 지금 그녀의 머리 속에 무슨 생각이 있을지 궁금했다. 그에 대한 생각이기를 바라지만 그리움으로 가득 찬 그녀의 얼굴을 보건대 그에 대한 생각은 아니다. 아마도 그녀의 부모님에 대한 생각이리라. 그는 그녀가 그를 앞에 두고도 그리워한다고 믿을 만큼 오만하지는 않다.

그렇지만 그러길 바란다. 언젠가 살다가 죽음을 맞이하면 그녀가 자신을 그런 그리움으로 추억하기를 바란다. 지금까지 그녀가 하얀 상복을 입고 그녀의 부모님을 추억하듯이 자신을 추억해 주기를 바란다.

그가 혜승을 처음 본 날 그녀가 닦던 항아리는 아마도 그녀의 어머니가 닦던 항아리리라. 그녀는 자신의 어머니를 그리워하며 어머니가 살아생전에 하시던 일을 하고 있었다. 그러면서도 씩씩하게 항아리를 닦고 있었다. 그리워는 하나 절망한 것은 아니었다.

그의 주변에 그런 사람은 없었다. 그를 그리워하면서 그가 했던 일을 씩씩하게 해 나갈 사람은 없었다.

그는 어쩌면 그녀와의 첫 만남에서 그런 그녀의 모습을 봤을지도 모른다. 그런 그녀를 보고 그녀의 인생에, 그녀가 소중히 여기는 것들 중에 들어가 그녀의 그리움이 되고, 추억이 되고, 사랑이 되고 싶었는지도 모른다.

사랑? 그가 방금 사랑이라고 했던가?

그는 사랑을 믿지 않는다. 죽도록 사랑해 결혼하고도 그 사람이 죽자 자식까지 버리고 간 사람에게서 그가 태어났다. 고모의 약혼자는 고모를 사랑한다면서도 그를 키우는 것이 못마땅하다며 고모와 파혼을 했다. 그가 여태껏 만나왔던 여자들은 입으로는 사랑을 말하면서도 더 괜찮은 조건이 나타나면 주저없이 떠나곤 했다. 그런 게 사랑이라면, 그런 싸구려 감정이 사랑이라면 이 세상에 사랑이 어디에 존재하는가? 남녀 간의 사랑이란 잠시잠깐의 감정노름에 불과하다. 결코 영원히 지속될 수 없는 한순간 불같이 타올랐다가 또 한순간 차갑게 식어버리는 감정의 장난. 그는 그렇게 믿었다.

그런 그가 그녀의 사랑이 되고 싶다? 아닐 것이다. 그녀가 자신의 가족에게 보여주는 헌신이 부러운 것이리라. 여자로서 그녀가 탐이 나고 가족에게 보여주는 헌신에 그래, 그런 헌신을 그도 받고 싶은 것이리라. 세상에 남녀 간의 사랑은 없어도 가족 간의 사랑은 있다고 믿으니까 그런 것이리라. 그의 고모를 보더라고 조카라는 이유로 그를 받아주고 키워줬지 않은가.

태진은 이미 시작된 사랑을 애써 부인했다. 그냥 여자로서 그녀를 원하는 것이라고, 가족으로 그녀의 헌신이 받고 싶은 거라고 자신에게 주지시키며 사랑이 아니라고 암시를 걸었다.

그러나 그가 간과한 것이 있었다. 가족이라도 부부는 남녀라는 사실을, 부부 사이는 남녀의 사랑으로 만들어진다는 것을 그는 잊어버리고 있었다.

"원하는 걸 말씀해 보세요."

"원하는 걸 말하라……."

"세상에 공짜는 없으니까요. 그리고 당, 댁의 의중도 살피지 않고 먹이를 덥석 물 만큼 제가 어리석지도 않고요."

혜승은 당신의 의중이라고 말하려다가 아까 태진이 당신이란 말이 마음에 든다고 했던 게 생각나 댁이라고 말을 바꿨다.

태진도 그런 혜승을 눈치 채고 씨익 웃었다.

"당신이라면?"

"네?"

"만일 내가 원하는 것이 당신이라면?"

태진은 가벼운 말투로 마치 농담하듯 말했지만 그건 그의 숨겨진 본심이었다.

"농담이 과하시군요!"

혜승은 태진의 말에 심히 언짢았다. 예상 밖의 대답이었다.

혜승이 그에게 원하는 걸 말해 보라 한 것은 돌아가신 아버님이 가지고 계신 부동산이나 주식 중에 혹시 그가 원하는 것이 있을까 싶어서였다. 집을 비워줄 필요가 없다고 그가 말했을 때 집과 다른 뭔가를 거래하자고 나오지 않을까 하는 기대도 약간은 있었다. 그런데 그가 꺼낸 말은 정말 뜻밖이었다. 가벼운 말투로 말하긴 했지만 불쾌한 것은 매한가지였다.

이 남자가 무슨 권리로 내게 이러는 거야! 내가 그렇게 만만해 보였나? 아무렇지도 않게 원하는 게 나라고 마치 물건을 거래하듯이 그렇게 말할 정도로 내가 쉬워 보였던가?

농담이라도, 그가 한 말이 농담일지라도 혜승은 자신이 농담의 대상이 된 것이 불쾌했다. 스스로의 자격지심인지 몰라도 자신이 부모님이 안 계신 고아라서 무시하는가 싶었다.

"거래를 합시다."

태진이 다짜고짜 말은 꺼냈다.

"제가 묻지 않았습니까, 뭘 원하느냐고. 거래의 조건으로 원하는 것이 무엇입니까?"

"당신, 당신과의 결혼. 그게 내 거래 조건이요."

태진의 목소리에는 약간의 웃음기조차 묻어나지 않았다. 진지한 목소리다. 얼굴 역시 진지한 표정으로 혜승의 눈을 똑바로 바라보면서 말했다.

혜승은 기함을 했다. 너무 놀라 선뜻 목소리가 나오지 않았다.

이제 두 번 만난 사람에게서 받은 청혼이라……. 더군다나 거래라는 표현을 하는 청혼이라……. 저 남자의 정신 상태를 의심해 봐야 하는 건지 아니면 만난 지 두 번 만에 남자에게 청혼을 받았다고 우쭐해해야 하는 건지 갈피를 잡을 수가 없었다.

이제 이십 대의 초반에 들어선 혜승은 나름대로 결혼에 대한 환상이 있었다. 어리다고 비웃을지도 모르지만 다른 평범한 연인들이 하는 것처럼 영화도 보고, 백일 기념일도 챙기고, 장미꽃도 선물받고, 또 사소한 말다툼 끝에 눈물나는 화해도 해보고 싶었다. 자신이 사랑하는 사람이 집에 찾아와 아버지께 엎드려 절하면서 '따님을 제게 주십시오' 하는 장면을 남몰래 상상해 보기도 했다. 그런 환상들 속에 거래라는 표현을 빌어 결혼을 결혼하자고 하는 남자 따윈 없었다.

"하! 이봐요, 당신. 날 얼마나 알죠? 결혼하자고 할 만큼 알긴 하나요?"

기가 막히다는 듯한 말투였다. 말속에 숨은 거부감에 태진은 까닭 모를 분노를 느꼈다. 결혼이라는 말을 꺼내는 순간 이미 거절이라는 단어가 떠올랐음에도 받아들일 준비는 하지 않았나 보다. 태진의 얼굴에 시니컬한 미소가 떠올랐다. 심사가 꼬이니 말이 곱게 나갈 리 없었다. 태진은 저도 모르는 사이 혜승에게 말을 놓았다.

"후후후, 결혼할 만큼 잘 아느냐고? 글쎄……. 인간이란 원래 자기 자신조차 잘 모르는 존재야. 다른 사람에 대해 잘 안다고 말하는 것 자체가 모순이지. 그래도 당신에 대해 알 만큼은 알아."

쓸쓸하지만 단호한 어조로 태진이 말했다.

"난 당, 댁에 대해 아는 것이 없어요."

혜승은 왠지 태진의 쓸쓸한 어조가 마음에 걸렸다.

"이름은 정태진, 나이는 서른넷, 부모님 모두 안 계시고 고모가 한 분 있지. 나한테는 부모 같은 분이셔. 음, 그리고 현재 온라인 게임 회사를 운영하고 있지. 영화 제작도 몇 편 하고. 더 궁금한 것이 있나?"

"단순히 그렇게 외향적인 조건만 아는 걸로 댁에 대해 안다고 말할 순 없어요. 남녀가 만나 결혼하려면 조건 외에도 다른 게 필요하죠."

"옛날 사람들은 얼굴도 안 보고 결혼해도 잘들 살았잖아. 그리고 당신처럼 집안이 좋을수록 중매결혼일 가능성이 많을 텐데."

"아니요. 부모님도 연애결혼 하셨고, 저도 중매결혼 할 생각은 없어요."

"그래? 그럼 한번 사귀어보고 결정하지."

대화가 어느새 이렇게 흘러간 거지? 혜승은 사귀자는 쪽으로 대화가 흘러간 것이 당혹스러웠다.

"그런 말이 아니잖아요. 제 말뜻은……."

"결혼할 만큼 알지 못한다. 결혼은 연애결혼을 할 거다. 그럼 우선 연애부터 하고 그 다음에 결혼하자는 얘기 아닌가?"

태진은 혜승의 말을 중간에서 가로채고 자신이 할 말만 했다. 정신없이 몰아쳐 자신이 원하는 대답을 들으려는 심산이었다.

"아녜요. 결혼할 수 없다는 말을 하려 했던 거라고요."

"결혼할 수 없다? 다른 누군가가 있나? 사귀는 사람 말이야."

태진은 그냥 툭 던지듯 물었지만 혜승의 대답이 어떤 것일지 내심 긴장했다. 사귀는 사람이 없다는 대답이 나오기를 기다렸다.

"꼭 사귀는 사람이 있어서 그렇다기보다는……."

"그럼 문제될 건 없잖아. 일단 사겨보자고. 판단은 그 후에 해도 되니까."

"싫어요."

"데이트부터 시작할까? 내일 데리러 오지."

"싫다니까요."

"결혼이, 아니면 사귀는 게? 어느 쪽이 싫다는 거요?"

"둘 다요. 댁하고 이런 대화를 하고 있다는 게 믿어지지가 않아요. 우린 단 오늘까지 딱 두 번 만났을 뿐이라고요."

"그러니까 앞으로 사겨보자는 거 아니야. 여러 번 만나보고 당신 말대로 결혼할 만큼 잘 알게 되면 결혼하자고."

혜승은 벽창호와 얘기하는 기분이었다. 혜승이 하는 말은 하나도 듣지 않고 오로지 자기 생각만을 말하는 태진이 정말 답답했다. 태진의 얼굴에는 꼭 이루고 말겠다는 고집이 가득했다. 혜승은 자신이 어쩌다가 이런 일에 말려들었는지 그 이유를 알 수가 없었다. 그리고 느닷없이 결혼하자 말하는 그의 본심이 궁금했다.

"휴, 이유가 뭐죠?"

"무슨 이유를 말하는 거요?"

"저와 결혼하고 싶은 이유요. 왜 하필이면 저인지 그게 궁금하군요. 보아하니 멀쩡해 보이는데 결혼을 거래가 아니면 할 수 없는 어떤 중대한 결함이라도 있는 건가요?"

"하하하, 그건 나를 모욕하려 하는 말인가?"

태진의 혜승의 반격이 즐거웠다. 역시 그냥 얌전한 순둥이는 아니다. 쿡쿡쿡, 중대한 결함이라고? 남자의 자존심을 건드리는군. 어떻게 들으면 상당히 모욕적인 말임에도 태진은 그렇게 해서라도 빠져나갈 구멍을 찾는 혜승이 대견스럽기까지 했다.

"웃음으로 얼버무리며 대답을 회피하는 걸 보니 뭔가 사연이 있긴 있군요."

혜승은 태진의 자존심을 건드리는 작전으로 나갔다.

"내가 멀쩡하다는 걸 증명해 줄 여자가 몇 있지. 소개시켜 줄까?"

이번 판의 승자는 태진이었다. 혜승이 그만 말문이 탁 막혔기 때문이다.

'이게 청혼을 하는 사람의 태도야? 아니, 데이트하자고 설득하면서 자신의 여자를 소개시켜 주겠다는 남자가 제정신이냐고! 결혼하잘 때부터 정상이 아니라는 건 알고 있었지만 예상을 뛰어넘는군.'

혜승은 태진의 태도에 기가 찼다. 능글능글 구렁이 담 넘어가듯 자신의 질문을 요리조리 피하는 그가 얄미웠다.

"그들 중 한 여자와 결혼하면 되겠네요."

"그건 곤란한데……. 그 여자들은 당신이 아니잖아."

"그러니까 왜 저냐고 묻잖아요! 당신 정말 분통 터지게 하는 남자라는 거 알아요? 사람 말을 어디로 듣고 이래요!"

혜승이 드디어 화를 참지 못하고 폭발해 버렸다. 그러나 신경질적인 말투는 아니었다. 그녀가 받은 교육이 그런 말투를 용납할 수가 없었다. 목소리에 분노는 담되, 흥분해서 말을 더듬는다거나 말을 요지를 벗어나진 않았다.

태진은 혜승이 화를 내는 모습을 지켜봤다. 제법 귀여워 보였다. 태진은 그런 그녀의 모습을 기억에 담아두려는 듯이 자세히 살펴보았다. 그에 대한 분노로 얼굴은 상기되어 있고, 숨은 약간 빨라졌으며, 목소리는 아주 가늘게 떨렸다. 상상 속에서 자신이 키스를 한 후의 그녀 모습과 닮아 있었다. 태진의 호흡이 빨라졌다.

"이봐요!"

혜승은 태진의 대답을 재촉했고 그사이 혜승의 숨소리는 약간 더 빨라졌다.

"결혼하고 싶다는 생각이 든 여자가 당신이 처음이니까! 그게 이유라면 이유야. 바람둥이는 아니지만 여자가 없는 것도 아니었지. 하지만 당신이 처음이야. 결혼하고 싶다고, 같이 가족을 꾸미고 싶다고 생각한 여자는 당신뿐이었어. 우리가 겨우 두 번째 만나는 거라고 했던가? 첫눈에 반할 수도 있다는 거 당신을 만나고 나서야 믿어. 사랑은 아니야. 나는 사랑을 믿진 않거든. 그러니 사랑이라는 거짓말을 하진 않겠어. 후후, 아니, 어쩌면 당신이라는 여자가 엄청나게 갖고 싶은데 결혼만이 유일한 길이라서 그러는지도 모르지. 당신은 남자의 정부가 될 만한 여자는 아니니까."

태진은 일부러 비틀린 말을 했다. 혜승이 청혼을 받아들일 거라는 생각은 해본 적도 없지만 계속되는 그녀의 거절에, 그리고 결혼이 싫다면 사겨보자는 말 역시 거절당한 것에 대한 불만에 그만 마음에도 없는 말을 했다. 그녀를 정부로 만들려는 생각은 해본 적이 없었다. 그건 그녀에 대한 모독이었다.

혜승의 얼굴이 하얗게 질리는 것을 보며 태진은 자신의 혀를 깨물고 싶었다. 그렇게 말할 작정은 아니었다. 그녀에게 상처를 줄 생각은 아니었다. 최근에 너무 많은 상처를 받아 시퍼렇게 멍이 든 그녀에게 또 다른 상처를 보낼 생각은 아니었다.

혜승은 태진이 결혼하고 싶다는 생각이 든 여자가 당신뿐이라고,

첫눈에 반한다는 말 이제는 믿는다고 했을 때 마음이 설레었다. 하지만 곧 설레었던 마음은 바닥으로 추락했다. 그렇게 보진 않았는데 갖고 싶다고, 정부로 삼으려 했다는 말은 듣는 순간 마치 배신을 당한 것 같은 충격을 받았다. 그를 잘 알지도 못하고, 그를 믿었던 것도 아닌데 배신을 당한 것만 같았다.

하지만 그걸 인정하기엔 그녀의 자존심이 용납치 않았다. 혜승은 애서 충격을 감추고 정공법으로 나갔다. 솔직하게 그녀의 심정을 털어놓고 이해를 받자 결심했다.

"난 당신의 정부가 될 생각도, 당신과 결혼을 할 생각도 없어요. 그래요, 어쩌면 당신 말대로 사귀어볼 수도 있겠지요. 그러다가 당신이 좋아지면 결혼을 할 수도 있을 겁니다. 하지만 지금 나한텐 그만한 여유가 없어요. 당신을 생각할 여유가 없습니다."

혜승의 말투는 다시 차분해졌다.

"당신의 문중 사람들 때문이라면 내가 방패가 되어줄 수도 있어!"

태진은 자신이 혜승에게 큰 실수를 했다는 걸, 그녀가 자신의 말에 상처를 받았다는 걸 알았지만 사과는 하지 않았다. 대신 미안함을 담아 그녀를 보호해 줄 수 있는 방패가 되어주겠다고 말했다.

"그건 제 몫의 어려움이지요. 누군가 대신 지고 가야 할 짐이 아닙니다. 전 이제 스물셋입니다. 앞으로의 인생에 이보다 더한 어려움이 있을지도 모릅니다. 문제가 생길 때마다 피하거나 혹은 다른 사람에게 짐을 나눠줘 버릇한다면 나중에는 혼자서는 아무것도 할 줄 모르는 사람이 될지도 모릅니다."

"쉽게 해결할 수도 있는데 어려운 길을 가는 것도 어리석은 일이야."

"한 가문이, 문중이 몇백 년을 그 명맥을 유지해 오면서 어려움이 하나도 없었겠습니까? 이번에도 해결할 수 있어요."

"힘들 거요. 당신은 딸이라 한씨 가문의 대가 끊어졌으니까. 그걸 핑계로 문중에서 조상들의 유물을 모두 내놓으라고 할 가능성도 있지."

"네, 물론 그럴 가능성도 있지요. 하지만 아십니까? 종가가 존재해 올 수 있었던 건 결코 핏줄 때문만은 아니라는 걸 말입니다. 따지고 보면 대한민국에 양자를 한 번도 들이지 않았던 종가는 거의 없다시피 합니다. 깊이 들여다보면 종가는 핏줄로 이어온 것이 아니라 정신으로 이어져 온 것입니다. 제가 딸이라는 것은 문제가 안 된다고 생각합니다. 제 속에 한씨 가문에 대한 정신이 살아 있으니까 말입니다."

"자부심이 대단하군!"

태진은 솔직한 혜승에게 감탄했다. 그리고 그녀의 자부심에도.

"미안합니다. 집은…… 곧 비워 드리지요."

"말했잖소, 집을 비워줄 필요는 없다고."

"결혼이 집과의 거래 품목이 아니었던가요?"

혜승은 눈에 궁금함을 하나 가득 담고 태진을 바라봤다.

"그래, 그랬지. 하지만 당신의 자부심에 반해 이 어려움을 당신이 어떻게 헤쳐 나가는지 지켜보기로 했어. 대신, 대신이라고 말하기 뭣하지만 이 집에 한 사람 더 살아도 되겠지?"

"네? 설마 당신이 들어와 살겠다는 건 아니겠지요? 만약 그렇다면 차라리 제가 집을 비워 드리는 게 낫겠군요."

"오해는 하지 마요. 내가 들어와 살겠다는 건 아니니까. 고모가 한 분 계신데 고아인 날 이만큼 키워주신 분이야. 부모라도 세상에 그런 부모가 없을 정도로 내게 헌신적이셨던 분이지. 한옥에서 사시고 싶다고 해서 집을 보러 다녔던 거요. 뭐, 이 집을 구입한 것이 전적으로 고모를 위해서였다는 건 거짓말이지만. 당신에 대한 관심도 한몫했거든. 어쨌든 고모가 이 집에서 같이 살아도 되나?"

태진의 말을 듣고 혜승은 잠시 갈등했다. 그러나 그의 제안이 상당히 관대하다는 걸 혜승이 왜 모르겠는가. 태진이 집주인이니 혜승더러 나가라고 하고 그의 고모를 모셔도 되건만 그는 지금 혜승에게 허락을 구하고 있는 것이다.

"제게 허락을 구하고 말고 할 사항은 아닌 듯하군요. 집주인은 당신이지 제가 아니잖아요. 이 집에 계속 살게 해주신다면 오히려 제가 감사를 드려야 할 것 같아요."

"고모가 이 집에 사셔도 되겠어?"

태진은 고집스럽게 다시 물었다. 꼭 혜승의 허락을 받아야 할 것만 같았다. 마치 결혼하려는 여자에게 부모님을 모시고 살아도 되냐고 묻는 기분이었다.

"네! 당신, 참 고집스럽다는 말 많이 듣지 않아요?"

혜승이 태진의 끈덕진 물음에 결국 항복하고 그가 원하는 대답을 해주었다.

"하하, 왜 아니겠어?"

태진은 웃으며 자신의 끈질긴 성격을 인정했다.

"고모님은 언제 모셔오려고요?"

"될 수 있는 한 빠른 시일 내에."

어떻게 하다 보니 제자리로 돌아왔다. 원래의 계획대로 고모를 모

시고 이 집에 들어와 살게 되었으니 말이다. 물론 거기서 그는 **빠졌**
지만. 하지만 뭐 어떤가? 고모를 찾아뵌다는 핑계로 그녀를 만나러
오면 되지 않는가.

태진은 어쨌든 그녀를 자주 볼 수 있는 기회가 생긴 것이 기뻤다.
말할 필요도 없이 결혼을 수락했다면 더 좋았겠지만 말이다.

"그럼 안채를 치워놓을게요."

"안채는 당신이 머물고 있지 않나?"

"아니요, 저는 초당에 머물고 있어요. 안채는…… 돌아가신 어머
님이 머무시던 곳이에요."

혜승이 어머니 생각을 하며 쓸쓸히 말했다. 태진은 혜승의 어조에
서 진한 그리움을 느꼈다.

"그렇다면 굳이 안방을 치워놓을 필요는 없어. 보아하니 안채에
방은 많은 것 같은데 어머님이 쓰시던 안방 말고 다른 방 하나 내주
면 돼."

혜승의 쓸쓸한 어조에서 태진은 돌아가신 지 얼마 되지 않은 어머
니의 방을 다른 사람을 위해 비우는 일이 그녀에게 고통이 될 거라는
걸 알았다. 혜승이 눈물을 뿌리며 어머님이 쓰시던 안방을 정리하는
광경이 떠오르자 마치 태진 자신이 천하의 몹쓸 놈이 되는 것 같아
차마 안방을 치워놓으라 하지 못하고 다른 방을 준비해 달라고 했다.
그것만으로도 그녀는 충분히 힘들 것이다. 어머님의 공간에 다른 사
람이 들어와 생활한다는 것조차 그녀는 쉽게 받아들이지 못할 것이
기 때문이다.

"그래도……."

혜승은 태진의 말이 고마웠으나 따지고 보면 그의 고모가 엄연한

집의 안주인인데 다른 방을 내어준다는 것이 예의가 아닌 것 같아 망설이며 말끝을 흐렸다.

"괜찮아. 이해하실 거요. 그리고 따뜻하신 분이니까 한집에서 지내기 힘들진 않을 거요."

"……고맙습니다. 정말 감사합니다."

혜승은 자신의 편의를 봐주는 태진이 고마워 진심을 담아 감사 인사를 했다. 태진은 혜승의 인사를 받으며 가슴이 뿌듯했다. 전쟁터에서 제 여자를 지켜낸 장수처럼 어깨가 빳빳해졌다. 물론 아직 혜승이 자신의 여자가 된 것은 아니지만 말이다. 그러나 그의 마음속에서는 혜승을 이미 자신의 여자로 인정하고 있었다.

태진은 단순한 감사 인사에 이렇게 뿌듯한데 혜승의 입에서 자신의 이름이 불리어진다면 얼마나 기쁠까를 생각해 봤다. 혜승의 고맙다는 한마디에 태진은 그녀 앞에 존재하고 있는 장애물이란 장애물은 모두 치워 버리고 싶었다. 그녀가 만일 자신의 이름을 다정하게 불러준다면 그녀에게 온 세상을 다 주어도 아깝지 않으리라.

"별로 해준 것도 없는데 뭐. 정히 고마우면 밥 한 그릇 얻어먹을 수 있을까?"

태진은 불쑥 밥 얘기를 꺼냈다. 얘기를 꺼내고 시계를 보니 이미 점심 시간이 다 되어가고 있었다. 원래는 이렇게 충동적인 성격이 아닌데 유독 혜승 앞에서만 이렇게 생각도 하지 않은 말을 불쑥불쑥 내뱉어졌다.

넉살도 좋게 밥이라니. 어려운 때에도 친구네 집에 가서 밥 한 끼 먹고 온 적이 없었다. 늘 늦도록 일하고 들어오신 고모와 함께 식사를 하곤 했다. 친구네 집엔 맛있는 반찬이 있고 자신의 집엔 찬이 김

치뿐이라도 집에 들어와 식사를 했었다. 늦은 밤 홀로 상에 앉아 찬밥을 드시는 고모가 안쓰러워 그러질 못했다.

습관이란 무서운 것인가! 돈을 벌고 성공을 한 후에도 남의 집에서 하는 식사는 편치 않았다. 집에 초대를 받아 가면 조금 젓가락 드는 시늉만 하거나 아니면 술만 마시다 돌아오곤 했다. 차라리 식당에서 사 먹을지언정 남의 집에서 하는 식사는 불편했다.

그런데 그가 먼저 밥을 달라고 하다니……. 그녀는 그에게서 의외의 모습이나 충동적인 면을 끌어내는 재주가 있는 것 같다.

"네. 그러고 보니 점심 시간이 다 되었군요. 식사를 차릴게요. 잠시만 기다리세요."

혜승은 태진에게 기다리라 말하고 사랑방에서 나와 부엌으로 갔다.

"어떻게 된 거래? 그 청년이 집을 샀다니 그게 무신 말이래?"

충주댁은 혜승이 부엌으로 들어서자 궁금증을 참지 못한 채 혜승의 팔을 붙들고 구석으로 끌고 가며 물었다.

"문중 총회에서 그 사람에게 집을 팔기로 결정했대요. 이제 그 사람이 집주인이에요."

혜승은 가벼운 말투로 말하려 노력했다. 하지만 그녀의 슬픈 눈매를 못 알아챌 충주댁이 아니었다.

"이를 어째! 그럼 나가야 하는 것이여?"

충주댁은 자신의 근심이 현실로 드러난 것만 같아서 마음이 무거웠다.

"아니에요, 그냥 살아도 된대요. 저 사람에게 고모가 한 분 계시는데 그분만 들어와 사신대요. 집을 비워줄 필요는 없다고 하더라고요."

"그래? 그나마 다행이네. 그럼 집을 산 사람은 안 들어오고?"

충주댁이 가슴을 쓸어 내리며 말했다.

"네. 그러니 안채에 안방 옆에 큰 방을 치워놔야겠어요."

"그려, 알았어. 그건 그렇고 손님은 가셨나 보지, 부엌에 오고?"

"아차, 내 정신 좀 봐. 손님 점심상을 보려고 왔는데…… 깜박했어요."

혜승은 충주댁의 물음에 정신이 퍼득 들었다. 상을 차리면서 혜승은 어쩐지 묘한 기분에 사로잡혔다. 낯선 사내에게 상을 차려주는 기분이 정말 묘했다. 그러고 보니 아버지께 상을 차려 올린 적은 있어도 다른 남자에게는 상을 차려준 적은 없었다. 혜승은 자신의 묘한 기분을 애써 낯선 불편함이라 정의 내렸다.

태진은 상을 봐오겠다며 방을 나간 혜승을 기다리며 방 안에 있는 책을 보고 있었다. 그도 한문 세대는 아닌지라 온통 한문으로만 쓰인 책을 읽기는 어려웠다. 한 자 한 자 생각해 가며 읽느라 시간이 가는 줄도 몰랐다.

그러던 중 방문이 열리고 혜승이 상을 들고 방 안으로 들어섰다. 태진은 얼른 일어나 상을 받았다. 혜승이 들고 들어오기에 상이 너무 커 보였다. 상 위에 놓인 여러 개의 도자기들이 꽤나 무거워 보였다. 상을 받고 보니 역시 무거웠다. 그런데도 상을 들고 들어오는 혜승의 태도는 반듯했다. 손목이 휘청거린다거나 볼썽사납게 구부정하게 들어오진 않았다.

상 위에는 하얀 도자기 위에 찬들이 정갈하게 놓여 있다. 수북히 담아놓은 것도 아니요, 한 젓갈씩 담아놓은 것도 아닌 것이 정겹다.

한상 가득 반찬이 주르르 담겨 나오는 한정식과는 또 다르다. 찬의 가짓수가 제법 많지만 보통의 가정집에서 먹는 찬이 대부분이다.

상을 받고 보니 밥 그릇, 국 그릇, 수저 모두 하나뿐이다. 태진은 상을 바라보던 시선을 혜승의 얼굴로 옮겼다.

"혜승 씨의 밥은 어디 있지?"

"전 나중에 아주머니와 같이 먹을 것이니 신경 쓰지 마세요."

혜승은 그 말을 하고 방을 나가려 했다.

"같이 들지, 혼자 먹는 밥은 맛이 없으니."

태진은 방을 나가려는 혜승을 붙들었다.

"남녀가 한상에서 밥을 먹는 것도 크게 법도에 어긋나는 거요?"

태진은 망설이는 혜승의 태도를 눈치 채고 다시 말했다.

"……."

혜승은 태진의 질문에 아무런 말도 하지 않고 방을 나갔다. 태진은 실망을 금치 못했다. 그러나 잠시 후 방문이 열리더니 혜승이 자신이 먹을 밥을 가지고 들어와 태진의 맞은편에 앉았다.

"집이 종가라 옛사람들처럼 예의니 법도니 하는 것을 따지며 살긴 했지만, 저 역시 밖에 나가면 요즘 사람이에요. 남자와 마주 앉아 밥 한 끼 함께 먹는 것조차 가릴 만큼 그리 옛날 사람은 아니에요."

혜승의 아버지는 식사 때마다 식구들과 함께 식사를 하시곤 했다. 원래의 법도대로라면 아버지 혼자 상을 받으시고, 어머니와 혜승은 따로 식사를 해야 한다. 하지만 아버지는 가족이란 한상에 둘러앉아 식사를 하면서 정을 키우는 거라고 하시며 두레상을 차리게 하셨다.

부모님이 돌아가시고 충주댁과 겸상을 할 때가 아니면 언제나 혜승 혼자서 밥을 먹었다. 그래서인지 태진이 함께 밥을 먹자고 했을 때 혜승은 그가 가족의 울타리를 침범한 것 같은 느낌을 받았다. 그런 태진을 무시하고 방을 나왔지만 어느새 혜승의 걸음은 부엌으로 향했고, 자신도 모르는 사이에 밥이랑 국을 퍼서 다시 사랑으로 가고 있었다. 방에 들어서는 자신을 반기는 태진을 보면서 혜승은 스스로에게 변명 아닌 변명을 했다. 단지 손님이라 대접하는 거라고, 밥 한 끼 같이 먹어준다고 무슨 큰일이야 있겠느냐고.

태진은 자신의 앞에 앉아 밥을 먹는 혜승을 바라보면서 달게 밥 한 그릇을 다 비웠다. 태어나 이날까지 이렇게 맛있게 먹어본 밥은 없었다. 푹푹 비워져 가는 밥그릇이 야속했지만 너무 맛있는 식사에 그만 천천히 먹어야 한다는 걸 잊어버리고 말았다.

"찬이 맛있네. 이 깻잎 장아찌는 억새지 않고 부드러운 것이 처음 먹어보는 건데 어떻게 만든 거요?"

"쪄요."

"응?"

"간장에 절여두었다가 나중에 꺼내 먹을 때 다시 양념을 해서 쪄요. 그러면 부드러워져서 나이 드신 분들도 잘 드시지요."

태진은 혜승의 말을 듣고 고개를 끄덕였다. 정성이란 이런 작은 일에서 드러나나 보다. 이가 부실한 어른들을 위해 장아찌 하나까지 신경 써서 만든 음식이라 이리 맛있었나 보다. 돈을 주고서도 절대로 못 먹을 음식이다. 가슴에 잔잔한 감동이 느껴졌다.

태진은 마음속으로 혜승이 차려주는 밥상을 매일 받고 싶다고 생각했다. 고운 손으로 그를 위해 음식을 만드는 모습이 눈에 선했다.

태진은 혜승이 가져다 준 숭늉을 먹고 나서야 자리에서 일어났다. 혜승의 배웅을 받으며 대문을 나서면서 태진은 마치 빈털터리가 된 것 같았다. 자신은 분명 성공한 사업가인데 그런 자신이 가진 것은 아무것도 없다는 듯한 느낌이 들었다. 진짜 보물은 대문 안에, 그 집 안에 있다는 걸 알고 있었기 때문이다.

어린 시절의 가난을 딛고 올라선 지금 역시 그는 가난한 사람이었다. 물질적으로 가난한 사람이 아니라 마음이 가난한 사람이었다. 태진은 자신을 부자로 만들어줄 사람이 혜승뿐이라는 걸, 그녀를 가져야 자신이 어린 시절 꿈꾸던 모든 걸 이룰 수 있다는 걸 알았다.

따뜻한 가정 말이다.

그녀와 함께라면 자신도 그런 가정을 가질 수 있을 것만 같았다. 결코 채워질 것 같지 않은 목마름도 그녀라면 채워줄 수 있을 것만 같았다.

혜승을 만나고 나서야 그가 진정으로 원했던 것이 가족이라는 걸 깨달았다. 그저 돈을 버는 것이, 사회적으로 성공하는 것이 자신의 인생 목표라고 믿어왔는데 아니었다. 그가 진정으로 원했던 건 어린 시절 죽도록 갖고 싶었지만 절대로 가질 수 없었던 완벽한 가족이었다.

태진은 혜승의 집을 나와 고모에게로 향했다. 혜승의 얘기를 어디서부터 어떻게 꺼내야 할지 고민하면서 자동차를 몰았다. 태진은 빌라 앞에서 한참을 망설이다 벨을 눌렀다. 역시나 고모는 누구냐고 묻는다. 세월이 가도 변함이 없다.

선영은 점심 시간에 찾아온 조카를 의아해하며 맞았다. 사실 태진이 회사 근처에 집을 얻어 나간 뒤로 이런 시간에 자신을 찾아온 것은 처음이다. 태진은 늘 시간에 쫓겼고, 점심 시간 역시 업무의 연장이었다.

"밥은 먹은 게냐?"

선영은 조카의 밥부터 챙겼다. 이제는 배를 곯는 일은 없겠지만 그래도 인사는 언제나 '밥은 먹은 게냐'였다.

"네."

대답하는 태진의 안색이 밝지 않았다. 무슨 고민이라도 있는 듯싶었다. 선영은 태진을 위해 차를 끓였다. 고민을 풀어내는 데는 술이 좋지만 아직 술을 마시긴 이른 시간이고 얘기 보따리를 풀기에는 차가 좋겠다는 생각에서였다.

"무슨 일이라도 있는 게냐?"

찻잔을 받아 들고 만지작거리기만 하는 조카의 안색을 살피다가 선영이 먼저 말문을 열었다.

"고모."

불러놓고 한참을 말이 없다. 선영은 어려운 말인가 보다 하고 태진이 말을 꺼내기만을 가만히 기다리고 있었다. 태진은 고개를 푹 수그리고 두 손으로 찻잔을 잡고 말을 꺼냈다.

"저번에 말씀하신 집, 찾았는데…… 살고 있는 사람이 있어서…… 다른 사람과 함께 사셔도 괜찮으시겠어요?"

선영은 태진의 말을 듣고 놀랐다. 태진은 남의 집에 세 들어 살던 것이 한이 되다시피 하여 돈을 벌자마자 제일 먼저 집을 샀다. 남들과 공유하지 않아도 되는 자신만의 집을 바라던 아이다. 그런 애가 다른 사람과 함께 살아도 되냐고 자신에게 묻다니……. 필시 무슨 까닭이 있는 것이 틀림없다.

"왜? 세 들어 있는 사람이 못 나간다 하던?"

"아니요, 그건 아닌데……. 구입한 집이 원래는 안동 한씨 문중의 종택이었는데, 그 집 종손이 사고로 죽자 문중 사람들이 내놓은 것을 제가 구입한 겁니다. 그 딸이 살고 있는데……."

태진은 자신이 문중 사람들을 충동질했다는 말은 빼고, 또 혜승에게 갖고 있는 감정도 생략하고 선영에게 말했다.

선영은 태진이 한씨 문중 딸의 얘기에서 말을 흐린 것을 알아차렸다. 설마 저 애가…….

"그래? 그 딸의 나이가 몇인데?"

선영은 두근거리는 마음을 감추고 무심한 듯 물었다.

"스물셋이요."

"그래? 학생이니?"

"예."

"어린 나이에 부모를 잃어 힘들겠구나."

선영은 무심결에 말을 꺼내고 자신의 혀를 물었다. 태진은 그보다 더 어린 나이에 부모를 잃지 않았던가!

"여려 보이는데 제법 강단이 있어요. 부모님이 돌아가신 지 석 달이 넘었는데 아직도 상복을 입고 부모님을 그리워하지만, 슬픔에 빠져 허우적거리진 않아요. 시원하고 청량하면서도 따뜻한 느낌이 드는 여자예요. 오늘 그 집에서 점심을 먹고 왔는데요, 찬이 맛있었어요."

태진은 자신도 모르게 혜승에 대해 주저리주저리 늘어놓았다.

선영은 태진의 말을 들으면서 가슴이 벅차오르는 것을 느꼈다. 태진의 말속에서 그 여자에 대한 특별한 감정을 느낄 수 있었다. 이제야 짝을 만나게 되나 보다. 외롭게 살던 녀석이 이제야 제 짝을 만나 제 집을 찾을 모양이다.

"그래?"

선영은 목이 메어 겨우 한마디 내뱉었다. 눈에 눈물이 차 오르는 걸 겨우 참았다.

"부모님과의 추억이 서린 집일 텐데 나가라고 하기가 뭐해서……."

"한집에 사는 게 뭐 대수라고. 나도 외롭지 않아 좋지."

선영은 자신이 괜찮다고 말하는 순간 태진의 안색이 밝아진 것을 눈치 챘다.

'이런, 아직 제 마음을 모르는 건가? 아니면 그 아가씨에게 말도 못 붙여본 겐가?'

"이사 준비는 제가 하겠습니다. 집이 크니 지내시기 불편하지는 않으실 겁니다. 안방은 혜승이 어머님이 쓰시던 방이라고 해서 다른 방을 준비하라고 했어요. 괜찮으시죠?"

"그 아이 이름이 혜승이냐?"

"예."

태진은 스스로 혜승의 이름을 말한 것도 몰랐다. 고모의 승낙을 받았으니 빨리 이사 갈 준비를 할 생각에 마음이 바빴다.

"그 처자도 안채를 쓰고?"

"아니요. 초당에서 지낸다고 하던데……. 고모, 초당이 대체 어디를 말하는 거예요?"

"옛날에 시집가지 않은 딸이 머무는 별채를 초당이라고 불렀다. 집이 제법 큰 모양이구나, 요즘에 별채까지 남아 있는 걸 보면."

"예. 이사는 업체 사람을 불러서 할 거니까 괜히 이삿짐 싸신다거나 하실 것 없습니다. 제가 알아서 할게요."

태진이 하는 모양에 선영은 속으로 픽 웃었다.

'어지간히도 마음이 급한가 보구나. 나도 빨리 보고 싶구나, 네가 마음에 둔 아가씨를…….'

"답답한 빌라에 오래 있어봐야 좋을 것 없으니 될 수 있는 한 빨리 이사를 가자꾸나."

선영은 태진의 마음을 헤아려 빨리 이사를 가자고 했다.

"네, 제가 알아서 준비하겠습니다. 고모는 가만히 계시기만 하면 돼요."

태진은 흡족한 마음으로 고모의 집에서 나왔다. 고모가 순순히 그러마 하셔서 다행이었다. 이제 한 발짝 더 가까이 다가갈 수 있다.

고모를 보러 가면서 자주 눈에 익히다 보면 언젠가는 곁을 좀 내어주겠지. 한 번, 두 번 보다 보면 정도 들겠지. 그러다 보면 마음속에도 들어갈 수 있겠지. 그러다 보면 결혼도 해 그가 바라던 가족도 가질 수 있을 것이다. 급하게 마음먹지 말고 천천히 가랑비에 옷 젖듯, 그렇게 천천히 가슴속에 젖어 들어가야지. 도망가거나 겁먹지 않게 수줍게 다가갈 것이다. 아주 조심스럽게, 아주 천천히…….

4

선영은 이삿날을 빠르고 신중하게 골랐다. 요새 젊은애들이 들으면 미신이라고 웃어넘길 테지만 그래도 가장 빠른 '손 없는 날'로 골라 이삿날을 잡았다. 빌라에 있는 가구며 살림살이 대부분은 안 가져가기로 했다. 고급스럽고 편리한 것들이긴 하지만 편안하지는 않았다. 오히려 시장에서 몇천 원을 주고 하나하나 사들인 것들이 더 정감이 갔다. 그렇게 이것저것 빼놓다 보니 많이 적어진 짐이었지만 태진이 한사코 말리는 통에 이삿날이 되도록 짐을 싸지는 못했다.

날이 밝자 사람들이 와 이삿짐을 챙기기 시작했다. 조심스러운 손길로 신속하게 짐을 챙겼다. 없는 짐이라도 만약 선영 혼자서 챙겼다면 며칠은 족히 걸렸을 짐을 불과 두어 시간 만에 다 챙겼다.

짐을 챙기는 것이 끝나자 선영은 태진의 차를 타고 이사할 명륜동으로 향했다. 이삿짐 차가 그들 뒤를 따르고 있었다.

태진은 무척 밝아 보였다. 명륜동이 가까워 갈수록 콧노래를 흥얼거렸다.

선영은 그런 태진을 보면서 마음이 복잡했다. 제 짝을 만난 건 한없이 기뻤다. 하나 다른 한편으론 떠나야 할 날이 가까워 온 것 같아서 쓸쓸하기도 했다. 그녀 스스로는 자식이라 생각하고 키웠지만, 엄밀히 말하면 태진은 조카다. 가정을 이루는 모습을 보면 자신은 떠나야 하리라. 요즘 세상에 어느 여자가 남편 고모까지 모시고 살려 하겠는가. 시부모도 안 모시려고 하는 판국에.

선영이 그런 못난 생각을 하고 있는 사이 차는 벌써 명륜동에 도착했다. 선영은 차에서 내리다 집의 규모에 깜짝 놀랐다. 서울에 이런 규모의 한옥이 남아 있으리라 생각해 본 적이 없었다. 거의 손상이 가지 않은 집인 것 같았다.

"이 집이니?"

"네."

태진은 선영에게 짧게 대답하고, 막 이삿짐을 차에서 내리는 사람들에게 말했다.

"이미 들으셨겠지만 오늘 일하실 때는 특히 조용히 해주셨으면 합니다. 소란스럽거나 고함을 지르는 일 없이 조용조용 일해주십시오."

태진은 짐 나를 사람들에게 다시 한 번 주의를 준 다음 대문으로 가서 벨을 눌렀다. 혜승에게 미리 연락을 해두긴 했지만 짐을 싸는 것이 빨라 예상보다 일찍 도착해서 조심스러웠다. 안에서 대답하는 소리가 들리더니 잠시 후에 충주댁이 나왔다.

"어서 오세요. 이리 오시면 됩니다."

충주댁은 나오자마자 살갑게 인사를 하고 사람들을 안채로 안내했다.

태진은 고모를 모시고 안채로 가면서 혜승이 보이지 않아 두리번거렸다. 그런 태진의 마음을 눈치 챈 것일까? 충주댁이 혜승의 행방에 대해 말해 주었다.

"혜승이는 안에서 전화 통화를 하느라 제가 먼저 마중을 나왔어요. 이쪽에 있는 방을 쓰시면 됩니다."

충주댁이 선영이 쓸 방을 안내해 주었다.

방 안에는 가구를 놔두었던 자리가 휑하니 그 자국만 남아 있었다. 방 안에 있던 물건을 치운 흔적인 듯했다. 태진은 흠칫 놀랐다. 은연중에 혜승과 마주 앉아 밥을 먹었던 사랑과 같은 방을 기대했었나 보다. 고가구와 고서적들로 채워진 방을 기대했었나 보다.

휑하니 아무것도 없는 방이 당신이 오는 게 반갑지 않다고 말하는 것 같아 태진은 씁쓸했다. 기대하지 말라고, 내가 내어줄 것은 방 한 칸뿐이라고 혜승이 말하는 것만 같았다.

"휑하니 기분이 이상하구나."

선영이 불쑥 내뱉었다. 태진은 시선을 돌려 선영을 쳐다봤다. 고모도 자신과 같은 생각을 한 것인가?

"저기는 반닫이 농이 있던 자리 같고, 저기는 문갑이 있던 자리 같은데……."

선영이 방 안을 둘러보더니 말했다.

"어떻게 아세요?"

"자국이 남아 있지 않느냐? 옛날 장판이 다 그렇다. 가구가 있던 자리는 햇볕을 받지 못해 장판의 색이 더 진하고, 가구의 다리가 있던 자리는 눌린 자국이 남아 있지. 그러니 그 자국과 크기를 보면 대충은 무슨 가구가 어디에 있었는지는 알 수 있단다. 그렇지 않나요?"

선영은 태진에게 설명해 준 다음 충주댁에게 반문했다.

"호호호. 네, 거의 정확하게 맞히셨어요. 용하게도 맞히시네요."

충주댁이 새로운 눈으로 선영을 바라보며 말했다. 솔직히 방 안에 있던 가구들을 알아맞히리라고는 생각지 못했었다. 아니, 이사 올 사람을 위해 깨끗이 치워준 방을 고마워할 줄 알았지 휑하다 할 줄은 미처 몰랐다.

충주댁은 새로 이사 온 선영이 맘에 들었다. 선영이 한옥을 구해달라고 해서 태진이 이 집을 구입한 것은 얘기를 들어 알고 있었지만, 그래도 집이 낡았다거나 불편하다거나 하는 불평을 하면 어쩌나 혜승과 둘이 걱정을 했었다. 그러나 막상 만나보니 취향이 비슷한 것 같아 다행이다.

태진은 고모와 충주댁의 얘기를 듣고 있다가 뒷목에 살랑이는 바람이 느껴지는 것 같아 돌아봤다. 긴장한 얼굴을 한 혜승이 걸어오고 있었다. 태진은 혜승이 왜 긴장하고 있는지 알 것 같았다.

태진은 원래 사람의 속마음을 곧잘 읽곤 한다. 눈칫밥을 먹은 사람은 티가 난다고 하지 않는가. 어릴 때부터 주변의 상황을 살피는 습관이 들다 보니 어느새 자연스럽게 남의 의중을 알 수 있었다. 이런 태진의 재능은 그가 사업을 하는 데 큰 도움이 되곤 했다.

하지만 혜승의 생각을 읽는 것은 다른 사람들의 생각을 읽는 것과는 달랐다. 다른 사람들의 생각을 읽어내는 것은 경험과 관찰의 결과물이었다. 하지만 혜승의 의중을 읽는 것은 마치 공기를 통해 자연스럽게 들이마시는 것 같았다.

사실 혜승은 그 의중을 쉽게 파악할 수 있는 사람은 아니다. 관찰로 표정을 읽기도 어려운 편에 속한다. 더워도 덥다 말하지 않고 추워도 춥다 말하지 않는 옛날 양반네들만큼은 아니지만, 그래도 그녀가 받은 교육의 영향으로 얼굴에 생각과 감정을 모두 드러내는 사람은 아니었다. 그런데도 태진은 혜승의 생각을 알 수 있었다. 일부러 의도한 것도 아닌데 그저 자연스럽게 알아지는 것이다.

혜승은 지금 불안하고, 불편해하고 있으며, 또한 긴장하고 있었다. 가족의 성역에 낯선 사람이 들어오는 것이 불안하고, 불편한 것이리라. 혜승의 얼굴에는 아무런 표정도 없지만 태진은 알 수 있었다. 괜찮다고, 당신이 불안해할 필요는 없다고 말해 주고 싶었지만 입 밖에 내어 말하지 못했다.

"죄송합니다. 전화를 받느라 인사가 늦었습니다."

혜승이 자신을 향해 돌아서 있는 태진을 향해 말했다.

선영은 재빨리 뒤돌아 목소리의 주인공을 바라봤다. 태진이 마음에 두고 있는 아가씨라 빨리 보고 싶었지만, 어쩐 일인지 고개는 천천히 돌아갔다. 마당을 사뿐히 걸어오는 단아한 아가씨가 눈에 보였다. 사고 얘기를 듣긴 했지만, 부모님이 돌아가신 지 얼마 되지 않았는지 상복 차림이었다.

요즘에는 예쁜 감이 많이 나와 멋스런 한복이 많이 있지만, 기실 옛 조상들이 입었던 하얀 무명 한복은 별 멋이 없었다. 혜승이 입은 것은 아무런 장식도 없고, 색도 없고, 형태도 예쁘지 않은 상복이었다. 하지만 선영이 보아왔던 어떤 개량한복보다 더 옷태가 고왔다. 한복의 진정한 멋이 무엇인지 이제야 비로소 본 것 같은 기분이었다.

상복을 입은 옷태도 예쁘지만 어딘지 모르게 기품있어 보이는 혜승이 선영은 만족스러웠다. 태진이 영화 일에 손을 대기 시작하면서 사실 걱정스러웠다. 여우 같은 여배우에게 넘어가기라도 하면 어쩌나 하고……. 태진을 믿지만 예쁜 여자의 애정 공세를 무시할 수 있는 남자란 별로 없는 법이라…….

하지만 혜승을 보니 그런 걱정이 쓸데없는 기우였다는 걸 알 수 있었다. 더 두고 살펴봐야 알겠지만 선영이 태진의 짝을 작정하고 골랐어도 이만한 사람을 고르진 못했을 거라는 생각이 들었다.

걸어오던 혜승이 걸음을 멈추고 선영을 향해 다시 한 번 사과를 하며 인사했다.

"정말 죄송합니다. 예의가 아닌데 그만. 용서하세요. 오시는 길은 편안하셨는지요?"

선영의 입가에 미소가 떠올랐다. 말하는 품새가 좋은 가정교육을 받고 자란 것이 분명해 보였다. 태진이 고아다시피 해 처갓집 식구라도 많았으면 하는 욕심이 있었지만, 그거야 어디까지나 욕심이고, 참한 아가씨를 만나 다행이다 싶었다.

"앞으로 폐를 끼치게 되었네요."

선영이 혜승을 향해 말했다.

"폐라니요? 무슨 말씀을……. 오히려 계속 이 집에 살게 해주신 정 사장님께 제가 감사를 드려야지요. 그리고 말씀 편하게 하세요."

"그렇게 말해 주니 고맙구…… 나."

선영이 망설이다가 혜승에게 말을 놓았다.

"고모님이 방 안에 있던 가구를 다 알아맞히시는 것 있지!"

옆에서 충주댁이 끼어들었다. 충주댁의 입에서 어느새 선영의 호칭이 고모님이 되어 흘러나왔다.

"그러셨어요. 가구를 가져오실 것 같아 방을 비워두었습니다만 혹시 쓰실 것이 있으시면 광에 있는 가구 중에서 고르세요."

"그리 말해 주니 고맙구나. 내가 가져온 가구는 이 집과 어울리지 않을 것 같은데 몇 가지 골라와도 괜찮겠니?"

"얼마든지 가져다 쓰셔도 돼요. 가구란 사람 손때가 묻고 바람을 쐬어주어야 오래가지 그냥 광에 두면 망가지고 말아요. 써주신다면 저야 더 좋지요."

"광은 곳간채에 있습니다. 이리로 오시지요."

"내가 안내해 드릴 테니 일 봐."

혜승이 선영을 곳간채로 안내하려는데 충주댁이 나서 자신이 안내하겠다고 했다. 태진이 혜승을 쳐다보는 눈이 심상치 않았기 때문이다. 나이 든 사람의 눈은 못 속이는 법이다.

'혜승이는 모르는 것 같지만 틀림없이 저 청년은 혜승이에게 마음이 있는 겨.'

충주댁은 둘만의 시간을 주기 위해 선영과 인부들을 데리고 곳간채로 향했다.

태진은 고모와 혜승 사이의 대화를 듣고만 있었다. 고모의 목소리가 호의적이었던 걸로 보아 그녀가 꽤나 마음에 드신 모양이다. 다행이지 싶었다. 누구보다 혜승을 고모에게 선보이고 싶었고, 인정받고 싶었다. 그녀에게 많이 다가간 느낌이다.

아까 충주댁이 '고모님'이라고 했을 때는 혜승의 입에서 그 소리가 흘러나오는 것을 상상했었다. 후후, 상상만으로도 기분이 좋았다.

태진은 인간에게 결혼이라는 제도가 있다는 게 이토록 기분 좋을 줄 몰랐다. 전혀 다른 타인인 남녀가 결혼을 통해 가족이 되는 것이다. 세상에서 가장 가까운 사람이 되는 것이다.

혜승을 만나기 전에는 여자를 믿지 않았고, 결혼이라는 제도의 허술함을 비웃었다. 30%의 실패율이 어리석은 도박이라 생각했었다. 하지만 그녀를 만난 후 결혼이라는 제도가 주는 결속력을 알 수 있었다. 30%의 실패라면 나머지 70%는 잘사는 것이 아닌가? 그녀를 만난 후에는 70%의 성공률만 보였다.

그 70%의 성공 안에 자신도 들어가고 싶었다. 혜승의 가족이, 그녀의 남편이 되고 싶었다. 그녀의 얼굴을 보니 그런 욕망이 더 강해졌다. 그러나 태진은 애써 그런 욕심을 감추고 태연한 얼굴로 혜승을 대했다. 그녀가 겁먹지 않게, 달아나지 않게…….

"오랜만에 보는군. 그동안 잘 지냈나?"

"네, 염려해 주신 덕분에…….."

혜승은 인사를 하면서 왠지 어색한 느낌을 받았다. 안채에 있던 사람들이 한꺼번에 곳간채로 가고, 단둘이 남은 것이 불편했다. 아마도 저번에 있었던 일이 원인이리라. 느닷없이 결혼해 달라고 하고, 또 겸상을 해서 식사를 한 것이 원인이 되어 그를 대하는 것이 불편해진 것이리라.

"방은 누가 치운 거요?"

"저랑 충주댁 아주머니랑 둘이서 치웠어요."

"가구도 있었다면서 어떻게……?"

태진은 혜승의 대답에 깜짝 놀랐다. 여자 둘이서 가구를 나르고 짐을 치웠다니……. 머리 속에서 혜승이 힘들어하면서 가구를 나르는 모습이 떠올랐다. 집에 여자만 있으면 아쉬운 것이 많다. 남자가 하기에 아주 간단한 일이라도 여자가 하기엔 힘겨운 일이 있기 마련이다.

태진이 어릴 때 고모도 그랬었다. 시멘트 벽에 못을 하나 박기가 어려웠고, 고장난 형광등 하나 갈기가 힘들었다. 남자라면 아무렇지도 않게, 몇 분도 안 되어서 간단히 해치울 일을 고모는 몇 시간을 걸려서 해야 했다. 그것도 때론 못에 손이 다치고, 때론 형광등이 깨져 그 파편에 다치고 하며 손에 흔적을 남기면서 해야 했다.

태진은 얼른 혜승의 손을 바라봤다. 조건 반사와 같은 행동이었다. 다행히 아무런 상처도 보이지 않는다. 태진은 그제야 안도의 한숨을 쉬었다.

"고가구는 서양 가구에 비해서 그리 크지 않아요. 마음만 먹으면 둘이서도 얼마든지 옮길 수 있어요. 재질이 오동나무라 좀 무겁긴 했지만……."

"미안하군, 미리 사람을 보냈어야 하는데. 내 실수야."

"그렇게까지 신경 써주시지 않아도 됩니다. 아주머니와 저 둘만으로도 충분히 할 수 있는 일이었어요."

"독립심이라, 물론 좋지. 하지만 도움을 좀 받는다고 세상이 무너지진 않아. 너무 그렇게 빡빡하게 굴지는 말아. 고모가 이사와 쓰실 방이고, 조카가 사람을 보내 치운다고 뭐 크게 잘못은 아니잖아?"

태진은 도움을 줄 틈을 주지 않는 혜승이 야속해 한마디 했다. 왜 저렇게 고집스러운지 모르겠다. 물론 믿었던 친척에게 배신당해 사람들에 대한 불신감이 생긴 것은 이해가 가지만 말이다. 인간이란 감성의 동물인가 보다. 머리로는 이해하면서도 마음으로는 자신에게 도움을 청하지 않는 혜승이 야속했다.

"그런 것이 아니라······."

혜승은 뭐라 변명해야 할지 몰라서 말을 흐렸다.

그에게 뭐라 해야 할까? 그저 스스로의 일은 스스로 해결하는 것이 습관이 되어서 그렇다고 할까? 아니면 방을 비우며 집에 대한 미련을 삼키고 있었다고 사실대로 얘기할까? 정든 가구가 아무렇게나 남의 손에 휙 치워지는 것이 싫었다고, 그동안 수고했다고 작별을 했다고 정직하게 얘기할까?

"다음부터는 도움받을 일이 있으면 도움을 청하고 도움을 받으시오. 도움은 받을 줄 알아야 줄 줄도 아는 거야."

'나한테 도와달라고 한마디만 해! 당신을 힘들게 하는 사람들로부터 지켜달라고 한마디만 해! 당신이 지고 있는 짐을, 슬픔을 제발 나에게도 좀 나눠줘! 당신을 도울 수 있는 기회를 나에게도 줘!'

평이한 어조로 말하는 태진의 마음은 사실 소리치고 있었다.

"······네."

혜승이 조용히 대답했다. 태진은 혜승의 대답이 그저 예의상 한 대답이라는 걸 알았지만 그래도 기뻤다. 고분고분 대답하는 혜승이 예뻤다.

"고마워, 고모를 받아들여 줘서."

"저번에도 말했지만 제가 오히려······."

"고모는, 날 키우느라 고생 많이 하신 분이야. 나도 일가친척이라고는 고모 외에 아무도 없지. 고모가 홀로 날 키우지 않으셨더라면 아마 고아원에 갔을 거요. 좋은 분이니까 가족이라 생각하고 잘 지내 줬으면 해."

태진은 혜승의 입바른 인사를 듣기 싫어 말을 끊고는, 혜승에게 고모의 얘기를 해주었다. 고모와 잘 지냈으면 하는 마음에서였다.

"……그럴게요. 손님이라 생각하지 않고 가족이라 생각하도록 노력할게요."

혜승의 대답에 태진은 무척 만족스러웠다. 이렇게 자신이 하는 말마다 '네' 하고 대답하니 결혼해 달라 청해도 '네' 하고 대답할 것만 같았다. 그 질문에 대한 대답이 '아니요'라는 걸 잘 알고 있으면서 말이다.

"아, 좋다! 여긴 몇 번 안 왔지만 올 때마다 기분이 상쾌하단 말이야."

태진은 말머리를 돌렸다.

"아마 나무가 많아서 그럴 거예요."

"그런가?"

"예. 원래는 아홉 개의 정원이 있었는데 많이 소실되고 이제는 두 개밖에 안 남았어요. 예전에는 더 아름답고 운치있었다더라고요."

"지은 지 몇십 년 안팎이라고 들은 것 같은데……. 언제 소실된 거지? 한국전쟁 때?"

"그때도 그렇고…… 그 후에도 남의 손에 넘어간 동안 많이 망가졌지요."

"남의 손에 넘어가? 언젯적 일인데?"

태진은 처음 듣는 얘기라 관심을 표했다. 집에 대해 조사한 내용 중에는 없는 얘기였다.

"아버님이 어렸을 때라고 들었어요. 할아버님이 돌아가신 직후 문중에서……."

"전적이 있구먼!"

태진이 한마디 하자 혜승의 얼굴에 자조적인 미소가 떠올랐다. 무슨 생각으로 집안의 추문을 자신의 입으로 말했는지 모르겠다.

"그래서 아버님은 집을 어떻게 찾으셨지?"

"이것저것 사업도 하시고, 또 80년대에 주식과 부동산으로 재산을 모으셨다고 들었어요. 후에 집을 다시 되찾으셨지요. 그래도 남의 눈에서 피눈물 뽑으며 번 돈은 아니라고, 부끄러움은 없다고 늘 말씀하시곤 했어요."

"주식이라…… 확실히 80년대에 붐이 일긴 했지. 부동산은 어디에 투자하셨는데?"

태진은 혜승에게 이것저것 물었다. 하지만 그건 혜승이 물려받은 재산이 궁금해서가 아니라 그녀의 부모님이 살아오신 인생이 궁금해서였다. 더불어 그녀가 살아온 인생도 궁금하기는 매한가지였다.

"강남에 사두신 건물이 좀 있으셨고, 또 분당에 땅이 많으셨다고 들었어요."

"경기도 분당? 아파트 단지가 들어선 곳 말인가?"

"예, 그곳 논과 밭 중에 아버님 소유가 꽤 됐다고 하셨어요."

"자세히 알고 있네. 보통 양반의 후손임을 내세우는 사람들은 가족에게 돈에 대해 얘기하는 걸 삼가지 않나? 아, 이건 당신 아버님에 대한 비난이 아니요. 그저 보통은 그렇다는 거지."

"훗, 남들도 다 그렇게 생각하죠. 하지만 저희 아버님은 제게 이것저것 말씀을 많이 해주셨어요. 딸이긴 하지만 자식이라고는 저 하나뿐이니까요. 자세하게 사업에 대해 가르쳐 주신 건 아니지만, 물론 제가 그런 걸 배울 만한 나이도 아니었구요. 수입이 어디서 얼마나 들어오는지, 어떻게 써야 하는지, 얼마나 사회에 환원해야 하는지 등등 그런 건 가르쳐 주셨지요. 나중에 생각해 보면 일찍 돌아가실 걸 아시고 그러지 않으셨나 하는 생각도 들어요."

"쓸데없는 생각이야. 병으로 돌아가신 것도 아니고 사고로 가신 건데 어떻게 알고 계셨겠어?"

"그런가요? 부모님 그렇게 가신 후, 차라리 병으로 오래 고생하다 가실망정, 갑작스레 세상 뜨신 것보다 낫지 않을까 하는 생각도 했었어요. 병으로 누워 계시더라도 살아만 계셨으면 마음의 의지가 됐을 텐데 하는 생각 말이에요. 이기적이죠? 저만 생각하잖아요."

조용조용 자신의 아픔을 털어놓는 혜승을 보면서 태진은 생각이 많았다. 자신의 속내를 얘기해 주는 혜승에게 고마웠고, 어느 날 갑자기 부모님을 한꺼번에 잃고 의지할 일가친척이 하나도 없는 혜승이 안타깝고 안됐었다. 자신은 그래도 고모가 있지 않았는가. 세상 어느 어머니보다 더 자애로운 고모가 있었지 않은가.

"사람은 다 마찬가지야. 살아남은 사람은 살아야 하니까. 언젠가 무슨 수필을 읽은 적이 있는데, 제목은 기억이 안 나서 말이야. 어린 나이에 남편을 잃고 청상이 된 여자가 남편의 장례를 치르면서, 문상 온 손님들에게 내주는 음식 냄새가 구수하더라는 거야. 남편이 죽어 관에 누워 있는데 꾸역꾸역 밥 한 공기를 다 먹는 자신이 서러워, 밥을 먹으면서 눈물을 많이 흘렸더랬지. 볼을 타고 내린 눈물이 입 안에 느껴지는데도 밥을 먹는 자신이 인간같이 느껴지지 않았대. 사람은 누구나 다 그래. 그러니까 딴생각은 말아."

"딴생각이라니요?"

"왜 나만 혼자 살아남았나, 이기적이고 탐욕스러운 인간들 틈에 왜 나만 던져 놓고 가셨나, 힘이 드는데 모두 포기해 버리고 말까, 뭐 그런 생각들 말이오."

"……."

혜승은 태진의 말에 아무런 대꾸도 할 수 없었다. 태진이 자신의 마음속에 들어갔다 나온 것 같았기 때문이다. 좀 아까 변호사의 전화를 받고 꼭 그런 생각을 했었다. 선산을 지킬 방법도, 조상의 유물들을 지킬 방법도 생각나질 않아 마음이 답답해 못난 생각을 했었다.

태진은 그런 혜승을 물끄러미 보고만 있었다. 그러다가 문득 이상한 점이 생각났다.

"어라? 좀 이상한걸? 당신 아버지가 한 번 넘어간 종택을 다시 되찾으셨다면 왜 종택이 총유로, 문중 재산으로 되어 있었던 거요?"

"아버님께서는 종택이 어느 한 사람의 소유가 아니라 문중의 소유가 되어야 한다고 믿으셨으니까요. 우린 집안은 대대로 종택과 선산은 문중의 소유였다고 해요. 종손이 변변치 못한 사람일 경우, 독단적으로 종택과 선산을 파는 것을 막기 위한 방법이었다고 하더라고요. 결국은 그것도 종택이 남의 손에 넘어가는 것을 막지는 못했지만."

태진은 말을 하면서 자신을 바라보는 혜승의 시선에 불편함을 느꼈다. 자신이 그녀의 집을 팔아먹은 것은 아니지만 자신이 샀지 않은가. 혜승이 집이 남의 손에 넘어가는 것은 막지 못했다고 말하는 순간 가슴이 뜨끔했다. 혜승의 어조에 태진에 대한 비난은 전혀 없었음에도 그는 그렇게 느꼈다.

"어째 좀 뜨끔한걸."

"당신을 비난하려는 의도는 아니었어요. 오해하지 말았으면 해요."

"알아. 그냥 뜨끔했다는 거요. 비난받았다는 생각은 안 했어. 내가 팔아먹은 건 아니니까. 아, 지금 이 말 당신 상처를 들쑤시는 말인가? 그렇다면 미안해."

"아니요, 괜찮아요. 어차피 사실이니까. 부정한다고 해서 지금 처한 현실이 바뀌지는 않을 테니까요. 힘은 없을지언정 도피할 생각은 없어요."

"좋은 태도요. 도망간다고 문제가 해결되는 건 아니니까. 오히려 더 곪을 수도 있지. 태도는 좋은데…… 뭐, 생각해 둔 방법은 있나?"

"아니요, 아직……. 하지만 꼭 지킬 생각이에요. 부모님이 잠들어 계신 선산도, 그리고 조상님들의 유품도 모두."

"요점은 결심은 굳지만 해결책이 없다는 거네."

"요점은 어렵지만 반드시 해결할 거라는 거지요."

"하하하!"

태진은 큰 소리로 웃었다. 이렇게 통쾌하게 웃어본 게 얼마 만인지 모르겠다. 아니, 철들고 나서 처음이다. 혜승은 정말 자신을 여러 번 놀라게 하는 여자다. 도무지 예측대로 나온 적이 없는 것 같다. 해결책이 없다는 말이 비위가 상했는지, 금방 어렵지만 해결할 거라고 받아친다. 해결책을 찾을 수 있다는 대답이 아니라 해결을 할 거란다.

이 여자를 다 아는 순간이 과연 올 것인가.

씩씩한가 하면 얼굴이 하얘지며 비틀거리고, 연약한 속내를 드러내는가 하면 어느 순간 또다시 그 단단한 방벽을 세운다. 마치 나약한 자신을 용서할 수 없는 것처럼 몸을 꼿꼿이 세운다.

연약한 동시에 씩씩하고, 어리지만 지혜로우며, 정이 많지만 마음이 곧은 이 여자를 어찌해야 하나! 이미 마음에 들어와 버린 이 여자를 어찌해야 하나! 그와 결혼하는 것이 싫다고 말하는 이 여자를 어찌해야 하나! 처음으로 가족이 되고픈, 아내로 만들고픈 이 여자를 갖지 못하면 그는 어찌하나!

"그건 비웃음인가요?"

"아니, 당신이 존경스러워서 웃는 거요. 당신의 용기가, 당신의 재치가 기뻐서 웃은 거요. 당신의 마음의 올곧음이 존경스러워서 웃은 거요."

태진은 진심을 담아 혜승을 칭찬했다. 혜승은 갑작스런 태진의 칭찬에 볼을 붉혔다. 두 사람 사이에 묘한 공기가 흘렀다.

그때 인부들과 함께 곳간채로 갔던 선영과 충주댁이 안채로 들어섰다.

"가구가 맘에 꼭 드는 물건들뿐이구나. 가져온 가구는 그냥 싣고 가고 여기 있는 가구를 써야겠구나."

선영이 안채로 들어서며 태진에게 말했다. 말을 마친 선영은 곧 자신을 바라보는 태진과 혜승 사이의 묘한 기류를 눈치 채고는 조금만 늦게 올 것을 하며 후회했다.

"그렇게 하세요. 싣고 온 가구는 내리지 말라고 할 테니, 고모 편한 대로 하세요."

"번거롭게 해서 어떡하니."

"번거롭긴요."

"허락을 받긴 했지만 정말 내가 써도 될는지……."

선영은 혜승을 바라보며 다시 허락을 구했다.

"마음 편히 쓰셔도 돼요. 제가 손아래 사람인데 자꾸 이러시면 제가 오히려 불편합니다. 돌아가신 부모님께서 쓰시던 안방과 사랑방, 그리고 사당에 있는 것만 제외하고 집 안에 있는 물건 중 어떤 것을 쓰셔도 괜찮습니다. 일일이 제 허락을 구하실 필요는 없습니다. 한 집에 사는 한식구인걸요."

선영은 혜승의 말을 듣고 조용히 감동을 받았다. 단순히 예의가 바른 아인 줄 알았는데, 이제 보니 속도 깊은 아이였다.

"그렇게 말해 주니 고맙구나."

"별말씀을 다 하세요. 아버님께서 독자이신지라 일가친척이 안 계 여서 모실 어른이 없어 그동안 저도 안타까웠어요. 고모님이라 생각 하고 모실 테니, 고모님께서도 조카가 하나 더 생겼다고 여기시고 편 히 대해주세요."

"그래주면 고맙지."

선영의 눈가에 눈물이 맺혔다. 선영은 혜승의 손을 꼭 쥐고 고맙 다며 토닥토닥거렸다. 그 모습을 지켜보던 태진도 덩달아 기쁘고, 혜승에게 고마웠다.

아마 옛날에 고모가 그를 키우지 않고 시집을 갔다면 아마 혜승만 한 딸이 있었을 것이다. 함께 시장도 가고, 음식 만드는 방법과 집안 일도 가르치고, 함께 쇼핑도 하며 딸과 함께 즐거운 시간을 보내고 있을지도 모른다. 이렇게 홀로 쓸쓸히 오십 대를 보내는 대신에 가족 과 함께 즐거운 한때를 보내고 있을지도 모른다.

태진은 혜승이 고모에게 딸이 되어준다면 마음의 빚을 좀 덜지도 모른다는 생각을 했다. 그를 위해 자신의 인생을 포기했던 고모에게 진 커다란 마음의 빚을 말이다.

그들이 서로의 마음을 나누는 사이 인부들은 부지런히 짐을 날랐다. 큰 살림살이는 모두 두고 온 터라 별다른 어려움 없이 짐을 날랐다.

태진은 서서 이것저것 지시를 내리고 선영은 소소한 짐을 챙겼다. 돕겠다는 선영을 만류하고 혜승과 충주댁은 식사 준비를 하기 위해 부엌으로 갔다. 요즘에 포장 이사는 얼마에 짐을 맡기면 따로 식사를 챙겨 준다거나 하지는 않지만, 그래도 일한 사람을 빈속에 보낼 수가 없어서 혜승은 충주댁과 함께 식사 준비를 했다.

찌개에 밑반찬, 그리고 뒷마당에서 뜯은 상추며 고추로 점심상을 한상 차렸다. 요즘은 귀찮아 잘 하지 않는 장아찌들이며, 나물이며, 시원한 동치미 국물에 모두 밥을 두 그릇씩 비웠다.

인부들의 상은 따로 차리고, 선영과 태진, 그리고 혜승과 충주댁은 두레상에 둘러앉아 식사를 했다. 둥그런 모양의 상이라 태진은 맘 편히 혜승을 관찰할 수가 있었다.

먼저 번에 같이 밥을 먹을 때는 몰랐는데 이제 보니 혜승의 밥을 먹는 모양새가 바르다. 밥은 반드시 숟가락을 사용해 푸고, 밥을 입에 넣은 후에 숟가락을 상에 내려놓고 젓가락을 들어 반찬을 먹는다. 한 손에 수저 모두를 쥐는 법이 없고, 젓가락으로 밥을 떠먹지도 않았다. 어찌 보면 답답해 보일 수도 있는 동작이 물 흐르듯 자연스럽다.

쌈을 쌀 때도 입 안 가득 차게 싸는 것도 아니요, 조그맣게 싸서 입가에 묻은 립스틱이 지워질라 멈칫멈칫하며 먹는 것도 아니다. 적당히 탐스럽게, 복스럽게 먹는다. 눈에 보이는 사소한 모든 동작이 다 예쁘다.

밥을 먹으며 혜승에게서 시선을 떼지 못하는 태진을 은밀히 바라보는 두 사람이 있었다. 선영과 충주댁이 그 주인공이었다. 선영과 충주댁은 흐뭇한 시선으로 태진을 바라보고 있었다.

그날 태진은 고모와 함께 짐 정리를 하고, 혜승의 안내를 받아 집 구경을 하고, 저녁을 먹고도 미적대며 일어서질 않았다. 너무 만족스러워서 자리를 뜨고 싶지 않았다. 하지만 더 이상 머물 핑계가 없어서 아쉬움을 뒤로하고 일어설 수밖에 없었다.

허전함이었다. 혼자만 버려진 것 같은 허전함. 그는 혜승과 고모의 배웅을 받으며 집을 나서며 지독한 허전함을 느꼈다. 고아가 되어서도 느끼지 못했던 허전함이다. 그가 강해서가 아니다. 부모에 대해 아무런 기대도 없었기에 실망도 없었고, 세상에 없다 하여 허전함을 느낄 까닭이 없었다.

그러나 혜승의 집을 나서며 그는 비로소 고아가 된 것 같았다. 혼자만 버려진 것 같았다. 세상에서 가장 아늑하고 따뜻한 집이 바로 거기에 있는데 그가 들어갈 자리는 아직 없었다.

그렇다. 아직이다. 언젠가는 반드시 그 안에 들어가고 말리라. 지금은 그 안에 끼지 못하지만 곧 그 안에 들어가 그녀와 함께 살 것이다.

그녀가 어떤 모습으로 잠이 드는지, 아침잠이 많아 일어나기 힘들어하는지, 아침에 일어나 제일 먼저 하는 일은 무엇인지, 웃을 때는 어떤 모습을 하고 있는지, 그녀가 슬퍼 눈물 흘릴 때면 소리 내어 우는지, 아니면 그냥 가슴으로 슬픔을 삭이는지, 그녀의 사소한 모습 하나하나를 모두 옆에서 지켜볼 날이 곧 올 것이다.

태진은 집으로 들어와 적막한 공간에 불을 켰다. 익숙한 일이지만 오늘만큼은 쓸쓸했다. 이 넓은 공간에 불을 켜고 자신을 반겨줄 사람이 아무도 없다는 것이 쓸쓸했다. 까만 어둠에 휩싸인 집 안이 순간 낯설기까지 했다.

"훗, 이제는 익숙해져 아무렇지도 않은 일 아닌가."

태진은 성큼성큼 걸어 침실로 들어갔다. 역시 어둠에 싸인 방 안에 불을 켰다. 요즘에는 침실에 물건이 없을수록, 침실을 넓게 쓸수록 그 사람의 재력의 정도가 파악된다고 했던가? 최신 유행을 따르는 인테리어 디자이너가 꾸민 집답게 태진의 침실에는 커다란 침대와 최신 오디오만이 있을 뿐이었다. 옷은 모두 따로 마련된 드레스룸 안에 있었다. 평소에는 고급스러워 보이던 침실이 오늘따라 삭막하게 느껴졌다.

태진은 명륜동에서 보았던 사랑방을 떠올렸다. 방 안에 물건이 별로 없는 것은 태진의 방과 매한가지였으나 정겹고 여백의 미가 느껴지는 방이었다. 고가구를 가져다 진열한 고모의 방 역시 정겨웠다. 자신의 방과는 다른 따뜻함이, 역사가 흐르는 방이었다. 보지는 못했지만 혜승의 방 역시 마찬가지이리라.

태진은 혜승의 안내를 받아 집을 둘러봤을 때를 생각했다. 혜승이 초당에 머문다는 걸 알았기에 초당은 유심히 지켜봤었다. 고모도 관심을 가지고 본 것 같았다. 그러나 혜승은 그가 있는 것을 의식해서인지 방 안을 보여주지는 않았다. 그가 본 초당은 소박한 정원을 가진 자그마한 별채였다. 방이 두 개뿐인 소박한 집처럼 보였다.

그 자그마한 초당에서 혜승이 움직이는 모습이 보이는 것만 같아서 태진은 고모와 혜승이 초당을 빠져나갈 때까지도 초당을 바라보고 있었다. 방 안에 들어가 보고 싶다는 욕망을 억누르면서, 그가 따라오지 않는다는 것을 눈치 챈 혜승이 그를 부를 때까지 바라만 보고 있었다.

이제 와 생각해 보니 초당은 너무 외떨어져 있었다. 결혼하지 않은 딸들이 머무는 곳이라 그런지 집 안 깊숙한 곳에 따로 떨어져 있었다. 태진은 혜승의 안전이 걱정되기 시작했다. 여자들 셋만 있는 집이 걱정되기 시작했다. 서둘러 자동차 키를 집어 방을 나서다가 다시 들어왔다. 자신이 명륜동에 가서 걱정이 되어서 왔다고 하면 혜승이 어떻게 나올지 뻔히 보였기 때문이다. 틀림없이 걱정하지 말라고, 그동안도 별일없이 잘살았다고 할 것이다.

후, 서둘러야 할 터인데. 하루라도 빨리 그의 보호권 내에 들어와야 할 텐데. 마음은 조급했지만 태진이 갈 길은 아직 멀었다.

혜승은 점차 선영과의 생활에 익숙해지고 있었다. 선영이 다정하고 사려 깊은 성격이라 함께 지내는 데 큰 어려움이 없었다.

아침이면 함께 식사 준비를 하고, 낮 동안은 집안일이며, 정원을 가꾸는 일을 같이 하며 여름을 나다 보니 어느새 한가족처럼 가까워졌다. 선영은 전통 찻집을 운영한 경험이 있어서 차에 박식했고, 또 혜승도 차를 즐기는 터라 오후 네 시에서 다섯 시 사이에 안채의 대청마루에 앉아서 차를 마시는 것이 하루 일과가 되다시피 했다.

그사이 나눈 대화는 혜승이 모르는 사이에 선영을 통해 태진에게 전해졌다.

태진은 고모로부터 혜승의 소소한 하루 일과를 들으며 점점 더 혜승에게 가까이 다가가고 싶다는 열망에 휩싸이고 있었다. 귀로 듣는 것보다 눈으로 직접 보고 싶었던 것이다. 점차 커가는 열망을 억누르다가 결국 참지 못하고, 8월의 더위가 한참 기승을 부릴 무렵 회사에

휴가를 냈다. 오후에 갑작스럽게 휴가를 내는 태진에게 모두들 당황하며 설명을 기다렸지만, 태진은 직원들에게 아무런 언급도 하지 않고 휴가를 강행했다.

태진은 회사 직원들을 충격에 몰아넣은 뒤, 집으로 돌아와 간단한 짐을 챙겨서 명륜동으로 향했다. 미리 알리면 안 된다고 하거나 혹은 혜승이 자리를 피해줄까 봐 예고도 없이 불쑥 찾아갔다. 설레는 가슴으로 차를 몰아 혜승에게로 갔다.

태진이 찾아간 시간은 마침 선영과 혜승, 그리고 충주댁이 안채의 대청마루에 앉아서 차를 마시고 있을 때였다. 매주 주말이면 찾아오곤 했지만 평일에, 그것도 낮 시간에 찾아온 그를 고모는 물론이고 혜승조차 의아한 시선으로 바라보았다.

"이런 시간에 어쩐 일이냐?"

"오늘부터 휴가입니다."

태진의 대답의 대답을 들은 선영의 시선이 아래로 향했다. 그제야 태진의 들고 온 가방을 본 것이다. 선영은 태진이 대학 다닐 때부터 여지까지 쉬어본 적이 없다는 걸 잘 알고 있다. 태진이 혜승에게 마음이 있다는 건 알고 있었지만 명륜동으로 이사 온 후부터 매주 주말마다 자신을 본다는 핑계를 대고 찾아오는 태진에게 놀라고 있던 참이었다. 누구보다 바쁘다는 걸 알고 있기에 더 놀라웠다.

그런데 휴가라니⋯⋯. 이게 몇 년 만에 들어보는 이야기인지⋯⋯.

태진은 사업을 시작한 후로 이때까지 휴가를 가져본 적이 없다. 그런 녀석이 휴가라고 짐을 싸들고 왔을 때는 제 딴에 얼마나 속이 탔으면 그랬겠는가?

"모처럼 휴가라 고모랑 함께 지내려고 왔습니다."

"그래, 잘 왔다."

선영은 조심스럽게 혜승의 눈치를 살피며 태진에게 잘 왔다고 대답해 주었다.

태진은 집 안에 들어서 차를 마시고 있는 혜승을 봤을 때부터 그녀에게서 시선을 떼지 못했다. 이런 시간에 찾아온 그를 의아하게 바라보는 고모에게 설명을 하면서도 시선은 혜승에게 있었다. 그가 찾아온 것을 저어하지는 않나, 혜승의 안색을 살폈다. 휴가라는 그의 말에는 별다른 반응이 없다가 휴가 기간 동안 고모랑 함께 지내려고 왔다고 하는 순간 얼굴에 놀람이 스친다. 그녀가 들고 있던 찻잔 안의 찻물이 약간 출렁거렸다. 그러나 곧 수습하고 조용히 찻잔을 내려놓았다.

"사랑채를 치워야겠네요."

혜승이 입을 열어 사랑채를 치우겠다고 했을 때 태진은 비로소 참았던 숨을 내뱉었다. 안 그런 척했지만 사실 속으로는 긴장하고 있었다. 안 된다고 할까 봐, 반대할까 봐 긴장했었다.

"그럴 거 없어. 내가 치우지. 저번에 그 방 아버님이 쓰시던 방이지? 그 방 말고 사랑채에 있는 다른 방으로 쓸게. 아직 그 방에 다른 사람을 들일 여유가 없을 테니까."

"다른 방은 오랫동안 사용하지 않아서 불편하실 텐데요?"

혜승은 아버지가 쓰시던 사랑방이 아니라 다른 방을 쓰겠다고 말하는 태진이 고마웠지만, 손님을 오랫동안 사용하지 않아서 눅눅한 방에 모시는 것이 미안했다.

"그래도 깨끗하겠지? 당신 성격상 지저분하게 방치하지는 않았을 테니까."

"가끔 치우긴 했지만 장마철에 환기를 제대로 못 시켜 냄새도 나고 습기도 많을 텐데요."

"그럼 개중 가장 쓸 만한 방으로 고를게."

"제가 안내해 드릴게요. 보고 나서 어느 방을 쓰실 건지 결정하세요."

혜승은 태진에게 방을 안내하겠다며 일어섰다. 태진으로서는 의외의 수확이었다. 혜승이 직접 안내해 준다니, 이리저리 둘러보면서 얘기도 나누고 할 수 있지 않겠는가.

태진은 속으로 쾌재를 부르며 혜승을 따라나섰다. 사랑채까지 가는 그 짧은 길이 마치 데이트처럼 느껴졌다. 그녀와 대화를 나누고, 그녀의 목소리를 듣고 싶었지만 마땅한 화제가 없었다.

그러던 차에 안채의 마루 옆에 나 있는 안채와 사랑채 사이의 조그만 문이 눈에 들어왔다. 사람이 드나들기에는 너무 자그마한 그 문의 용도를 묻는 것으로 둘 사이의 대화의 문을 열었다.

"저 문은 뭐 하는 데 쓰는 문이지?"

혜승은 태진이 턱으로 가리키는 문을 봤다.

"안채에서 사랑채를 살피던 문이에요."

"살펴? 염탐하는 데 쓰이는 문이란 말인가?"

"아니요, 염탐이 아니라 손님을 살필 때 쓰던 문이에요."

"그게 그거지. 아닌가?"

"그 문은요, 사랑채에 손님이 몇 분 왔나를 살피던 문이에요. 손님이 사랑채에 오면 그 문으로 상돌 위에 놓인 신발의 갯수를 헤아려 주안상이나 다과상을 보곤 했답니다. 옛 여인네의 지혜지요."

"아! 손님이 몇 명인지를 살폈던 거로군."

"네. 그에 맞춰서 차며 술상을 보곤 했지요. 나름대로의 지혜예요. 아버님이 살아 계실 때만 해도 많이 사용하던 문이었는데…….'

혜승의 얼굴이 쓸쓸해졌다.

"요즘은 손님들이 뜸한가 보군."

"네."

태진은 혜승의 짧은 대답에 더 가슴이 아팠다. 내색하지 않는 슬픔이 느껴졌기 때문이다. 문중 사람들의 배신으로 많이 힘들어하고 있다는 걸 알기 때문에 그녀의 짧은 대답이 긴 울음보다 더 아파 보였다.

문중의 종가니 손님이 오죽 많았겠는가? 고모에게 들은 말로는 일 년에 제사가 자그마치 스물두 번이란다. 그 많은 제사에, 큰일에 모여들던 손님이 갑자기 발길을 뚝 끊었으니 그녀가 얼마나 쓸쓸했겠는가. 낯짝들은 있는지 종택을 팔아먹는 데 동의한 문중 사람들은 더이상 찾아오지 않는다고 한다. 망할! 몹쓸 인간들 같으니라고! 제기랄! 욕을 하고 있는 태진의 마음속에서 자그마한 목소리가 들려왔다.

'너도 거기에 한몫한 거야. 결국 너도 그녀에게 상처를 준 거야.'

'아니야, 나는 그녀에게 상처를 준 게 아니야. 일부러 그런 게 아니란 말이야. 나는, 나는 그녀를 행복하게 해주고 싶었던 거야. 나는 그녀의 웃는 얼굴을 보고 싶단 말이야. 그녀를 아프게 하고 싶었던 게 아니야. 다시는, 다시는 그러지 않을 거야. 다시는 그녀에게 상처를 주는 일이 없을 거야. 무의식 중에라도…….'

태진에게 이 집을 산 것은 혜승에게 다가가기 위한 수단이었지만 다른 한편으로는 마음의 명에였다. 마음의 빚이었다. 그는 그녀의 터전에, 소중한 그녀의 추억에 멋대로 끼어든 것이다. 평생을 두고 갚을 것이다. 앞으로 평생 동안 늘 웃음만 짓게 해줄 것이다. 지금의 슬픔을 잊어버리게 해줄 것이다.

"휴가라면 고모님 모시고 좀 더 좋은 곳에 가야 하는 것 아니에요?"

분위기를 바꾸려는지 아니면 화제를 바꾸려는지 혜승이 휴가 얘기를 꺼냈다.

"휴가철에 나가봐야 고생이지. 집에서 편안히 쉬는 게 최고요."

태진은 자연스럽게 이곳을 집이라 칭했다.

"그래도 고모님 서운하시겠어요."

"그럴까?"

"네. 듣자하니 거의 일에 빠져 사신다면서 모처럼의 휴가를…… 고모님 아마 조카랑 가고 싶으신 곳도 많으셨을 거예요. 여쭈어보고 모시고 다녀오세요."

혜승의 말을 듣고 보니 태진은 자신이 참으로 무심했다는 생각이 들었다. 돈을 많이 벌어 호강시켜 드리겠다는 생각만 했지 그런 일에는 통 신경을 쓰지 못했던 것이다. 중학교, 고등학교에 다닐 때 방학에 부모님과 함께 놀러갔다 왔다는 아이들을 죽도록 부러워했으면서 잊어버리고 있었던 것이다. 그뿐만 아니라 고모 역시 휴가철에도 늘 일을 해야 했다는 사실을! 어떻게 잊어버리고 있었던 것일까?

"어디 추천하고 싶은 데라도 있나?"

"글쎄요…… 저도 휴가철에 놀러가 본 적이 없어서 잘 모르겠는데요."

"어, 왜? 형편이 안 된 것 같지는 않은데."

"형편이 안 된 것 맞는데요. 아버님 사업도 있고, 집에 제사도 많앉고, 큰일도 많아서 며칠이라도 휴가를 갈 여유가 없었어요. 그러고 보니 어머님 말씀이 생각나네요. 늙어서 단 일 년이라도 아버님과 함께 우리 나라 구석구석 여기저기 여행을 해보고 싶다고 말씀하시곤 했는데……. 결국 못 이뤄보시고 가셨네요."

"일 년이라? 인생에 단 일 년의 자유를 원하셨다는 건가?"

"그러게요. 종부의 자리가 그렇게 무거웠어요, 일 년의 자유도 없을 만큼."

"어머님이 많이 힘드셨겠군."

"네. 종손에게 시집와서 아들을 낳지 못했으니 평생을 가시방석 위에서 사셨지요. 아무리 열심히 종부 노릇을 해도 아들을 낳지 못한 일 때문에 결코 인정받지 못하셨지요. 늘 죄인처럼…… 그렇게 사셨어요."

"당신도 힘들었겠군."

태진이 씁쓸하게 중얼거리자 앞서 걸어가던 혜승이 고개를 휙 돌려 태진을 바라봤다.

"왜 그렇게 생각하시죠?"

"힘들어하는 당신 어머니를 보면서 당신도 힘들었을 테니까. 당신이 아들이 아닌 딸이라 당신 어머니를 힘들게 했다고 생각했을 테니까. 어쩌면 자라면서 당신이 아들이었으면 하고 빌며 당신 자신의 존재를 싫어하고 부정했을지도 모를 테니까."

"난…… 난 그런 적 없어요!"

태진은 혜승의 음성에서 자신이 정곡을 찔렀다는 걸 알았다. 그녀는 내내 자신을 부정하고, 자신이 아닌 다른 사람이었으면 하고 바랐던 것이다. 그녀가 아들이었으면 이 모든 문제가 아무것도 아니었을

테니까. 아니, 문제가 일어날 소지가 없었을 테니까. 그녀가 아들이
었다면 나이는 어려도 엄연한 종손일 테고 그런 그녀에게 재산을 내
놓으라며 피 튀기는 싸움을 걸 생각을 아예 하지 못했을 테니까 말이
다.

"당신이 딸이라서 다행이야."

혜승은 그 뒷말이 궁금한 듯 태진을 바라봤다.

"당신을 만난 건 내 인생의 행운이고, 당신이 여자인 것도 내겐 다
행이지……. 당신 자신을 싫어하면 안 돼. 이건 경험자의 말이니까
새겨들어. 자기 자신을 부정하는 사람은 아무도 인정해 주지 않고,
자기 자신을 사랑하지 않는 사람을 사랑해 줄 사람 역시 없어."

"당신은 한 번도…… 정말 단 한 번도 자기 자신이 싫은 적이 없었
어요?"

"방금 말했잖아, 경험담이라고. 나 역시 자신을 싫어하고 부정한
적이 많았어. 하지만 말이야, 그런다고 자신이 바뀌는 것은 아니더
군. 지금 당신이 아들이었으면 하고 바라도 당신이 남자가 될 수는
없는 것처럼. 되지도 않을 일에 매달려 자기 학대를 하는 것보단 해
결책을 생각하는 것이 더 현명한 방법이야."

"해결책이 있으면 내가 이래요? 해결책이 있으면 왜 자신을 바꾸
고 싶어하겠어요?"

혜승은 결국 인정했다. 자신이 딸이라서, 아들이 아니라서 이 모
든 사단이 일어났다고 생각하고 있었던 속내를 결국은 인정했다. 의
연한 척해도 사실은 현실을 비관하고 있었던 것을 인정하고야 말았
다.

태진은 마지못해 자신의 못난 속내를 인정하는 혜승을 끌어안고

위로해 주고 싶었다. 자신의 존재도 바꾸고 싶어할 만큼 힘들어하고 있는 그녀를 품에 안고 다독여 주고 싶었다. 하지만 못내 말을 못했다. 안고 위로해 주지 못했다. 거절당할까 봐 두려워서 손을 내밀지 못했다.

비겁한 겁쟁이!

"선산이 아직 해결이 안 났나?"

"……네."

혜승의 음성에 한숨이 서려 있었다.

"……제삼자를 이용하는 건 어때?"

"무슨 말인지……?"

"당신에게 앙심을 품은 박상철이 선산을 당신에게 팔겠다고 동의하지도 않을 테고, 또 나머지 문중 사람들도 낯짝이 있으니 당신에게는 못 팔 거요. 홀로 남은 어린애 등쳐먹었다는 말은 듣기 싫을 테니 말이야. 내가 나서고 싶지만 박상철과 영 껄끄러워서 곤란하고……. 집과는 달리 선산을 파는 데 반대하는 사람들이 꽤 있다고 들었어. 조상 무덤은 차마 못 밀어버리겠나 보지? 믿을 만한 인물을 내세워 무덤을 보존하는 조건으로 구입을 하려 한다면 결국 팔 거요. 욕심도 만족시키고, 무덤이 보존되니 체면도 그만하면 차리고 말이야."

혜승은 생각에 잠겼다. 태진의 말에도 일리가 있었다. 체면도 차리고 실리도 있다면 결국 움직일 것이다. 하지만 믿을 만한 제삼자라니? 지금 그녀에게 믿을 만한 사람이 누가 있는가? 주변에는 아무도 없다. 그녀 주변에 있는 사람이라고는 충주댁밖에는 없다.

충주댁?

그래, 그 생각을 왜 못했지? 충주댁! 거의 모든 문중 사람들 충주댁을 알고 있지만 또한 누구도 알지 못한다. 충주댁의 이름은!

충주댁의 이름으로 선산을 구입한다면?

혜승은 희망이 보이는 것만 같아서 마음이 들떴다. 자신도 모르는 사이 입가에 미소가 번졌다.

"변호사와 상의해 보지. 타인의 명의를 빌려 부동산을 취득하는 게 불법이긴 하지만, 대체로들 이면 계약서를 쓰고 명의를 빌리기도 하니까 방법이 아주 없는 건 아닐 거야."

혜승은 태진을 빤히 바라봤다.

"지금 이 제안은 금방 떠오른 생각인가요?"

아니면 혹시 전부터 해결책을 찾고 있었나요? 이렇게 물어보고 싶었지만 혜승은 뒷말을 붙이지 못했다.

"뇌리를 스친 생각은 아니라고만 해두지."

그건 전부터 방법을 생각해 왔다는 말뜻이었다.

"왜 그런 눈으로 보는 거지?"

태진은 자신을 빤히 바라보는 혜승의 시선에 불편함을 느꼈다. 자신이 마치 사방이 유리로 되어 있는 방 안에 있는 것만 같았다. 발가 벗은 몸으로 사람들 앞에 나선 것마냥 어색하고 서투른 느낌이었다.

"아니요, 아무것도 아니에요."

혜승은 서둘러 몸을 돌려 시선을 피해 버렸다. 뭘 살피던 것일까? 태진에게서 그녀는 대체 뭘 찾던 것일까? 그가 자신을 도와주는 이유? 아니면 다른 무엇……?

"죄송해요. 사람 얼굴을 그렇게 빤히 보는 거 예의가 아닌데……."

제길! 멍청한 놈!

태진은 자신에게 욕을 해댔다. 좋은 기회를 아깝게 놓쳐 버린 자신에 대한 분노였다. 그녀의 시선이 온전히 그만을 바라보고 있었는데 그걸 못 참고 파토를 내? 여자의 시선을 처음 받아보는 애송이도 아니고, 그녀의 환심을 살 수도 있는 좋은 기회였는데 그걸 놓쳐? 그녀가 얼마나 무안했겠어?

바보 같은 놈!

선산에 대한 해결책도 제시하고, 대화의 물꼬를 터서 휴가 기간 동안 좀 더 가까워지려고 했는데 괜히 관계만 어색해졌다. 간단한 농담을 해서 분위기를 띄웠어도 좋았을 텐데. 자신의 답답한 성격에 화가 나려고 했다. 다른 친구 놈들처럼 농담도 잘하고, 재치도 있었으면 자연스럽게 넘어갈 수도 있었을 텐데.

아니, 다른 무엇보다 그녀의 시선을 받아내지 못한 자신의 손설음에 화가 났다. 왜 그녀 앞에만 서면 이렇게 스스러운 바보가 되는지 모르겠다. 여드름 자국이 송송 있는 어린 남학생이 멋스럽고 예쁜 대학생 누나 앞에 선 것처럼 어색했다.

"믿을 만한 사람은 있나?"

"글쎄요, 마땅히 떠오르는 사람이 없네요. 충주댁 아주머니 외에는……."

"충주댁? 어리석은 생각이야. 이미 문중 사람들에게 알려진 충주댁을 내세워서 뭘 얻겠다고? 당신이 뒤에 있다는 걸 금방 알아차릴 거야."

태진은 혜승의 말을 잘랐다. 그러고 나서 생각해 보니 혜승이 가엾어 마음 한 귀퉁이가 싸했다. 얼마나 주변에 사람이 없으면 믿을 만한 사람을 떠올렸을 때 충주댁을 제일 먼저 떠올리겠는가?

"충주댁은 문중 사람들 대부분이 알고 있죠. 하지만 충주댁의 이름을 아는 사람은 아무도 없어요. 충주댁 아주머니는 항상 충주댁이라 불리었으니까요. 얼굴을 드러내지 않고 협상한다면 전 충분히 가능한 일이라고 보는데요."

태진은 혜승의 말에도 일리가 있다고 생각했다. 얼굴만 드러내지 않는다면 가능성은 있다.

모두가 아는 사람이지만 모두가 모르는 사람이라? 웃기는 모순이다. 하지만 우리는 때론 겉으로 보이는 일면만 보고 그 사람을 단정지어 말하는 실수를 저지르곤 한다. 일면만 보고 그게 그 사람의 전부라 믿어버리는 실수도 곧잘 한다. 너무 익숙해져서 그 외에 다른 것을 인정하지 않는, 보려 하지 않는 실수! 문중 사람들에게 충주댁은 그저 일을 봐주는 충주댁일 뿐, 그녀에게 이름 따윈 없었던 것이다.

"그렇군."

태진의 긍정에 혜승의 얼굴에 조용한 미소가 떠올랐다. 고개를 돌리고 사랑채로 걸어가는 혜승의 얼굴 위로 잔바람이 일었다. 단정히 묶은 머리카락 사이로 삐져 나온 잔머리가 그녀의 미소 위로 흩날렸다. 바람이 부드러운 손길로 그녀의 얼굴을 만지고 가는 것만 같았다. 손에 주먹을 꼭 쥐고 바람에 날리는 그녀의 잔머리를 뒤로 넘겨주고픈 욕구를 억눌렀다.

혜승의 안내로 사랑채에 있는 방 중 하나에 짐을 풀었다. 이렇게 충동적인 행동을 해본 적이 없는 그였다. 아침까지만 해도 멀쩡히 출근했다가 갑자기 낸 휴가. 보지 않아도 지금쯤 회사가 어떨지 훤하게 보였다. 느닷없는 그의 행동으로 회사가 온통 술렁이고 있을 것이다. 하지만 그게 무슨 상관이랴. 지금의 그가 가장 원하는 것은 혜승,

그녀 옆에 있는 것이다. 살아온 인생의 거의 대부분을 원하는 것을 얻기 위해 혼자서 노력하고, 싸우고, 이뤄온 그가 그동안 이뤄온 무엇보다 가장 원하는 것은 그녀다.

5

곤한 잠을 깬 태진이 장지문 사이로 들어오는 햇살에 자리에서 일어나 방문을 열자 태양은 벌써 한가운데를 향해 가고 있었다. 시계를 보자 벌써 열한 시가 다 되어가고 있었다. 갑자기 잠이 확 깨는 것 같았다. 이렇게 늦잠을 잔 적은 없었다. 물론 밤새 혜승과 한집에 있는 것이 기쁘고 설레어 잠을 설치긴 했지만, 두세 시간만 자도 아침 여섯 시 전에 일어나는 평소 그의 습관대로라면 이미 일어나고도 남았을 시간이다. 아주, 아주 오래간만의 늦잠이었다.

서둘러 이부자리를 개고, 세수를 하고 안채로 건너갔다.

분합문을 올린 안채의 대청마루에는 고모가 앉아 계셨다.

"안녕히 주무셨어요?"

"그래, 아침에 건너가 보니 하도 곤하게 자고 있어서 깨우지 않았다."

선영은 멋쩍어하며 쭈뼛쭈뼛 다가오는 태진을 향해 웃어주었다. 모처럼 단 휴식을 취하고 그것을 겸연쩍어하는 태진이 선영의 눈에는 마냥 귀여웠다. 나이가 서른이 넘어서 태진을 귀엽다고 느낄 줄은 선영도 미처 몰랐다.

"휴가라고 게을러지기만 하는 거 아닌가 모르겠어요."

태진이 대청마루로 가서 앉으며 말했다.

"너는 좀 더 게을러도 된다. 너만큼 부지런한 아이가 어디 있다고. 그리고 휴가란 게으름 피우며 쉬라고 있는 거지, 부지런 떨며 일하면 그게 어디 휴가냐?"

선영은 태진의 머리를 쓰다듬어 주고 싶은 충동을 누르며 말했다. 왜 태진에게 충분하다고 말해 주지 못했는지, 이제 그만 쉬어도 된다고 말해 주지 못했는지 선영은 후회스러웠다.

"하하하, 그러다가 탱자탱자 놀고만 싶어지면 어쩌라고요?"

"네가? 퍽이나 가만히 앉아서 놀기만 하겠다! 제발 그러려무나."

선영은 태진의 농담에 그럴 리가 있느냐며 반박했다.

"혹시 모르지요, 버릇 될지도."

"제발 그랬으면 좋겠다. 너도 남들처럼 빨간 날은 다 찾아 쉬고, 남들 가는 휴가도 꼭꼭 찾아가고 하려무나. 어찌된 회사가 사장은 뼈 빠져라 일하고 사원들은 꼬박꼬박 쉰다니?"

선영은 기회다 싶어 그동안 하고 싶었던 말을 꺼냈다.

"원래 사장이 바빠야 회사가 잘 돌아가는 거예요. 사원들만 일터로 몰고 사장이 놀면 그 회사가 제대로 되겠어요? 망하죠."

"누가 너더러 마냥 놀라던? 그저 남들 놀 때 놀고, 일할 때 일하라는 거지. 죽어라 일만 하지 말라는 게야. 듣자하니 회사도 잘 굴러가는 것 같은데, 이제 그만하면 쉬엄쉬엄 해도 되지 않겠나 싶어 꺼낸 말이다."

"네."

"건강도 살피고. 젊다고 너무 무리하면 못쓴다. 요즘 과로로 쓰러지는 삼사십 대들이 많다더라. 사람이 강철로 만들어진 게 아닌데 한계가 있기 마련이야. 사실 그동안 네가 너무 무리를 해서 언제 쓰러지지나 않을까 늘 가슴 졸였다."

"하하, 고모도 잘 아시잖아요, 저 감기 한 번 안 걸리고 자란 거. 건강에는 자신있어요."

"모르는 소리. 건강은 자신하는 거 아니다."

"뭘 걱정하시는지 압니다. 조심할게요. 일도 좀 줄이고요."

"그래, 잘 생각했다."

선영은 태진의 입에서 일을 줄이겠다는 대답이 나온 후에야 만족스런 미소를 지었다.

"그런데……."

태진이 말꼬리를 흐리고 주변을 두리번거리자 선영은 태진이 혜승을 찾고 있음을 눈치 챘다.

"혜승이는 볼일이 있다며 충주댁과 함께 외출했다."

"예……."

태진은 속마음을 들킨 것 같아서 겸연쩍었다. 자신이 혜승을 보고 있다는 것을 어느새 눈치 채셨는지…….

혜승의 행방을 전해들은 태진은 그녀의 볼일이 무엇인지 짐작이 갔다. 그가 말한 방법을 의논하려 변호사를 찾아갔을 것이다. 하루라도 빨리 모든 문제를 해결하고 둘 사이의 거리를 좁히는 데 집중했으면 하는 것이 태진의 바람이었다. 이런저런 일이 자꾸 혜승의 신경을 분산시켜서 그에 대한 관심을 가질 여유를 빼앗는 것만 같았다.

지금 태진은 혜승의 등 뒤를 바라보며 그녀가 뒤돌아 봐주기를, 자신과 마주 봐주기를 기다리고 있는 중이다. 그녀의 공간 안으로 들어갈 날을 기다리고 있다.

사람이란 누구나 자신의 방어 공간을 가지고 있다. 눈을 가린 사람이 본능적으로 자신에게 가까이 다가오는 사람을 알아차릴 수 있는 것처럼 말이다. 그 공간이 얼마나 큰가는 사람에 따라 다르긴 하지만 말이다. 예민한 사람일수록 방어공간이 크다.

혜승의 경우는 뭐랄까 종가집이란 아주 특별한 환경에서 자란 영향으로 일반 가정에서 자란 사람들과 좀 다른 점이 있다. 혜승은 자신의 집이란 공간에 익숙한 사람이다. 종가집이라 수많은 손님들이 들락거렸음에도 불구하고 손님을 늘 자신의 집, 즉 자신에게 익숙한 공간에서 만나왔다는 점이 다른 이들과 달랐다. 다른 이들에게 집은 가족들만의 공간이고 사교의 장소는 집 밖의 세상이지만, 혜승에게 있어 집은 가족의 공간인 동시에 조상의 공간이고, 집안의 역사며, 또한 사교의 장소였다.

그래서 그녀에게 있어 집이란 방어 공간 자체가 존재하지 않는 곳이었다. 방어공간의 존재가 필요없었던 것이다. 집 안에서는 그녀에게 상처를 입힐 만한 위험 요소가 전혀 없었기 때문이다. 그 때문에 혜승은 처음 본 사람이라도 자신의 집 안에서 만났다면 편안함을 느끼고 경계하지 않았다. 하나 집 밖으로 나가면 그때부터는 아주 넓은 방어공간을 가진 예민한 사람이 되는 것이다.

본능적으로 그러한 사실을 알게 된 태진이었다. 관심을 가지고 지켜보다 보면 남의 눈에 띄지 않는 자신조차 모르는 일을 타인이 먼저 알게 되는 경우도 있는 법이다. 태진은 혜승에게 집이 얼마나 의미있는 것인지 알았고, 그래서 집을 손에 넣었다. 어쩌면 그것은 자신을 주목해 주기를 바라는 태진의 소망이었는지도 모른다. 그녀의 공간을 손에 넣고 주목받고 싶었기에 미움받을 각오를 하고, 그녀에게 상처 입힐 각오도 하며 무리해서 집을 손에 넣었다.

하나 박상철의 일로 혜승은 일종의 인간불신에 빠져 있는 중이었다. 어렵사리 그의 존재를 인식시켰지만 그녀는 여유가 없었다. 다시 사람을 믿고 의지할 여유가 없었다. 그의 인생에는 사랑할 여유가 없었지만 사랑에 빠졌고, 그녀의 인생에는 믿음과 사랑이 가득 했지만 박상철의 배신으로 인해 그녀는 마음의 여유가 없었다. 묘한 인연이다.

"아침상을 봐주랴?"

선영이 혼자만의 생각에 빠져 있는 태진에게 물었다.

"벌써 정오가 다 되어가는데요 뭘. 좀 이따가 점심이나 먹지요."

"그럴래? 뒤뜰 텃밭에 가서 상추나 좀 뜯을까? 점심에 쌈 어떠니?"

"좋지요!"

"후후후."

선영은 조용히 웃으며 바구니를 찾아 자리에서 일어났다.

"저도 도울게요."

태진도 따라 일어났다.

"그래? 함께 가자꾸나. 혜승이와 충주댁도 점심 전에 들어온다고 했으니 넉넉하게 뜯어야겠다."

"점심 전에 들어온다고 했어요?"

태진이 반색을 하며 물었다.

"밖에서 밥 먹는 걸 별로 좋아하지 않는다며 점심 전에 들어온다고 그러더구나. 함께 지내보면 지내볼수록 좋은 아이야. 요즘 그런 아가씨가 있나 싶게 참하고 고와. 여자 보는 눈이 제법 좋아."

선영은 확 펴지는 태진의 안색을 보고 놀리듯이 여자 보는 눈이 좋다고 칭찬을 했다.

"고모!"

태진은 민망해했다.

"하하하, 저 얼굴 빨개지는 것 좀 보라지? 내 조카 태진이 맞나?"

선영은 민망해하는 태진을 다시 한 번 놀렸다. 얼굴을 붉히는 모습을 처음 보는 터라 낯설었지만, 감정을 드러내는 모습이 예쁘고 기뻐서 웃음을 참을 수가 없었다. 선영과 태진은 함께 유쾌한 웃음을 터뜨리며 텃밭에서 상추며 깻잎 등 쌈 야채를 뜯었다. 모처럼 만의 즐거운 한때였다.

"엄밀히 말하면 불법이긴 하지만 불가능한 것은 아닙니다."

"그럼 가능하다는 말씀이시지요?"

선산의 일을 의논하기 위해 변호사 사무실을 찾은 혜승은 긍정적인 변호사의 대답에 얼굴이 밝아졌다.

"예. 이 경우 문제가 되는 것은 세무서의 자금 출처에 관한 조사인데……."

"자금 출처에 대한 조사요?"

"예. 부동산 투기나 혹은 다른 사람의 명의를 빌려 부동산을 취득하는 것을 막기 위해 세무서에서 자금 출처에 관한 조사를 할 경우가 있습니다. 모든 부동산에 관하여 그런 것은 아니지만 문제될 소지가 있지요."

재현은 금방 환한 얼굴이다가 자금 출처에 관한 얘기를 하자 다시 굳어지는 혜승의 얼굴을 바라보며 대답했다.

처음 사무실을 찾아왔을 때부터 유난히 눈이 가던 의뢰인이었다. 세입자가 명의를 도용해서 사기를 당하는 바람에 오갈 데가 없었던 사람의 일을 무료로 봐준 적이 있었는데 그녀는 그 사람의 소개로 찾아왔다. 동정심으로 일을 봐준 것이 계기가 되어 혹시나 귀찮은 일을 떠맞는 건 아닐까 하던 차에 문이 열리고 그녀가 들어왔다.

그때의 충격이란 말도 못했다. 바쁘다는 핑계로 의뢰를 거절하려던 생각은 그녀를 보는 순간 멀찍이 달아나 버렸다.

소파로 안내를 하고 앉아서 얘기를 하면서 차분한 태도로 자신의 집안의 치부를 드러내는 말을 하는 그녀의 태도에 자석처럼 이끌려 그녀가 하는 말은 거의 들리지 않았다. 유산 문제라는 것과 싸움의 당사자가 그녀에게 팔촌 되는 사람이라는 걸 들은 것만 해도 거의 기적이었다.

그녀의 유산 문제를 해결해 주고 그 뿌듯했던 마음은 변호사 일을 하는 중에 가장 큰 성취감이었다. 그 후 집이 남의 손에 넘어갔다는 말을 듣고 자신의 무능력으로 그렇게 된 것만 같아서 자책감이 들었었다. 다행히 선산의 일은 해결이 될 것도 같은데 요즘 워낙 투기 바람이 불고 있는 때라 연고가 없는 지방에 땅을 사는 서울 사람들을 세무서에서 주목하고 있는 터였다.

"그럼 제 돈으로 사고 나중에 혜승에게 되팔면요? 그러면 어떻게 되나요?"

혜승의 옆 자리에 앉아 있던 충주댁이 말을 꺼냈다. 혜승과 재현은 놀라서 눈을 크게 뜨고 충주댁을 바라보았다.

"뭘 그렇게 놀라. 알다시피 내가 부양할 가족이 있는 것도 아니고 돈 쓸 데가 있어야지. 그동안 번 돈은 모두 모아놓았고, 또 돌아가신 사장님께서 좋은 곳에 투자도 해주셔서 보이는 것과 달리 제법 부자야."

충주댁은 혜승에게 안심하라고 미소를 지어 보였다.

"그렇다면 괜찮습니다. 그렇게 하면 오히려 절차상 아무런 문제가 없습니다."

재현도 혜승에게 미소를 지어 보였다.

"그렇게까지 해주시다니…… 번거롭게 폐를 끼쳐서 어떻게 하지요?"

"말로는 가족이라고 그러더니 마음은 아닌가 봐?"

자신에게 미안해하는 혜승의 태도에 충주댁이 농담을 했다.

"아, 아니에요."

혜승이 재빨리 부정을 하며 손을 내저었다.

"호호호, 농담이니까 너무 정색하지 말아."

충주댁의 혜승의 손을 잡고 토닥거리며 말했다.

"그럼 그렇게 알고 추진하도록 하겠습니다."

"네."

재현의 말에 혜승과 충주댁 둘 다 동시에 대답을 하곤 마주 보며 웃었다. 재현도 그 둘의 웃음에 전염되어 슬그머니 미소를 지었다.

"그건 그렇고, 조상 대대로 물려받은 유물을 내어달라고 하는데 제가 내어줘야 하는 건가요?"

혜승은 생각난 김에 저번에 있었던 일을 얘기하며 조상들의 유물을 지킬 방법이 없는지를 물었다.

"글쎄요……. 어떤 관점에서 해석하느냐에 따라 다른데……. 혜승 씨의 경우 결혼이 문제가 됩니다."

"네?"

"우리 나라 호적법상 결혼을 하면 남편의 호적에 들어가게 되는데 그렇게 되면 혜승 씨는 한씨 집안 호적에서 빠지게 되는 거지요. 재판에 들어가서 조상들의 유물을 대대로 그 집안 종손이 물려받는 것이 관례였다고 해석을 한다면 분쟁의 소지가 있습니다. 그럴 경우 한씨 집안 호적에도 올라 있지 않은 사람이 조상의 유물을 물려받을 수는 없다고 판결될 가능성도 있습니다. 혜승 씨가 아버님으로부터 물려받은 재산에 속한다고 해석을 한다면 별문제가 없지만 말입니다."

"그럼 결혼을 안 한다면요?"

"그건 재판장에서 먹히지 않을 겁니다. 물론 빠져나갈 방법도 있긴 합니다만……."

재현은 말하기 곤란하다는 듯이 말끝을 흐렸다.

"그게 어떤 방법인가요?"

"우리 나라 헌법에 입부혼인제라는 제도가 있습니다."

"입부혼인제요?"

"네. 혜승 씨의 경우처럼 딸이 유일한 호주거나 호주 승계자일 경우, 남편 되시는 분이 혜승 씨의 호적에 들어갈 수도 있습니다. 그렇게 되면 아이들은 어머니의 성을 따르게 되지요."

"그런 제도가 있어요?"

혜승은 무척 놀랐다. 결혼 후 여자가 남자의 호적에 올라가는 것이라고 알고 있었는데 그 반대의 경우도 가능하다니…….

"민법 제826조 3항에 있는 조항입니다."

"그래요? 그렇다면 유물을 지키는 것도 가능한가요?"

"글쎄요……. 재판장에서 받아들여지기 나름이지요. 그리고 이건 어디까지나 재판이 일어난 시점에 혜승 씨가 입부혼으로 결혼을 했을 경우만 재판장에서 받아들여질 겁니다. 사실 보수적인 한국 남성들의 특징상 입부혼으로 결혼하려는 남성은 없을 테니까 말입니다."

재현은 안타까웠다. 그녀가 바라는 것을 이루어주고 싶었지만 자신의 능력으로 할 수 있을지 알 수 없었다. 만약 재판이 벌어진다면 보수적인 남성적 시각을 가진 판사들이 그녀에게 유리한 판결을 내리리라고는 장담할 수 없었다.

또한 입부혼(入夫婚) 제도 역시 말은 꺼내긴 했지만 불가능한 방법이었다. 자신도 그녀에게 관심이 있지만 여자의 호적에 들어간다는 건……. 우리 나라 전반적인 분위기가 아직은 유교적이다. 특히 남성중심적인 생각이 강하고, 아직도 보수적인 남자들은 겉보리 서 말만 있어도 처가살이는 안 한다는 옛말을 입에 달고 다니는 세상이다.

그런데 남자가 여자의 호적에 들어간다? 아들에게 자신의 성을 물려줄 수 없다?

그런 결혼을 할 남자가 존재할 리가 없었다.

"네……."

"다른 방법이 있는지 한번 찾아보겠습니다. 너무 걱정하지 마십시오. 그리고 소송으로 가더라도 이삼 년간은 끌 수 있으니까 그동안 뭔가 방법이 생길 겁니다."

재현은 풀이 죽어 대답을 하는 혜승에게 애써 밝은 목소리를 내며 안심시켰다. 마음 같아서는 허풍이라도 치며 자신이 다 알아서 하겠다고 말하고 싶었지만 거짓말을 할 순 없었다.

"여러모로 신경 써주셔서 감사합니다."

혜승이 정중하게 인사를 하며 일어났다.

"별말씀을요. 다음에 뵐 때는 좋은 소식을 전해 드릴 수 있도록 노력하겠습니다."

재현 역시 소파에서 일어서면서 말했다.

"곧 점심 시간인데 식사라도 같이 하시겠습니까?"

혜승과 충주댁의 뒤를 따라 문밖까지 배웅하던 재현이 아쉬운 마음에 용기를 내서 말을 꺼냈다.

"말씀은 감사합니다만 다음 기회에 제가 모시지요."

재현의 청이 혜승에게는 뜻밖의 일이었다. 그녀는 재현의 청이 자신에 대한 관심이라고는 생각지 못하고, 자신이 식사를 대접해야 하는데 그가 먼저 말을 꺼낸 것이 부끄러웠다. 그래서 그의 청을 거절하고 다음 기회에 자신이 대접을 해야겠다고 마음먹었다.

"별다른 약속이 없으시면 함께 하시지요. 제가 식사 대접을 하고 싶습니다. 혜승 씨가 제게는 큰 고객 아닙니까."

재현이 다시 청을 하자 혜승은 차마 거절을 못하고 난처한 얼굴로 충주댁을 바라봤다.

충주댁은 씨익 웃어 보였다. 그 변호사가 아무래도 혜승에게 관심이 있는 듯했다. 그렇다면 방해꾼은 빠져 줘야지!

"먹고 들어가지? 모처럼 만의 외식이잖아."

충주댁의 말에 재현은 잠시만 기다려 달라며 사무실 안으로 들어가서 겉옷을 가지고 나왔다. 비서에게 잘 가는 한식집에 예약을 해달라고 하고 혜승, 충주댁과 함께 빌딩 밖으로 나왔다.

"제 차로 가시지요."

재현이 권유했다. 혜승, 충주댁은 어차피 택시를 타고 온 터라 움직일 차가 없었으므로 별다른 반대를 하지는 않았다. 혜승이 먼저 재현의 차에 타고 충주댁이 차에 탈 순간이 되자 갑자기 멈춰 섰다.

"전 집에 할 일이 있어서 먼저 갈 테니 혜승이는 맛있는 점심 사주세요."

충주댁은 당황한 혜승을 내버려 둔 채 운전석에 앉은 재현에게 말을 하며 혜승이 뭐라 대꾸할 새도 없이 탄 뒷좌석의 문을 닫고는 지나가는 택시를 잡아탔다. 혜승은 순식간에 혼자 남은 상황에 어색함을 느꼈다.

"한식 좋아하세요?"

재현은 자리를 피해준 충주댁에게 고마움을 느끼며 혜승에게 뒤늦은 질문을 했다. 사실 예약하기 전에 물어봤어야 하는데 마음만 앞서서 예약부터 했었다.

"네."

혜승은 상황이 어색했지만 어쩔 수 없으므로 반쯤은 포기하고 재현의 차에 타고 그가 안내하는 한정식 집으로 향했다.

혜승과 충주댁이 돌아오기만을 기다리고 있던 태진은 충주댁이 들어오자 곧 이어 따라 들어올 혜승을 기다렸지만 문으로 들어오는 사람은 더 이상 없었다.

"혜승이는요?"

"혜승이는 점심 먹고 들어올 거예요."

"왜, 약속있대요?"

"변호사 양반이 점심을 산다네요. 호호, 눈치없이 늙은이가 끼는 것 같아서 전 먼저 왔지요."

충주댁의 대답에 선영도 당황하고 태진의 안색도 눈에 띄게 굳어 졌다.

"점심은 뭘 차릴까요?"

충주댁이 두 사람의 상태를 모르는 척하고 부엌으로 들어갔다.

"네? 예. 텃밭에서 쌈을 좀 뜯어왔는데⋯⋯."

"쌈 좋죠!"

선영이 태진의 안색을 살피며 충주댁을 따라 부엌으로 들어갔다. 태진이 혜승에게 마음이 있다는 것은 충주댁도 알고 있는 사실이고, 서로 잘되도록 도와주자고 말까지 맞췄는데 갑작스런 충주댁의 행동에 선영은 의아했다.

"왜, 야속하세요?"

자신을 따라 들어오는 선영을 보며 충주댁이 입가에 미소를 띠며 말했다. 선영은 어찌 대답해야 할지 몰라서 어색하게 서 있기만 했 다.

"어휴, 생각보다 조카 분이 굼뜨더라고요. 원래 사랑은 방해꾼이 있어야 더 타오르는 법이에요. 라이벌이 나타났으니 좀 재빠르게 행 동하려나?"

선영은 그제야 충주댁의 의도가 뭔지 알고 조용히 웃었다.

"연애는 처음이라 뭘 몰라서 그럴 거예요."

"아니, 그 나이 되도록 연애도 못해봤단 말이에요? 그만하면 인물도 안 빠지는구먼."

충주댁은 놀리는 듯한 목소리로 말했다.

"일만 하느라 그랬지요. 부모도 없이 어려운 가정환경에서 그만큼 성공하려면 남보다 열심히 하는 것밖에 다른 방도가 없었지요. 어려서부터 공부만 죽어라 하던 아이였어요. 연애할 틈이 어디 있었어야지요."

한탄하듯 말하는 선영의 목소리에는 조카에 대한 염려가 가득 담겨 있었다.

"성실한 것만큼 큰 장점이 어디 있다고! 남자는 그저 많이 배웠든 못 배웠든, 인물이 훤하든 못생겼든, 돈이 많든 가난하든 성실한 것이 최고예요. 요즘 부모 재산만 믿고 일할 생각은 안 하고 놀기만 하는 한심한 인사들에 비하면 얼마나 다행이에요? 열심히 일하다 보면 돈이야 자연히 따라오는 거고. 호호호, 인물이 훤해서 인물값 했을 것 같아 보였는데 연애 한번 못해봤다면 여자 문제로 혜승이 속 썩을 일은 없겠네."

충주댁은 선영을 위로했다. 사실 태진이 고아라는 것을 알았을 때 충주댁도 내심 걱정스러워했었다. 사장님 내외가 살아 계셨다면 태진을 받아들이셨을까 하는 생각을 했었다. 고아라는 것이 그의 잘못도 아니고, 어려운 환경 속에서도 훌륭하게 자기 자리를 잡긴 했지만 집안이 집안이다 보니 걱정스러운 것도 사실이었다.

하지만 곧 걱정을 접었다. 대단한 집안이 무슨 소용인가? 졸지에 부모를 모두 잃은 혜승을 상대로 재산 싸움이나 하는 집안이 무슨 소용이 있냔 말인가? 사장님이 생존해 계셨을 때는 뻔질나게 드나들던 사람들이 발길을 뚝 끊고 안면을 바꾸는 마당에 집안이 무슨 대수란 말인가?

충주댁은 한씨 집안의 싸움을 보며 어린 혜승이 안쓰러웠다. 사랑하는 남편을 만나 그 그늘에서 편안하게 사는 모습을 보고 싶었다. 기왕이면 혜승의 짐을 모두 져줄 수 있는 사람이면 했었다. 태진이 고아긴 하지만 제법 사회적으로 성공한 사람이고, 어려운 환경을 딛고 일어선 것을 보면 의지도 굳건한 사람이고, 선영에게 하는 것을 보면 어른을 공경할 줄도 아는 것 같고, 그만하면 혜승의 짝으로 쳐지지는 않는다 싶었다. 하지만 의외로 행동이 느린 면이 있어서 혜승과의 사이에 진전이 없자 충주댁이 나선 것이다.

일명 질투심 자극하기!

혜승의 변호사가 점심을 사겠다고 했을 때 순간적으로 뇌리를 스쳐 간 생각이었다. 그를 이용해서 태진의 질투심을 자극하면 어떨까 하는 생각을 한 건. 계획은 적중했는지 혜승이 변호사랑 점심을 하러 갔다는 말을 하자마자 태진의 안색이 눈에 띄게 굳어졌다. 충주댁은 태진이 앞으로 어떻게 나올지가 사뭇 궁금하고 기대됐다.

"걱정 마세요, 잘될 테니."

충주댁은 다시 한 번 선영을 안심시키고 서둘러 점심 준비를 해서 대청마루로 나갔다. 산들바람이 불어오는 대청마루에 앉아서 쌈을 먹는 맛은 꿀맛이었다. 뭐, 물론 태진은 밥을 뒤적거리기만 할 뿐 대들어 먹지 않았지만 말이다. 충주댁은 그런 태진을 보면서 내심 미소 지었다.

태진은 벌써 한 시간이 넘도록 대문 앞을 서성거렸다. 혹시나 혜승이 오지 않을까 하여 기다린 것이 벌써 그렇게 됐다. 아침에 일어나 좋았던 기분도 바닥으로 곤두박질친 지 오래다. 자신이 뜬은 쌈이 혜승의 입으로 들어간다는 생각에 기쁘게 뜬었던 쌈은, 점심때 자신의 입 안을 돌아다니며 깔깔한 입맛에 목구멍으로 넘어가지조차 않았다. 맛을 음미하기는커녕 억지로 삼키고 물만 마셨다.

입 안 가득 쌈을 싸서 맛있게 먹는 충주댁이 그렇게 야속할 수가 없었다. 넘어가지 않는 밥을 억지로 먹으며 계속해서 문 쪽으로 시선을 힐끔거렸다. 혹시나 저 문을 열고 혜승이 오지 않을까 하여. 하지만 혜승은 오지 않았고 밥상을 물리자마자 산책을 핑계로 일어나 대문 앞을 서성인 것이 벌써 시간이 이렇게 되었다.

초조한 마음에 하나둘 피우기 시작한 담배꽁초가 태진의 발 아래 수북히 쌓여 있었다. 애꿎은 담배꽁초만 발로 툭툭 차다가 혜승이 들어와 보면 어쩌나 하는 생각에 발끝으로 땅을 파고 그 안에 꽁초를 묻은 다음 다시 흙을 덮어서 발로 꾹꾹 눌렀다. 내일 청소해야지 하며.

시계가 세 시를 넘어갈 무렵이 되어서야 대문 밖으로 차 소리가 들렸다. 반가운 마음에 얼른 문을 열고 나간 그가 본 것은 웬 남자가 차 문을 열어주고 있고 그 안에서 나오는 혜승이었다. 순간 발이 땅에 딱 붙어버렸다.

"태워다 주셔서 감사합니다."

혜승이 차에서 내리며 재현을 향해 말했다.

"별말씀을요. 당연한 일인데. 덕분에 오늘 점심 즐거웠습니다."

재현은 모처럼 즐거운 점심을 먹게 해준 혜승에게 인사를 했다. 아직 나이가 어림에도 얼마나 박식한지, 즐거운 대화 상대였다. 점심을 먹으러 간 한정식 집에서 나오는 음식에서부터 인테리어로 걸려 있는 그림이나 글, 요즘 이슈화되고 있는 사회 문제까지 대화가 막힘이 없었다.

대화를 나누는 도중에 알게 된 사실이지만 그녀의 어머니는 궁중 음식 전문가셨단다. 어려서부터 그녀에게 하나하나 그 솜씨를 전수해 주셨고, 그 덕분에 그녀도 한식 요리에 익숙하다고 했다. 그녀는 자신이 요리를 잘한다거나 자신이 있다거나 하는 자랑을 늘어놓지 않고 그냥 음식에 익숙하다고만 했다.

요리에 대해 이것저것 설명해 주며 대화를 나누는 그녀는 즐거운 식사 상대였다. 단조롭지만 기품있는 그녀의 목소리를 계속 듣고 싶은 마음에 질문을 하며 그녀의 식사를 방해해서 식사 시간이 길어졌다. 그래도 불편하거나 언짢은 기색 없이 일일이 묻는 것에 대답해 주었다. 시간이 어떻게 지나갔는지도 모를 만큼 즐거운 시간이었다.

식당에서 후식으로 수정과를 마시며 택시를 불러달라고 부탁하는 그녀에게 자신이 집까지 태워다 주겠다고 제안한 것은 그녀와 있는 시간을 좀 더 즐기고 싶었기 때문이다. 편안하고 즐거운 기분을 오래 만끽하고 싶은 마음에서였다.

그녀의 집에 도착하고 보니 정말 큰 한옥이었다. 실제로 보면서도 이렇게 큰 한옥이 서울 한가운데 있다는 것이 믿어지지가 않았다. 집을 자세히 살펴보는데 대문 앞에 한 남자가 서 있는 것이 보였다.

"그럼 조심해서 가세요."

누구냐고 묻고 싶었지만 혜승이 인사를 하는 통에 재현은 질문을 삼키고 인사를 한 다음 차에 타고 사무실로 향했다. 문 앞에 서 있는 태진을 어디선가 본 듯한 얼굴이다 생각하면서.

혜승은 재현이 차 타고 가는 것을 보고는 몸을 돌려 집으로 들어가려 했다.

"점심은 즐거웠나 보지?"

"헉!"

혜승이 막 몸을 돌리는데 갑자기 들리는 목소리에 깜짝 놀랐다. 놀란 얼굴을 들고 바라보니 태진이었다.

"네."

혜승은 놀란 가슴을 쓸어 내리고 무심결에 대답했다.

"즐거웠다고?"

태진의 어조가 이상했다. 평이한 어조, 일부러 감정의 한 조각도 드러내지 않는 듯한 어조였다. 높낮이가 없는 말투였다.

"네?"

혜승은 의아했다. 어디를 가려 한 것 같지도 않은데 그가 대문 앞에 서 있는 것도 이상했고, 자신을 맞는 태도도 어딘가 부자연스러웠다. 정답거나 한 것은 아니었지만 평상시 그의 태도에서 자신에 대한 호감을 느낄 수 있었다. 아주 눈치가 없는 사람도 아닌데 왜 모르겠는가? 그가 자신에게 호감을 갖고 있다는 것을.

지금까지 둘 사이에 호감을 드러낸 것은 늘 그였다. 그런데 지금 평이한 어조로 말하고 있는 것이다. 아무런 상관도, 감정도 없는 낯선 타인을 대하듯이 그렇게.

혜승은 자신의 생각에 소스라치게 놀랐다. 어느새 그의 호감 어린 말투와 행동에 익숙해졌나 싶어 가슴이 서늘했다.

마음을 내주어본 적은 없었다. 자라면서 늘 의무에 둘러싸여 움직일 공간이 정해져 있었다. 만나는 모든 사람을 다 예의 바르게 대했을 뿐 마음을 둔 사람은 없었다. 그런데 어느새 그가 마음 한 귀퉁이에 들어오려 하고 있었던가? 어느새 자신이 그를 신경 쓰고 있었던가?

"아니, 아무것도……."

태진은 그렇게 말하고 뒤돌아서 집 안으로 발걸음을 옮겼다.

혜승이 남자의 차에서 내리는 순간 벼락을 맞는 것만 같았다.

잊고 있었다.

그녀도 발이 있고, 스스로의 의지로 집에서 벗어나 세상으로 나갈 수 있다는 사실을. 집 밖으로 나가 얼마든지 다른 사람들을 만날 수 있다는 사실을. 그녀가 밖으로 나가려고만 한다면 막을 수 없다는 사실을 잊고 있었다.

그래서 다른 남자는 접근할 수 없다고 생각했다. 그녀는 집 안에만 있으니 그 집 안으로 들어오지 못하는 남자, 대문을 넘을 자격이 없는 남자는 그녀에게 접근하지 못할 것이라고 안심하고 있었다. 바보같이!

차에서 내린 그녀가 남자와 다정스레 인사를 나누는 모습을 보면서도 발은 끝내 땅에서 떨어질 줄 몰랐다. 한 발자국만 내디디면 그녀의 팔을 획 잡고 끌고 들어올 것만 같아서, 남자의 턱에 주먹을 날릴 것만 같아서 움직일 수가 없었다.

남자가 인사를 하고 자신의 차를 몰고 시야에서 사라진 후에야 겨우 입을 열어 말을 꺼낼 수 있었다. 화를 낼 것만 같아서, 그녀를 추궁할 것만 같아서 감정을 가라앉히고 또 가라앉히며, 감정을 드러내지 않으려고 노력하며 겨우 꺼낸 몇 마디는 그가 듣기에도 유치한 투정처럼 들렸다.

"잠자리는 불편하지 않으셨어요?"

어색한 분위기로 태진의 뒤를 따라 걸어가는 것이 불편해서 꺼내본 말이었으나 말을 꺼내고 나서 혜승은 얼굴이 달아올랐다. 집의 주인으로서 손님에게 당연히 할 수 있는 질문인데 어쩐지 태진에게 하려니 얼굴이 화끈거렸다. 같은 말이라도 사람에 따라서 이렇게 이상한 기분이 느껴질 수도 있구나 싶었다.

"불편하기는커녕 오랜만에 아주 곤하게 잘 잤어."

태진은 대답을 하고 고개를 돌려 혜승을 빤히 바라봤다. 혜승은 달아오른 자신의 얼굴을 그가 볼까 고개를 숙였다.

"왜? 불편하다고 하길 바랐나? 그래서 떠나주길?"

태진의 말에 혜승의 얼굴에 당황한 기색이 드러났다. 태진은 자신의 성마름을 탓했다. 하지만 이 유치한 질투를 어떻게 다스려야 할지 그 자신도 알 수가 없었다. 유치하다는 걸 알고 있지만 툭툭 튀어나오는 가시 돋친 말에 자신에 대한 혐오로 저절로 인상이 일그러졌다.

"왜 그런 말을⋯⋯."

혜승은 말을 잇지 못했다.

"젠장!"

혜승의 혼란스러운, 그리고 상처받은 얼굴을 보고 욕설을 한마디 내뱉은 태진은 다시 고개를 돌려 집 안으로 성큼성큼 걸어 들어가 버렸다. 걸음걸이에서 그의 화가 어느 정도인지 느껴졌다. 걷는 폼이 누가 툭 건들기만 하면 바로 주먹이 날아올 것 같은 모양새였다.

혜승은 마음이 상했다. 그의 이유를 알 수 없는 행동에 어찌해야 할 바를 몰랐다. 화가 난 이유를 모르는데 대처 방안이 있을 턱이 없었다. 혜승은 태진이 화를 내며 걸어 들어가는 것을 우두커니 바라보다가 그가 시야에서 사라지자 정신차리고 집 안으로 걸어 들어갔다.

선영과 충주댁이 들어오는 혜승을 반겼다. 사방을 둘러봐도 태진이 보이지 않는 것으로 미루어 그는 안채로 온 것이 아니라 사랑채로 간 모양이다.

"점심은 맛있었어?"

충주댁이 입가에 미소를 띠고 물었다.

"네."

혜승은 그냥 짧게 대답했다. 들어오자마자 당황스럽게 혼자 내버려 두고 가는 법이 어디 있냐고 충주댁에게 따지려던 생각은 멀찌감치 사라졌다. 머리 속은 태진의 이유를 알 수 없는 행동으로 가득 차 있었다.

"그런데 정 사장은 못 봤어? 밖에 나간 줄 알았는데……."

충주댁이 두리번거리며 혜승의 주위를 살피다가 태진이 보이지 않자 태진의 행방을 물었다. 혜승이 변호사와 단둘이 점심을 먹으러 갔다는 말을 듣자마자 안절부절못하더니, 산책을 핑계로 혜승을 기다리러 나갔던 사람이 그녀가 들어왔는데도 보이지 않자 궁금해 물은 것이다.

"저보다 먼저 들어왔는데…… 사랑채로 가셨나 봐요."

혜승이 고개를 숙이며 말하자 둘 사이에 무슨 일이 있었다고 짐작한 선영과 충주댁이 비밀스런 눈빛을 주고받았다.

예의만 차려서는 가까워질 수가 없다. 가까워지려면 흉허물까지 모두 보여야 한다. 혜승과 태진의 사이에 진전이 없는 것은 태진이 혜승을 너무 조심스럽게 대하고, 혜승은 태진을 너무 예의를 갖추고 대하기 때문이었다. 질투는 사람과 사람 사이에 오해를 불러일으켜 사이를 벌여놓기도 하지만, 또 다른 한편으로는 감정의 촉매제가 되기도 한다. 선영과 충주댁은 이번 일이 태진과 혜승 둘 다에게 감정의 촉매가 되기를 바라고 있었다.

"태진이가 점심에 혜승이 너 준다고 쌈 야채를 뜯고 기다렸는데 네가 안 들어오니까 서운해하더라."

선영이 한 말은 혜승에게 미안한 감정을 불러일으키기에 충분했다. 어쨌든 점심을 들어와서 먹는다 하곤 밖에서 먹는 바람에 식구들을 기다리게 한 잘못은 혜승 자신에게 있으니 말이다.

식구?

혜승은 문득 자신이 선영과 태진을 식구로 여기고 있음을 깨달았다. 그럼 아까 느꼈던 서운함은 그를 식구로 여기고 있었기 때문인가? 혜승은 아까 냉정한 태진의 태도에 자신이 느낀 서운함의 정체가 그를 식구로 여기고 있기 때문이 아닌가 생각해 봤다. 하지만 가만히 생각해 보면 그건 아닌 것 같았다. 하지만 그 정체가 뭔지는 알 수가 없었다.

이성에 대한 면역력이 없는 혜승으로서는 자신이 어느새 태진에게 남자로서 호감을 느끼고 있었단 사실을 깨닫지 못했다. 자신 안의 여성의 자아가 서서히 그를 남자로 느끼고 있었음을 미처 알지 못했다.

초등학교 이후 쭉 여중과 여고를 나와 대학생이 된 후에야 남녀공학에 다니게 된 혜승이 이성간의 끌림에 대해 쉽게 알아차릴 리가 없었다. 한참 이성에 대한 호기심이 왕성한 청소년기를 여고에서 보내며 보통 평범한 가정의 친구들이 받은 가정교육과 그녀가 받은 가정교육 사이의 거리가 너무 커서, 이성은커녕 동성의 친구들조차 제대로 사귀지 못했다. 그래서 초등학교에서부터 대학교까지 그녀의 친구라곤 다섯 손가락 안에 꼽을 수 있었다.

그러니 당연 또래 친구들이 자신의 남자 친구 이야기를 할 때도 끼지 못했고, 그들이 열광하는 드라마나 연예인에 대해서도 알지 못했다. 그렇게 점점 대화의 소재가 없어지면서 그녀는 다른 세상의 사람인 양 취급되기 일쑤였다.

그런 특별 취급은 특히 학부모 면담 때 한복 차림으로 오신 그녀의 어머니를 보고 그 절정을 이뤘다. 선생님들조차 그녀의 어머니를 어려워했고, 그 일은 당연히 또래들 사이에서 화제가 되어 그녀를 더욱 동떨어진 사람으로 만들었다. 그렇게 시간이 흘러가자 그러한 현실을 불행히도 그녀도 당연히 받아들이게 되었다.

그런 환경 속에서 혜승은 막연히 이성에 대한 동경과 상상만 했을 뿐이었다. 실제로 남자의 관심을 받아본 적은 없었다. 대학에 들어가서야 물론 남녀공학이었지만 또래들 중에서 그녀에게 관심을 가지는 사람은 없었다. 아니, 관심을 가지다가 제풀에 꺾여 나갔다.

처음 입학한 후, 집안일로 신입생 오리엔테이션도 참석을 못한 그녀는 이미 과 친구들 사이에서 서먹함을 느껴야 했다. 3박 4일 동안 함께 놀며, 술 마시며, 함께 잔 친구들 사이에서 처음 만나 인사를 하는 그녀는 다를 수밖에 없었다. 더군다나 그녀의 성격이 살가운 것도 아니었고, 동아리를 들어 친구들과 어울리는 것도 아니었다. 친구들과의 술자리에서도 겨우 참석만 할 뿐 술을 취하도록 마시지도 않고, 일찍 자리에서 일어나는 그녀를 못마땅해하는 친구들까지 생겼다.

그녀의 단아한 얼굴과 단정한 태도에 관심을 가지다가도 놀 줄 모르는 그녀의 성격을 답답해했고, 대학생씩이나 되어서 통금 시간에 맞춰 들어가는 그녀나 유교적인 생활을 하는 그녀의 집안을 이해하지 못해 떨어져 나가곤 했다. 물론 그런 일에 별반 눈치가 없는 그녀가 알아차리기도 전에 말이다.

그런데 태진은 직접적으로 혜승에게 접근해 온 것이다. 그것도 교제를 하자거나 뭐 그런 게 아니라 난데없이 꺼낸 결혼이라는 말로 접근해 온 것이다. 그를 남자로 느끼기도 전에 말이다.

2000년대에 살고 있지만 혜승은 보수적인 결혼관을 가지고 있었다. 그녀에게 결혼이란 단순히 사랑하는 남녀가 만나 함께 사는 것 이상의 의미를 가지고 있다.

변호사에게서 입부혼 제도가 있다고 듣기 전까지 그녀에게 결혼이란 새로운 가족을 뜻하는 것이었다. 이 집 사당에 인사를 드리고 집을 떠나, 시댁의 사당에 인사를 드리고 평생을 그 집 며느리로 살아야 한다고 철썩같이 믿고 있었다. 그러나 입부혼 제도가 있다는 걸 알게 되었고, 평생에 딱 한 번 넘으리라 여겼던 사당 문턱은 부모님이 돌아가시면서 이미 여러 번 넘었다.

태진이 청혼을 했을 때 말도 안 되는 얘기라 여길 수 있었던 것도 혜승의 그러한 생각에서 나온 것이다. 집을 떠나 시댁으로 가는 것이 결혼이라 생각했는데, 부모님이 돌아가시고 집을 지켜야 한다는 사명감을 가지고 있던 그녀에게 집을 떠나야 하는 결혼이란 일고의 가치도 없는 일이었다.

생각할 가치가 없는 일이라 여겼는데, 그러면서도 서서히 의식하고 있었다, 정태진이라는 남자를! 그건 어쩌면 심상치 않은 상황에서 만나 갑작스런 청혼으로 그녀의 뇌리에 깊이 박혔기 때문인지도 모른다.

특히 태진의 고모인 선영이 그녀의 집에서 함께 살기 시작하면서

한 번씩 듣는 태진에 대한 얘기는 차츰 그를 친근하게 느끼게 되는 계기가 되었다. 그리고 주말마다 찾아오는 그를 어느새 당연하게 여기게 된 것이다. 그녀가 미처 느끼지 못하는 사이 이 집에서 그의 자리가 점점 확실하게 자리매김하고 있는 것이었다. 선영은 가져보지 못한 그녀의 친고모 같았고, 태진도 익숙해졌다.

참 무서운 말이다, 익숙해진다는 건. 익숙해지면 어느새 당연하게 여기게 되고, 그게 깊어지면 반드시 있어야 하는 게 되기 때문이다. 그러다 보면 떠나서는 살 수 없게 되기 마련이다.

아직은 아니다! 아직은 그냥 익숙해진 정도이다.

"혜승아!"

혜승이 딴생각에 빠진 채로 가만히 있자 선영이 그녀를 불렀다.

"네? 죄송합니다, 지금 무슨 말씀을 하셨지요?"

혜승이 황급히 정신을 차리고 선영에게 되물었다.

"아니다."

선영은 딴생각을 하고 있는 듯한 혜승에게 태진의 일을 더 이상 밀어붙이지 못했다. 혜승은 어른이 말씀하시는데 한눈을 판 것이 부끄러워 얼굴을 붉혔다. 선영은 그런 혜승에게 그저 이름을 불러본 것이라며 괘념치 말라고 위로를 했다.

혜승은 선영에게 인사를 하고 사당으로 발걸음을 옮겼다. 사당으로 가려면 사랑채를 지나서 가야 하기 때문에 혜승은 잠시 사랑채 앞에서 멈칫거렸다. 그러나 곧 마음을 다잡고 사랑채로 들어갔다. 무의식 중에 태진의 모습을 찾았지만 사랑채 마당 어디에도 그는 없었다. 마음이 이상했다. 안도감 반, 그리고 서운함 반. 혜승은 자신의 모양새가 우스워 피식 웃고는 발길을 재촉했다.

사당 앞, 상돌 위에 신발을 가지런히 벗어놓고 안으로 들어갔다. 불천위 조상들을 비롯한 조상들의 위패가 죽 늘어서 있고, 맨 끝으로 부모님의 위패가 보였다. 가운데 있는 향로에 향을 피우자 향나무 냄새가 은은하게 사당 안에 감돌았다.

흔히들 시중에서 파는 녹색의 긴 향을 쓰지만 혜승이네는 아직까지 향나무를 잘게 잘라 향을 피웠다. 제사에 쓰는 향은 개 짖는 소리, 닭 울음소리를 듣지 않은 것이라야 한다.

잘 말린 향나무 향은 그 냄새도 향기롭지만 연기가 별로 나지 않아 눈이 매캐하지도 않았다. 절차를 갖추어 지내는 제사는 보통은 한두 시간을 훌쩍 넘기기 마련이다. 냄새가 지독하고 연기가 많이 나는, 시중에서 판매되는 향을 썼다가는 그 시간 동안 보통 고행이 아닐 것이다.

"다녀왔습니다. 여름이란 이름값 하느라 그런지 날이 무척 더워요."

부모님의 위패에 시선을 고정한 채 혜승이 말문을 열었다.

"선산의 일은 걱정 안 하셔도 될 것 같아요. 충주댁 아주머니께서 도와주시겠다고 하셨고, 변호사도 잘될 거라고 했어요. 아침에 말씀드렸지요? 변호사 사무실에 간다고……. 아버지, 어머니, 오늘 아주 의외의 얘기를 들었어요. 변호사 말이 입부혼 제도가 있다고 하더라고요. 아버지, 알고 계셨어요? 모르고 계셨지요? 그러니 양자를 들일 생각을 하셨겠지요? 이상한 일이죠? 결혼이란 제도는 가부장적인 제도라고 생각했는데 의외로 그런 제도가 있더라고요. 물론 딸이 유일한 호주거나 호주 승계자일 경우만 가능한 일이지만요."

혜승은 조용히 마른 웃음을 지었다.

"아버지, 호주제라는 게 그렇게 중요한 제도인가요? 성을 잇는다는 게 그렇게 중요한 일인가요? 아들이 없으면 양자를 맞아서라도 성을 물려줘야 하고, 그마저도 안 되면 딸이 남편을 자신의 호적에 올리고 자식에게 딸의 성을 물려줘야 할 만큼 성이 중요한 건가요? 변호사에게 그 말을 듣는 순간 다행이다 싶은 맘도 있었지만 한편으로는 마음이 무거웠어요. 혼란스러웠어요. 전통과 현실 사이에서 혼란스러웠던 청소년기보다 더 혼란스러웠어요."

혜승의 고뇌가 목소리에 그대로 묻어 있었다.

"아버지, 저는 제가 한씨라는 것이 자랑스러워요. 높은 벼슬을 한 조상님들이 많이 계신 것도, 학식을 쌓아 후대에 존경을 받으신 분들이 계신 것도, 독립운동을 하신 조상님들이 계신 것도 그렇고요. 그리고 무엇보다 제게 좋은 가르침을 주신 아버님, 어머님도 자랑스럽고요. 제가 가진 이 자부심에도 불구하고 회의가 드는 건 제게 속이 좁아서겠죠? 두 분 돌아가시고 등 돌린 문중 사람들을 보면서, 이렇게까지 해서 지켜야 할 것의 실체가 무언가 회의가 드는 건 제가 부족해서겠죠? 한순간 모든 걸 포기하고 제 한몸 편안히 살고 싶은 기분이 드는 건 제가 나약해서겠죠?"

혜승의 얼굴 위로 굵은 눈물방울이 흘러내렸다. 돌아가신 부모님 위패 앞에서 못난 속내를 드러내며 소리없이 눈물을 흘리고 있었다. 슬픔을 토해내고 있었다. 그동안 강한 체하며 견뎌왔던 것이, 속으로는 상처받고 곪아 억눌러 왔던 가슴에 아픈 자국을 남기고 있었던 것이다.

"집을 지킬 때만 해도 확신이 있었어요, 반드시 지켜야 된다는 확신이. 선산을 사려 하는 지금도 그 확신이 있어요. 하지만 유물을 지켜야 할 싸움이 너무 힘겨울 것 같아서 미리 포기하려나 봐요. 중요하다는 걸 알면서도 자꾸 포기하고 싶어져요. 아니, 사실은 무서운지도 몰라요. 입부혼 얘기를 듣는 순간 결혼을 떠올린 제 자신이 무서워서……. 그래서 그래요. 그냥 물건일 따름이라고 눈 한번 질끈 감아버리고 말면 되는데, 그것 때문에 인생을 걸려 하는 제 자신이 섬뜩해서, 뭐가 더 중요한 것인지 구별할 수 없는 제가 한심하고. 앞날이 두려워서……. 저 힘이 들어요. 정말 힘이 들어요, 아버지."

떨리는 목소리로 뱉어내는 말 한 마디 한 마디가 짙은 비탄(悲嘆)이었으며, 애절(哀絕)함이었다.

자신의 옹졸함에 화가 난 태진은 못난 모습을 보여주기 싫어서 안채로 가지 않고 사랑채로 갔다. 방으로 들어갈까 하다가 방 안에서 홀로 앉아 스스로를 책망하고 있을 모습이 떠오르자 답답해서 마당을 걸었다.

사랑채 마당을 지나 뒤를 돌아가니 사당이 보였다. 이곳에 여러 번 왔어도 왠지 이곳은 침범하지 말아야 할 성전 같아서 한 번도 발걸음을 하지 않은 곳이었다. 굳게 닫혀져 있는 사당(祠堂) 문은 외부인의 침입을 경계하고 있는 것 같았다. 태진더러 당신은 이곳에 들어올 자격이 없다고 외치는 것만 같았다.

태진은 천천히 걸어가 사당 문고리에 손을 가져다 댔다. 허술해 보이는 나무 문은 세게 당기면 부서질 것처럼 약해 보였지만, 반질반질하게 길이 든 나무의 광택만은 세월의 무거움을 나타내 주는 듯했다. 그것은 낡고 허술한 껍데기를 뒤집어쓴 위엄이었다. 차마 밀지 못한 부끄러운 손 위에 머리를 가져다 댔다. 손의 서늘함이 얼굴에 닿자 마음이 좀 안정되는 것 같았다. 태진은 그렇게 사당의 문에 기대어 마음을 가라앉히고 있었다.

시간이 좀 흐르고 조용한 집 안에 나무 문이 열리면서 나는 삐거덕 소리가 들렸다. 태진은 황급히 사당의 문에 기대고 있던 머리를 들었다. 마치 나쁜 짓을 하다가 걸린 어린아이처럼 어쩔 줄을 몰랐다. 사박사박 발걸음 소리가 점점 가까워졌다.

태진은 순간 사당 옆으로 몸을 숨겼다. 다시 한 번 삐거덕 소리가 들리더니 사랑채와 안채를 잇는 문 안으로 들어오는 혜승의 모습이 보였다. 사당 건물 옆에 몸을 숨긴 자신의 모습이 혜승의 눈에 보일 리는 없겠지만 태진은 그늘 안으로 몸을 더 깊이 숨겼다. 혜승의 모습이 안으로 사라지고, 잠시 후 그녀의 조용조용한 목소리가 들렸다.

날씨 이야기를 먼저 꺼내고 자신이 나갔다 온 이유를 설명했다. 역시 태진의 생각대로 변호사를 만나러 갔다 온 길이었다. 그러나 잠시 후 태진의 예상을 깨는 말이 들려왔다.

입부혼 제도라니?

우리 나라에 그런 제도가 있었던가? 물론 옛날부터 데릴사위 제도가 있긴 했지만, 그건 어디까지나 사위가 장인, 장모를 모시고 사는 것이 아닌가. 그런데 단순한 데릴사위가 아니라 남편이 아내의 호적에 올라간다? 자식이 아내의 성을 이어받는다?

입부혼 얘기에 적응을 할 사이도 없이 혜승은 또 다른 얘기를 풀어내고 있었다. 그녀의 아픈 속내를 풀어내고 있었다. 눈물이 묻어 있는 음성으로 부모님의 위패 앞에서 자신의 혼란스러움을 드러내고 있는 그녀 때문에 태진은 마음이 아팠다.

힘들면 힘들다고 말할 사람이 없어, 이승의 문턱을 넘어 저승으로 간 부모님의 위패 앞에서야 겨우 눈물을 비치며 힘들다 말하는 그녀의 목소리를 들으며 태진은 머리에 돌을 맞은 것처럼 아팠다. 온몸의 혈관에 피 대신 바늘이 돌아다니는 것처럼 따끔거렸다.

'하! 들리니? 저 울음소리가 들리니? 크게 소리 내 울지도 못하고 떨리는 목소리를 억누르며 말하는 저 목소리가 들리니? 왜 이렇게 못났니, 너! 저렇게 힘들어하는데 따뜻한 위로는 한마디 못할망정 치졸한 질투나 드러낼 만큼 왜 이렇게 못났니?

태진은 사당 건물 옆에 서서 혜승의 울음소리를 들으면서 가만히 서 있었다. 낮은 담장과 그 둘레에 심어져 있는 나무, 그리고 유난히 파아란 하늘이 눈에 들어왔다. 눈에 들어오는 집 안의 정겨운 풍경과 혜승의 울음소리가 묘한 대조를 이뤄서 태진은 가슴이 시렸다. 눈물이 차 오를 것만 같아서 눈을 깜박거렸다.

한참이 지난 후, 힘이 없는 모습으로 어깨를 축 늘어뜨린 채 혜승이 사당을 걸어나오는 소리가 들렸다. 태진은 잠시 망설이다가 천천히 혜승의 앞으로 다가갔다.

혜승은 사당을 나와서 고개를 숙이고 힘없이 걷고 있는데 자신의 얼굴을 덮는 그림자가 느껴졌다. 그림자의 정체를 확인하려 고개를 들었다. 태진이었다.

태진은 혜승이 자신을 향해 고개 드는 모습을 지켜봤다. 눈물을 흘렸는지 눈과 코끝이 빨갛게 부어 있었다. 외출을 하느라 옅게 화장을 한 얼굴에 눈물이 만들어놓은 길이 눈에서부터 턱까지 이어져 있었다.

영화 일에 손을 대면서부터 그가 보아왔던 여배우들은 늘 완벽한 화장을 하고 있었다. 조명빛에 약간의 땀만 비쳐도 화장을 다시 고치곤 하는 모습을 심심치 않게 보아왔었다. 물론 그들은 직업이 직업이니만큼 늘 완벽한 모습을 관객에게 보여줄 의무가 있다. 그런 여배우들과 혜승을 비교할 수는 없다는 걸 안다. 객관적으로는 외모로 먹고 사는 그들과 혜승을 비교할 수 없을 것이다.

하지만 눈물이 흘러 길이 난 얼굴, 부어오른 눈과 코, 그리고 소맷자락으로 눈물을 훔쳐서 뭉그러진 화장을 한 그녀가 태진의 눈에는 그동안 자신이 보아왔던 어떤 여배우보다 더 아름다웠다. 너무 아름다워서 가슴이 주책없이 떨렸다. 그녀의 눈물에, 그리고 그녀의 아름다운 모습에 가슴이 시렸다.

태진은 손을 들어 혜승의 얼굴에 난 눈물길을 훔쳤다. 조심스럽게 볼을 손으로 쓸어 내리면서 턱까지 나 있는 눈물 자국을 지웠다. 가슴의 슬픔을 지워줄 수가 없는 현실에 안타까워하며 겨우 눈물 자국만 지웠다. 그런 태진을 혜승은 넋 나간 듯 지켜보기만 했다.

"나는 살아 있어. 나는 살아 있단 말이야! 당신이 힘들다고 말하면 들어줄 귀가 있고, 눈물 흘리고 싶을 때면 빌려줄 어깨도 가지고, 살아서 여기 당신 앞에 있어! 날 좀 보시오! 여기 당신이 똑바로 봐주기만을 바라고 있는 남자를 좀 봐! 살아서, 당신 옆에서 살아가고 싶어 하는 날 보란 말이야!"

다짐하고 또 다짐했지만 입으로 흘러나오는 말은 위로가 아니었다. 울고 나오는 그녀를 다정하게 위로해 주리라 다짐해 보지만 또다시 투정뿐이다. 자신을 좀 봐달라는 애원뿐이다.

늘 이렇게 되고 만다. 그녀 앞에만 서면 늘 이렇게 조르는 어린애가 되고 만다. 하, 그녀보다 무려 십여 년을 더 살았는데도 느긋한 태도는 찾아볼 수가 없다. 의지가 되는 굳건한 나무 같은 사람으로 보이고 싶은데, 그녀 앞에서는 평소 그의 모습이 사라지고 내재된 어린 아이가 모습을 드러낸다.

태진은 손을 혜승의 등 뒤로 가져다 그녀를 자신의 가슴에 당겨 끌어안았다. 자신의 품 안에 들어오는 그녀의 따뜻한 몸을 힘 주어 안았다.

"왜 당신이 눈에 들어왔을까? 처음 이 집에 왔을 때 항아리를 닦고 있는 당신이 보였지. 머리를 하나로 묶고 하얀 상복을 입고 있는데, 왜 상복 하면 좀 슬픈 느낌이 들잖아? 그런데 당신은 씩씩하게 이마에 흐르는 땀방울을 훔치며 항아리를 닦고 있었어. 저절로 시선이 가서 당신 모습을 넋을 잃고 바라보고 있었지. 현실이 아닌 것만 같았어. 당신이 나한테 말을 건넸을 때야 겨우 현실임을 알았지. 이 집에 얽힌 복잡한 문제를 알았을 때, 잠시 집을 사려는 생각을 접을까 하는 고민을 했어. 굳이 이 집이 아니라도 다른 구미에 맞는 집을 찾을 수도 있었고, 아니면 새로 지을 수도 있었어. 그런데 이 집을 산 건 당신 때문이야."

태진은 품에 안고 있는 혜승의 몸을 잠시 떼어내고 그녀의 두 팔을 자신의 손으로 붙잡은 채 얼굴을 똑바로 바라봤다.

"알아? 당신 때문이었단 말이야. 당신을 보고 있는 내 시선 때문이었어! 더글더글한 욕심으로 눈을 벌겋게 빛내고 있는 사람들에게 돈을 던져 주고 이 집을 내게 팔도록 설득한 것은 고모에게 이 집을 사주고 싶었기 때문이 아니라, 당신이 이 집에 살고 있기 때문이었어."

혜승은 숨이 탁 막혔다.

갑자기 그가 눈앞에 나타났을 때도 물론 크게 놀랐다. 그리고 그가 자신은 살아 있다고 말했을 때는 머리를 망치로 한 대 얻어맞은 것만 같았다. 자신의 옆에서 살아가고 싶다고 외치는 그의 말이 머리 속에서 웅얼거렸다.

그가 자신을 안았을 때는 그의 체온이 너무 따뜻해서 눈물이 나올 것만 같았다. 그럴 리는 없겠지만 그의 체온이 자신의 체온보다 더 높은 것 같았다. 커다란 가슴이 보기와 달리 포근하고, 살아 있는 사람의 체온이 따뜻해서, 7월의 태양도 따뜻하게 느껴지지 않는 자신의 차가운 피부에 맞닿은 그의 피부가…… 너무 따뜻해서 잠시 그의 품 안에 기대고 싶어졌다.

그런데 그가 자신 때문이란다. 집을 산 건 오로지 자신 때문이란다.

혜승의 눈이 저절로 커졌다. 동그랗게 커진 까만 눈으로 태진을 바라봤다.

"……왜?"

붙어버린 입술 사이로 나온 말은 고작 그뿐이었다.

"왜? 나도 수십 번을 해본 질문이야. 왜 내가 이런 행동을 할까? 왜 당신이 내 눈에 들어왔을까? 왜 당신이 보고 싶을까? 왜 당신하고 살고 싶을까? 왜 당신이 지고 있는 짐을 모두 내가 나눠지고 싶을까? 나는 과연 당신을…… 어떻게 생각하고 있는 걸까? 나도 내게 이미 해본 질문들이지. 대답을 알고 싶다고? 하지만 어쩌지? 나도 모르는데 말이야? 나도 모르겠어! 왜 당신이어야 하는지 나도 알고 싶어! 그래, 어쩌면 당신이 내가 가져 보지 못한 행복하고 완벽한 가정에서 자란 사람이라서 그런지도 모르지. 그래서 당신이라면 나도 행복한 가정을 이룰 수 있다고 생각하는지도. 아니야, 아니야! 그건 아닐 거야! 당신 외에도 평범한 가정에서 사랑받고 자란 사람은 많아. 그런 이유라면 굳이 당신이 아니어도 돼. 그런 이유 때문은 아닐 거요. 어쩌면 사랑? 그건 확신할 수 없어! 남녀 간의 사랑이란 건 보지도 듣지도 못했으니까, 사랑이라…… 그런 건 몰라."

태진은 입가에 미소를 띠려 노력하며 희미하게 웃었다. 자조적인 미소였다. 보는 사람이 서글픈 그런 미소였다.

"확실한 건 그래도 당신이 보고 싶다는 것뿐이야. 당신 곁에서 당신과 함께 있고 싶어. 이래 봬도 나 꽤 능력있는 사람이야. 당신이 가진 짐을 충분히 나눠 질 수 있는 사람이지. 여기 이렇게 당신 옆에서 당신이 도와달라고 한마디만 하기를 목메고 기다리는 남자가 있어! 나는, 나는 그래, 당신에게 부족하겠지. 나도 알아! 나이도 당신보다 훨씬 많고, 고아로 자랐고……. 부끄러워하진 않지만 내세울 만한 조건이 아니라는 것도 알아. 당장은 아니라도 천천히 생각해 보면 안 되겠나? 당신은 내가 어떤 사람인지 천천히 서로 알아나가고, 나는 이 감정의 정체가 뭔지 천천히 고민하면서, 서로 기회를 주면…… 안 되겠어?"

혜승의 눈에는 어쩐 일인지 태진의 모습이 상처받은 어린아이의 모습과 겹쳐 보였다. 남들이 부러워할 만한 성공을 이루었으면서도 부족하다 말하는 그의 상처가 언뜻 보였다. 그래서 그만 자신도 모르는 사이 고개를 끄덕이고 말았다. 차마 뿌리칠 수 없어서…….

"방금 그건 허락이지? 그렇지?"

태진은 혜승이 고개를 끄덕인 것을 믿지 못해서 다시 확인하고자 했다.

"……네. 나는 그저…… 기대고 싶은 건지도 몰라요. 잠시 당신을…… 이용하고 싶은 건지도 몰라요."

혜승은 떠듬떠듬 말을 했다. 그저 누군가에게 기대고픈 것일지도 모른다고, 혼자가 아니라는 걸 느끼게 해줄 누군가가 필요한 걸지도 모른다고 그에게 말을 해야 공평할 것 같았다. 아니, 그에게 공평한 것이 아니라 그렇게 말해야 자신의 양심에 걸리지 않기 때문인지도 모른다.

"괜찮아, 시작은 그걸로 해도 괜찮아. 차차, 알아나가면 돼."

태진은 혜승을 꽉 끌어안으며 기뻐했다.

"그럼 우리 사귀는 거요!"

태진은 사귀는 일이 '요이 땅' 하고 시작해서 되는 게 아니란 걸 알면서도 촌스럽게 확인을 했다. 기쁜 마음으로 확인을 했다. 조그맣게 고개를 끄덕이는 혜승의 머리가 느껴지자 세상을 얻은 것만큼 기뻤다.

6

혜승은 소매에서 어깨까지 한 줄로 자잘한 꽃무늬 수가 놓아져 있는 하늘색 여름 남방에 청바지를 받쳐 입었다. 옷매무새를 살펴보고 싶었지만, 혜승의 방에는 전신을 비춰볼 만한 큰 거울이 없었다. 그래서 조그만 경대를 손에 들고, 얼굴서부터 아래로 죽 내리며 옷차림을 살폈다.

태진이 영화 제작을 한다는 걸 알고 있는 혜승으로서는 아무래도 옷차림에 신경이 쓰였다. 화려한 여배우들을 많이 봤을 텐데, 물론 자신이 여배우들과 비교될 순 없겠지만 촌스럽다는 말은 듣고 싶지 않았다.

사당 앞에서의 일이 있고 난 후, 괜한 화끈거림에 태진의 얼굴을 제대로 마주 보지 못했었다. 어젯밤, 첫 데이트로 어디가 좋겠냐며 의견을 묻는 그에게 바보처럼 아무런 말도 하지 못했다. 남자 친구가 생기면 평소 해보고 싶은 일들이 머리 속에 주르륵 들어 있었는데, 그가 묻는 순간 머리 속은 하얗게 비워져서 아무것도 생각나지 않았다.

아무 말도 못하고 멀끔히 바라만 보고 있던 혜승에게 놀이공원에 가자고 한 것은 태진이었다. 분명히 놀이공원도 그 목록 안에 들어 있었는데 왜 기억해 내지 못했는지…….

결국 첫 데이트 장소는 서울 인근에 있는 한 놀이 공원으로 결정이 났고, 편안한 옷차림으로 가자고 한 태진의 말에 혜승은 아침부터 옷장을 뒤져야 했다. 옷장에는 외출할 때 주로 입는 원피스와 정장, 그리고 개량 한복이 대부분이었다. 몇 되지 않는 편안한 옷이라고는 낡고 유행에 뒤떨어진 옷뿐이었다.

혜승은 사람이 많은 곳을 싫어하는 성격이라 이리저리 사람들과 부딪히며 쇼핑을 하는 것 또한 좋아하지 않았다. 기본적인 스타일의 원피스와 정장은 크게 유행을 타지 않았고, 중학교 3학년 이후로 자라지 않은 키 때문에 집에서 입는 편안한 옷들은 그 시절 산 옷들이 대부분이라 유행이 지난 것들이었다. 편안한 옷이라곤 혜승이 지금 입고 있는 청바지와 낡아 색이 바랜 티 하나, 사계절 입는 면바지 하나, 그리고 남방 몇 가지가 전부였다.

그래서 처음 의상 디자인과에 입학했을 때, 학교 친구들은 의아해했다. 보통 의상 디자인과에 다니는 애들은 모델 뺨치는 대담한 옷차림을 하고 다니는데, 혜승의 옷차림은 수수하기 그지없었기 때문이다. 처음에는 멋을 내지 않는 아이가 의상 디자인을 전공하니 이상하다고 생각하다가 나중에서야 혜승의 집안 배경을 알고 혜승이 한국적인 디자인을 살린 옷을 만들고 싶다는 얘기를 들은 후에야 이해를 했다.

혜승은 옷을 고르다 지금 입고 있는 하늘색 남방을 골랐다. 이 남방은 혜승이 가장 좋아하는 옷 중 하나이다. 하늘색 옷에 파란색 실로 꽃무늬가 소매 부분에 살짝 수놓아져 있어서 시원해 보였다. 삼년 전에 산 남방인데도 그리 유행에 뒤떨어졌다는 느낌은 들지 않았다.

혜승의 경대 속 거울에 비친 자신의 모습을 꼼꼼히 뜯어보고, 심호흡을 크게 한번 했다.

그리고는 한쪽에 있는 가방을 집어 들었다. 흰색 바탕에, 둘레와 손잡이가 쪽으로 물을 들인 천으로 둘러져 있고, 가운데 조각보로 모양을 낸 가방이었다. 혜승은 그저 자신이 만든 가방이고 또 가장 좋아하는 가방이라 택한 거지만, 정말이지 묘하게도 서양의 대표 문물인 청바지와 쪽물을 들이고 조각보를 붙인 가방이 정말 잘 어울렸다.

혜승이 방을 나가 초당에서 안채로 이어진 문을 지나자 태진의 뒷모습이 보였다. 쑥색 면바지에 낙타색 여름 니트를 입고 있었다. 그순간 태진이 뒤돌아 혜승을 바라봤다. 그런데 혜승이 불편해할 정도로 빤히 쳐다보는 것이 아닌가? 혹시 자신의 옷차림이 어색한가 하여, 혜승은 태진의 시선을 받지 못하고 눈을 아래로 내렸다.

"청바지를 입은 건 처음 보는데, 의외로 잘 어울려서 그만……."

혜승이 고개를 숙이고 어쩔 줄 몰라 하자 태진이 변명을 했다.

"차가 밀리기 전에 빨리 출발하는 게 낫겠지? 방학이고, 휴가철이라 많이 밀릴 것 같은데. 고모, 그럼 저희 다녀오겠습니다."

태진이 혜승의 팔뚝을 자신의 손으로 잡고 선영에게 인사를 했다.

"죄송합니다, 고모님. 저희만 가서……."

혜승은 선영과 충주댁은 집에 남아 있고 자신들만 놀러가는 것이 죄송스러워서 어쩔 줄을 몰랐다.

"아니다, 우리 걱정 말고 즐겁게 놀다 오려무나. 우리는 나이가 있어서 그런데 가봐야 번잡하기만 하고, 힘에 부쳐서 돌아다니지도 못한다."

선영은 모처럼 환하게 웃으며 태진과 혜승을 배웅했다. 좀처럼 진전이 없는 둘 사이를 답답해하던 중에 둘이 사귀기로 했다는 말을 듣고 얼마나 기뻤는지 모른다. 외롭고 상처 입은 아이들끼리 보듬어가며, 부족한 부분은 서로 채워주고, 남는 부분은 서로 나누어주면서, 서로 아끼며 행복하게 사는 모습을 얼마나 보고 싶었는지 모른다.

선영은 외출하기 위해 나란히 서 있는 둘을 보면서 눈물이 나올 것 같아서 차가 막히기 전에 서두르라며 채근을 했다.

혜승과 태진은 선영과 충주댁에게 인사를 하고 나와 태진이 운전하는 차에 타고 놀이 공원으로 향했다.

"차가 없어서 불편하지는 않나? 집이 버스 정류장과는 꽤 거리가 있잖아. 걸어다니는 거 위험하기도 하고."

놀이공원에 가는 길에 운전을 하면서 태진이 혜승에게 물었다.

"……운전해 주시던 기사 분이 사고로 많이 다치셨어요."

손가방을 잡은 손에 힘이 들어가고, 대답하는 혜승의 목소리가 살짝 떨렸다.

"부모님이 돌아가신 사고?"

"네."

"미안하군, 괜한 말을 해서."

태진은 전방에서 시선을 잠시 거두고 혜승의 옆모습을 보면서 사과를 했다.

"아니에요. 괜찮아요."

"그동안 불편했겠군."

"별로요. 택시가 있으니까 그리 불편한 건 몰랐어요."

"여자 혼자 택시 타고 다니는 거, 밤엔 꽤 위험해. 기사를 다시 고용하지 그래?"

태진은 한밤중에 혜승이 혼자 택시에 타는 모습이 생각나 아찔했다. 우리 나라가 아무리 치안이 잘되어 있어도 종종 택시 강도나 택시 기사로 위장하고 부녀자를 납치해 금품을 뜯어내고 강간하는 나쁜 놈들의 얘기가 뉴스에 등장하곤 한다. 태진은 혜승이 그런 상황에 처하지 않을까 걱정이 됐다.

"김 기사님은 일자리를 뺏겼다고 생각할지도 모르잖아요. 돌아오실 자리를 남겨두고 싶었어요."

태진은 혜승의 대답에 마음이 따뜻해지는 걸 느꼈다. 역시 그녀는 남들과 다른 점이 있었다.

"핸드폰 좀 줘봐."

태진은 차가 교차로에 선 사이 혜승을 향해 한 손을 내밀었다.

"왜요?"

"어서 이리 내봐."

"핸드폰 없는데요."

"안 가지고 나왔나?"

"아니요, 없어요."

"문명의 이기가 싫은 거요?"

"아니요, 그렇다기보다는…… 여유가 없어서 싫어요. 아니, 그건 좋은 말로 포장한 거구요. 사실은 귀찮아서 싫어요."

"귀찮다? 누군가 귀찮게 하는 사람이라도 있는 건가?"

태진은 은근슬쩍 혜승에게 다른 사람이 있는지를 떠봤다.

"전화 말예요, 핸드폰은 너무 친절해요. 그래서 싫어요."

"핸드폰이 친절하다는 건 무슨 말이지?"

태진은 핸드폰이 친절하다는 말이 이해가 가지 않았다. 그래서 다시 혜승에게 되물었고, 그사이 신호가 바뀌어 차를 출발시켰다.

"집전화는요, 받고 싶지 않을 때는 그냥 무시할 수가 있거든요. 대체로 집으로 전화를 해서 받지 않으면 나갔나 보다, 집에 없나 보다 뭐 그렇게 생각하잖아요. 그래서 얘기를 나누고 싶은 기분이 아닐 때나 혼자 깊은 생각을 할 때는 걸려온 전화를 무시할 자유도 어느 정도 있지요. 하지만 핸드폰은요, 지나치게 친절해서 전원을 꺼놓으면 전원이 꺼져 있다는 안내가 나오고, 전화를 받지 않으면 전화를 받을 수 없다는 안내가 나오죠. 너무 지나치게 친절해요."

"그렇군, 무슨 말인지 알겠소. 변명을 해야 한다는 말이지? 때론 거짓말도."

"네."

"왜 핸드폰을 가지고 다니기 싫어하는지 이해는 하는데, 핸드폰은 또 그 나름대로의 장점이 있지 않나?"

"그건 저도 알아요. 하지만 제 저울로는 장점보다 단점이 더 커 보여요. 그런데 핸드폰은 왜 달라고 했어요?"

태진이 갑자기 핸드폰을 달라고 했던 이유가 궁금해진 혜승이 태진에게 물었다.

"내 전화번호를 입력해 두려고. 혹시 밤늦게 집에 들어오게 되는 일이 있으면 연락하라고."

"일부러 그럴 것까진 없어요. 늦게 다니는 일도 별로 없고……."

혜승의 대답에 태진은 말없이 운전만 계속했다.

태진의 차가 결코 작은 차가 아닌데도 혜승은 답답했다. 아니, 긴장됐다. 차 안은 세상과 단절된 또 다른 공간을 만들고 있었다. 아직은 오전이지만 뜨거운 태양에 달아오른 아스팔트에서 피어오르는 아지랑이는 바깥과 차 안을 전혀 다른 공간처럼 느껴지게 했다.

혜승은 온몸의 신경이 곤두서서 태진의 움직임을 하나하나 의식하고 있었다. 핸들을 돌리는 그는 손가락의 움직임, 차가 조금씩 정체할 때마다 고개를 살짝 기울이고 손끝으로 핸들을 톡톡 두드리는 그의 습관, 그런 작은 움직임들이 눈에 들어왔다. 아니다, 눈에 들어온 것이 아니다. 고집스레 정면만을 바라보며 시선을 고정시킨 혜승의 눈이 본 것이 아니라, 그녀의 신경이 느끼고 있는 것이었다.

에어컨이 돌아가 시원한 차 안에서 그가 숨을 쉴 때마다 내뱉는 뜨거운 공기가, 몸에서 뿜어 나오는 열기가 점점 더 혜승을 긴장시키고 있었다. 혜승은 들고 있는 가방의 손잡이를 더욱 꼭 틀어쥐었다.

혜승은 시선 처리를 어떻게 해야 할지 몰라 놀이공원에 도착할 때까지 고집스럽게 앞만 쳐다보고 있었다. 간혹 운전을 하던 태진이 피식 웃으며 자신을 바라보는 것을 알고 있었지만 왠지 엄두가 나지 않아서 고개를 돌리지 못했다.

차가 놀이공원 주차장 안으로 미끄러지며 들어가더니 주차장 한쪽에 자리를 찾아 섰다. 방학 중이라 그런지 아직 이른 시간인데도 주차장 안에는 차가 제법 많았다.

차가 멈추자 태진이 서둘러 내리더니 조수석의 문을 열어주었다.

혜승은 밀폐된 공간에 둘만 있던 상황에서 벗어난 데에 대해 안도하며 서둘러 차에서 내렸다.

차에서 내리던 혜승은 잠시 어질했다. 주춤거리는 혜승을 놀란 태진이 서둘러 부축해 주었다. 에어컨을 켠 차 안과 아직 이른 시간이긴 하지만 한여름의 뜨거운 태양빛을 고스란히 받고 있는 바깥의 눈부신 빛과 기온 차에 적응이 안 된 탓이었다.

"괜찮소?"

한 손으로 태양을 가리고 있는 혜승의 팔을 부축하며 태진이 물었다.

"네, 괜찮아요. 그저 잠깐 현기증이 났을 뿐이에요."

혜승이 조심스럽게 태진의 손에서 빠져나가며 대답했다.

그러나 태진은 그런 혜승을 용납하지 않았다. 아니, 오히려 그걸 기회로 혜승의 허리에 손을 대고는 자신 쪽으로 끌어당겼다.

혜승은 순간 헉 소리를 낼 뻔했다. 커다란 손이 갑자기 허리 위에 놓여져서 순간 놀란 것이다. 이제까지 누구도 허리 위에 손을 올려놓은 적이 없었다. 그런 친밀한 행동을 한 사람은 없었다. 학교에서 간혹 짓궂은 선배들이 어깨동무를 하려 한 적은 있었어도, 허리에 손을 올려놓는 대담한 행동을 한 사람은 없었다.

여태껏 혜승이 타인과의 신체 접촉을 하는 곳은 악수를 나누거나 할 때 쓰는 손과 사람들이 많은 곳을 지나다닐 때 부딪치곤 하는 어깨 정도였다. 사당 앞에서 우는 그녀를 끌어안아 주었을 때도 그저 등을 당겨 안았을 뿐이다.

그런데 갑자기 자신의 허리 위에 놓여진 태진의 손은 훨씬 더 은밀한 친밀감을 주었다. 피가 확 얼굴로 몰리고, 얼굴이 달아오르려 했다.

분명히 그녀가 움찔하는 것을 그도 느꼈을 텐데 그녀의 허리 위에 있는 손은 내려갈 줄 몰랐다.

태진은 자신이 혜승의 허리에 손을 대고 그녀를 끌어당겼을 때, 순간 그녀가 움찔 놀라는 것을 알았다. 가슴속으로 은밀히 퍼지는 즐거움! 그것은 그녀가 다른 이의 손길에 익숙하지 않다는 것을 의미했다. 소리를 내며 웃진 않았지만 입가로 퍼지는 미소는 어쩔 수 없었다. 웃는 얼굴을 보이기가 멋쩍었던 태진을 데리고 매표소 쪽으로 향했다.

서둘러 표를 끊고 안내 지도를 받아 들고는 안으로 들어갔는데 기념품과 캐릭터 상품들을 파는 매장이 눈에 띄었다.

"저쪽으로 가서 모자를 하나 사야겠어."

태진은 아까 비틀거리던 혜승이 생각나 매장 쪽으로 혜승을 이끌고 갔다.

"정말 괜찮아요. 아까는 너무 갑작스러워서 잠시 비틀거린 것뿐이에요."

혜승은 서둘러 말렸지만 태진은 아랑곳하지 않고 매장 쪽으로 그녀를 이끌고 갔다.

"음. 이게 어떨까? 옷과 잘 어울릴 것 같은데."

태진은 하늘색 바탕에 흰색으로 뉴욕 닉스의 로고가 들어가 있는 야구 모자를 집어 들고는 혜승에게 말했다. 확실히 하늘색 모자는 혜승의 옷차림과 근사하게 어울렸다.

"여름 햇빛이 얼마나 강한 줄 아나? 우습게 봤다가 큰일난다고. 일사병으로 쓰러지기라도 하면 어쩌려고 그러나?"

혜승에게 모자를 씌워주며 태진이 말했다. 거절하려던 혜승은 모자를 머리 위에 씌워주며 즐거워하는 태진 때문에 말을 꺼낼 수 없었다.

"난 이게 어떨까 하는데 어때, 어울리는 것 같나?"

태진은 베이지 색의 뉴욕 닉스의 로고가 들어가 있는 야구 모자를 골라서 썼다. 자신의 상의와 어울린다는 이유라기보다 혜승의 머리에 씌워준 모자와 같은 디자인이라는 것이 더 마음에 들었다.

"네."

조용히 대답하는 혜승의 말에 기분이 좋아진 태진은 자신과 혜승의 모자 값을 흔쾌히 지불했다. 색은 다르지만 똑같은 디자인의 모자를 쓰고 있다는 것만으로도 저절로 미소가 나왔다. 히죽히죽 입이 벌어졌다.

"어딜 제일 먼저 가보고 싶어?"

태진이 혜승의 모자를 고쳐 주면서 말했다.

"글쎄요…… 동물원이요."

"동물원? 왜 하필 동물원인데?"

"여기 동물원에 동물들을 만져 보고, 먹이도 주고 하는 데가 있다고 들었어요. 요즘 방송 프로그램에 동물들 기르는 게 많이 나오잖아요. 한 번도 집에서 동물을 길러본 적이 없어서 그런 거 꼭 한 번 해보고 싶었어요."

"그래? 그럼 거기부터 가지 뭐. 그런데 동물은 왜 안 길러봤지? 보통 개는 집에서 많이들 기르지 않나?"

"제사 지낼 때 쓰는 향이 개 짖는 소리, 닭 울음소리를 안 들은 것이어야 해요. 그래서 집에서 개를 기를 생각은 못해봤어요. 이웃에서 기르니까 전혀 안 들었다고는 할 수 없지만 일종의 정성이라고 할 수 있지요. 할 수 있는 만큼은 노력한다 뭐, 그런 거죠."

"그럼 우선 동물원으로 가자고!"

태진은 다시 혜승의 허리 위에 손을 올려놓고 그녀를 동물원이 있는 방향으로 인도하기 시작했다. 혜승은 아까만큼 놀란 것은 아니었지만 그래도 몸이 긴장되는 것은 어쩔 수 없었다.

동물원으로 자리를 옮긴 둘은 갓 태어난 라이거에게 우유를 먹이기도 하고, 물개들의 공연을 보기도 하면서 즐거운 시간을 보냈다.

혜승은 물개들이 재주를 부리는 것이 신기하기도 했지만 한편으로는 안쓰러운 마음이 들었다. 좁은 풀장에서 조련사의 지시에 따라 움직이고, 재주를 성공시키고 나면 물고기를 먹이로 받아먹는 물개들이 가엾어서 공연이 끝나기를 기다렸다가 서둘러 공연장을 빠져나왔다. 그런 자신을 태진이 의아하게 바라보는 것을 알고, 혜승은 불편한 기색을 보이지 않으려 애썼다.

"또 어지럽소?"

혜승의 안색이 또다시 창백해지는 걸 본 태진이 물었다.

"아니에요. 모자 썼잖아요."

혜승은 태진을 안심시켰다.

"다음은 또 어디로 갈까?"

태진은 혜승에게 물으며 시계를 쳐다봤다. 시간을 확인하는 평소의 습관과도 같은 행동이었는데 뜻밖에 시간은 훌쩍 지나 점심때가 되어 있었다.

"우선 식사부터 해야겠네. 그런데 긴장되는군."

"뭐가요?"

영문을 모른 혜승이 물었다.

식사를 하자더니 긴장이 된다니? 연결이 안 되는 말 아닌가?

"고모 말씀에 의하면 어머님이 한식 전문가셨다면서? 그 음식 솜씨 물려받아 음식을 야무지게 한다고 칭찬이 자자하시던데, 그런 솜씨를 가졌으니 당연히 입맛도 까다로울 것 아닌가? 그러니 음식점 고르는 데 긴장된다는 소리요."

"아니에요. 보기와 달리 아무거나 다 잘 먹어요. 사 먹는 것보단 집에서 만들어 먹는 걸 좋아하긴 하지만요."

"한식? 아니면 모처럼 다른 걸로 할까?"

"다른 거요. 한식은 집에서도 늘 먹으니까 다른 걸로 해요. 차라리 도시락을 싸 올 걸 그랬나? 미처 도시락 생각을 못했어요. 김밥이나 아니면 간단한 주먹밥 같은 걸 싸 왔다면 고민할 필요도 없었는데……."

"다음엔 도시락 싸가지고 오면 되지. 오늘은 그냥 사 먹자고. 한식 말고 다른 거 뭐? 먹고 싶은 것 있으면 말만 해."

"피자 싫어해요?"

"아니, 간편하게 한 끼 먹기엔 괜찮지. 피자로 할까?"

"네. 다른 곳은 혼자 들어가는 게 이상하지 않는데 유독 피자 가게만은 혼자 못 가겠어요. 일인용 피자가 있는 집도 별로 없고요. 그래서 평소 잘 못 가요."

"왜 혼자지? 학교 친구들은 어쩌고?"

"낯을 많이 가리는 성격이라 친한 친구가 몇 안 돼요. 함께 듣는 과목도 적고 해서 점심 혼자 할 때가 종종 있어요."

태진은 가만히 혜승의 얼굴을 바라봤다.

"왜요? 왜 그렇게 봐요?"

살피는 듯한 태진의 시선을 느낀 혜승이 그에게 물었다.

"쓸쓸해 보이는지 살피는 거요. 다행이다, 그렇게 쓸쓸해 보이진 않는군."

"친구가 적다고 쓸쓸하다는 생각을 해본 적은 없어요. 적은 친구들이라도 소중한 친구들이고, 또 친구란 숫자로 말할 수 있는 게 아니잖아요."

"그래, 숫자로 말한 건 아니지."

태진과 혜승이 대화를 나누는 사이 피자 가게에 다 와갔다. 그들이 온 곳은 빵이 두텁고 기름기가 많은 미국식 피자 가게가 아닌 화덕에 구운 이태리식 피자를 파는 곳이었다. 가게 밖에서부터 그 고소하고 담백한 빵 냄새를 맡을 수 있었다.

특이하게도 피자에 바르는 소스와 도너 위에 올리는 토핑도 직접 선택할 수 있는 곳이었다. 그들은 베이컨과 감자를 올린 피자와 리조또, 그리고 샐러드를 시켰다.

놀이공원이라 큰 기대는 하지 않았는데 음식은 의외로 맛이 있었다.

"어때? 입맛에 맞는 것 같아?"

태진이 작은 입을 오물거리며 피자와 리조또를 먹는 혜승을 바라보며 말했다. 자신의 입으로 들어가는 것도 아닌데 혜승의 입으로 음식이 들어가고, 그녀가 즐겁게 먹으면 자신의 배가 부르는 것 같았다.

"네, 맛있어요."

혜승은 태진을 보며 미소를 지었다.

우리 나라 사람들은 미국식 체인 피자의 맛에 길들여져서 그런지 이탈리아식 피자를 파는 이곳은 한가했다. 시끄럽게 떠드는 아이들도 없어서 조용하고 즐거운 식사를 할 수 있었다. 음식도 맛있고 대화도 즐거웠다. 혜승에게 태진은 새로운 시야를 넓혀주는 대화 상대였고, 태진에게 혜승은 자신의 말을 들어줄 줄 아는 사려 깊은 청중이었다.

점심을 마치고 나온 태진과 혜승은 놀이공원의 백미라고 할 수 있는 놀이기구 타기에 도전하기로 했다. 놀이기구가 있는 곳은 사람들의 즐거운 비명 소리와 신나는 음악 소리로 채워진 공기가 활기찼다. 가족과 함께 온 사람들, 친구들끼리 온 사람들, 그리고 한눈에 보기에도 다정한 커플들이 눈에 띄었다.

혜승은 잠시 자신과 태진을 생각했다. 사람들의 눈에 자신들이 어떤 사이로 비춰질까가 문득 궁금해졌다.

"요즘 놀이기구는 무시무시한데! 정말 타볼 건가?"

태진의 눈에는 어린시절 없는 살림에 어린이날 고모가 데리고 갔던 놀이공원과 지금 놀이공원의 차이가 너무 컸다. TV에서 봤던 것보다 놀이기구들의 스케일이 훨씬 컸고, 또 위험해 보였다.

보다 큰 자극을 원하는 요즘 사람들의 구미를 맞추느라 그런 것이리라.

태진은 험한 일이나 모험을 해본 적이 없는 것 같은 혜승이 과연 저런 놀이기구들을 탈 수 있을까 걱정되기 시작했다.

태진의 말에 고개를 가로저은 혜승은 안내 지도를 쳐다봤다.

"뭘 찾는데?"

태진은 혜승이 들고 있는 지도를 같이 들여다봤다.

"우선 이런 것부터 도전해 보면 안 될까요?"

혜승이 가리킨 것은 안내 지도 한 귀퉁이에 있는 회전목마였다. 롤러코스터를 비롯한 속도와 높이를 자랑하는 다른 놀이기구들은 컬러 사진까지 곁들여 있지만, 혜승이 가리킨 회전목마는 지붕 모양에 번호표만 붙어 있었다. 지도 끝머리에 번호와 놀이기구 이름이 적혀 있지 않았다면 그것이 무슨 놀이기구인지도 몰랐을 것이다.

태진은 자신의 얼굴을 쳐다보며 묻는 혜승의 청을 거절하지 못하고, 지금 있는 곳에서 거리가 꽤 떨어져 있는 회전목마로 혜승을 안내했다.

"솔직히 말해 봐. 키 제한이 있는 놀이기구는 못 타겠어서 그러지?"

태진이 장난스럽게 물었다. 속도와 높이를 자랑하는 놀이기구들은 거의 대부분 키 제한이 있는 것을 빗대어 말한 것이다.

"누가요! 그냥 차차 타자는 거죠. 처음부터 스릴있는 놀이기구를 타면 나중에 타는 것은 시시할 것 아니에요? 그래서 그런 거예요."

혜승의 귀여운 변명이었다.

"으흠, 그래? 그럼 다음엔 저걸 타볼까?"

태진이 가리킨 것은 통나무를 타고 인공 급류를 내려오는 놀이기구였다.

"조, 좋아요."

혜승은 그 놀이기구를 보고 잠깐 굳었지만 무슨 오긴지 탈 수 있다 대답했다. 그런 혜승을 보면서 태진은 쿡쿡 웃었다. 혜승이 예쁘게 흘겨보는 것을 알았지만, 태진은 회전목마가 있는 곳에 갈 때까지 웃음을 멈추지 않았다.

회전목마를 탈 때 혜승은 마치 어린 아이라도 된 것마냥 웃었다. 혜승의 얼굴에 환한 미소가 어린 것을 보며 태진은 혜승의 얼굴에 웃음이 떠오르게 만든 자신이 자랑스러워 어깨가 으쓱했다.

"재미있었어?"

짧은 시간이 지나고 회전목마에서 내린 혜승을 데리고 놀이기구를 빠져나오며 태진이 물었다.

"네. 제가 어릴 때는, 회전목마는 아니지만 리어카에 말 모양의 장난감을 싣고 다니면서 아이들을 태워주는 사람이 있었거든요."

"아, 나도 기억나! 모형 말이 플라스틱으로 되어 있고, 스프링이 달려서 아저씨가 위아래로 흔들면 말들이 주르륵 따라 위아래로 흔들리던 거 말이지?"

"네, 그거요. 정말 타고 싶었는데, 이상하게 한 번도 타고 싶다고 말하지 못했어요."

"왜? 좋은 집안 아이들은 그런 거 타는 거 아니라서?"

"아니요. 아마 타고 싶다고 부모님께 말씀드렸다면 태워주셨을 거예요. 하지만 이상하게 말을 못했어요. 그 이유를 지금도 모르겠어요. 이미 너무 커서 이제는 탈 수 없는데도 간혹 그게 생각날 때가 있어요. 아마도 아쉬움이겠죠?"

"그리움이겠지. 어린 시절에 대란 향수 말야."

"그럴까요? 그래요, 어쩌면 돌아가지 못할 과거에 대한 그리움일지도 모르겠어요."

혜승이 조용히 웃었다. 소리없는 웃음이 그녀의 눈가에 부드럽게 번졌다.

"자, 그럼 본격적으로 저걸 타러 가볼까?"

태진이 아까 보았던 놀이기구를 가리켰다. 혜승이 보는 앞에서 사람들이 비명을 지르며 떨어지고 물이 옆으로 튀겼다. 혜승은 약간의 두려움이 생겼으나 마음을 굳게 먹고 고개를 끄덕였다.

그 놀이기구가 의외로 인기가 있는지 줄이 길게 늘어서 있었다. 줄을 서서 기다리면서 설명을 읽어봤더니 11m 높이에서 떨어진단다. 11m면 사층 높이인데 아찔해진다.

이십여 분을 기다린 끝에 놀이기구에 탔다. 직원이 앞자리가 물이 많이 튀긴다며 태진이 앞자리에 앉을 것을 권했다. 그래서 태진은 앞자리에, 혜승은 뒷자리에 앉았다. 사실 태진은 좀 아쉽기도 했다. 자신의 앞자리에 혜승을 앉히고 뒤에서 끌어안고 싶었는데, 혜승은 뒷자리에 앉자마자 그런 태진의 마음도 모르고 거리를 두고 앉았기 때문이다.

급류를 타고 흐르던 통나무가 드디어 가장 높은 정상에 천천히 다가가고 있었다. 덩달아서 혜승의 긴장도 높아졌다. 심장 박동이 빨라지는 걸 느낄 수 있었다.

꼭대기에 올라간 통나무가 한순간 밑으로 떨어지는데 혜승은 자기도 모르게 비명을 질렀다. 그러나 비명 소리는 태진의 등에 얼굴이 묻히면서 차차 잦아들었다. 순식간에 몸이 앞으로 쏠리면서 태진의 등에 부딪쳤기 때문이다.

태진은 혜승의 몸이 자신의 등에 부딪치는 걸 느꼈다. 혜승이 내뿜는 숨소리가, 그리고 그녀의 부드러운 가슴이 자신의 등에 고스란히 느껴졌다. 한순간 숨을 삼켰다. 아니, 잠시 숨 쉬는 것을 잊어버렸다는 것이 맞는 말일 것이다. 몸의 모든 신경이 등에만 집중된 것 같았다.

그런 태진의 정신을 되찾게 해준 것은 마지막에 퍼붓는 물 세례였다. 차가운 물을 가득 뒤집어쓴 순간 정신이 번쩍 나며 비로소 숨을 쉬었다. 튀긴 물방울들로 낙타색 여름 니트가 흠뻑 젖었다.

태진은 놀이기구에서 내려 뒤돌아서 혜승을 바라봤다. 얼굴이 붉게 상기되어 있었다.

"괜찮아?"

"네, 생각보다 재미있는데요."

혜승의 목소리에서는 즐거움이 묻어났다. 처음엔 좀 겁을 냈지만 생각보다 무섭지 않고 즐거웠다. 그건 어쩌면 든든하게 앞에 있어준 태진의 등 때문인지도 몰랐다.

혜승이 믿음직한 눈으로 태진을 바라보는데 그의 젖은 상의가 눈에 들어왔다.

"어머, 어떻게 해요. 옷이 다 젖었는데……."

"신경 쓸 것 없어. 햇빛 좋으니까 금방 마르겠지 뭐."

태진은 가볍게 말했다. 옷이 젖은 건 사실 전혀 문제되지 않았다. 조금도 신경 쓰이지 않았다.

그러나 혜승은 자신의 손가방에서 손수건을 꺼내 태진의 옷에 묻은 물기를 닦아주었다. 도쿄 바이올렛이라고 알려진 자초를 이용하여 염색한 손수건은 고운 보랏빛을 띠었다.

태진은 잠시 자신의 가슴에 묻은 물기를 닦아주는 혜승의 손길을 즐겼다. 잠시 후, 물기를 대충 닦아낸 혜승의 손이 떨어져 나갔을 때는 괜한 상실감에 허전했다. 애써 허전함을 감추고 혜승을 다음 놀이기구로 안내했다.

놀이기구를 섭렵하러 다니는 중간 아이스크림을 샀다. 커다란 콘에 아이스크림을 높이 얹어서 태양에 흘러내리는 아이스크림을 혀로 부지런히 핥다가 서로의 얼굴을 보고 큰 소리로 웃었다. 웃음을 멈춘 태진은 혜승의 코에 묻은 아이스크림을 손으로 닦아주었다. 얼굴에 묻힌 것이 부끄러운지 살짝 고개를 아래로 숙인 혜승이 그렇게 예쁠 수가 없었다.

태진은 충동적으로 혜승의 볼에 입맞춤을 했다. 입술이 혜승의 볼에 머문 시간은 일 초도 안 됐지만, 그 잠깐의 입맞춤이 어떤 키스보다 더 달콤했다. 놀라 둥그레진 눈으로 자신을 바라보는 혜승의 허리에 손을 두르고 또 다른 놀이기구로 안내했다.

혜승은 정신이 멍했다. 태진의 입술이 자신의 볼에 닿은 순간부터 그녀의 이성은 어디론가 사라져 버렸다. 무슨 말을 해야 할지도, 무슨 행동을 해야 할지도 알 수가 없었다. 그저 멍하니 입을 벌린 채 태진을 바라보는 것 말고는 아무런 행동도 할 수가 없었다. 태진이 혜승의 허리에 손을 두르고 다른 놀이기구로 안내할 때도 그저 멍하니 이끄는 대로 따라갈 수밖에 없었다.

나이는 어리지만 이미 성인이고, 사귀는 성인 남녀 사이에 키스 정도는 자연스러운 스킨십이라는 걸 알고 있었지만, 머리로 아는 것하고 직접 경험하는 것하고는 천지차이였다. 그저 볼에 한 가벼운 키스에 불과하지만 혜승에게는 결코 가벼운 사건은 아니었다.

태진을 어떤 얼굴을 하고서 봐야 할지 난감했던 혜승은 발 아래만 보면서 걸었다. 그러나 자신을 대하는 태진의 자연스러운 태도로 인해 차츰차츰 몸에 긴장을 풀었다.

하루가 어떻게 흘러갔는지도 모를 만큼 즐거운 시간이었다. 놀이기구들을 섭렵하고 다니고, 틈틈이 군것질도 하고, 사람들 틈을 누비며 사진도 찍었다. 지나가는 사람을 붙잡고 사진을 찍어달라고 부탁하면서 혜승의 옆 자리를 차지하고 다정스런 포즈로 사진을 찍는 태진의 입가에는 환한 미소가 떠날 줄 몰랐다.

드라마 촬영을 마칠 때쯤 진희의 짜증은 이미 한계에 달했다.

상대 배우는 공채 출신이긴 했지만 이번 드라마가 첫 주연인 신인이었다. 처음 대본 연습 때, 팬이라며 싱글거리며 악수를 청할 때만 해도 맘에 들었었다. 연하의 남자에게 찬탄의 눈길을 받는 기분은 솔직히 좋았다.

하지만 촬영을 거듭할수록 미숙함이 드러나기 시작했다. 첫 주연에 대한 부담감 때문인지, 아니면 그의 입장에서는 대선배인 자신에 대한 부담감 때문인지 잦은 NG를 냈다. 평소라면 너그럽게 받아들였겠지만, 오늘은 NG를 낸 후 연신 죄송하다며 사과를 하는 모습까지도 짜증이 났다. 그렇게 사과를 하느니 차라리 연기 연습을 더 하라는 말이 목구멍까지 올라왔지만, 그동안 쌓아온 이미지를 생각하고 꾹 참았다.

촬영 장소에 꾸역꾸역 몰려들어 잡음을 넣는 사람들을 단속하며 촬영은 느리게 진행됐다. 설상가상으로 사인해 달라는 사람들의 요청이 쇄도했고, 애써 웃는 얼굴로 거절하며, 속으로는 짜증만 점점 더 쌓여갔다. 결국 사람들과 상대 배우의 NG와 몰려든 사람들로 인해 오늘 촬영해야 할 분량을 미처 끝마치지 못했다. 하루가 더 낭비되게 된 것이다.

"젠장! 뭘 보고 그런 초짜를 덜컥 주연으로 쓴 거야!"

차에 타자마자 담배를 꺼내 물며 짜증을 터뜨렸다.

"신인 땐 다 그렇지 뭐."

진희를 달래려고 매니저가 말했다.

"걔 진짜 공채 맞아? 뒷구멍으로 들어온 애 아니야? 기본 연기 수업은 시킨 애 맞아? 대사도 하나뿐인 신에서 NG를 아홉 번이나 내는 애가 무슨 배우야?"

"걔가 긴장해서 그래. 진희 씨가 상대역이라는 걸 알고 좋아서 만세 불렀다고 하잖아. 좋아하는 여배우 앞에서 연기하려니 긴장해서 그렇지. 앞으로는 차차 나아지겠지."

매니저는 진희의 허영심을 자극할 수 있는 좋은 말로써 진희를 달래려 했다.

"흥, 걔는 그렇다 쳐! 장소는 왜 하필 놀이공원이냐고! 사람들 바글바글 몰려드는 거 봤지? 작가가 나이가 많다더니 요새 애들을 못 따라간다니까. 요즘 촌스럽게 누가 놀이공원에서 닭살 날리며 데이트하니? 에이, 정말 하나같이 맘에 안 든다니까! 때문에 스케줄 하루 더 빼야 하잖아. 짜증나게시리!"

"두 신만 찍으면 되니까 금방 끝날 거야. 오후 신이긴 하지만 놀이공원 개장하기 전에 찍기로 했으니까 오늘처럼 혼잡하지도 않을 거구. 오전 중으로 끝난다고 했어."

거칠게 담배를 피워대는 진희의 눈치를 살피며 매니저가 말했다.

"오늘처럼 NG 내다간 잘도 일찍 끝나겠다! 그런데 왜 출발 안 해?"

말꼬리를 물고늘어지며 비꽈대던 진희는 아직 차를 출발시키지 않는 매니저를 독촉했다.

"의상이랑 소품 챙기느라 코디가 아직 안 와서 그래."

"하여튼 꾸물거리기는!"

"저기 온다."

양손에 한 짐씩 의상을 들고, 소품을 옆구리에 끼고 서둘러 뛰어오는 코디를 보며 매니저가 말했다.

"죄송합니다."

매니저가 차 문을 열어주자 서둘러 차에 올라탄 코디는 서둘러 사과부터 했다.

"그런 건 미리미리 좀 챙겨!"

코디가 차에 올라타는 걸 보고 진희가 사납게 소리쳤다. 매니저는 코디를 향해 손짓 발짓을 해가며 진희의 상태를 경고해 주었다.

"죄송합니다."

코디가 다시 한 번 사과를 하며 자신의 자리로 가서 의상을 정리하기 시작했다. 개중 협찬을 받은 의상이 있어서 조심스레 손질을 하며 옷걸이에 걸었다.

다행히 진희의 타박은 거기서 그쳤다. 매니저는 남몰래 안도의 한숨을 쉬고 기사에게 차를 출발시킬 것을 지시했다.

놀이공원 내의 주차장 중 비교적 한산한 곳은 제3주차장이었다. 진희의 매니저는 일부러 차를 제3주차장 쪽에 세워두었다. 차가 천천히 주차장을 미끄러져 나가고 진희는 창밖으로 시선을 돌렸다. 해가 지고 나서 더 환한 놀이공원은 여전히 시끄러웠다.

차가 제1주차장을 지날 무렵, 무심코 창밖을 보던 진희의 눈이 휘둥그레졌다. 제1주차장 안에서 태진으로 보이는 남자가 어떤 여자에게 자동차 조수석 문을 열어주는 모습이 보였던 것이다. 너무 오랫동안 태진을 만나지 못해서 헛것이 보이는 건 아닐까, 눈을 감았다 다시 떴다.

조수석 안으로 미끄러져 들어간 여자의 얼굴은 자세히 보이지 않았지만, 운전석으로 향하는 남자의 움직임은 분명 태진이었다. 떳떳하게 만난 사이는 아니었지만 그동안 몸을 섞은 것이 수차례, 어떤 식으로 움직이는지 훤했다. 비록 얼굴을 자세히 확인하지 않더라도 실루엣만으로도, 그의 움직임만으로도 1㎞ 밖에서도 알아볼 수 있었다.

"차 좀 세워!"

진희가 태진에게서 시선을 떼지 못한 채 기사를 향해 외쳤다.

"갑자기 왜 그래? 누구 아는 사람이라도 있어?"

매니저는 창문에 손을 붙인 채 차창 밖을 바라보는 진희에게 물었다.

"차 세우라니까!"

사납게 소리를 지르는 진희의 기세에 놀란 기사가 급브레이크를 밟으며 차를 세웠다. 덕분에 진희의 몸이 앞으로 확 쏠렸다. 기사는 진희의 몸이 쏠리는 걸 보고 순간 긴장했으나 진희는 평소와 달리 기사를 향해 소리 지르는 것도 잊어버리고 다시 창문에 매달렸다.

진희는 황급히 몸을 일으키고 다시 창밖을 봤다. 그러나 남자는 이미 운전석 안으로 사라진 후였다. 느릿느릿 움직이는 차에 여전히 시선을 떼지 못한 채 한참을 바라보던 진희는 그 차가 태진의 차와 같은 차종임을 알았다.

진희는 자신도 모르게 엄지손톱을 잘근잘근 씹었다. 연한 핑크 색 펄이 들어간 매니큐어를 칠한 모양 좋은 손톱 끝이 진희의 이에 보기 흉하게 뜯겨 나갔다. 심상치 않은 진희의 행동에 다들 아무런 질문도

하지 못하고 바라보기만 했다.

한참을 그렇게 있던 진희가 갑자기 휴대전화를 들고 누군가에게 전화를 걸기 시작했다. 방금 전의 그 남자가 태진인지 확인해야 했다. 뚜르르 울리는 전화벨 소리만 조용한 차 안에 가득 찼다. 한 번, 두 번 울리던 벨이 인내심을 시험하려는 듯이 열 번이 넘도록 울렸다.

잠시 후 다시 건 전화에서는 전원이 꺼져 있다는 안내만 나왔다. 진희는 분을 참지 못하고 전화기를 집어 던졌다. 앞좌석 등받이에 부딪친 전화는 다시 튕겨져 나와 바닥에 떨어졌다. 바닥에는 폭신한 카펫이 깔려 있어서 다행히 전화기는 망가지지 않은 듯했다.

차 안의 기온은 순식간에 냉각되었고, 다들 진희의 눈치를 살피느라 정신이 없었다. 적막감마저 감도는 차 안에서 가장 먼저 정신을 차린 것은 매니저였다. 밖에서 들려오는 요란한 클랙슨 소리에 정신을 차린 것이다.

"무슨 일인데 그래?"

매니저가 조심스럽게 물었다. 그 순간에도 뒷차에서 울리는 클랙슨 소리는 여전했다.

"시끄러워 죽겠네! 빨리 안 가고 뭐 해!"

소리치는 진희의 눈빛에는 살기가 흘렀다. 기사는 진희의 질책에 움찔하다가 곧 차를 출발시켰다. 차가 출발하자 진희는 자신도 모르게 좌석을 꽉 움켜쥐었다. 몸을 떨지 않으려고 온몸의 근육에 힘을 주고 몸을 꼿꼿이 세운 채 살기 어린 눈빛으로 꼼짝을 않고 앉아 있었다.

일주일 중 사 일을 촬영하는 조건으로 드라마 출연 계약서에 사인을 할 때만 해도 앞날에 즐거운 일만 있을 것 같았다.

드라마 출연 회당 오백만 원이라는 출연료에 만족하고 기뻐했다. 많은 돈을 받아서 기뻤다기보다 자신의 가치가 올라간 것이 기뻤다. 연예계란 곳이 돈과 직결된 곳이다 보니 출연료가 올라가면 올라갈수록 배우의 가치가 올라가 결국에는 누가 가장 많은 출연료를 받았느냐가 배우의 인기와 가치를 증명해 주는 척도가 되다 보니, 역대 드라마 출연료를 갱신한 자신의 몸값이 자랑스러웠다.

물론 일주일의 사 일 동안 드라마를 찍고 그 나머지 날 동안 CF다, 잡지 화보 촬영이다, 방송 출연이다, 눈코 뜰 새 없이 바쁘긴 했지만 모처럼의 바쁜 일상이 즐겁기도 한 것은 사실이다.

드라마에 들어가고 태진에게 바빠서 자주 만나지 못하겠다는 말을 꺼낼 때, 그도 이해해 주었다. 너무 선선히 이해하는 것 같아서 남몰래 그의 주변을 살폈지만 다른 여자는 없었다. 새로운 게임 개발에 들어가느라 회사에서 지내는 날이 많았다.

그런데 갑자기 여자가 나타난 것이다. 어디서 나타났는지도 모르게 나타나 자신이 있어야 할 그의 옆 자리에 앉아 있었다.

더군다나 놀이공원에!

진희는 질투가 나 미칠 것만 같았다.

그와 공식적인 자리에 한 번도 같이 가본 적이 없었다. 뿐만 아니라 같이 영화를 보러 간다거나 거리를 걷는다거나 하여튼 남들이 연인 사이로 볼 만한 어떤 행동도 하려 하지 않았다. 남몰래 만나는 여자! 섹스를 위해 서로 만나는 사이! 그것이 태진과 진희 사이를 규정짓는 말이다.

그녀가 다가가면 한 발짝 물러나고, 둘 사이를 공식적인 연인 관계로 만들려고 하면 무섭도록 화냈던 태진이다. 그런 그가 놀이공원에 왔다. 여자와 함께! 인정하기 싫지만 자신이 아닌 다른 여자와 함께 놀이공원에 왔다.

눈꼬리가 파르르 떨렸다. 그가 다른 여자를 위해 조수석 문을 열어주던 장면만 머리 속에서 고장난 영사기처럼 반복되어 비추었다.

다른 사람들 눈에 그들이 어떻게 보였을까? 연인…… 으로 보였을까? 놀이공원에서 뭘 했을까? 손을 붙잡고 다정하게 걷고, 무서운 놀이기구를 타며 그의 가슴에 기대고…… 했을까? 관람차 안에서 부드러운 키스도…… 나눴을까?

진희는 그동안 영화와 드라마 안에서 보여졌던 연인들의 데이트 장면을 떠올리며 태진과 얼굴이 보이지 않았던 그 여자와의 데이트를 상상했다. 눈앞에 보이기라도 하는 것처럼 선명한 영상에 거칠게 좌우로 고개를 흔들었다.

아닐 것이다! 설마 그가 공식적으로 데이트를 했겠는가? 그것도 놀이공원에서. 뭔가 일과 관련된 인물일 것이다. 새로운 사업을 시작한다든지 그런 쪽으로 관련이 있는 사람일 것이다. 섣부른 오해로 일을 그르칠지도 모른다. 확인부터 하자. 우선 그 여자가 누군지 확인부터 하자. 분명히 그가 만나는 여자는 없었다. 자신의 일에 참견하는 것을 극도로 싫어하는 그를 자극할 필요는 없다. 행동에 나서는 것은 확인한 뒤에도 늦지 않는다. 아직 그에게 여자가 생겼다거나 헤어지자는 얘기를 들은 건 아니지 않는가.

진희는 애써 냉정을 찾으려고 노력했다. 부르르 화가 난 상태에서 감정적으로 대응하는 것은 일을 망칠 우려가 있는 만큼 마음을 가라앉히려고 노력했다.

진희의 아파트로 가는 내내 자동차 안에는 불편한 침묵이 맴돌았다.

태진은 아쉬운 하루를 접으며 집으로 돌아가기 위해 차를 운전하면서 남은 미련에 천천히 갔다. 빨리 지나쳤더라면 지나갔을 신호에 일부러 걸리며 혜승과의 시간을 조금이라도 더 늘려보려 애썼다.

"오늘 덕분에 정말 즐거웠어요."

신호등에 걸려 차가 잠시 멈춘 사이 혜승이 태진에게 감사의 표시를 했다.

"나도 즐거웠어. 사람들이 데이트한다면서 놀이공원에 간다고 하면 이해가 잘 안 갔는데, 막상 와보니 예상치 못한 즐거움이 많이 있네."

"왜 놀이공원에서 데이트하는 걸 이해를 못했어요?"

혜승은 의아한 생각이 들어 태진에게 반문했다. 연인들이 가는 대표적인 데이트 코스로 놀이공원이 자리를 잡은 것도 꽤 오래되지 않았던가.

"우선은 놀이공원 하면 가족적인 이미지가 강했고, 사람들이 많이 모인다는 것도 데이트에는 오히려 방해가 될 것 같았거든. 어깨 부딪쳐 가며 사람들 틈을 지나다니는 것도 내키지 않았고. 사실 내가 사람들 많은 장소는 별로 좋아하는 편이 아니라서 말이지."

"그건 이해가 되네요. 저도 사람들이 많이 지나다니는 장소는 어렵거든요."

혜승은 태진의 말에 공감했다. 그녀는 유행하고 있는 의상이나 소품에 대한 시장조사를 나가는 일이 종종 있는데, 그럴 땐 파김치가 되어 돌아오곤 했던 것이다. 몇 번을 다녀도 사람들이 많이 다니는 장소가 익숙해지지 않았다. 특히 가장 힘들어하는 곳은 이대 앞이었다. 여대 앞이라 유행에 민감한 곳이기 때문에 조사에서 빼놓을 수 없는 곳이 바로 이대 앞의 상점들이었다. 한데 좁은 골목들 사이로 빼곡히 들어차 있는 상점들 하며, 그 많은 사람들, 귀를 울리도록 큰 음악 소리, 이리저리 부딪치며 사람들 틈을 빠져나가야 하는 것 등은 유난히 혜승을 지치게 만들었다.

놀이공원 안에도 사람들이 많았으며, 사람들의 비명 소리를 더한 음악 소리가 시끄러웠다. 하지만 어쩐 일인지 오늘은 그런 감정을 느끼지 못했다. 별로 지친 것 같지도 않았다. 혼자가 아니라서 그런 건가?

혜승은 문득 그런 생각이 들었다. 태진의 옆모습을 보며 이 사람과 함께여서 감정적으로 힘들지 않았던 것이 아닐까 하는 생각을 했다.

그때 음악을 틀어놓지 않아서 조용한 차 안에 갑자기 전화벨 소리가 울리기 시작했다. 태진의 얼굴을 훔쳐보던 혜승은 벨소리에 화들짝 놀라서 휴대전화로 시선을 돌렸다. 그래서 혜승은 액정화면에 뜬 발신자의 이름을 확인하는 순간, 딱딱하게 굳은 태진의 얼굴을 보지 못했다.

태진은 전화기로 손을 뻗치더니 전화기의 배터리를 빼버렸다.

"무슨 전환데 그래요?"

발신자를 확인하는 태진의 얼굴도 심상치 않았지만, 전화를 받지도 않고 무턱대고 배터리를 빼버리는 행동에 혜승은 깜짝 놀랐다. 늘 예의 바르고 친절한 사람으로 생각하고 있었는데, 태진의 뜻밖의 행동에 문득 전화를 한 사람에 대한 궁금증이 생겨났다.

"아무것도 아니야."

태진은 그렇게 대답했지만 혜승은 뭔가 걸렸다. 왠지 자신에게 좋지 못한 전화인 것처럼 느껴졌다.

"정말 아무것도 아니야. 꼭 받아야 할 중요한 전화도 아니고, 방해받기도 싫고 해서 받지 않은 것뿐이야."

불안한 눈으로 자신을 바라보는 혜승을 안심시키려 거짓말을 했다. 하지만 완전한 거짓말도 아니었다. 진희는 그에게 중요한 사람이 아니었고, 따라서 그녀가 건 전화를 꼭 받아야 하는 것도 아니었다.

사실 그는 방금 전 진희가 전화를 하기 전까지 그녀의 존재를 잊어버리고 있었다. 진희가 드라마에 출연을 하면서 바빠지고, 그도 혜승에게 온 신경을 집중하느라 서로 만날 시간이 없었다. 그러다 보니 자연히 잊혀졌다.

전화가 울리고 발신자에 진희의 이름이 뜨자 태진은 마치 유령과 마주 대하는 기분이었다. 장막처럼 드리운 어두운 그림자 같은 유령! 이미 죽은 사람이 그의 앞에 다시 걸어나온 것처럼 진희의 이름이 뜬 전화는 그에게 당혹스러웠다. 혜승과의 첫 데이트를 즐겁게 보내고 아쉬운 마음으로 돌아오는 길에 생각지 못한 장애물이 나타난 것이다.

태진은 바보같이 까맣게 잊어버리고 정리도 제대로 하지 못한 자신을 탓했다. 애초에 어느 한 사람이 그만두고 싶어하면 헤어지기로 한 관계긴 하지만 깔끔한 정리를 위해선 한번 만나봐야 할 것 같았다.

즐거운 기분이 한꺼번에 가라앉으며 차 안에 묘한 공기가 흐르자 태진은 혜승의 안색을 살폈다. 별거 아니라는 자신의 말을 믿는 것 같지는 않았지만, 더 이상의 질문은 하지 않았다. 태진은 한편으로는 안심이 되면서도 한편으로는 그녀가 자신에게 관심이 없는 것 같아서 서운하기도 했다.

혜승은 자신의 안색을 살피는 태진의 눈길을 모른 척하고 태연하려 노력했다. 부모님의 죽은 이후부터 지금까지 그녀는 전화벨이 울리면 가슴이 두근거리곤 했다. 뭔가 불길한 소식일 것만 같아서 되도록이면 전화를 받지 않으려고 했고, 집으로 걸려오는 전화는 대부분 충주댁 아주머니가 받았다.

예전에 엄마가 한밤중이나 새벽에 전화벨이 울리면 불안하다고 말씀하신 적이 있다. 뭐가 불안하시냐는 그녀의 질문에 엄마는 한밤중이나 새벽에 예의가 아닌 줄 알면서도 거는 전화는 대부분 급한 일이고, 나쁜 소식일 경우가 많다고 하셨다. 좋은 소식이면 굳이 결례를 범하면서까지 그런 시간에 전화를 할 리가 없다고, 열이면 아홉은 안 좋은 소식이라 하셨다.

그때는 설혹 안 좋은 소식일지라도 불안하기까지 할 건 뭐냐고 말씀드렸었는데, 이제는 엄마가 하신 말씀이 이해가 갔다. 그녀 자신도 모르게 문득문득 전화벨 소리에 놀라고 불안해하기 때문이다.

조용한 차 안에 전화벨이 울리자 그녀의 가슴은 두근거리기 시작했고, 태진이 전화를 받지 않자 불안감은 더 커졌다. 부모님이 돌아가셨다는 전화를 받을 때처럼…… 불길한 냄새가 났다.

그 전화 뒤로 뭔가 생각에 빠져 있는 듯한 그의 모습에 혜승은 새삼 낯설음을 느꼈다. 그리고 그런 자신에게 소스라치게 놀랐다.

새삼 낯설음을 느꼈다니 무엇을? 그는 낯선 사람이 아니던가? 낯선 사람한테 낯설음을 느낀 것이 뭐가 놀랄 일이란 말인가? 아니면 이미 그는 낯선 사람이…… 아니었던가?

어쩌다 한 번씩 그가 자신의 집에 있는 것을, 그리고 느끼지 못하는 사이 그가 자신의 일에 대해 충고를 할 때마다 익숙하게 받아들이는 자신을 보면서 그녀는 그를 믿고 싶어하는 자신을 발견하곤 했다.

나면서부터 알아왔던, 믿어왔던 사람들의 등을 보면서 믿음이란 것이 얼마나 하찮은 것인가를 몸소 체험하지 않았던가? 돈 앞에서 변하는 사람들 모습을 보면서 서러워 눈물 흘리지 않았던가?

그런데 어느새 그가 자신의 생활 속으로 들어와 가족도 아닌, 낯선 타인도 아닌 그 중간에 서서히 자리 잡기 시작했다. 그녀의 공간에 들어와 자신의 모습을 곳곳에 묻혀두고, 그녀로 하여금 그 잔상을 볼 수밖에 없게 만들었다.

물방울이 느껴지지 않아 우산을 접으면 어느새 온몸이 축축하게 젖어드는 보슬비처럼, 그는 느끼지 못하는 사이 천천히 그녀를 적시고 있었던 것이다.

혜승은 계속해서 자신의 안색을 살피는 태진의 집요한 시선에 그를 마주 보고는 입가의 근육을 움직여 미소 비슷한 것을 만들었다. 마음에서 우러나오는 미소가 아니라 얼굴 근육이 땅겼다.

혜승의 눈치를 살피던 태진은 그녀가 미소를 짓자 비로소 긴장하고 있던 얼굴 근육을 폈다. 다행히도 그녀는 그의 말을 믿은 듯했다. 놀이공원에서처럼 즐겁고 환하게 웃은 건 아니었건만 태진은 알아차리지 못했다. 그저 그녀가 웃었고, 그것이 자신의 말을 별다른 의심 없이 받아들인다는 뜻으로 해석했다.

사실 그의 행동은 지나친 감이 있었다. 직원이나 친구에게 걸려온 전화처럼 평범하게 받을 수도 있었고, 자연스럽게 전원을 끌 수도 있었는데, 순간적으로 너무 놀라 그만 과격한 행동을 해버리고만 것이다.

몇 년이 지나도, 평생이 흘러도 거짓말은 결코 익숙해질 것 같지 않다. 모범생으로 살아야 한다고, 고모에게 걱정을 끼치지 않는 착한 학생으로 자라야 한다고 스스로 다짐하며 큰 어린 시절의 영향인지 거짓말은 그를 불편하게 했다. 때때로 필요에 따라서 사실을 숨기거나 하기는 했지만 사실이 아닌 걸 사실이라 말하는 것은 할 수가 없었다.

그래서 그는 진희의 전화를 자연스럽게 받을 수가 없었다. 비겁하지만 피할 수밖에 없었다. 혜승에게 한 말은 절반의 진실일 뿐이었다. 거짓을 섞은 절반의 진실을 입 밖에 내고, 그조차 불편해 그녀의 눈치를 살폈다.

난생처음으로 자신이 좀 더 능숙한 거짓말쟁이였다면 하고 바랐다. 거짓말을 해서라도 숨기고 싶었다. 진희의 존재를 그녀에게 알리고 싶지 않았다.

대외적으로 자신과 진희의 관계가 알려진 바가 없으니 서로만 입 다물면 그만이다. 태진은 그렇게 생각했다. 숨기려고 하면 숨길 수도 있다고. 간신히 가까워진 혜승과의 사이에 걸림돌을 만들고 싶지 않았다.

그녀가 아직 자신을 사랑하는 것도 아니요, 아직 약혼이나 결혼을 한 것도 아니었다. 그런데 여자가 있다는 걸 알아봐라. 어떤 일이 일어날지 뻔했다. 그녀의 문중 사람들이 한 행동으로 가슴 깊이 상처를 입은 그녀가 아닌가. 여자가 있다는 걸 알면 영원히 자신을 불신할지도 모른다. 그리고 어쩌면 다른 여자의 남자를 빼앗으려 했다는 자괴감에 시달릴지도 모른다.

진희와 그의 관계가 단지 성적인 관계라는 것을 그녀에게 어떻게 설명한단 말인가. 설명할 수도, 이해받을 수도 없을 것 같았다.

갑자기 자신의 행동이 부끄러워졌다. 돈을 주고 여자를 산 것도 아니고 진희를 일방적으로 이용한 것도 아닌 단순히 서로 즐긴 것뿐이지만, 그런 말을 혜승에게 할 수는 없었다. 자신의 행동을 자신있게 입 밖으로 내지 못한다면 부끄러운 행동이지, 달리 부끄러운 행동이 무엇이 부끄러운 행동이겠는가.

태진은 가슴이 돌덩이를 하나 얹어놓은 것처럼 무거웠다. 이미 돌이킬 수 없는 과거 속 행동이기에 더 후회스러웠다. 할 수만 있다면 땅 속에 쓸어 넣고 묻어버리고 싶었다.

태진은 숨기는 것은 속이는 것이 아니라며 스스로를 세뇌시켰다. 진희의 존재를 혜승에게 숨기는 것이 그녀를 기만하거나 속이려는 의도는 아니라고, 그녀를 위해서라고 자신의 행동에 정당성을 부여하려 했다. 그러나 가슴 한 귀퉁이에서 스멀스멀 올라오는 죄책감마저 아니라고 자신을 속일 수는 없었다.

태진은 진희의 일을 혜승 몰래 어떻게 처리해야 하는가를 생각하느라, 혜승은 태진의 전화와 태진에 대한 자신의 감정에 대해 생각하느라 집으로 돌아오는 자동차 안은 적막할 정도로 조용했다.

7

태진은 진희와 만나곤 하던 레스토랑에서 그녀가 오기를 기다
리고 있었다.

쉽게 잠을 이루지 못해 지난밤을 꼬박 새우다시피 했다. 아침을
들면서도 도둑이 제 발 저린다고 괜한 죄책감에 혜승의 얼굴을 똑바
로 바라보지 못했다. 밥이 코로 들어가는지 입으로 들어가는지도 모
른 채 서둘러 식사를 마쳤다. 의아해하는 고모의 시선을 피하고, 우
물우물 볼일이 있다고 말씀드리고는 방으로 돌아와 진희에게 전화
를 걸었다.

벨이 두어 번 울리고 진희가 잠이 덜 깬 졸린 듯한 목소리도 아닌
또렷한 목소리로 전화를 받자 내심 놀랐다. 평소에 연예인의 특성상
오전 시간을 모두 이른 아침이라 말하던 그녀가 아침 여덟 시가 되기
전에 일어나 있었다니……. 할 얘기가 있으니 만나자며 약속을 정하

는데 잠시 침묵을 지키던 진희의 목소리가 어딘지 모르게 묘했다. 찬 바람이 한줄기 획 지나가는 것처럼 서늘했다.

태진은 전화를 끊고 나서야 그동안 자신이 진희에게 먼저 연락한 것이 손에 꼽을 정도로 적었다는 걸 알았다. 전화번호 단축키 리스트 거의 끝부분에 있는 이름. 진희는 태진에게 딱 그만큼의 위치였던 것이다.

태진은 집 안에 있는 것이 가시방석 위에 앉아 있는 것만 같아서 진희와의 약속 시간이 한참 남았음에도 서둘러 집을 나왔다. 회사로 가서 필요한 서류를 챙기고도 시간이 남아 무작정 차를 몰고 다니며 생각을 정리하려 애썼다.

혜승이 알지 못하는 깨끗한 이별. 결론은 이미 났다. 그러나 복잡한 마음은, 빈틈을 파고들어 오는 불안함은 태진의 자신감을 좀먹고 있었다.

또각또각.

하이힐 소리가 닫힌 문을 비집고 들어왔다. 태진은 본능적으로 그 발소리의 주인공이 진희라는 걸 확신했다. 점점 커지던 구두 소리가 멈춤과 동시에 문이 소리없이 조용히 열렸다.

머리부터 발끝까지 완벽한 치장을 한 진희가 방까지 안내를 해준 직원을 향해 브라운관을 통해 보였던 눈부신 미소를 지어 보이고는 방 안으로 들어섰다. 그 미소에 잠시 넋이 나갔던 직원은 진희가 태진의 맞은편 자리에 앉자 비로소 정신을 차리고 문을 닫았다.

"태진 씨, 안녕? 오랜만이야."

자리에 앉으며 진희가 미소와 함께 인사를 건넸다.

"바쁜데 불러내서 미안하군."

태진은 어색함에 물 잔을 입으로 가져갔다. 근 일 년가량을 만나던 여잔데 굉장히 낯설었다. 영화나 TV에서 보던 배우들을 길가에서 마주치면 익숙함과 동시에 낯설음을 느끼듯이, 태진에게 진희는 이미 낯선 타인이었다.

"호호, 아무리 바빠도 태진 씨 만날 시간은 있어요. 그동안 너무 보고 싶었던 거 있죠? 무슨 드라마 계약이 노예 계약도 아니고……. 그동안 본의 아니게 태진 씨한테 소홀해서 미안해요. 좀 있으면 드라마 끝나니까 우리 어디 조용한 데로 여행이라도 다녀와요."

말투도 애교스럽고, 입가에 미소도 방실방실 띠며 얘기하고 있었지만 태진의 얼굴을 살피는 진희의 눈만은 날카로웠다.

여자의 육감이란 참 무서운 것이다.

진희는 놀이공원에서 태진을 본 후에도, 그리고 그가 자신이 건 전화를 받지 않은 후에도, 그와 함께 있던 여자는 별거 아닐 거라고 자신을 속였다. 그러나 아침에 할 얘기가 있다는 그의 전화를 받는 순간 그 할 얘기라는 것이 놀이공원에서 본 그녀에 대한 얘기라는 것을 확신했다. 말로 설명할 수 없는 예감 같은 것이었다.

끓어오르는 질투에 한숨도 못 자고, 아침 촬영을 위해 준비를 하던 차에 그의 전화를 받았다. 벨이 울리는 순간부터 그의 전화라는 것을 알았다. 만나자는 그의 연락에 매니저를 닦달해 감독에게 아프다는 전화를 하게 해 아침 촬영을 취소시켰다.

평소 쌓아온 이미지라는 건 그래서 중요한 거다. 촬영에 불참하는 여배우에게 감독은 친히 전화를 걸어 빡빡한 촬영 스케줄에 대해 사과를 했다. 힘없는 목소리로 마음에도 없는 죄송하다는 사과를 하고, 촬영을 위해 한 화장을 전부 지웠다.

긴 시간 목욕을 하고 정성스레 피부 손질을 했다. 예쁘게 보여야 했다. 떠나려 하는 마음을 붙잡으려면 놓치기 아깝다는 생각이 들 만큼 예뻐야 했다.

피부 손질을 마치고 꼼꼼히 화장을 했다. 화장품으로 완벽히 얼굴을 감추는 화장이 아니라 투명하고 싱그러운 화장을 했다. 눈 화장도 하지 않고, 아이라이너와 마스카라만 칠했다. 입술 역시 윤곽을 그리지 않고 립글로스만 발랐다.

거울 속에 있는 여자는 아름다웠다. 충분히 관리된 피부는 이십 대 초반의 피부처럼 윤기가 흐르고 탱탱했고, 화장은 제2의 피부마냥 자연스러웠다. 마음속에 부는 태풍과 상관없이 진희의 겉모습은 편안하고 아름다워 보였다.

운전을 하며 약속 장소로 오는 내내, 그리고 태진이 기다리고 있는 방으로 들어오는 내내도 그녀는 아름답고 편안해 보였다. 마치 투구꽃처럼…….

진 보라색 남바위를 쓴 귀부인처럼 기품이 흐르고 아름다운 투구꽃은 지상에서 가장 완벽한 독성을 가진 꽃으로 알려져 있다. 한자로는 부자(附子)라고도 하는 이 꽃은 옛날 왕이 죄인에게 내리는 사약으로 꽃을 달인 물로 썼을 만큼 독성이 강하다. 그러나 꽃의 겉모양은 그렇게 강한 독성이 있으리라곤 상상이 가지 않을 만큼 아름답다.

지금 진희의 겉모습은 투구꽃의 겉모습처럼 아름답고, 두 눈은 투구꽃이 은연중에 풍기는 분위기처럼 싸늘했다.

"식사부터 하지."

태진은 여행을 다녀오자는 진희의 질문에 대한 대답을 회피하고 메뉴판을 폈다.

진희는 잠시 메뉴판을 바라보는 태진을 쏘아봤다. 이리저리 메뉴판을 뒤지던 태진이 고개를 들어 진희를 바라보자 진희는 황급히 고개를 숙이고 메뉴판을 바라보는 척했다.

어느새 웨이터가 들어와 주문을 받으려 두 사람의 옆에 섰다.

"코스 A로 주세요."

진희가 먼저 주문을 했다.

"같은 걸로."

진희의 주문이 끝나고 태진도 같은 걸로 시켰다. 칠레 와인 행사 중이라며 웨이터가 권하는 와인을 거절하는 것으로 주문을 마쳤다.

"우리 여기 온 지도 꽤 됐죠? 여기도 오랜만에 오니까 새롭네."

"그렇군."

뭐가 즐거운지 생글생글 웃는 진희 때문에 태진의 마음은 점점 더 불편해졌다. 그리 눈치없는 여자가 아닌데, 자신의 얼굴색 하나 읽지 못하고 둔감하게 구는 진희의 이상한 상태를 자신만의 생각에 빠진 태진은 미처 알아차리지 못했다. 서로 다른 생각을 하며, 서로의 눈치만 살피는 두 사람이었다.

식사가 끝나고 진희의 앞에 커피 잔이, 태진의 앞에 홍차 잔이 놓였다.

진희는 태진의 앞에 놓인 홍차 잔을 물끄러미 바라봤다. 진희가 태진의 식습관 중 가장 먼저 안 것이 있다면 그것은 태진이 하루에 일곱 잔 이상 커피를 마시는 커피 중독자라는 것이다. 그 당시 늦게까지 일하는 습관이 그를 커피 중독자로 만들지 않았나 하는 추측을 했었다.

무슨 차를 마시겠냐는 웨이터의 질문에 녹차를 찾고, 녹차가 없다고 하자 홍차를 시킨 태진을 보면서 진희는 확신했다. 그의 식습관을 변화시킬 만한 여자가 있다고 말이다.

"이거 읽어봐."

태진은 진희 앞에 서류 봉투를 한 장 내밀었다.

"뭐죠?"

봉투를 받아 든 진희는 안에 있는 서류를 꺼내 읽었다. 서류는 영화 출연 계약서였다. 삼 년 안에 그가 제작하는 영화 한 편에 출현하겠다는 영화 계약서였다. 그것도 아주 거액의 출연료에 러닝 개런티까지 있는 파격적인 조건의 계약서였다.

진희는 계약서를 손에 쥔 채 태진의 얼굴을 바라봤다. 손에 들고 있던 차를 한 모금 마시고 잔을 천천히 내려놓은 태진이 진희의 시선을 똑바로 받았다.

"보다시피 출연 계약서야."

"누가 그걸 몰라서 물어요?"

진희의 목소리가 아주 약간 높아졌다.

"그걸 끝으로…… 제작자와 배우 사이로 돌아가도록 하지."

태진의 선언이었다.

진희는 계약서를 쥔 손이 부들부들 떨리는 걸 느꼈다. 서둘러 손을 테이블 밑으로 감췄다. 불길한 예감은 불행히도 아주 잘 들어맞는다.

"그건…… 우리 관계를 끝내자는 말인가요?"

간신히 쥐어짠 목소리는 받은 충격과는 달리 비교적 평탄했다.

"그래."

짧막한 대답이었다. 이유의 설명도, 자신의 행동에 대한 변명도,

아무것도 없는, 군더더기 하나 없는 대답이었다.

"이건…… 말하자면 이별의 선물 같은 거고요?"

테이블 밑에서 꺼낸 서류를 흔들며 진희는 태진의 대답을 요구했다.

"편할 대로 생각해."

여전히 아무런 설명도 없는 태진의 대답에 진희는 분노가 치밀어 올랐다.

"우리가…… 우리가 아무리, 아무 관계가 아니었다 해도…… 적어도 이유 정도는 설명해 줘야 하는 거 아니에요?"

진희는 자신이 입으로 그들 사이가 아무 관계가 아니라 말할 때, 참지 못할 분노로 잇몸을 세게 물어서 입 안에서 비릿한 피 맛이 느껴졌다.

"……"

"내가 싫증났나요? 그렇게 쉽게 싫증내는 사람이었던가요?"

대답을 듣기 위해 진희는 끈질기게 물었다. 대답을 듣기 전까지는 결코 포기하지 않을 것이다. 그것이 자신을 더욱 비참하게 만드는 일일지라도…….

"누구든 한 사람이라도 관계를 끝내고 싶어지면 순순히 헤어지기로 한 거 아니었던가?"

"내가 지금 당신에게 매달리고 있나요? 못 헤어지겠다고 강짜라도 놓고 있나요? 말했잖아요, 이유를 알고 싶다고……. 싫어졌으면 싫어졌다고, 이유라도 솔직히 말해 줘야 하는 게 예의 아니에요? 다른…… 여자가 있나요?"

결국 진희는 어렴풋이 짐작하고 있던 일을 사실로 만들기 위한 질문을 하고야 말았다.

"그래, 결혼할 여자가 있어."

이번에는 피하지 않고 진희의 질문에 대답을 했다. 그녀의 말대로 어떤 관계였든 간에 관계를 끝내는 시점에 이유를 말해 주는 게 예의라는 생각이 들어서였다.

"결, 혼…… 할, 여자요?"

이번만큼은 아무리 노력해도 충격을 감출 수가 없었다.

절대로 꺼내지 않을 것 같은 말, 그토록 원했고, 듣기 위해 교묘한 술수까지 마다하지 않았건만 결코 들을 수 없었던 결혼이라는 말! 그에게 여자가 있다는 걸 확인하는 것만 해도 충격인데, 거기다 결혼이라는 말을 들은 것만도 믿기지 않는데, 그 상대가 다른 여자란다.

진희는 남자에게 차이는 것이 이렇게 비참하리라곤 미처 생각지 못했다. 볼품없는 여자가 되어 시궁창에 처박힌 느낌이었다.

"하, 하! 당신이 결혼을…… 해요?"

진희는 오랜 시간 달리기를 한 것마냥 가쁜 숨을 내쉬었다.

"……."

그런 진희를 바라보며 태진은 침묵을 지킬 뿐이었다.

"그렇게 대단한 여자예요? 당신이 결혼을 말할 만큼 그렇게 대단한 여자냐고요?"

가슴에 품고 있던 독기가 서서히 겉으로 피어올랐다.

"평범하고, 대단하지."

"그게 무슨 말도 안 되는 소리예요? 평범하고 대단하다니? 평범한 게 어떻게 대단할 수 있다는 거죠?"

"모르는군. 평범하다는 거야말로 대단한 거야."

"내가, 내가 연예인이라 그래요?"

진희는 태진의 말을 잘못 이해했다. 그가 말한 평범이라는 말을 자신이 연예인이라서 결혼 상대로 부족하다는 뜻으로 받아들인 것이다.

"이해를 못하는군. 그녀랑 결혼할 생각을 한 거야. 중요한 건 그거지. 당신이 연예인이라는 건 여기서 하등 상관이 없어."

"어떤 여자……."

"질척거릴 건가?"

진희의 질문은 태진의 말에 막혀 버렸다.

"이유를 알려달라고 해서 알려줬어. 그럼 된 거 아냐? 내가 당신에게 그녀와 당신의 차이점이라도 하나하나 읊어줘야 하나?"

태진은 차갑게 진희의 질문을 막으며 혜승에 대한 조그만 정보도 흘리지 않으려 했다. 혹시 모르는 일이다. 욕심이 많은 여자니 죽자고 막으려 들면, 혜승을 만나 쓸데없는 말이라도 늘어놓으며 방해를 하려 들지도 모르는 일이다.

"……아니요."

여전히 느껴지는 입 안의 비릿함만이 진희가 느끼는 유일한 감각이었다.

"계약서에 사인을 하든 그렇지 않든 그건 당신 마음이야. 설혹 사인을 하지 않더라도 우리 관계는 끝이야."

태진은 다시 한 번 못박았다.

"이런 좋은 조건을 놓치면 바보죠. 난 바보는 아니거든요. 그리고 당신이 하는 말…… 무슨 말인지 알아들었어요."

진희는 그녀의 연기 인생에 가장 빛날 만한 연기를 했다. 감각을 뒤흔들 만한 충격을 감추고, 태연한 척, 아무 미련이 없는 척, 가진 힘을 모두 쓸어모아 연기를 했다.

진희의 말을 들은 태진은 안심하는 듯 보였다.

"그럼 난 먼저 가지."

태진이 일어서며 말했다.

"전 차나 마저 마시고 가죠."

진희는 일어서는 태진을 향해 시선을 고정시킨 채 말했다. 그가 방을 나서는 순간에도 그녀의 시선은 그의 등에 고정되어 있었다. 문이 닫히고 그의 등이 사라졌다.

"그렇게 안심하지 마, 강태진! 난 무슨 말인지 알아들었다고 했지, 이해하겠다고 하진 않았으니까. 날 이렇게까지 비참하게 만든 사람은 아무도 없었어! 당신, 날 잘못 건드린 거야. 내가 비참한데 당신만 행복할 순 없잖아? 안 그래? 인생이란 공평해야 하는 거잖아. 내가 당신을 잃었다면, 당신도 그 여자를 잃어야 해!"

그가 사라진 문을 노려보며 온몸 가득 독기를 피어올리는 진희의 무시무시했다. 섬뜩하고 소름 끼쳤다. 그러나 불행히도 먼저 방을 나간 태진은 그 사실을 알지 못했다.

아쉽게도 휴가가 끝났다.

휘트니스 클럽에서 운동으로 아침을 시작한 태진은 간단한 아침을 들고 사무실로 향했다. 이직은 이른 시간임에도 불구하고 사무실이 밀집한 지역이라 출퇴근 인파로 도로가 분주했다.

그의 회사는 강남에 있는 이십오층 규모의 사무 빌딩에 십오층에서 십칠층까지를 세를 얻어 쓰고 있었다. 태진은 지하 삼층 주차장에 있는 자신의 지정된 주차 구획에 차를 주차시키고 그의 사무실이 위치한 십칠층으로 향했다. 회사 직원 백오십 명 절반이 개발직 직원인 관계로 그의 회사 십오층에서 십칠층 사이는 오전 시간엔 조용했다. 특히 태진의 개인 사무실이 있는 십칠층은 고요하기까지 했다.

구두 소리마저 흡수해 주는 바닥에 깔린 카펫 위를 걸어 사장실에 달린 비서실 문을 열었다. 아직 이른 시간이라 비서실 역시 텅 비어 있었다. 태진은 보안을 해제시키고 자신의 사무실로 들어갔다. 업무 시간 동안 자동으로 돌아가는 에어컨디셔너와 공기 청정기 덕분에 사무실 안은 쾌적했다.

컴퓨터를 켜고 전자결제 시스템을 통해 올라온 서류 목록을 살펴봤다. 일상적인 사안만 올라와 있을 뿐 급한 서류는 없었다. 사무실 한쪽에 마련해 둔 작은 주방으로 가서 커피를 내려 가지고 책상으로 와 올라온 서류들을 살피기 시작했다.

서류들을 거의 다 살펴봤을 무렵, 노크 소리가 들렸다. 들어오라는 소리를 하자마자 비서실에 근무하는 인영이 들어왔다.

태진은 여직원을 부를 때 미스 뒤에 성만 달랑 부르는 것을 싫어했다. 직급이 있을 때는 성 뒤에 직급을 붙여 부르지만 평사원일 경우 그냥 이름을 부르고 그 뒤에 씨 자를 붙였다.

"사장님, 벌써 출근하셨네요. 휴가 잘 보내셨어요?"

인영이 사장실로 들어서며 인사를 건넸다.

"오랜만이네. 인영 씨도 어디 다녀온 모양인데?"

"귀신이신데요. 자리 펴고 앉으셔도 되겠어요."

워낙 직원들 사이에 허물없이 지내는 태진이라 평소에도 가벼운 농담을 주고받곤 했다.

"피부가 보기 좋게 그을린 거 보고 알았지."

"실장님이 사장님 휴가 가신 동안 저도 휴가 갔다 오는 것이 좋겠다고 그러셔서 덕분에 저도 입사 이 년 만에 첫 휴가를 갔죠. 그나저나 열심히 미백제품 발랐는데 아직은 얼룩덜룩한 게 효과가 없나 보네요. TV에서 광고한 것처럼 딱 이 주일만 발라보고 눈부신 피부가 안 되면 그 화장품 회사 홈페이지 고객의 소리란에다 사기치지 말라고 매일같이 글 올리려고요."

인영이 장난스럽게 한쪽 눈을 찡긋했다.

"하하하, 인영 씨 무서워서 광고주들이 벌벌 떨겠는데."

태진은 인영의 농담인지 진담인지 모를 장난스러운 말투에 웃음을 터뜨렸다.

"웃으시지 마세요. 농담만은 아니라고요. 화장품 회사들이 얼마나 과장 광고들을 해대는데요. 그 광고에 혹해서 푸는 돈만 해도 한 달에 얼만데 그러세요? 제가 성형수술을 무서워해서 그렇지 안 그렇다면 화장품에 들인 돈으로 벌써 성형미인 됐을걸요?"

인영은 짐짓 진지한 말투로 말했다. 하지만 속을 태진이 아니었다.

인영을 소개한 사람은 태진의 고등학교 선배였는데, 면접에 나타난 인영은 적어도 삼 일은 안 감은 것 같은 짧은 커트머리에 면 반바지에 목이 늘어진 라운드 티 차림으로 나타났다. 아무리 개방적인 분위기를 존중하는 태진이라도 깜짝 놀랄 수밖에 없었다.

처음엔 소개시켜 준 선배만 믿고 그런 차림으로 나타난 것이 아닌가 하여 불쾌했으나 옷차림을 제외하고는 면접에 임하는 태도가 당당했고 질문에 대한 대답도 확신에 차고 자기 주장이 있었다. 나중에서야 선배에게 그 즈음 인영이 사귀던 남자와 헤어진 것을 알았고, 그 때문에 의욕상실 상태라 그런 차림인 것을 알았다. 태진의 마음에 들었던 확실하고 자기 주장 있던 대답은 자포자기에서 나오는 뻔뻔함이었던 것이다. 하나 태진의 선택에 후회가 없을 만큼 일처리는 확실했다. 그 특유의 뻔뻔함으로 곤란한 부탁이나 청탁을 거절하는 데 탁월한 재능을 보이며 태진의 신임을 쌓아갔다.

입사한 후로도 한동안 생기가 없던 인영이 활기를 찾게 된 원인은 엉뚱하게도 비서실의 하 실장과의 반목 때문이었다. 사업의 규모가 점점 커지면서 자신의 일을 관리하는 비서실을 두었지만 회사 전반에 관한 사항을 파악하고 정리해 태진에게 보고하기엔 인영만으로는 좀 부족했다. 그래서 헤드헌팅 업체를 통해 유능한 인재를 찾았고 스카우트한 사람이 하 실장이었다. 하 실장은 상당히 보수적인 면이 있는 사람으로 인영의 옷차림과 머리 모양을 빌미로 두 사람은 어지간히도 싸웠다. 비서실은 회사의 얼굴이라는 하 실장에게 성차별이라고 맞서는 인영은 한 치의 양보도 없었다. 비록 그 시작이 분노이긴 했지만 하 실장과의 싸움으로 인영은 서서히 기력을 되찾았고 의욕상실에서 벗어났다.

아이러니하게도 여자는 꽃이 아니라던 인영이 화장을 시작한 것은 그렇게도 싸우던 하 실장과 사귀기 시작하면서부터였다. 그렇게 싸우던 사람들이 언제 눈 맞았냐는 태진의 질문에 두 사람은 한목소리로 미운정이라고 말했다.

그 후로 인영이 화장을 하고 있긴 하지만 사실 화장을 하는 것을 싫어하는 걸 알고 있는 태진은 인영의 뻔뻔함에 고개를 설레설레 흔들었다. 모르긴 몰라도 인영이 평생 쓰는 화장품 값을 모아도 성형수술은 힘들 것이다. 어쩌면 간단한 수술은 가능할지도 모르지…….

"나원참, 거짓말도 그럴듯하게 해야지. 모든 여자들이 인영 씨처럼 화장품을 안 쓴다면 화장품 회사들 절반은 도산할걸?"

"호호호, 그럼 그 말씀은 제가 화장품에 돈 안 들여도 될 만큼 미인이라는 말씀이신가요?"

태진의 말에 조금도 무안한 기색 없이 바로 맞받아치는 인영이었다.

"졌다, 졌어! 패배를 시인하지."

태진은 두 손을 치켜들고 어깨를 으쓱했다.

"우리 회사에서 제 말발을 따라올 사람은 없어요. 사장님 정도야 가뿐하죠."

인영은 태진의 패배시인에 환하게 웃었다.

"인영 씨."

"네?"

"가끔 처음 봤을 때의 인영 씨가 그리울 때가 있어."

태진은 가벼운 한숨을 쉬며 말했다. 그러나 그건 어디까지나 말일 뿐, 힘없고 의욕없던 그때의 인영보다 지금의 그녀가 더 낫다는 것을 태진도 알고 있었다.

"어쩌죠, 전 그때의 인영이 아닌데?"

태진은 당황스러웠다. 무심코 한 자신의 실수를 깨달은 것이다. 어쩔 줄 몰라 하며 인영의 눈치를 보던 태진은 그녀의 미소가 밝아서 안도를 했다. 그러고 보니 목소리도 밝았던 것 같다. 이제 완전히 그때의 상처에서 벗어났나 보다.

"물론 지금의 인영 씨가 더 멋있지."

"호호, 저도 알고 있답니다."

인영은 넉살 좋게 대답한 뒤 사무실을 나갔다. 인영이 나간 후 태진은 자리를 비운 사이 진행된 프로젝트들을 파악하기 시작했다. 오후에 정기 회의가 있기 때문이다.

월요일 오후 정기 회의는 개발실과 연구실, 그리고 그래픽팀이 함께 모여서 게임의 진행 상황과 문제점들을 논의하기 위한 것이다. 게임이라는 것이 각 파트 별로 따로 진행할 수만은 없는 유기적인 일이기 때문에 전체적인 진행 사항을 체크해 줄 필요가 있었다. 이를 위해 매 주 회의를 하고 거기서 결정난 방향으로 일을 진행시키곤 했다.

여름의 휴가 시즌이 되면 특히 일의 능률이 오르지 않기 마련이다. 사무실에 한두 자리씩 빈자리가 생기다 보면 남아 있는 사람들도 의욕이 떨어지기 때문이다. 여름 휴가 시즌 동안 얼마나 페이스를 떨어뜨리지 않느냐가 3/4분기 전체의 작업 능률과 밀접한 관련이 있다 해도 과언이 아니었다. 이번 회의에서는 그 방안도 의논될 예정이었다.

태진은 어느새 진지한 태도로 서류에 집중하기 시작했다. 그런 태진의 태도에서는 휴가라는 공백도, 지난밤의 외로움도 없었다. 놀라운 집중력, 그것은 태진이 가진 수많은 장점 가운데서도 가장 빛나는 장점이었다.

든 자리는 몰라도 난 자리는 안다고 했던가.

옆 자리로 자꾸만 시선이 갔다. 집 안이 유난히 적막하게 느껴졌다. 밥 그릇 하나와 국 그릇 하나, 수저 한 벌이 있어야 할 자리가 휑하니 비어 있었다. 여자들 틈에 앉아 있던 건장한 남자의 윤곽이 자꾸만 눈에 그려졌다. 어딘지 어색했던, 그러나 차차 익숙해졌던 그 모습이 눈앞에 어른거렸다.

"어디 아픈 게냐?"

밥상을 받고 멍하니 앉아 앞만 쳐다보는 혜승을 향해 선영이 물었다.

"네? 아, 아니요. 괜찮아요. 여름이라 입맛이 좀 없나 봐요. 고모님, 어서 수저 드세요."

혜승은 황급히 여름 핑계를 대며 둘러대고는 열이 오르는 것만 같은 얼굴을 숙였다.

그런 혜승의 모습을 보며 선영은 속으로 흐뭇했다. 혜승의 시선이 닿았던 곳은 분명 자신의 옆 자리, 식사 때마다 태진이 앉았던 자리다. 그 자리가 신경이 쓰인다는 것은 곧 태진에게 신경이 쓰인다는 말과도 같았다. 후닥닥 놀라는 모습이 말을 돌리는 모습이 그런 선영의 생각을 뒷받침해 주는 것 같았다.

혜승은 보면 볼수록 그 태도가 예쁜 아이였다. 저절로 흡족한 기분이 들게 하는 아이였다. 아무리 봐도 미운 곳 하나 발견할 수 없는 아이였다. 얼굴을 붉히고 고개를 숙인 모습이 너무 고와 선영은 저절로 얼굴에 함박웃음이 지어졌다.

"그래, 들자꾸나."

그러나 선영은 자신의 기쁨을 내보이지 않고 혜승의 태도도 모른 척했다. 주변 사람들이 아는 체해서 가까워지는 사람도 있지만 오히려 멀어지는 사람들도 있기 때문이다. 선영은 지금 태진과 혜승의 사이를 불편하게 만들 수 있는 아주 사소한 행동이라도 결코 하고 싶지 않았다. 때로는 모르는 척 기다려 주는 것도 필요한 법이다.

"저…… 태진 씨는 아침을 어떻게……?"

밥그릇을 반쯤 비울 무렵 혜승이 조심스럽게 선영에게 물었다.

"휴, 안 먹을 때도 있고, 간단히 사 먹을 때도 있는 모양이다. 사내고 또 혼자 사니 아무래도 소홀하겠지."

선영은 표정 관리가 잘 안 됐다. 저절로 떠오른 웃음기가 가득한 얼굴을 하고 혜승을 바라보면 당황할까 봐 일부러 한숨을 쉬었다.

누군가에 대해 관심을 가지기 시작한다는 것, 걱정하기 시작한다는 것이 사랑의 시작이라는 걸 혜승은 미처 모르고 있는 것 같았다. 젊은 시절의 그녀가 그러했듯이 말이다. 지나고 보면 그때 이미 사랑은 시작되고 있었다.

선영의 대답에 혜승은 상 위에 차려진 찬을 쭉 훑어보았다. 특별하다랄 것은 없지만 그래도 제철에 나는 것들로 차린 상이었다. 습관이라서 그런 것일까? 학교를 다닐 때나 혹은 사람을 만나 어쩌다 밖에서 식사를 하면 사 먹는 음식이 입에 맞지 않을 때가 많았다. 차갑게 식은 반찬들로는 젓가락이 가질 않았고, 보온고에서 꺼낸 밥도 입 안에서 돌아다닐 때가 많았다. 맛있다고 소문이 난 식당에 가도 마찬가지였다. 사 먹는 밥은 점심, 저녁밥도 그런데 입맛없는 아침부터 밖에서 사 먹는 밥이 오죽하랴. 혜승은 자신도 모르게 한숨을 내쉬었다.

어영부영 아침을 먹고 괜스레 마음이 심란해 평소보다 더 바쁘게 몸을 놀리고 집안일을 끝내고 시계를 올려다봐도 시간은 오전 아홉 시를 넘지 않았다. 평소에 충주댁 아주머니와 둘이 하던 일을 혼자 하는데도 마음이 급한지, 시간이 더딘지 일은 평소보다 더 금방 끝났다.

아침 식사를 마친 선영과 충주댁이 시장에 간 사이 혜승 혼자 남아서 집안일을 하던 차였다. 시장에 다녀와서 치운다며 놔두라는 충주댁의 말에 알았다고 대답은 해놓고, 가만히 있자니 괜히 무료해서 하나둘 치우기 시작한 것이 안채를 전부 치웠는데도 시간이 남았다.

내친 김에 사랑채로 가서 아버지가 쓰시던 서재 방부터 시작해서 하나둘 방을 치우기 시작했다. 'ㄱ'자로 나란히 붙어 있는 방을 차례로 치우다 보니 태진이 쓰던 방에 다다랐다. 방문을 열고 들어가서 한참을 그냥 쳐다보기만 했다. 방 안에 있던 무엇 하나 변한 것이 없는데 어쩐지 낯설었다. 뭔가 보이지 않는 변화가 있는 것 같아 한참 동안 방 안을 둘러보기만 했다.

변한 것은 방이 아니라 마음일지도…….

멍하니 방 안을 둘러보던 혜승이 정신을 차린 것은 선영과 충주댁의 말소리가 귓가에 들려오고 난 후였다. 시장을 다녀온 두 사람의 말소리가 두런두런 들리자 혜승은 얼른 방에서 나와 문을 닫았다. 마치 나쁜 짓을 하다 들킨 것마냥 심장이 쿵쾅거렸다. 선영과 충주댁의 목소리가 점점 가까워지고 안채에 시장 봐온 보따리를 풀어놓는 소리가 들리자 심장은 더욱 세차게 뛰었다. 혜승은 자신을 찾는 목소리에 손으로 가슴을 몇 차례 쓸어 내리고 마음을 진정시켰다.

"저 여기 있어요."

노력했음에도 불구하고 목소리가 가늘게 흔들렸다. 우선 대답부터 하고 사랑채에서 안채로 통하는 작은 문─예전에 사랑채에 온 손님들의 신발을 세기 위해 사용하던 문. 사람이 드나들기엔 약간 작다─으로 안채로 건너갔다.

"사랑채엔 무슨 일로……."

충주댁은 혜승의 손에 들린 걸레를 보고 말끝을 흐렸다.

"놔두라니까, 뭐 하러 혼자 해? 둘이 하면 빠를걸."

"한낮엔 움직이면 덥잖아요. 조금이라도 서늘할 때 치우려고요. 별달리 할 일도 없고 해서요."

"하여간 가만히 못 있는 다니까."

충주댁은 타고난 성격은 어쩔 수 없다는 듯 혜승을 쳐다보며 한마디 했다. 혜승은 충주댁의 말에 잠자코 웃음을 지었다.

"뭘 이렇게 많이 사 오셨어요?"

웃다가 멋쩍어진 혜승이 장바구니를 가리키며 선영과 충주댁에게 물었다.

"산 것도 없는데 그러네. 사장에 가봐야 만날 그게 그거라 살 것도 없어. 생선이랑 마른 반찬 거리 몇 가지랑 오다 보니 수박이 크고 달아 보여서 한 덩이 사 오고. 산 건 없는데 짐만 크네."

"이 무거운 걸 사장서부터 들고 오셨어요?"

혜승은 족히 7~8kg은 되어 보이는 수박을 보고 놀라 물었다.

"쉬엄쉬엄 왔지."

선영이 혜승의 질문에 미소를 지으며 대답했다. 그 질문 속에 숨어 있는 걱정을 알았기 때문이다.

"근처에도 사도 될 걸……."

오전이라도 여름 햇살이 따가운 날에 걸어서 이십 분은 걸리는 시장에서부터 저 무거운 걸 들고 오는 게 분명 쉬운 일은 아니었을 것이다. 혜승은 선영에게 죄송한 마음에 말을 이을 수가 없었다.

"시장에서 잘라놓고 먹어보라면 한 조각 주는데 여간 달아야 말이

지. 재배한 사람이 오늘 새벽에 따서 싣고 왔다더라. 산지에선 수박
한 덩이에 이천 원도 못 받는다고 직접 가지고 와서 판다고 하더라.
맛도 있고, 농사꾼에게 도움도 될까 해서 사 왔다. 냉장고에 넣어뒀
다 시원하게 화채나 해먹자."

선영은 수박을 혜승에게 건네주었다. 선영의 손바닥에는 빨갛게
나일론 줄 자국이 두 자국 나 있었다. 시장을 보는 내내 충주댁은 선
영에게 물건을 들게 하지 않았다. 수박은 시장을 돌다 마지막에 산
것인데 무겁다며 자신이 들겠다던 충주댁의 말을 뿌리치고 선영이
들고 온 터였다.

혜승은 선영의 손바닥에 난 자국을 보고 얼른 수박을 받아 들었
다. 혜승은 충주댁과 함께 주방으로 들어가 수박을 냉장고에 넣고,
생선을 손질했다. 선영은 수박을 들고 오는 것이 힘에 부쳤는지 대청
마루에 앉아 주방에서 혜승과 충주댁이 움직이는 소리를 들으며 간
간이 불어오는 바람에 이마에 맺힌 땀을 식혔다.

선영은 만족스러웠다. 좀처럼 느껴보지 못한 만족이 가슴을 채웠
다. 걱정스러운 혜승의 목소리와 눈빛도, 주방에서 혜승과 충주댁이
움직이는 소리도, 지나치게 더운 공기를 뿜어내는 태양도, 그리고
넉넉한 마당도…… 자신을 둘러싸고 들리는 소리, 눈에 보이는 풍
경, 피부에 느껴지는 모든 것이 다 만족스럽고 따사로웠다.

하루 일과를 마치고 퇴근을 하며 태진은 자신도 모르게 명륜동 방
향으로 차를 몰았다. 휴가를 마치고 바로 한 출근에 무리가 갈까 저
녁 약속을 잡아놓지 않은 터라 일찍 회사를 나선 참이었다. 여름의
긴 해가 아직 서산으로 넘어가기 전이었다.

차가 대로에서 골목으로 접어들자 금세 돌담에 둘러싸인 나무 대문이 보였다. 잠깐의 망설임 끝에 차에서 내려 벨을 눌렀다.

[누구세요?]

고운 목소리가 들림과 동시에 삐걱이는 소리를 내며 대문이 열렸다. 문이 열리는 작은 틈 사이로 하얀 옷자락이 보이더니 곧 혜승의 얼굴이 보였다. 태진을 바라보는 혜승의 눈에는 놀라움이 담뿍 담겨져 있었다.

"누군지 확인도 안 하고 문부터 열면 어떡하나?"

어색함을 감추기 위해 태진이 선수를 치며 안으로 들어섰다. 태진이 안으로 들어가자 혜승이 옆으로 비켜섰다.

"다음부터는 그러지 말아. 인터폰은 폼으로 달아놨나. 누군지 확인부터 하고 그 다음에 문을 열어야지. 세상이 얼마나 험악한데. 더구나 여자들만 사는 집인데 조심해서 나쁠 건 없잖아."

예정되지 않은 방문에 놀란 혜승에게 어쩐 일로 왔냐는 질문만은 받기 싫었다. 그래서 혜승에게 말을 할 틈을 주지 않고 자신이 할 말만 했다.

"빨래를 걷다가 그만 무심결에…… 다음부터는 조심할게요."

혜승은 태진의 말에 휘둘려 자신도 모르는 사이 사과를 했다.

태진은 성큼성큼 걸어 안채로 들어갔고 그 뒤를 혜승이 따라왔다. 안채 마당 한쪽에 걸린 빨랫줄 위에 혜승의 걷다가 올려놓고 온 빨래 뭉치가 있었다. 태진은 빨랫줄이 있는 곳으로 가서 빨래를 걷었다. 혜승이 깜짝 놀라 태진에게 다가왔다.

"이리 주세요."

태진에게 걷은 빨래를 달라며 손을 내밀었다.

"내가 들고 갈게."

태진은 혜승이 내민 손을 외면하고 걷은 빨래를 가지고 가 대청마루 위에 올려놓았다. 혜승은 얼른 마루로 가서 빨래를 개키기 시작했다.

혜승이 빨래를 털고 주름을 펴서 가지런히 개키는 모양을 보고 태진도 따라서 해봤다. 빳빳할 정도로 잘 마른 빨래가 손에 닿는 감촉이 제법 괜찮았다.

"그냥 두세요."

혜승은 다시 태진을 말렸다. 빨래라야 수건이랑 겉옷, 몇 가지 양말뿐이어서 거들 것도 없었다.

태진은 혜승의 만류를 못 들은 척 계속 빨래를 갰다.

빨래 더미 안에 시원한 푸른색 개열의 줄무늬 티 하나가 눈에 띄었다. 민소매는 아니고 어깨와 팔을 살짝 덮는 짧은 소매의 티로 남색과 푸른빛이 도는 회색, 하늘색, 그리고 흰색이 번갈아가며 자잘한 줄무늬를 이루고 있었다.

혜승의 티였다. 태진은 손을 뻗어 빨래 더미 가운데 있는 티를 끄집어냈다. 자신의 100 사이즈 티셔츠에 비하면 정말 조그만 옷이었다. 태진이 티를 들고 자신을 옷과 비교하며 슬그머니 웃는데 혜승이 옷을 확 낚아챘다.

혜승은 고개를 숙이고 태진에게서 뺏은 옷을 후닥닥 개켰다. 그가 자신을 옷을 만지고 있는 것이 부끄럽고 묘한 느낌이 들어 뺏은 것이다. 그것도 모자라 빨래 더미에서 자신의 옷을 골라내서 무릎에 놓고는 얼른 개기 시작했다.

태진은 혜승에게 옷을 뺏기고 의아한 눈으로 그녀를 바라보다 혜승이 자신의 옷만 골라내 무릎에 얹는 걸 보고, 그런 혜승이 귀여워 쿡쿡 웃었다. 잠시 장난기가 발동한 태진은 혜승의 무릎에 있는 옷으로 슬며시 손을 뻗었다. 태진의 손을 본 혜승이 몸을 획 돌려 피했다. 태진은 혜승의 행동에 웃음을 터뜨렸다. 가슴에서부터 올라오는 즐거운 웃음이었다.

한편, 주방에서 저녁 준비를 하던 선영과 충주댁은 웬 남자의 웃음소리에 놀라 주방에서 나왔다. 마루에 나와보니 혜승은 얼굴을 붉히고 고개를 숙이고서 빨래를 쥐고 있고, 태진은 뭐가 우스운지 큰 소리로 웃고 있었다. 영문을 모르는 선영과 충주댁은 태진과 혜승을 번갈아 보며 누군가 설명해 줄 것을 기다렸다. 잠시 후 빨래를 다 갠 혜승은 초당으로 후닥닥 가버리고 마루에 홀로 남은 태진은 서서히 웃음을 가라앉혔다.

"무슨 일이냐?"

선영이 궁금함을 참지 못하고 태진에게 물었다. 어제 제 집으로 간 녀석이 연락도 없이 나타나 뜬금없이 웃고 있으니 궁금하지 않을 리가 없었다.

"왜 웃고 있냐고 물으시는 거예요, 아니면 왜 왔냐고 물으시는 거예요?"

태진은 웃음이 묻은 목소리로 외려 되물었다.

"지금으로선 왜 웃었는가가 더 궁금하구나. 혜승이는 또 왜 그런 게고?"

"별일 아니에요."

태진이 대답을 회피했지만 선영은 태진의 목소리에 남은 유쾌함과 장난기의 잔재를 읽었다.

"오랜만이로구나, 그렇게 큰 소리로 웃는 거……. 듣기 좋구나."

선영은 그 말을 끝으로 더 캐묻지 않고 충주댁을 데리고 주방으로 들어갔다.

마루에 홀로 남은 태진은 크게 기지개를 켜고 뒤로 넘어지듯 누웠다. 평화로운 하루다. 이 평화가 매일 반복된다면……. 태진은 행복한 상상 속으로 빠져들어 갔다. 저녁노을이 질 무렵 퇴근하는 자신을 대문 앞에 혜승이 마중 나와 있는 상상. 방금 전처럼 마루에 앉아 나란히 빨래를 개키는 상상. 기분 좋은 밤이면 혜승의 무릎을 베고 마루에 드러누워 별이나 달 구경을 하는 상상. 그의 부모와는 달리 큰소리도 없고, 싸움도 없는 평화로운 삶에 대한 갈망으로 태진은 마냥 상상 속으로 빠져들었다.

태진은 저녁을 먹고도 한참을 이런저런 얘기를 하며 집으로 돌아갈 시간을 늦췄다. 일찍 잠자리에 드시는 고모가 곤한 하품을 하시자 더는 앉아 있지 못하고 그만 돌아가겠다며 일어났다. 아쉬움을 뒤로하고 대문을 나서며 배웅하는 혜승에게 인사를 하는데 그녀가 조그만 보자기를 내밀었다.

"이게 뭔데?"

"별거 아니에요. 집에 가서 풀어봐요. 그럼 조심해서 가세요."

혜승은 보자기를 건네며 인사를 하고 서둘러 문을 닫았다. 태진이 꼬치꼬치 캐물으면 뭐라고 대답해야 할지를 알 수 없었기 때문이다.

대체 무슨 생각으로 반찬을 태진에게 들려 보냈는지 몰랐다. 다만 설거지를 하다가 문득 아침의 대화가 생각났고 자신도 모르게 찬장에서 찬합을 꺼내 반찬을 싸고 있었다. 전자레인지를 사용해도 되는 밀폐용기에 밥을 담고, 찬합에 반찬을 담아 보자기로 쌌다가 태진

이 가겠다며 일어서자 서둘러 주방으로 들어가 가지고 나왔다. 우물
쭈물 전해줄 기회만 살피다 대문을 나서자 그제야 후다닥 전해주고
서둘러 인사를 하고 문을 닫은 것이었다. 대문을 닫고, 닫은 문에 기
대서서 숨을 몰아쉬다가 차가 떠나는 소리가 들리자 천천히 안채로
발길을 옮겼다.

태진이 집으로 돌아오는 내내 그의 신경은 조수석에 놓인 보자기
에 있었다. 내용이 궁금해 집에 들어서자마자 거실 소파에 앉아 풀어
봤다.

찬합 위에 한 번 접은 쪽지가 한 장 있었다. 서둘러 펼쳐 보니 단
아한 글씨체였다.

〈반찬 몇 가지 담았습니다. 밥은 레인지에 데우시기만 하면 되
고요. 반찬은 냉장고에 넣어두었다가 아침에 드세요.〉

다른 말은 없었다.

태진은 생각지 못한 혜승의 배려에 가슴이 따뜻해졌다. 사실 반찬
은 고모가 챙겨준 것이 아직 있었다. 그러나 고모와 혜승은 또 달랐
다. 그녀가 자신을 걱정했다는 것이, 그래서 찬합에 반찬이며 밥을
싸서 보냈다는 것이, 그 자그만 배려가 주는 감동은 말로 표현할 수
없을 만큼의 감동이었다.

누군가에게 정성을 받는다는 것은 정말 기분 좋은 일이라는 걸 깨
달았다. 비틀린 악의없이, 동정도 아닌 대가를 바라는 마음도 없는,
순수한 호의를 받아본 지가 언제던가?

어린 시절 그가 무엇이든 열심히 하며 두각을 나타내면 돌아오는

것은 비틀린 악의 아니면 동정이었다. 공부를 열심히 해서 좋은 성적을 받으면 '쟤는 환경이 저런데 할 게 공부밖에 더 있어? 받쳐 줄 부모도 없잖아. 지 갈 길 스스로 찾는 수밖에' 하는 악의 어린 말들이 들렸다. 혹은 '집도 그런데 정말 장하다' 하는 값싼 동정이 대부분이었다. 정작 태진 자신에게는 아무런 장애가 되지 못한 환경이었건만 주변의 시선은 달랐다.

점차 그런 주변의 목소리와 시선에 무감각해졌고, 나중에는 주변과의 사이에 벽을 세우고 차단시켰다. 그러자 편해졌다.

대학을 졸업하고 성공이라는 걸 하면서부터는 대가를 바라는 사람들이 다가오기 시작했다. 그들은 얼굴에 미소를 띠고 호감을 포장한 채 다가왔지만 떨어질 떡고물을 바라는 사람들이었다. 그들 중에는 그가 기억 못하는 동창도 있었고, 검은 돈을 바라는 정치가도 있었고, 진희와 같은 여자들도 있었다. 그들의 웃음과 호의가 진짜가 아니라는 걸 잘 아는 태진은 점점 더 비틀리고 냉소적인 시각으로 사람들을 대하기 시작했다.

누군가를 생각한다는 건, 마음을 쓴다는 건 돌려받을 것을 염두에 두지 않는 것이다.

천을 이어붙인 보자기에 들어 있던 건 단순한 밥과 반찬이 아니라 혜승의 마음이고 정성이란 걸 알기에 태진의 가슴 한구석이 따뜻해졌다. 그 순수한 호의를 가슴으로 받아들이며 태진은 행복했다. 어제까지만 해도 썰렁하다 느낀 집 안에서 오늘은 행복했다.

그녀 때문에……. 그녀로 인해…….

8

혜승은 거울에 비친 자신의 모습을 꼼꼼히 살폈다. 머리는 양 갈래 디스코 머리로 땋아 말아 넣어 업스타일 머리 모양으로 단정히 정리했고, 공단과 시폰 소재의 아이보리 색 레이스 캡 소매가 달린 원피스를 입었다. 전체적으로 여성스럽고 우아해 보였다. 그러나 사선으로 접힌 자잘한 주름이 랩 모양으로 가슴을 감싸고 가슴 바로 아래 넓은 리본 띠를 둘러 포인트를 주고 리본 아래로 몸매의 곡선을 따라 하늘거리며 떨어진 원피스는 가슴 부분이 약간 파여 있어 목이 허전했다.

혜승은 서랍 안에서 보석 상자를 하나 꺼냈다. 그 안에는 스무 살 생일에 아버지께 받은 진주 목걸이가 들어 있었다. 비싸지 않은 가는 굵기의 진주가 두 줄로 꼬인 그 목걸이는 아버지께 선물 받고도 한 번도 걸어보지 못한 목걸이였다.

목걸이를 목에 걸고 다시 한 번 거울 속의 모습을 꼼꼼히 살핀 후 원피스와 같은 소재로 만든 재킷을 입고 핸드백을 들고 방을 나왔다. 밖에는 태진이 기다리고 있었다.

선영과 충주댁에게 인사를 하고 태진의 회사 직원의 결혼식이 있는 마포에 있는 서교호텔로 향했다. 두 사람 다 비서실 직원으로 사내 연애를 하다 결혼에 골인한 케이스라고 한다. 사실 태진은 그 두 직원 중 누군가를 잃는 건 아닌지 걱정했었단다.

사내 연애의 경우 두 사람의 사이가 갈라지면 십중팔구 두 명 중한 명이 회사를 그만둔다고 했다. 더군다나 그 둘은 같은 비서실에 근무하고 있어서 특히 더 걱정이라고 했다. 그러나 기우와 달리 결실을 맺어 결혼을 하게 되어서 꼭 축복해 주고 싶다고 했다. 그 자리에 혜승도 함께 가주면 좋겠다는 태진의 말에 혜승은 기쁜 마음으로 승낙했다.

그러나 승낙하고 보니 태진의 회사 직원들을 만나야 한다는 것이 여간 부담스러운 일이 아니었다. 며칠을 고민하다가 친구 민아에게 도움을 청했다. 지금 입고 있는 옷도 친구와 함께 가서 고른 옷이었다. 그냥 기본적인 스타일의 정장을 입고 갈 거라는 혜승의 말에 민아는 무슨 소리냐며 펄펄 뛰고는 혜승을 여기저기 끌고 다니며 옷을 골라주었다. 늦여름이라 옷가게들은 모두 검정, 회색, 브라운 계통의 가을 정장을 내놓고 있을 때였다. 색상도 색상이거니와 가을 정장을 입기엔 무더운 날씨라 한참을 돌아다니다가 겨우 고른 옷이었다.

옷가게 안에 걸려 있는 옷들 중 가장 눈에 띄는 옷이었다. 여성스럽고 우아한……. 혜승도 자꾸 눈이 갔으나 평소 입던 스타일의 옷이 아니라 살 엄두도 내지 않았다. 민아는 태진의 나이와 지위를 생각할 때 다른 손님이나 직원들에게 밀리면 안 된다고 끈질기게 설득했고 결국 혜승은 커다란 쇼핑백을 들고 가게를 나왔다.

그러나 이렇게 차려입고도 긴장이 되는 건 마찬가지였다. 혜승은 무릎 위에 놓인 가방을 만지작거렸다.

"그렇게까지 긴장할 거 없어."

좁은 차 안 가득 혜승의 긴장이 느껴졌다.

"좀…… 떨리네요."

혜승은 태진을 마주 보며 미소를 지어 보였다.

"나야말로 떨리는군."

"네?"

혜승이 영문을 몰라 눈을 동그랗게 뜨고 되물었다.

"당신이 너무 예뻐서 나야말로 긴장하고 있어."

퉁명스러운 말투로 무심결에 생각이 입 밖으로 튀어나왔다. 혜승이 방에서 걸어나올 때부터 심장이 떨렸었다. 평소와 달리 몸매의 곡선을 드러내는 얇은 시폰 원피스는 치명적일 정도로 유혹적이었다. 만지면 그 아래 피부의 온기가 고스란히 느껴질 것 같은 옷이 손을 뻗어보라고 태진을 유혹하는 듯했다.

옷에 대한 아무런 칭찬도 없이 그녀를 차에 태운 건 놓아버릴 것 같은 한 가닥 이성을 유지하기 위해서였다. 결혼식이 열릴 호텔로 출발하며 운전으로 마음을 가라앉히려 했다.

만약 아까 태진이 혜승에게 찬사를 보냈다면, 그리고 그 보답으로 그녀가 의례적인 미소라도 한 조각 지어 보였다면, 겨우 유지하고 있던 그의 이성은 연기처럼 사라졌을 것이다. 지금 그녀의 미소가 불안한 마음을 감추기 위한 것이라는 걸 알면서도 퉁명스럽게 생각을 뱉어낸 것처럼 그의 심장은 흔들리고 있었다.

태진의 퉁명스러운 말투에 숨은 뜻을 깨닫고 몸의 열기가 온통 얼굴로 몰린 것마냥 혜승의 얼굴은 붉게 달아올랐다. 태진의 직접적인 말투를 알고 있었기에 더욱 몸 둘 바를 몰랐다.

그녀가 알기로 태진은 성격이 직선적이라 숨김이 없는 직접적인 말을 좋아해서 말을 꾸밀 줄 모른다. 아마도 시인이나 문장가는 되지 못했을 것이다. 그녀의 아버지도 그러하셨으니 그런 그의 성격에 큰 불만은 없었다. 그러나 달콤한 말을 해줄 거라는 기대도 역시 하지 않았다.

그런데 떨린다고, 예뻐서 긴장하고 있다며 그녀에게 처음 칭찬을 했다. 비록 퉁명스러운 말투였으나 가슴 밑바닥에서부터 올라오는 기쁨은 감당할 수 없을 정도였다.

혜승은 달아오른 얼굴을 손바닥으로 가렸다.

태진은 자신도 모르게 내뱉은 퉁명스러운 말투가 신경 쓰여 흘깃 혜승의 얼굴을 살폈다. 달아오른 얼굴을 손바닥으로 감싼 혜승의 두 눈은 기쁨으로 반짝였고 입가엔 환한 미소가 떠올라 있었다. 수줍어 어쩔 줄 몰라 하며 기쁨에 반짝이는 혜승의 모습은 말로 설명할 수 없을 만큼 사랑스러웠다.

신호등에 빨간 불이 켜지자마자 브레이크를 밟은 태진은 몸을 옆으로 돌려 아직까지 달아오른 볼을 감싸고 있던 혜승의 손목을 잡아 볼에서 떼어낸 다음 미소를 짓고 있는 그녀의 입술에 진한 입맞춤을 했다.

잠시 후 태진은 거친 숨을 몰아쉬며 입술을 떼어내고 혜승에게 눈을 맞췄다. 잡았던 혜승의 손목을 놓고 그의 뜨거운 눈길에 눈을 내리깔며 시선을 피하는 그녀의 턱을 손으로 바치고 아쉬움이 잔뜩 남은 입맞춤을 한 번 더 했다.

신호가 바뀌고 차는 다시 출발했다.

첫 데이트 후 둘은 주말마다 데이트를 했고 몇 차례 입맞춤을 나누기도 했다. 하지만 지금처럼 뜨거운 입맞춤은 처음이었다. 숨이 멎을 것 같은, 모든 걸 삼켜 버릴 것만 같은 회오리바람처럼 강력한 힘에 혜승은 균형을 잡을 수가 없었다.

태진의 손이 혼란스러워하고 있는 혜승의 손을 덮었다. 손바닥을 마주해 혜승의 손이 위로 가도록 손가락을 깍지 꼈다. 혜승은 용기를 내서 태진의 얼굴을 바라봤다. 허공에서 시선이 얽혀들었다. 태진의 눈에는 진한 욕망의 그림자가 너울거리고 있었다. 혜승은 몸이 가늘게 떨렸다. 본능적인 반응이었다. 약간은 무섭고 또 설레는……

결혼식이 열리는 호텔로 가는 내내 태진은 잡은 손을 놓지 않았다. 간혹 손등에 입을 맞추며 마주 잡은 손바닥에 땀이 흥건히 배어나도 결코 손을 놓지 않았다. 혜승은 호텔로 가는 내내 태진이 내뿜고 있는 진한 욕망의 향기에 피부가 따끔거릴 정도였다.

어느새 태진의 회사 직원들을 만나야 한다는 긴장은 멀찌감치 달아났고, 그것과는 비교도 되지 않을 커다란 긴장에 혜승은 얕은 숨을 골라 쉬었다.

태진의 비서실장과 밉상맞은 비서가 결혼한다는 소식을 입수한 진희는 우연을 가장한 만남을 위하여 예식이 열리기 한 시간 전부터 호텔 라운지에서 진을 치고 있었다. 진희가 자리 잡은 곳은 남의 눈에는 잘 띄지 않으면서 호텔 입구가 잘 보이는 곳이었다.

비록 태진 앞에서는 그를 포기하겠노라 했지만 어림도 없는 소리였다. 포기할 생각은 눈곱만큼도 없었다. 그러나 그가 말한 대로 질척대는 느낌을 주는 것도 금물이었다. 그래서 한동안 그의 눈앞에 나타나지 않았다.

시간이 어느 정도 흘렀고, 이쯤이면 우연을 가장해 만나도 그가 의심하지 않을 거라는 계산에서였다. 진희는 초조하게 태진이 오기를 기다렸다.

그때 입구에 검은 승용차 한 대가 섰다. 도어맨이 얼른 다가가 문을 열자 조수석에서 까만 승용차와 극명한 대조를 이루는 아이보리 색 옷을 입은 여자가 내렸다. 눈길이 절로 가는 여자였다. 왠지 모를 심술에 '흥' 하고 코웃음을 친 진희의 눈이 곧 화등잔만해졌다.

운전석에서 내린 것은 분명 태진이었다. 눈이 태진의 모습에 익숙해지는 것처럼 점점 더 선명하게 보였다. 운전석에서 내린 태진이 여자에게로 걸어가 허리에 손을 감는 광경이 눈에 들어왔다. 인정하기 싫지만 까만 줄무늬 양복을 입은 그와 아이보리 색의 옷을 입은 여자는 하나의 그림 같았다.

진희는 입술을 깨물었다. 태진이 부하 직원의 결혼식에 여자를 데리고 왔다는 사실만 머리 속에서 윙윙거렸다. 그건 곧 그 여자를 회사 사람들에게 소개시킨다는 뜻이었다.

그의 여자……

그녀가 있어야 할 자리에, 그토록 갖고 싶었던 자리에 그 하얀 옷과 더불어 빌어먹을 정도로 깨끗해 보이는 다른 여자가 있었다. 그들을 뚫어져라 바라보던 진희는 베어 문 입술에서 나온 짭짤한 피가 목구멍으로 넘어가도 느끼지 못했다.

태진과 함께 걸어 호텔 로비로 들어서던 여자가 잠시 멈춰 섰다. 가방을 열고 뒤적이다 고운 핑크 색 손수건을 꺼내 그의 입술에 조심스럽게 눌렀다. 그리고 다시 아무 일도 없었던 것처럼 그와 함께 연회장이 있는 이층으로 걸어 올라갔다.

진희는 테이블에 놓인 물 잔을 꽉 움켜줬다.

그녀는 손수건으로 입술을 닦는 행동이 뭘 뜻한다는 걸 잘 알고 있었다. 더불어 그들이 호텔에 도착하기 전에 뭘 했는지도 어렵지 않게 추측할 수 있었다.

키스!

남자가 입술을 닦아야 할 경우는 키스로 여자의 립스틱이 입술에 남았을 경우가 아니고서는 별로 없었다.

심장에 불길이 솟았다. 뜨거운 피가 단숨에 머리끝까지 이동했다. 관자놀이가 이상했다. 마치 맥박이 뛰는 것처럼 혈관이 날뛰며 아픔이 느껴졌다. 여자가 남자의 입술을 닦아주는, 자칫 천박한 호기심과 상상을 불러올 수도 있는 그 행동을 너무도 자연스럽게 수줍은 아름다움이 느껴질 정도로 우아하게 한 그 이름 모를 여자가 미웠다. 계단으로 올라가는 여자를 낚아채 떨어뜨리고 싶을 정도로 미웠다.

벌건 피를 흘리며 계단 아래 쓰러져 있는 여자의 모습이 계단을 올라가는 여자의 모습 위로 겹쳐졌다.

태진과 여자가 계단을 다 올라가 더는 뒷모습이 보이지 않자 진희는 물 잔을 더욱 세게 쥐었다. 마치 그게 여자의 목이라도 되는 것마냥 살벌하게 있는 힘을 다해 쥐었다. 하지만 손에 경련이 일어날 정도로 세게 쥐어도 여자의 목은 물론 물 잔도 부서지지 않았다.

호텔 입구에 차가서고 도어맨이 문을 열어 주자마자 혜승은 차에서 내려 숨을 몰아쉬며 차 안에서의 긴장을 날려 버리려 노력했다. 손을 가슴 위에 얹고 숨을 고르는데 손바닥에 축축한 땀이 얇은 시폰을 사이에 두고 보드라운 가슴에 느껴졌다.

순간 태진의 크고 단단한 손이 가슴을 만지는 것 같은 느낌에 화들짝 놀라 손을 내렸다. 마주 잡은 손에 닿았던 태진 손의 감촉이 가슴에 그대로 남아 있는 것만 같았다.

당황한 혜승의 허리에 다시 태진의 팔이 감기고, '흑' 하며 조그맣게 숨을 들이킨 혜승을 이끌고 호텔 로비로 들어섰다.

태진의 손이 아래로 움직이더니 혜승의 골반 뼈 위에 놓였다. 걸음과 함께 조금씩 움직이는 태진의 손이 마치 부드러운 애무 같았다. 그런 태진의 손길에 당황한 혜승이 고개를 들어 태진의 얼굴을 바라봤다.

선이 분명한 태진의 얼굴 윤곽 위에 반짝임이 눈에 잡혔다. 순간 혜승은 걸음을 멈췄다. 의아한 눈빛으로 자신을 바라보는 태진의 시선을 느꼈지만 아무런 설명 없이 가방에서 손수건을 꺼내 태진의 입술 위에 대고 가볍게 눌렀다.

차 안에서의 키스 흔적이 태진의 입술 위에 있었던 것이다. 연한 핑크 색 립글로스라 표가 나지 않아 호텔 로비에 걸린 샹들리에 불빛이 반짝임을 드러내고서야 겨우 눈치 챌 수 있었던 것이다.

혜승은 순간 아찔했었다. 만약 그대로 올라가 누군가 알아채기라도 했으면 첫 만남에서 무슨 망신이란 말인가?

태진은 혜승의 행동이 귀여워 쿡쿡 웃었다.

얇은 시폰 사이로 느껴지는 황홀한 그녀의 피부에 좀 더 욕심을 내었다. 골반 위에 그의 손이 닿자 그녀의 피부가 긴장으로 움찔하는 것을 느낄 수 있었다. 하지만 욕심은 거기서 그를 가만히 놔두지 않았다. 그녀가 시폰 원피스를 입고 나타났을 때부터 그를 충동질한 욕망에 손을 들고 그녀의 피부 위를 조심스럽게 쓰다듬기 시작했었다. 골반 뼈와 아랫배의 둔덕으로 이어지는 움푹 패인 부분을 천천히 움직이며 그녀의 피부가 주는 감촉을, 선의 황홀함을 즐겼다.

경험이 없는 탓인지 헷갈려 하던 혜승이 발걸음을 멈추고 가방을 뒤적여 그의 손이 잠시 그녀의 피부에서 떨어진 순간엔 짜증이 확 솟구쳤다. 혜승이 가방에서 손수건을 꺼내 그의 입술에 누를 때서야 상황을 눈치 챌 수 있었다. 짜증은 곧 가벼운 즐거움으로 바뀌었다. 부끄러워 눈도 마주치지 못하는 그녀가 너무 귀여워 웃음을 참을 수가 없었다.

태진은 웃으며 다시 그녀의 허리를 붙잡고 이층 연회장으로 올라갔다. 그리고 그 즐거움에 도취되어 질투에 찬 한 여자의 눈길을 알아차리지 못했다.

힐끔거리는 시선을 온몸으로 느끼면서도 태연하게 웃으며 질문에 대답을 해야 한다는 게 혜승에게는 여간 곤욕이 아니었다.

결혼식이 진행되는 동안도 내내 호기심이 가득한 시선을 받았지만 그때는 같은 테이블에 앉은 사람들의 시선만 감당하면 됐었다. 그러나 식이 끝나고 별관에 있는 크리스털 룸에서 열리는 피로연에 참석한 다음부터는 한 사람씩 다가와 질문을 하기 시작했다. 가뜩이나 낯을 가리는 혜승에게 이처럼 많은 사람들이 모인 자리는 어색하고 불편한 데다 정신도 없었다. 만약 태진이 허리를 받쳐 주지 않았더라면 연회장 한구석으로 달아나 버리고 말았을 것이다.

"정신없으시지요?"

태진이 잠시 손님 중 한 분과 대화하고 있는 사이 누군가 혜승에게 말을 걸었다. 또 새로운 사람이 다가왔나 싶어 고개를 돌리며 입가에 미소를 만들어냈다.

"혜승 씨가 태진 녀석이 처음 데려온 여자라 그래요. 다들 기회만 준다면 혜승 씨네 호구 조사까지 하려 할걸요?"

말을 건 사람은 결혼식장에서 같은 테이블에 앉았던 태진의 선배였다. 그나마 아는 얼굴이라 그런지 긴장이 좀 풀렸다.

"자, 그럼 궁금해하는 모두를 대표해서 제가 호구 조사를 시작하도록 하겠습니다. 성실히 대답해 주시기 바랍니다."

찡긋 윙크와 장난스러운 말투에 혜승은 그만 웃음을 터뜨렸다.

"우선 나이는 몇 살이십니까?"

"스물셋이요. 말 편히 하셔도 돼요."

"헉! 이런 날도둑놈이 있나! 제 나이가 몇인데…… 그럼 학생?"

"네."

"그럼 태진인 어떻게 만났나요? 학생이면 행동반경이 태진이 녀석과는 맞지 않을 텐데. 아, 혹시 게임 테스트 아르바이트생이었나요?"

"아니요……. 그냥 우연히 만났어요."

혜승은 태진과 처음 만나던 순간을 회상했다. 하늘에서 떨어진 것처럼 집 안 마당에 서 있던 그를…….

"선배, 지금 뭐 하는 겁니까?"

일에 관해서라면 태진 못지 않게 열성인 개발부 팀장과의 대화를 마치고 혜승을 보니 어느새 승규 선배가 옆에 붙어서 이것저것 캐물고 있었다. 식사 때부터 궁금한 걸 참으며 눈을 반짝이더니 결국 틈이 노려 궁금증을 풀기로 했나 보다.

"자식, 곤두세우긴······. 혜승 씨네 호구 조사 하고 있었다. 왜?"

숫제 배짱이다. 유들유들 얼굴 두껍기로는 승규 선배 따라갈 자가 없었다.

"인마, 애인이 생겼으면 빨랑빨랑 보고를 하든지. 너, 욕먹을까 봐 숨기고 있었지? 뻔하지 뭐. 야, 이 도둑놈아!"

"선배!"

"할 말 없지, 이 녀석아! 이 선배가 하해와 같은 아량으로, 밥 먹을 때 꼬치꼬치 물으면 혹시라도 혜승 씨가 체하는 건 아닐까 해서 기다렸다가 궁금증을 해결하기로 했으면 감사하게 생각하지는 못할망정 어디서 추궁이야! 안 그렇습니까, 혜승 씨?"

"괜히 그러시는 거예요. 호구 조사는 과장이고요. 나이랑 어떻게 만났는지 딱 두 가지 물으셨어요. 그나마 두 번째 질문은 답도 못했는걸요."

태진은 웃으며 사정을 설명하는 혜승의 허리를 가까이 끌어당겼다. 웃고 있는 걸로 봐선 긴장은 한결 풀어진 것 같았다.

"힘들지 않아, 이런 자리?"

"괜찮아요. 힘들진 않아요."

"야, 이거 눈꼴시어서 어디 보겠나! 나도 애인을 만들든지 해야지, 원."

태진과 혜승의 대화를 들은 승규가 한마디 했다. 승규의 너스레에 세 사람 모두 웃음을 터뜨렸다. 호쾌한 웃음소리에 한순간 그들에게 쏠린 시선은 신랑 신부가 들어오면서 다시 움직였다.

연회장 안으로 들어서는 신랑 신부를 둘러싸고 사람들이 축하 인사를 건네기 시작했다. 신랑 신부가 태진과 혜승이 있는 곳까지 온 것은 한참이 지난 후였다.

"사장님, 와주셔서 정말 감사합니다."

태진을 발견한 하 실장이 인영과 함께 다가와 반갑게 인사를 했다.

"결혼 축하하네."

"감사합니다. 그런데 사장님, 축하 선물은 뭐 없나요?"

인영이 장난스럽게 물었다.

"그렇지 않아도 축의금 넉넉히 넣었지. 물론 양쪽 모두."

"호호호, 감사합니다. 제 쪽에 더 많이 넣었더라면 더 감사드리겠지만 똑같이 넣으셨겠죠?"

혜승은 인영의 솔직하고 발랄한 말투에 저절로 웃음이 나왔다. 정말이지 귀엽기 그지없는 신부였다.

"그런데 사장님, 같이 오신 분은 누구세요?"

"아, 서로 인사하지. 이쪽은 나랑 교제 중인 한혜승 씨, 그리고 오늘 결혼한 이 친구들은 하민우 실장과 오인영 씨. 둘 다 비서실에서 근무하고 있지."

"처음 뵙겠습니다. 결혼 진심으로 축하드려요."

"아, 네. 고맙습니다."

혜승의 인사에 답한 인영은 그녀를 빤히 쳐다봤다.

"아쉽네요."

"뭐가?"

혜승을 빤히 바라보는 인영의 행동에 그만 하라는 눈치를 주려던 하 실장은 인영의 뜬금없는 말에 그 의미를 물었다.

"진작에 사장님께 사귀는 분이 계시는 걸 알았더라면 부케 받으시라고 설득하는 건데……."

인영의 첫사랑은 늘상 어울리던 친구들 중의 하나였다. 그러다 보니 첫사랑과 헤어진 후에 친구들과의 사이가 서먹해졌고 결국에는 서로 연락이 끊어졌다. 그래서 결혼식에서 부케 받을 사람은 별로 친하지도 않은 회사 동료였던 것이다.

"부케 받고 삼 개월 안에 결혼하지 못하면 삼 년 안에 결혼 못한다면서요?"

부케에 대한 미신에 가까운 소문이 기억난 혜승이 그것을 인영에게 말했다.

"에이, 삼 개월 안에 결혼해야 한다, 육 개월 안에 결혼해야 한다. 그거 다 소문……."

"삼 개월 안에 하면 되지."

갑작스런 태진의 말에 인영이 깜짝 놀라 말을 멈췄다. 혜승도, 승규도, 하 실장도, 인영도 모두 태진의 폭탄선언에 놀라 반쯤 입을 벌리고 그를 쳐다봤다.

"그, 그건………."

청혼인가요? 생략된 혜승의 뒷말은 그랬다.

"이거 청혼이죠? 그렇죠, 사장님?"

정작 눈을 반짝이며 물음을 던진 건 인영이었다.

태진은 아무런 대답 없이 혜승을 바라봤다. 태진의 시선에 혜승은 진심이냐고 말없는 질문을 던졌다. 서로를 가만히 바라보고만 있는 두 사람 때문에 주변이 한순간 조용해졌다.

"청혼이야. 이번에도 거절할 건가?"

진심이다. 그는 진심이었다. 태진의 표정에서, 목소리에서, 태도에서 그의 진심이 느껴졌다. 심장이 미친 듯이 뛰었다. 연회장 안 사람들의 목소리가 사라지고, 모습들이 희미해졌다. 눈앞에 보이는 거라고는 태진의 얼굴이 전부였다.

"난……."

목이 잠겼는지 목소리가 나오질 않았다. 아니, 어쩌면 뭐라 말해야 할지를 몰라서일 수도 있다.

'어떻게 하고 싶은 건가? 뭐라 대답하고 싶은 건가? 내 마음에서 들려오는 소리는…… 뭐지?'

혼란스러웠다. 갑작스런 그의 청혼에 혼란스러웠고, 알 수 없는 자신의 마음 때문에 혼란스러웠다. 그가 싫기에 망설이는 것은 아니었다. 그런데 왜……?

"기다리는 사람 목 빠지겠네. 예스냐, 노우냐 빨리 대답해요, 혜승 씨."

승규가 혜승을 재촉했다.

"조, 조금만 더…… 기다려 줘요."

목소리를 쥐어짰다. 비겁다고 하고 해도 어쩔 수 없다. 기다려 달라고 하는 수밖에…….

혜승은 자신의 마음속에서 조금씩 그의 자리가 커지고 있다는 걸 이미 오래전부터 느끼고 있었다. 그러나 결혼은 선뜻 결정을 내릴 수가 없었다.

그건 막연한 두려움 같은 거였다. 새로운 상황에 대한 두려움. 변화된 생활에 대한 두려움. 부모님의 죽음으로 모든 것이 변했는데 겨우 안정되기 시작한 여기서 또 변화가 온다는 것이 두려운 것이다.

사실 그에게 자신이 가진 짐을 떠넘기고 싶은 생각이 없는 것도 아니었다. 홀로 남은 자신에게 그가 든든한 울타리가 되어주리라는 걸 알고 있기에…….

하지만 아직까지 결혼은 어려운 결정이었다.

"아직도인가?"

태진이 한숨을 쉬었다. 혜승에 대한 마음으로 자신은 점점 성마르게 변하고 있는데 그녀는 아직도인가 보다.

"인마, 무슨 청혼이 이렇게 성의가 없냐? 내가 여자라도 거절하겠다. 무릎은 못 꿇어도 하다 못해 꽃 한 송이는 있어야 할 것 아니야?"

싸해지는 분위기를 바꾸기 위해 승규가 나섰다.

"그래요, 사장님. 꽉 막힌 이 사람도 청혼할 때는 분위기있는 곳에서 반지 끼워주면서 청혼했는데 너무하셨어요."

인영도 거들었다.

태진은 여전히 혜승만을 뚫어져라 보고 있을 뿐이었다. 온몸을 샅샅이 훑는 것 같은 시선이었다.

"……장미는 향이 강해서 싫은데 유독 좋아하는 품종이 하나 있어요. 나중에, 조금만 더 기다렸다가 다시 물어봐 줄래요? 기왕이면 제가 좋아하는 품종의 장미를 들고……."

혜승이 태진의 눈을 똑바로 바라봤다. 이것은 그녀의 약속이었다. 비록 지금은 아니지만 언제가 될지 모르는 다음에는 받아들이겠다는 약속이었다. 태진은 그런 그녀의 진심을 읽을 수 있었다.

"당신이 좋아한다는 장미가 뭐요?"

"프린세스 드 모나코."

"다음엔 꼭 준비하지."

성급했다. 시폰 원피스를 입은 그녀를 봤을 때부터 따라다니던 욕망이 성급하게 그를 부추기고 그것이 예정되지 않은 청혼으로 이어진 것이다.

어쩌면 결혼식 때문일지도 모른다. 결혼식을 지켜보며 자신이 제단 위에 서 있고, 눈부시게 흰 웨딩드레스를 입은 혜승이 자신을 향해 걸어 들어오는 상상을 했었다. 모두의 축복을 받으며 당당하게 그녀 옆에 서서 평생 사랑할 것을 맹세하는 상상을 했었다. 그래서 그녀가 부케에 관한 속설을 얘기하는 순간 머리 속에서는 '삼 개월 안에 결혼 못할 이유가 없잖아' 하는 생각이 떠올랐고 동시에 입으로 튀어나왔다.

생각을 정리할 틈도 없이 나온 말은 인영의 호들갑에 주워 담을 수 없는 지경에 이르렀고, 혜승의 반응이 궁금했던 그는 그냥 밀고 나갔던 것이다.

물론 그녀가 청혼을 허락했더라면 그보다 기쁜 일은 없겠지만 조금만 더 기다려 달라는 말은 거절은 아니기에 한줄기 위안이었다. 곧이어 그녀가 다음에 자신이 좋아하는 장미를 들고 다시 청혼해 달라고 말하는 순간 자신이 잘못 들은 줄 알았다. 그러나 그녀는 진심이었고 반쯤 승낙한 청혼에 가슴에는 기쁨이 요동쳤다.

"그건 어떤 장미인데요? 이름부터 심상치 않을 것 같은데요."

인영은 처음 듣는 생소한 장미 이름에 궁금증이 발동했다. 장미라야 빨간 장미, 흰 장미, 노란 장미밖에 모르는 그녀로선 모나코의 공주라는 이름을 가진 장미의 생김새가 무척이나 궁금했다.

"꽃잎의 끝부분이 핑크색인 흰 장미예요. 꽃이 크거나 하진 않지만 공주라는 이름이 어색하지 않을 만큼 우아하고 아름답지요."

"듣고 보니 더 궁금해지는데요."

인영은 사달라는 무언의 압력을 가하며 눈을 반짝반짝 빛내고 하 실장을 쳐다봤다.

"사장님, 다음에 또 청혼하실 계획을 잡으시거든 잊지 마시고 저 희들도 꼭 불러주십시오."

"이게 아닌데……."

꽃다발 선물 한번 건져 보려다 실패한 인영의 애교있는 투정에 분 위기는 다시 한 번 화기애애해졌다. 여기에는 좀처럼 농담을 하지 않 는 진지한 성격의 하 실장의 농담도 한몫했다. 뒤이어 연애 시절 둘 사이의 싸움에 대해서 인영이 즐겁게 풀어놓기 시작하면서 분위기 는 한결 더 좋아졌다.

그러나 혜승의 머리 속에는 태진의 청혼에 대한 생각이 떠나지 않 았고 허리에 놓인 그의 손을 의식하느라 인영의 얘기를 귀 기울여 들 을 정신이 없었다. 시간이 지날수록 태진의 손은 점점 뜨거워져 피부 에 화인을 찍는 것 같은 착각에 빠졌다.

9

말복이 지나자마자 더위는 주춤하며 아침저녁으로는 선선한
바람이 불기 시작했다. 그로 인해 일교차가 커지면서 혜승은 가벼운
감기에 걸리고 말았다.

"에치!"

홍화와 소목으로 곱게 염색한 천을 볕에 널던 혜승이 재채기를 했
다. 목이 간질거리는 것이 아무래도 목감기가 든 모양이다.

"몸도 안 좋으면서 뭘 그리 아침부터 서두르누."

마루로 나오던 선영이 혜승의 재채기 소리를 듣고 안쓰러워 혀를
끌끌 찼다.

"태풍이 또 올라온다고 하네요. 볕이 좋을 때 널어 얼른 말리려고
요. 마침 바람도 부니 잘 마르겠다 싶어서 서두르는 중이에요."

"쯧쯧, 하늘도……. 매년 벼 고개 숙일 만하면 그리 심술을 떠나

그래. 농부들 애간장 녹는 줄 모르고……."

"늦은 태풍이 피해가 크다는데 걱정이에요. 무사히 지나가 주면 좋을 텐데요."

"그러게. 그런데 이번엔 무슨 물이기에 색이 저리 고울까?"

혜승이 빨랫줄에 쭉 걸어놓은 천을 보고 선영이 감탄사를 자아냈다.

"홍화랑 소목이에요. 하늘이 파래서 그런가, 유난히 색이 곱게 느껴지네요."

"꼭 새색시 볼 같구나! 꼭 같아."

"그렇게 보니 그런 것도 같네요."

혜승은 얼마 전 결혼식에서 보았던 인영의 환한 미소를 생각했다. 수줍은 미소와 복숭앗빛 볼이 좀 닮은 것도 같았다. 결혼식 생각을 하자 태진의 청혼이 생각났고, 허리에 얹어져 있던 커다란 손의 감촉이 되살아나는 것만 같았다. 어느새 혜승의 볼도 발갛게 물이 들었다. 다행히 혼자만의 생각에 빠져 있던 선영은 혜승의 달아오른 볼을 미처 보지 못했다.

고운 분홍색 천이 선영의 눈을 가득 채우자 뇌는 기억 속 가장 깊은 곳에 있던 어린 사랑을 끄집어냈다. 빨랫줄에 걸려 있는 명주 천만큼이나 고운 분홍색 옷을 입고 약혼을 꿈꾸던 젊은 시절의 자신을 떠올렸다. 억지로 잊으려 한 것은 아니었지만 세월의 아득함 뒤로 지우고 있었던 기억이다.

"고모님, 무슨 생각을 그리 하세요?"

혜승이 고개를 흔들고 뜨거운 피부를 가라앉히고 마루로 걸어가 앉을 때까지 한참 동안이나 미동도 없이 앉아 있는 선영에게 혜승이 물었다. 선영은 퍼뜩 정신이 들었다.

"나도 이제 늙은 모양이구나. 옛 생각이 나는 걸 보면……."

선영이 입가에 미소를 지어냈다.

"즐거운 기억이신가 봐요, 웃으시는 걸 보면."

"즐거운 기억이라……. 즐겁고…… 또 슬픈 기억이기도하지. 이제는 그만 잊어버리고도 싶은 기억이기도 해. 혜승인 이해할 수 없을지도 모르지만 말이야."

"조금 알 것 같기도 해요."

"그래?"

"네. 돌아가신 저희 부모님이요. 부모님 생각할 때마다 추억에 행복하기도 하면서 이제는 더 이상 그런 추억을 만들 기회가 없다는 사실에 슬프기도 하니까요. 고모님 마음 조금은 알 것 같아요."

혜승은 선영을 마주 봤다. 두 사람 사이에 이해의 시선이 오갔다. 혜승은 선영의 눈빛에서 즐겁고도 슬픈 기억이 사랑과 관련이 있다는 것을 읽을 수 있었다. 그래서 조심스럽게 물었다.

"……왜 결혼은 안 하셨어요?"

"글쎄다……. 사랑은 한 번 했던 것 같은데, 그 사람을 믿지는 못했다. 나 혼자 미리 결론지어 버리고 기회를 주지 않았지. 그렇게 사랑을 한 번 잃어버리고…… 그 후로 다시 찾아오진 않더라. 이유라면 아마도 그게 이유겠지. 그리고 태진이를 키우는 것만으로도 충분히 행복했고."

그건 선영의 진심인 듯했고, 그녀의 얼굴은 평온해 보였다.

"후회는 안 하세요?"

"사는 동안 한 번씩 문득 떠오를 때, 어쩌다 가끔씩 생각하지. 다시 그때로 돌아간다면 나는 어떤 선택을 할까 하고. 때로는 과거와 똑같은 선택을 하기도 하고, 때로는 다른 선택을 하지도 해. 그게 후회일 수도 있겠지. 하지만 이미 지나간 과거니 지금의 생각으로 바뀔 수 있는 건 아니잖아. 그럴 땐 이미 지나간 과거다. 그렇게 넘겨."

혜승은 선영의 사랑이 안타까웠다. 그 사람이 일생의 단 한 번뿐인 사랑인 걸 알았다면 고거 그녀의 선택이 뭔가 다르지 않았을까? 조금 더 믿고 인내하지 않았을까? 그랬다면 지금쯤 그녀의 곁에 힘이 들 때 기댈 수 있는 든든한 어깨가 있지 않았을까? 생각이 꼬리를 물고 이어졌다.

그러다 문득 사랑이란 감정을 어떻게 확신할 수 있었는지가 궁금해졌다. 좋아하는 것과 사랑하는 깃의 차이는 무엇인지. 남녀가 만나다가 어느 순간부터의 감정 상태를 사랑이라 부를 수 있을지. 태진에 대한 감정의 동요를 뭐라 불러야 하는지. 그게 사랑이란 이름을 붙여 부를 만큼의 감정인지. 혼란스러웠다.

"어떻게 알 수 있을까요? 사랑이란 거······. 누가 '사랑은 이런 것이다'라고 항목 별로 정의 내려줬으면 좋겠어요. '사랑에 빠진 사람들의 감정 상태 1단계, 2단계, 3단계' 이렇게요."

혜승의 목소리에는 힘이 없었다.

"많이 혼란스러운가 보네. 하지만 그 답은 스스로 찾아야 하는 거야. 사랑은 찾는 것도, 지키는 것도, 가꾸는 것도 모두 스스로 해야 하거든. 그리고 사람마다 지문이 다르듯이 사랑도 다 다르다고 봐. 세상에 똑같은 감정의 크기를 지닌 사랑이 여러 개 존재할 수 있을까? 그건 아닐 거야. 서로 다 다르다면 애초에 객관적인 설명은 불가능하지 않을까?"

"모르겠어요. 혼란스럽기만 하고. 멍청한 생각이겠지만 차라리 누가 저 대신 결론 내려줬으면 좋겠어요."

"확신이라……. 이상도 하지. 내가 그 사람을 사랑한다는 걸 깨닫고 난 후 가장 처음 느낀 감정은…… 불안이었어. 내가 이 사람의 사랑을 받을 자격이 있는 걸까. 이 사람의 사랑이 변치 않고 영원한 것일까. 영원이란 뭔가를 지키기에 너무 긴 세월이잖아. 살다가 나는 여전히 그 사람을 사랑하는데 그 사람은 아닐까 봐, 힘들까 봐, 혹시 이런저런 상황에 밀려 날 사랑하는 걸 포기할까 봐……. 내가 먼저 떠나 버렸지. 한참이 지나고 나서 내가 깨달은 건 난 그 사람을 믿지 못했다는 거였어. 결국 난 나에 대한 그 사람의 사랑을 믿지 못했던 거지. 그리고 그건 바꿔 말하면 내 사랑도 믿지 못했다는 게 돼. 젊은 날의 난 확실한 약속과 믿음, 그리고 보장 같은 걸 바라다가 바보같이 그 사람에게 증명해 보일 기회조차 주지 않았어. 내 경우는 혜승이와는 좀 다른가?"

선영이 말투에서 느껴지는 은은한 회한에 혜승은 목이 메어왔다. 그 사랑을 잃고 홀로 사신다는 건 여전히 사랑하고 있다는 뜻이 아닐까?

"……아직도 그분을 사랑하세요?"

"사랑했던 건 부인할 수 없는 사실이지. 하지만 글쎄다……. 아직도 사랑인지 미련인지는 나야말로 잘 모르겠구나."

미련일지도 모른다고 말하는 선영에게서 희미한 사랑의 냄새가 났다. 남의 사랑일 경우 환히 보이는데 막상 자신에게 닥칠 때 눈을 가리는 건 사랑의 심술일까? 혜승은 파란 하늘을 바라봤다. 선영에게 가혹한 사랑을 안겨준 하늘을 원망하기라도 하듯이.

"난 너희 둘 다 행복하기를 바란단다."

혜승은 선영의 갑작스런 말에 하늘에서 시선을 돌려 그녀를 쳐다봤다.

"태진이 내 조카라서 하는 말이 아니라 정말 반듯이 자라준 아이란다. 행복해질 자격이 충분히 있지. 그리고 혜승이 너도 내가 지켜봤지만, 어느 댁에서 건 탐낼 만한 아이지. 내가 좋아하는 너희 둘이 짝이 되면 어떨까 하는 생각을 혼자 해봤다. 널 대하는 태진의 행동도 예사롭진 않았고……. 그래서 너희 둘이 만나는 걸 은근히 좋아했지. 하지만 등 떠밀 생각은 없다. 서로 좋아 평생 해로한다면 그보다 더 좋을 순 없겠지만, 네 부모님 돌아가신 지도 얼마 되지 않았고 이것저것 바뀐 낯선 환경에 너도 힘들고 혼란스러울 테니 천천히 생각해 보렴. 서로에 대해 차근차근 알아가고, 네 감정도 깊이 들여다보고. 그리고 사랑하는 것 같거든, 함께 있어 행복할 것 같거든. 그때는 너희 둘이 나란히 올리는 절을 받고 싶구나."

"……청혼을 받았었어요."

"그, 그랬니?"

선영의 목소리가 떨렸다. 자그마한 희망이 고개를 들다가 다시 슬그머니 사라졌다. 만약 혜승이 청혼을 받아들였더라면 둘이 함께 허락을 구했을 것이다.

"피하고 말았어요. 그 순간 허락의 말도, 거절의 말도 나오질 않았어요. 나중에 다시 한 번 물어달라는 말로 대답을 대신했지요. 허락과 거절, 둘 다 제겐 두려운 대답이었나 봐요. 허락이 뜻하는 바도, 거절 뒤의 상황도."

"충분히 그럴 수 있지. 결혼은 여자에게 두 번째 인생을 뜻하는 거나 마찬가지니까."

"곧 이어 머리 속을 지배한 생각은요, 뻔뻔스럽게도 '태진 씨가 다시 청혼해 주지 않으면 어쩌지'라는 생각이었어요. 자기 마음도 잘 모르면서……. 전 욕심이 많나 봐요. 영악하게 태진 씨에게 다시 한번 기회를 주는 척하며 제 주변에 붙들어둔 걸지도 몰라요."

"태진이에 대한 마음을 서서히 키워가고 있는 중인 거겠지. 점점 커져서 어느 순간에 이르면 그 마음이 다 드러나는 날이 올 거야."

"그럴까요?"

"그래. 아직은 작아서 다 드러나지 않지만 점점 커져서 눈을 꽉 채워보지 않으려 노력해도 저절로 눈 안에 들어오는 날이 올 거야."

선영은 혜승의 등을 다독거렸다.

"색 정말 곱다. 그치?"

파란 하늘에 나부끼는 고운 연분홍 천들은 한순간 고민을 앗아갈 만큼 아름다웠다.

이십 대 후반의 한 남자가 태진의 사무실에 찾아와 무작정 그를 기다리고 있었다. 약속에 없던 인물이라 만날 것을 거절했음에도 시간이 날 때까지 기다리겠다며 비서실 소파에 눌러앉았다. 기다리다 지치면 가겠지 했던 남자는 태진이 점심 약속을 갔다 올 때까지 그 자리에 앉아 있었다. 결국 태진은 잠시 틈을 내 그 남자를 만나기로 했다.

"초면인 것 같은데 무슨 일로 절 찾아오신 겁니까?"

"안녕하십니까? 저는 문용진이라고 합니다."

"정태진입니다."

태진은 꾸벅 인사를 하며 손을 내미는 남자와 악수를 하고 자신의 이름을 말했다.

"영화를 만들고 싶습니다."

불쑥 말하는 그의 용건이라는 것은 태진을 놀라게 하기에 부족함이 없었다. 이십 대 후반의 남자가 찾아와 한다는 말이 '영화를 만들고 싶습니다' 라니…….

"실례지만 나이가……?"

"스물일곱입니다."

스물일곱. 영화를 만들기엔 아직 어린 나이다.

"영화를 만들고 싶다는 건 제작을 하고 싶다는 겁니까, 아니면 연출을 하고 싶다는 겁니까?"

"연출을 하고 싶습니다. 이 대본으로 영화를 만들어보고 싶습니다."

귀찮은 일에 말려든 것 같다. 태진은 한숨이 절로 나왔다. 그 나이면 무슨 경험이 있겠는가. 스텝으로 써달라는 말도 아니고 대본까지 들고 와 영화를 만들게 해달라니. 한숨이 절로 나왔다.

"아직 학생일 것 같은데 좀 더 배우고 찾아온다면……."

태진은 말을 끝까지 이을 수가 없었다.

"학교에서 배울 수 있는 건 전부 배웠다고 자부합니다."

"오만한 말이군. 배움에 끝이 있다는 건가?"

태진은 남자의 말에 순간 화가 치밀었다. 태진의 눈에 그의 모습은 철부지로밖에 보이질 않았다.

"아닙니다. 배움에 끝이 있다는 말은 아니었습니다. 전 영화를 무척 좋아합니다. 그건 아마 부모님의 영향이 큰 것 같습니다만, 중학교 때부터 개봉되는 영화는 나이 제한에 상관없이 무슨 수를 쓰더라도 다 봤습니다. 그러던 중 미국으로 공부를 하러 가게 돼 볼 기회가 있었고, 낯선 그 나라에서 제 유일한 낙은 영화를 맘껏 볼 수 있다는 거였습니다. 제 영어는 영화에서 배웠다고 해도 틀린 말은 아닙니다. 고교를 졸업 후 대학에 진학하지 않고 영화에 대해 공부했습니다. 한국 영화와 헐리우드 영화의 차이점과 본받아야 할 점. 거대 자본에 맞서 한국 영화의 어떤 특징으로 세계 시장을 공략해야 하는지. 공부하는 내내 고민하고 또 방법을 찾으려 노력했습니다. 지금 그런 제 영화를 찍을 때가 됐다고 생각합니다."

그의 눈에 들어 있는 것은 열정이었다. 태진은 슬슬 흥미가 동했다.

"왜 하필 지금이지요? 그 이유는?"

"기다릴 시간이 없기 때문입니다. 이 대본을 쓴 사람은 제 친구입니다, 언젠가 둘이 세계를 놀라게 할 만한 영화를 찍자고 약속했던. 그런데 영화사 십여 곳에서 퇴짜를 맞은 제 친구 놈은 지금 펜을 꺾으려 하고 있습니다. 읽어보시면 아시겠지만 이 시나리오는 한국적인 특색을 갖고 있으면서 세계 시장에서도 통용될 보편성도 가지고 있는 작품입니다. 이런 작품을 평생 쓸 수 있는 능력을 지닌 친구가 펜을 꺾는다는 건 영화사의 비극입니다."

"난 제작잡니다, 영화를 찍어 이득을 남기는. 문용진 씨가 내게 이익을 보장할 투자라는 걸 내가 어떻게 믿죠?"

"이걸 보시면 알 수 있으실 겁니다. 이 안에는 제가 찍고 싶은 영화의 특징과 선택의 이유가 시놉시스와 함께 들어 있습니다. 그리고 제가 찍은 단편 영화 두 편이 함께 들어 있습니다. 영화를 아시는 분이라면 분명히 제게 기회를 주실 겁니다."

남자는 확신에 찬 듯 보였다.

"하하하. 그 말은 문용진 씨에게 기회를 주지 않는다면 나는 영화를 모르면서 제작에 돈만 대는 멍청한 투자가가 되는 거로군요."

"그런 뜻은 아니었습니다."

남자는 서둘러 부인했다.

"검토해 보죠. 판단은 그 후에 하고요."

태진은 그가 내미는 노란 서류 봉투를 받아 들었다. 제법 두툼하고 묵직했다. 왠지 봉투의 무게만큼이나 내용도 실할 거라는 예감이 들었다.

"긍정적인 답변 기다리겠습니다."

악수를 하고 뒤돌아서 나가는 남자의 등은 당당해 보였다. 비록 부탁을 하러 온 것이었을망정 비굴하진 않았다. 태진은 그의 태도가 마음에 들었다. 문 밖으로 사라지는 등이 잠시지만 정겨운 것도 같았다.

"그건 모험 아닌가요?"

예술의 전당에서 뮤지컬을 관람한 후 들어온 예쁜 카페에서 태진에게 용진의 사무실 방문에 대한 전말과 그에게 메가폰을 잡을 기회를 주려 한다는 말을 들은 혜승은 걱정이 앞섰다. 영화계에 대해서 잘 모르지만 영화의 완성도가 감독에 따라 달라진다는 것 정도는 알고 있었다.

"모험이지."

"그런데 왜……?"

"사실 영화계는 다소 폐쇄적이야. 연줄이 많이 통하는 세계기도 하고. 그래서 많은 친구들이 허드렛일이라도 하면서 이름있는 감독 밑에 있으려고 하지. 그리고 그런 구조가 신인 감독들의 성장을 방해하고 있는 면도 있어. 그 친구의 단편 영화 필름을 봤는데 상당한 수준이더군. 물론 시나리오도 좋았고. 모험이긴 하지만 노련한 카메라 감독을 구한다면 위험성을 상당히 줄일 수도 있을 것 같고, 영화로 완성시켜 보고 싶은 욕심도 들고 해서."

"이미 결심을 굳혔나 봐요."

"계약서 준비하라고 지시해 놨어. 표정이 왜 그러지? 성급한 것 같나?"

"뭐랄까, 생각보다 템포가 빠른 것 같아서요. 큰돈이 들어가는 일인만큼 과정이 복잡할 거라고 생각했거든요."

"계약을 한다고 해서 당장 촬영에 들어가는 건 아니야. 준비가 이르면 빨리 시작할 수도 있지만 늦어지는 것들은 몇 년씩 지체되기도 하니까. 그 친구의 첫 영화라 스텝들 구하기도 쉽지 않을 테고, 계약은 서두르지만 크랭크 인 하기까지는 다소 시간이 걸릴 것 같아."

"그래도 전 이번 결정이 태진 씨의 일상적인 행동의 범주를 벗어난 것 같다는 생각이 자꾸 드네요."

"예리하네. 사실 이렇게 파격적인 결정은 처음이지. 보통은 시나리오 팀에서 좋은 시나리오 몇 편을 동시에 추천하면 팀원들이 함께 검토해서 시나리오를 정하고, 시나리오를 최대한 영화로 옮겨줄 수 있는 감독을 찾고, 배우를 찾지. 이번엔 팀의 동의 없이 독단적으로 결정한 거니까 예외적인 일이긴 해. 시나리오 팀에서도 좋게 봤다는 거야. 물론 신인 감독을 쓴다는 결정에는 우려의 목소리가 높았지만."

"결국 뜻대로 밀고 나갔네요."

"그 친구의 눈에 영화에 대한 열정이 보였어. 물론 열정만으로 모든 일을 해낼 수 있는 건 아니지만 그 친구는 왠지 잘해낼 것 같다는 생각이 들더군. 시나리오와 필름을 남겨두고 사무실을 나가는데 그런 모습을 자주 보게 될 것 같다는 예감도 들었고. 내용물을 보기도 전에 말이야."

"뭔가 특별한 인연이 숨어 있는 건 아닐까요?"

"훗, 그럴지도 모르지."

"어찌 됐든 기왕 결정한 일 잘됐으면 좋겠어요."

"틀림없이 잘될 거요."

종업원이 주문한 음료를 가져오는 사이 잠시 둘 사이에 정적이 흘렀다.

"여긴 분위기가 참 편안하네요."

혜승이 주위를 두리번거리며 말했다.

"친구 녀석이 추천한 곳인데 괜찮네."

이 카페는 친구 녀석이 인심이라도 쓰는 양 가르쳐 준 곳이었다.

나무로 된 테라스에 야외 테이블이 두 개 있고, 안으로 들어가면 복층형의 구조로 되어 있는 카페였다. 오크 나무 테이블과 천장에 높게 걸린 조명은 카페 안에 아늑한 분위기를 자아냈다. 카페 오른쪽에 자리 잡고 있는 오래된 오르간과 나무 목마도 정겨웠고, 테이블 사이에 놓인 화분들은 답답한 느낌을 주지 않으며 손님들의 사생활을 적당히 보호해 주고 있었다.

차를 몰고 왔던 태진은 자신을 위해서는 무알코올 음료를, 혜승을 위해서는 약한 칵테일을 한 잔 주문했었다.

"고마워요."

"뭐가?"

"오늘 공연도 그렇고, 그동안 여기저기 데려가 주신 것도 그렇고요. 전 다소 패쇄적인 생활이 버릇돼서 제게 익숙한 공간이 아니면 잘 안 다니거든요. 근데 요즘은 태진 씨 덕분에 새로운 것을 경험하는 즐거움을 알아가고 있어요."

"즐거웠다니 나도 좋군. 다른 데 또 가보고 싶은 곳 있으면 얘기해요, 데려가 줄 테니."

"오늘은 이걸로 만족해요."

"욕심이 없군."

"제가요?"

태진은 고개를 끄덕였다.

"저 보기보다 욕심 많아요. 해보고 싶은 건 서툴러도 제가 꼭 해보고요. 그런 주제에 남이 서투르면 빼앗아 제가 해요. 성격이 나쁘거든요."

"그런 욕심 말고."

"그것도 욕심이지요. 전 세상에 욕심없는 사람은 없다고 봐요. 살아가는 게 끝없이 자신을 채워 나가는 것의 연속이잖아요. 그게 학문을 이루고자 하는 것이든 재물을 모으고자 하는 것이든 명예를 얻고자 하는 것이든 자식을 바른 길로 이끌고자 하는 것이든 결국 자신이 소망하는 것을 채우고자 하는 욕심 아닐까요?"

"그대의 철학인가?"

"거창하게 철학이라고 할 건 없고요, 개인적인 생각이에요. 만족한다고 말한 건 착하게 보이고자 하는 제 욕심일지도 몰라요."

"어리석은 소리. 그대에게 가장 어울리지 않는 말이 있다면 그건 아마 술수라는 말일 거야. 당신이 욕심없는 착한 여자라는 건 이미 알고 있는 사실이지 확인을 필요로 하지는 않아."

혜승은 고개를 살짝 숙이고 미소를 지었다. 태진은 그것이 자신이 한 칭찬에 대한 부끄러움인 줄로만 알고 있었다.

"실제 쓰이는 말이군요."

"뭐가 말인가?"

"방금 하신 '그대'라는 말이요. 전 그 말이 시구에서나 쓰이는 말인 줄 알았어요. 실제로 들으면 굉장히 이상할 것 같았거든요. 그런데…… 생각보다 이상하진 않네요."

"내가 그랬나?"

"네."

태진은 방금 전으로 기억을 되돌렸다.

세상에 '그대'라니. 그런 낯간지러운 말을 하다니. 그 말을 태어나서 여태껏 단 한 번도 해보지 않았노라고 맹세할 수도 있었다. 머리 속 어디에 숨어 있다가 튀어나왔는지 그 자신조차 알 수가 없었다. 하나, 자꾸 곱씹으면 곱씹을수록 어감이 나쁘지 않았다.

"그대, 그대, 그대라……."

태진의 나직한 목소리에 혜승은 볼을 붉혔다.

그 순간 카페 안을 흐르던 음악이 꺼지고 오르간의 울림이 카페 안에 퍼졌다. 한 남자가 오르간 앞에 앉아 있었다.

"안녕하세요. 저기 창가에 앉은 배가 특히 예쁜 여자가 제 아내입니다. 출산이 얼마 남지 않았는데 요즘 유난히 불안해합니다. 기분

전환을 하러 나왔는데 이 오르간이 눈에 띄어서요. 사장님께 허락을 받고 한 곡조 연주합니다. 귀가 어지러우시더라도 양해해 주시기 바랍니다. 마음을 안정시키는 음악이라는 바흐의 토카타입니다."

피아노와 다른 음색을 지닌 오르간의 풍요로운 소리가 아내에 대한 사랑을 담고 카페 안을 가득 채웠다고, 남편을 바라보는 아내의 미소와 감격의 눈물이 카페에 있는 연인들의 가슴을 따뜻하게 데워 주었다.

임신한 아내를 위해 음악을 선물하는 남편과 사람들의 시선에 볼을 붉히며 그런 남편을 고운 눈으로 바라보는 아내. 한 편의 아름다운 수채화 같은 광경이 혜승은 문득 부러워졌다. 약간의 시샘과 함께 고개를 돌렸다.

그 순간 혜승은 자신을 빤히 바라보는 태진과 눈이 마주쳤다. 한번 마주친 시선은 서로 얽혀들어 떨어질 줄 몰랐다. 바흐의 아름다운 선율과 함께 두 사람 마음도 같이 흐르는 것만 같았다.

태진과 혜승은 영원히 흘러도 좋을 것 같은 음악이 끝나고 박수 소리가 터질 때까지 마냥 서로를 바라보고 있었다.

연주를 마치고 아내가 있던 자리로 돌아가는 남편의 등 뒤에 박수 소리와 함께 건강한 아이를 낳기 바란다는 덕담이 쏟아졌다.

태진은 테이블 너머에 있는 혜승의 한 손을 끌어당겨 자신의 두 손으로 감싸 쥐었다. 옆 자리에 앉는 것을 어색해하는 혜승 때문에 태진의 자리는 항상 맞은편이었다.

"언젠가 우리도 저렇게 아름다운 부부이기를 바란다면 지나친 욕심인가?"

태진은 혜승이 대답할 틈을 주지 않고 곧 이어 말했다.

"부담을 주려는 건 아니야. 그대가 말했듯 소망이야, 내 인생을 당신으로 채우고 싶은 소망."

"난, 당신을 채우기에 부족한 사람일지도 몰라요."

태진에게 잡힌 혜승의 손이 가늘게 떨렸다.

"지금 당신 모습 그대로 내게 충분해."

"난 당신이 걱정돼요……. 당신에게 먹이고 싶은 것도…… 많아요. 말복에…… 일이 많다며 저녁을 들러 오지 않았을 때요. 그때 당신 몫의 삼계탕 내내 데워놓고 있었어요. 혹시 당신이 오지 않을까 하는 기대에……. 당신이 날 가만히 바라보면 때로는…… 몸이 떨리기도 해요. 당신이 날 만지면…… 그곳이 화상을 입을 것처럼 뜨거워져요. 당신 손의 감촉이 내내 피부에 느껴지는 것 같을 때도 있어요. 전화벨이 울리면, 당신이 먼저 떠오를 때가 많아요. 어떤 때는 종종 당신 목소리가 들리기도 하고, 당신 모습이 보이기도 해요."

손보다 더 떨리는 목소리로 더듬더듬 말이 이어지는 동안 혜승의 시선은 태진에게 잡힌 손에 고정되어 있었다. 태진의 얼굴을 바라볼 용기가 없어서 눈에 힘을 주고 손만 바라보고 있었다.

"혜……."

점점 빨라지던 태진의 심장은 제멋대로 춤을 추었다. 심장에서 펌프질해 올린 뜨거운 피가 점점 피부를 뜨겁게 달궜다. 머리가 하얗게 비워지며 제대로 된 사고를 할 수 없었다. 쥐어짜듯 낸 목소리는 혜승에 의해 저지당했다.

"하지만 그게 사랑인지는 모르겠어요."

혜승은 태진의 말을 가로막으며 결심한 말을 마쳤다. 단숨에 말을 마친 혜승은 판결을 기다리는 죄인이 된 심정이었다. 언제까지나 설득에 여지를 남겨둔 것마냥 피할 수는 없었다. 비겁하고 교활하게 대답을 회피하는 건 더 이상 할 수가 없었다.

터질 듯한 침묵을 깨고 먼저 움직인 것은 태진이었다. 손을 들어 혜승의 턱을 부드럽게 잡고 고개를 들게 한 후 눈을 마주쳤다.

"당신한테 이런 말을 들을 수 있는 날이 오리라고는…… 차마 상상도 못했었어. 처음 당신을 본 날, 당신이 충격과 슬픔에서 미처 헤어 나오지 못했을 때였겠지만, 나에게 당신은 눈부신 사람이었지. 아무런 장식도 없는 당신 그대로, 눈부시게 아름다운 당신 그대로 나의 뇌리에 박혀 뽑혀지지 않았지. 시쳇말로 그래, 나는 당신에게 첫눈에 반했던 거요. 하지만 그게 사랑이었다고 생각지는 않아."

혜승이 몸이 순간 움찔하며 의자 등받이에 등이 닿았다. 그 말을 전해도 들은 적이 있는 말이었는데 사랑이었다고 생각지 않는다는 말이 왜 새삼 상처를 받은 것처럼 느껴지는지 알 수가 없었다.

"나도 사랑에 대해서는 문외한이야. 아니, 그보다 더 심하지. 남녀 간의 사랑이라는 감정을 믿지도 않았으니까."

태진의 얘기가 계속될수록 불안감만 더 커져 갔다. 듣고 싶지 않았다. 무의식 중에 태진에게 잡힌 손을 빼내려 하며 태진의 시선을 외면했다.

"하지만 당신을 만나고 난 후, 한혜승이라는 여자에 대해 알아가면 알아갈수록 내 안의 뭔가가 서서히 변화하기 시작했어. 정신이 들고 보니 어느새 난 모든 걸 당신과 비교하기 시작했지. 화려한 옷차림과 화장을 한 여자를 보면 당신의 맨얼굴이 생각났고, 여자들이 들고 다니는 소위 명품이라 부르는 해외 유명 브랜드의 가방을 보면 조각보를 누벼 만든 당신 가방이 생각났어. 서점에 가면 당신이 읽던

책이 제일 먼저 눈에 들어왔고, 어쩌다 당신이 좋아하는 음악이 라디오에서 나오면 나도 모르게 볼륨을 높였지. 사람을 만나면 '당신이라면 어떤 말을 했을까, 어떤 행동을 했을까?' 하는 생각이 먼저 떠올랐어."

혜승은 눈을 동그랗게 뜨고 태진을 바라봤다. 눈에 눈물이 차 오르고 있었지만 그녀는 느끼지 못했다. 카페 안을 채우고 있는 사람들도 감각 밖으로 멀리 밀려났다. 몸의 오감이 모두 차단되고 열려 있는 감각이라고는 오로지 청각뿐인 것 같았다. 윙윙거리는 소리와 함께 들려오는 소리라곤 오로지 태진의 목소리뿐이었다.

"내 생각의 기준은, 내 행동의 기준은, 내 가치의 기준은, 당신이야. 그게 당신을 만나고 내게 찾아온 가장 큰 변화일 거요."

혜승의 눈에서 눈물이 볼을 타고 주르르 흘러내렸다.

"하지만 내게 당신을 사랑하냐고 묻는다면…… 나도 모르겠어. 나는 여자를 사랑해 본 적이 없으니까. 경험이 없는 거지. 우린 똑같은지도 몰라. 당신은 남자를 사랑해 본 적 없고, 나는 여자를 사랑해 본 적이 없어서 모르고 있는 건지도……. 우린 단지 어떤 감정을 사랑이라 불러야 하는지 모르고 있을 뿐이야."

태진은 엄지손가락으로 혜승의 볼에 흘러내리는 눈물을 닦아주었다. 손가락이 지나간 자리에 얼룩이 남았다. 태진이 자꾸만 닦아내도 하염없이 흘러내리는 눈물은 급기야 태진의 손가락으로도 흘러넘쳤다.

"나는 생각하지. 내 곁에 항상 당신이 있었으면, 당신의 곁에서 내가 힘이 되어줄 수 있었으면 하고 말이야. 당신이 힘들어할 때 타인이란 이유로 당신에게 아무런 도움이 되지 못했던 게 나는 못내 가슴

아팠어. 나는 당신을 아끼고 당신을 행복하게 해주고 싶어. 당신이 하는 일에 힘이 되어주고 당신의 조력자가 되기를 바라지. 그건 사랑이 아닌가? 당신이 날 생각하고 내가 당신을 생각하는 마음이 어쩌면 사랑의 다른 얼굴일지도 모르잖아."

"······."

"왜? 그런 마음은 사랑이 아닌 것 같나?"

혜승은 고개를 가로저었다. 가슴이 벅차고 목이 막혀 아무런 말도 할 수 없었다. 비로소 선영의 말이 이해되었다. 사랑은 사람마다 각자 달라서 객관적으로 정의 내릴 수 없다는. 혜승은 자신이 태진을 이미 사랑하고 있다는 것을 깨달았다. 그리고 그가 지금 자신을 사랑하고 있다고 고백하고 있음을, 서로의 마음이 이미 마주 보고 있다는 걸 알았다.

"당신을 웃게 하려면 나도 오르간을 배워야 하는 거요? 당장은 힘든데······."

혜승은 고개를 저으며 입술이 부드러운 곡선을 그리며 미소를 지어내기 시작했다. 태진은 그런 그녀를 보며 잡고 있던 그녀의 손을 들어 손등에 입을 맞췄다.

"사실은 볼에 입을 맞추고 싶은데 참는 거요, 공공장소라."

혜승은 불을 붉히며 누가 볼까 주변을 두리번거렸다.

혜승이 잠시 화장실에 간 사이 편안한 자세로 카페 안을 두리번거리던 태진의 눈에 장식장 안에서 영롱한 빛을 뿜어대는 장신구가 눈에 띄었다. 가까이 다가가서 보니 반지며 귀고리, 목걸이 등의 전시되어 있었다. 그중 이상한 모양의 반지 하나가 눈에 띄었다. 둥그런 원형도 아니고, 물방울 모양도 아닌 약간 일그러진 모양의 장식이 있는 수수한 반지였다. 반지 아래 조그맣게 이름표가 붙어 있었다.

〈tear.〉

"이건 판매하는 겁니까?"

태진이 지나가던 종업원을 붙잡고 물었다.

"네. 디자이너 선생님들에게 위탁받아 판매하고 있는 겁니다. 디자인 당 하나의 제품만 만드시기 때문에 똑같은 디자인의 제품은 없습니다."

"주십시오."

태진은 종업원에게 포장해 줄 것을 요구했다.

"저, 연인 되시는 분께 선물하실 거면 다른 디자인으로 하시는 게 어떻겠습니다. 이 제품은 너무 수수하고, 또 작품 이름도 좀⋯⋯."

종업원은 조심스럽게 그 옆의 하트 모양에 작은 다이아몬드가 부착되어 있는 반지를 권했다.

"그냥 이걸로 주십시오."

단호한 태진의 말에 종업원은 더 이상 강권하지 못하고 'tear'이란 이름의 반지를 포장해 주었다. 태진은 반지를 받아 양복상의 주머니에 넣었다.

혜승을 배웅하기 위해 차를 타고 그녀의 집으로 향하는 동안 볼록하게 솟아 있는 상의 주머니 속의 반지가 내내 신경 쓰였다.

차가 서서히 속도를 늦춰 멈추자 혜승은 안전벨트를 풀며 내릴 준비를 했다. 딸깍 소리와 함께 벨트를 푸는 순간 태진이 그녀의 손을 잡았다.

태진은 상의 주머니에서 반지를 꺼내 천천히 혜승의 왼손 약지에 끼워주었다.

"왼손 약지는 창조력을 받아들이고 사랑을 받아들이는 손가락이라더군. 심장하고 연결돼 있기 때문이래. 당신이 장신구를 즐겨하지 않는다는 걸 알지만 이 반지는 받아주면 좋겠어."

"……"

"아까 그 카페에서 산 것인데 이게 눈물이라더군."

태진은 일그러진 물방울 모양의 장식을 손으로 가만히 어루만졌다.

"이건 내 약속의 증표요. 당신을 슬프게 하지 않겠다는, 당신이 눈물 흘리는 일이 없게 하겠다는 내 약속이야."

받아들였다. 혜승은 잠깐의 망설임 끝에 태진의 눈을 바라보며 고개를 끄덕이는 것으로 단순한 반지가 아닌 태진의 마음을 받아들였다.

태진은 손을 들어 혜승의 볼을 부드럽게 어루만지며 천천히 고개를 숙였다. 다가오는 태진을 보며 혜승은 가만히 눈을 감았다. 입술에 태진의 입술이 닿는 순간 그녀는 숨을 딱 멈췄다.

잠시 가볍게 내리누르던 입술 감촉이 사라지고 천천히 눈을 그녀의 시야에 들어온 것은 불꽃이 일렁이는 태진의 두 눈이었다.

혜승은 천천히 팔을 들어 태진의 목을 껴안았다. 처음으로 그녀가 먼저 손을 내민 것이다. 태진의 눈빛이 탁해지더니 격정적인 키스가 뒤를 이었다.

태진은 혜승의 입술을 열고 그녀의 숨을 들이마셨다. 서로의 혀가 얽혀들고 입 안에서는 달콤쌉싸름한 초콜릿 맛이 났다. 혜승의 아랫

입술을 부드럽게 빨아들이며 태진은 그녀의 향기에 흠뻑 빠져들었다.

하지만 이걸로 충분치 않았다. 태진은 그녀를 만지고 싶은 욕구에 손이 떨릴 지경이었다. 태진은 혜승의 허리에 손을 올려놓고 천천히 어루만지기 시작했다. 위로 올라가기 시작한 손은 그녀의 갈비뼈를 지나 가슴으로 향했다. 봉긋한 가슴이 손 안에 잡히고 그녀의 몸이 움찔하며 긴장하는 것이 느껴졌다. 그러나 놓아줄 생각이 없었던 태진은 더욱 세게 그녀를 끌어안았다.

부드럽게 가슴을 어루만지는 태진의 손길에 혜승이 정신을 차리지 못하는 사이 태진의 입술은 그녀의 턱을 지나 움푹 팬 쇄골로 향했다.

조금만 더! 조금만 더!

태진은 자꾸만 욕심이 생겼다. 혜승의 허리를 받치고 있던 손을 아래로 쓸어 내렸다. 얇은 여름 옷감 아래로 그녀의 피부가 고스란히 느껴졌다. 치맛단의 끝에 다다르자 치마 끝을 약간 걷어 올리고 그 아래로 손을 집어넣었다. 딱딱한 자신의 손바닥 아래 느껴지는 그녀의 부드러운 맨살이 너무 황홀했다. 태진은 둥글게 원을 그리며 그녀의 피부가 주는 느낌을 만끽하며 천천히 손을 위로 향했다.

"헉!"

놀란 듯한 신음 소리와 함께 혜승의 손이 치마 위에서 태진의 손을 잡았다. 달아오른 혜승의 피부 위로 태진의 손이, 그 위를 얇은 치맛자락이 덮고, 그 위를 혜승의 손이 덮고 있었다.

태진은 고개를 들어 그녀를 바라봤다. 붉게 달아오른 얼굴 위에는 얇게 두려움이 깔려 있었다. 민망함에 차마 그의 얼굴을 똑바로 바라보지 못하는 그녀를 보며 태진은 숨을 골랐다. 그냥 밀고 나가라는 마음의 속삭임을 뒤로하고 열정을 가라앉히려 노력했다.

잠시 후 진정이 되자 혜승의 치마 안에 들어가 있는 손을 아쉬움에 천천히 빼냈다. 그가 손을 빼내자 그때까지 그의 손을 덮고 있던 혜승의 손이 툭 떨어졌다. 태진은 혜승의 치맛자락을 아래로 내려 정리해 주고는 그녀의 손을 잡았다. 자신의 손을 아래로 혜승의 손을 위로 손바닥이 마주 대게 잡은 후 그녀의 약지에 끼워진 반지의 눈물 장식을 어루만졌다.

"……."

잠시 침묵이 흘렀다.

"성급했던 건 알지만 미안하다고 사과하긴 싫군."

태진은 마주 잡은 손을 들어 반지의 눈물 장식 위와 그녀의 손등에 입을 맞췄다. 그러더니 갑자기 손을 놓고 일어나 차 문을 열고 밖으로 나갔다. 앞으로 빙 돌아서 조수석으로 오더니 문을 열고 그녀가 내릴 것을 기다렸다.

혜승은 몸을 옆으로 돌리고 두 다리를 땅에 내려놓았다. 후들거리던 다리는 일어서려 힘을 주는 순간 그녀의 명령에 따르지 않았다. 휘청거리는 그녀를 태진이 받아 가슴에 안았다.

"당신과 단둘이 차 안에 더 있다간 얼마 남지 않은 내 인내심이 바닥날 것 같더군. 유혹이 너무 커. 오늘은 그만 들어가는 게 좋겠어. 당신이 이 반지를 받아준 것만 해도 오늘은 충분히 행복하니 말이야."

태진은 혜승의 어깨를 안고 문 앞까지 바래다주었다. 먼저 안으로 들어가란 재촉에 그가 가는 모습도 보지 못한 혜승은 닫힌 대문에 등을 기대고 그의 차 소리가 멀어질 때까지 가만히 서 있었다. 차 소리가 더 이상 들리지 않고 조용한 밤의 적막이 흐르자 후들거리는 발을 옮겨 초당으로 향했다.

방으로 들어온 혜승은 무너지듯 주저앉았다. 생각할수록 얼굴이 화끈거렸다. 카페에서 그에게 했던 말도, 차 안에서의 행동도 모두 평소 그녀와는 거리가 먼 행동이었다.

혜승은 더 이상 생각하지 않으려 고개를 세차게 휘젓고는 갈아입을 옷을 챙겨 욕실로 향했다. 뜨거운 물에 몸을 담그고 푹 자려던 그녀의 결심과 달리 뒤척이던 그녀가 잠이 든 것은 새벽 네 시를 넘어선 후였다.

시계가 다섯 시를 가리킬 무렵, 진희는 차를 몰아 태진의 회사로 향했다. 지하 주차장으로 진입한 진희는 태진의 차를 찾았다. 태진의 자동차 번호판을 확인하고 잘 보이는 위치를 골라 자신의 차를 주차시키고 그가 나오기를 기다렸다. 당장이라도 사무실로 올라가 따지고 싶은 마음은 굴뚝같았지만 마음을 진정시키려 애썼다.

평소 태진의 퇴근 시간을 감안해 한참을 기다릴 거란 예상을 깨고 그가 모습을 드러냈다. 힘찬 걸음걸이로 차에 다가가 문을 열고 스르르 미끄러져 들어가듯 차에 탔다. 곧 시동이 켜지는 소리가 나고 차가 유연하게 출발했다.

진희는 손톱을 깨물며 잠시 망설이다 태진의 차를 쫓았다. 그녀의 모습에서 신중함 따위는 찾아볼 수 없었다. 눈치 채지 않게 미행을 해야 한다는 것조차 잊고 태진의 차를 바짝 쫓았다. 퇴근 시간이라 정체 중인 자동차들 사이에 숨어 태진의 차 뒤꽁무니를 열심히 따라

갔다.

차가 한적한 골목길로 접어들고 잠시 후 민속촌에서나 볼 수 있음 직한 한옥 앞에서 멈췄다. 태진이 차에서 내리더니 그 한옥집 안으로 들어갔다.

진희는 차에서 내려 한옥 집을 살펴보기 시작했다. 아주 잠깐 한 식당이 아닐까 하는 생각을 했으나 곧 머리에서 지웠다. 식당 특유의 분위기가 나질 않았다. 아무리 살펴봐도 일반 가정집 같은데 태진이 그 집으로 들어간 이유를 알 수 없었다.

전에 언뜻 그의 집이 회사 근처 어디라는 말을 들은 기억이 났다. 그렇다면 그의 집도 아니란 얘긴데 대체 무슨 일로 그 집을 방문한 것일까? 생각이 꼬리에 꼬리를 물었다.

진희는 집 주변을 서성이다 차 안으로 들어가 태진이 나올 때까지 기다리기로 했다. 한 시간, 두 시간, 시간은 자꾸 흘러 그가 집 안으로 들어간 지 네 시간 만에 대문이 열렸다. 진희가 반가워할 사이도 없이 대문 밖으로 나온 태진은 뒤를 돌아 문을 잡았다. 여자의 것으로 보이는 가냘픈 어깨가 열린 문 사이로 모습을 드러내고 뒤를 이어 얼굴이 드러났다.

그녀였다!

서교호텔에서 본 그녀가 틀림없었다. 평상복을 입고 있고 또 그날 스치듯 본 얼굴이라 확신할 수 없지만 진희의 본능이 그녀라고 아우 성치고 있었다.

그 여자는 태진과 함께 걸어나와 그의 차 앞까지 당연한 듯 배웅을 하고 있었다. 한두 번 해본 일이 아닌 듯 태도가 아주 자연스러웠다.

진희는 자동차 핸들을 꽉 움켜쥐었다. 힘을 너무 많이 준 탓에 퍼런 핏줄이 손등 위로 보기 싫게 불쑥 튀어나와 있었지만 그녀는 알지 못했다.

태진이 그 여자의 허리에 손을 올려 끌어당기더니 입술에 키스를 했다.

그가 키스를 했다!

그가 키스를 했다! 길 한복판에서!

진희는 충격에 정신을 차릴 수가 없었다. 팔짱이라도 한 번 낄라 치면 툭 치며 떨어뜨려 놓곤 했던 그였다. 그런데, 그런데 길 한복판에서 키스라니……. 마치 한몸인 것처럼 딱 붙어서 키스를 하고 있는 사람이 그라는 것을 도저히 믿을 수가 없었다. 아니, 믿어지지가 않았다. 기분 나쁜 악몽을 꾸고 있는 것만 같았다.

탁!

무의식 중에 쥐고 있던 주먹으로 핸들을 내려쳤다. 손이 벌겋게 변하며 군데군데 빨간 핏줄이 터졌지만 분한 마음에 아픔을 느낄 겨를이 없었다.

진희는 자신이 왜 이런 일을 겪어야 하는지 이해할 수가 없었다. 미인이고, 자신감이 넘치고, 똑똑한 그녀였다. 버리는 법은 배웠어도 버려지는 법은 배우지 못한 그녀였다. 남에게 뭘 빼앗기는 데 익숙하지 않은 그녀였다.

그런 그녀가 태진을 선택했을 때 그녀는 자신이 있었다. 애초에 실패라는 걸 염두에 두지 않고 시작한 일이었다. 태진이 다른 여자에게 키스하는 모습을 지켜보는 지금도 실패라는 말은 생각하기 싫었다.

키스를 마치고 진한 아쉬움을 뒤로한 채 여운을 만끽하던 두 사람은 잠시 실랑이를 벌였다. 실랑이 끝에 여자가 몸을 돌려 대문으로 타박타박 걸어갔다. 그런 그녀를 태진이 물끄러미 바라보고 있었다. 대문 앞까지 걸어간 여자가 몸을 돌리자, 태진은 어서 들어가라는 제스처를 손짓으로 전했다. 여자는 고개를 끄덕여 인사를 하고 대문 안으로 사라졌다. 여자가 대문 안으로 안전히 들어가는 걸 확인한 후에야 태진은 차에 올라탔다.

태진은 그 여자에게 자신의 등을 보여주지 않았다. 차 앞에서의 실랑이의 정체는 그것이었던 것이다. 헤어짐에서 늘 태진의 등을 바라봐야 했던 그녀에게 태진의 행동은 비수가 되어 가슴에 꽂혔다.

마른침을 삼켰다. 목 안이 뻣뻣하게 말라 있었다. 마치 독약을 삼킨 것처럼 타는 듯한 아픔에 목을 움켜쥐었다.

그가 결혼할 여자가 있다며 관계를 정리하자고 할 때도 진희는 그의 여자가 아무 의미가 없는 여자라고 생각했다. 자신이 연예인이기 때문에, 그가 사업가이기 때문에 뭔가 그에게 도움이 되는 집안의 여자일 거라 그렇게만 생각했다.

어쩜 그가 꺼낸 결혼이라는 말 자체를 믿지 않았는지도 모른다. 평소 그의 행동과 분위기가 왠지 결혼과는 거리가 멀었기 때문이다. 그 즈음, 여기저기 은밀하게 교제 사실을 흘리는 자신 때문에 그가 화가 난 거라고 조금 지나면 풀릴 거라고 내심 그렇게 믿고 있었다.

하지만 그건 혼자만의 생각이었다.

방금 전 태진의 행동에서 그녀가 읽은 것은 배려였다. 그건 상대에 대한 마음없이는 불가능한 행동이다.

하! 대체 그 여자 어디가 자신보다 낫다는 것인가!

평범해 보이는 여자였다. 특별히 예쁜 것도 아니고, 섹시해 보이지도 않았다. 밝고 명랑해서 남자를 끄는 타입도 아닌 듯했다. 애교가 많은 타입 같지도 않았다. 대체 그 여자 어디에 끌렸다는 것인가?

조목조목 따져 봐도 자신보다 나을 것이 없어 보였다. 그러니 더욱 분한 마음이 드는 것이다. 태진의 여자가 자신과 비교해 더 나은 여자라면, 이렇게 분하지는 않을 것 같았다. 어디서 나타났는지도 모르는 평범한 여자에게 그를 빼앗긴다는 걸 그녀의 자존심으로 도저히 용인할 수가 없었다.

"아악!"

자동차 문을 잠그고 차 안에서 있는 힘껏 소리를 질렀다. 분한 마음을 풀 길이 없어 저도 모르게 한 행동이었다. 서너 번을 더 미친 사람처럼 소리를 지르고 난 후에야 좀 안정이 되는 듯도 했다.

진희는 혜승이 들어간 대문을 뚫어져라 쳐다봤다.

빼앗기지 않아! 난 버림받는 법을 모르거든. 원하는 게 있으면 무슨 수를 쓰든 갖는 게 옳잖아? 뺏기고 병신처럼 우는 것보다 빼앗고 버릴지언정 내가 갖고 싶은 거 남에겐 안 줘! 너! 건방지게 감히 내 것을 탐내? 후회하게 될 거야. 후회하게 만들고 말 거야!

10

*기*회를 살피던 진희에게 새로운 영화 소식은 좋은 핑계가 돼
주었다. 태진이 새로운 영화 제작에 들어간다는 소식을 듣고 진희는
태진의 사무실로 찾아갔다.

"무슨 일이지?"

그녀의 얼굴을 보자마자 태진이 한 첫마디였다. 거슬리는 것을 참
으며 진희는 생긋 웃었다.

"오랜만이네요."

"그래."

여전히 무뚝뚝한 대답뿐 간단한 인사도 없었다. 진희는 지금 자신
이 받은 대접을 잊지 않으리라 결심하며 마음속에 새겨두었다.

"당신 새 영화 들어간다면서요?"

"그건 어떻게 알았지?"

"이미 소문 다 돌았어요. 당신 다음 작품 다들 주목하고 있으니까 조그만 움직임이라도 보이면 벌써 소문 쫙 도는 거죠."

"그것 때문에 온 건가?"

태진은 여전히 진희가 껄끄러웠다. 될 수 있는 한 안 보고 싶은 게 솔직한 마음이었다. 그녀가 찾아왔다는 얘기를 듣고 왠지 등줄기에 찬바람이 확 불었다. 헤어지자는 자신의 말에 군소리없이 헤어져 준 그녀인데 이 불안감은 어디서 기인하는지 알 수가 없었다.

"서로 진저리치며 등 돌리고 헤어진 것도 아닌데 너무한 거 아니에요?"

진희는 장난스럽게 한쪽 눈을 감았다 떴다.

"……."

"저랑 계약한 거 설마 잊지는 않았겠죠? 이번에 들어가는 영화 그거 저 하고 싶어요."

"시나리오도 안 봤잖아."

"정태진이 하기로 한 거면 확실한 거겠죠. 당신 영화 보는 눈만큼은 믿고 있거든요."

"혼자서 결정할 일은 아니야. 감독이랑 의논해 보지."

"그럼 의논은 해보시고 시나리오나 한 부 주세요."

태진은 자신의 책상 위에 있던 시나리오를 진희에게 주었다.

"곧 점심 시간인데 오랜만에 점심 같이 안 할래요?"

진희는 시나리오를 받아 들고 사무실을 나가기 전에 가볍게 물었다. 절대 질척거리는 느낌을 주면 안 된다고 다짐하며 지나가는 투로 물은 것이다.

"선약이 있어서 곤란하군."

"알았어요. 그럼 좋은 소식 기다리죠."

진희는 전혀 아쉽지 않은 듯 어깨를 으쓱하고, 시나리오를 손톱으로 톡톡 두드리며 영화에 대해서만 관심을 가지고 있는 것처럼 가장했다.

태진은 진희가 나가고 곰곰이 생각에 잠겼다. 갑자기 나타난 그녀 때문에 무척이나 놀랐다. 잠시 긴장한 것도 사실이다. 영화 때문에 왔다는 얘기를 듣는 순간 안도감과 함께 묘한 불안이 뒤를 이었다.

어떻게 해야 하나? 이번 영화의 여주인공 자리를 그녀에게 주어야 하나?

태진은 그녀의 제의에 마음이 흔들렸다. 거래의 조건은 영화 한 편이었으니 이번 것을 그녀에게 준다면 다음에 그녀를 볼 일이 없는 것이다.

영화 때문에 앞으로 계속 잊어버릴 만하면 한 번씩 나타나 놀라게 하는 것보다는 이번 일을 주고 계약을 끝내는 것이 더 깨끗하리라.

솔직히 그녀의 연기력이 그렇게 떨어지는 편도 아니고 여주인공의 캐릭터도 그녀가 소화하기에 벅찬 것도 아니니 무리한 캐스팅은 아니었다.

태진은 감독이 특별히 반대하지 않는 한 그녀를 여주인공으로 캐스팅할 결심을 굳혔다.

정상적이지 못한 인간관계란 결코 편해질 수가 없나 보다. 만약 평범한 연인들이 하듯 그녀와 교제를 한 것이라면 외려 문제가 간단했을지도 모른다. 물론 그녀의 만날 당시는 여자와 교제란 걸 할 마음이 없었지만 말이다.

혜승에게 결코 얘기하지 못할 비밀을 가슴에 지니고 감춰야 하는 마음은 납덩이를 가슴에 올려놓은 것처럼 무거웠다.

그때 그가 단순하게 생각했던 즐기기 위한 만남이라는 게 이렇게 지독한 후회를 남기게 될 줄 미리 알았더라면 결코 시작하지 않았을 것이다. 후회란 아무리 빨라도 이미 늦은 거라고 했던가.

누군가에게 한 잘못을 바로잡는데 가장 효과적인 방법이 무엇이냐고 묻는다면 그는 주저없이 솔직히 말한 후 용서를 빌라고 했을 것이다.

하지만 그녀에게 어떻게 얘기할 수가 있단 말인가? 절대 눈물 흘리지 않게 해주겠다고 약속해 놓고 아프게 할 수는 없었다.

진실이라고 전부 다 알아야 행복한 것은 아니다. 태진은 그렇게 생각했다. 그것이 설혹 그녀를 속이는 일일지라도, 그녀를 기만하는 일일지라도, 그렇게 해서라도 겨우 마음의 문을 열어준 그녀를 잃어버릴 수 있는 모험을 할 수는 없었다. 그럴 수는 없었다.

태진은 갑자기 혜승의 목소리가 듣고 싶어졌다. 그녀의 목소리를 듣는다면 이 불안한 마음도 다 사라질 것만 같았다.

태진은 얼마 전에 거의 강제다시피 혜승에게 안겨준 휴대전화 번호를 눌렀다.

[여보세요.]

혜승의 목소리가 수화기를 타고 흘렀다.

"……나요. 지금 학교인가?"

[아니요. 지금 삼청동이에요.]

"삼청동? 거긴 무슨 일로 간 거지?"

지금 시간이면 학교에 있어야 할 시간인데 삼청동에 가 있다니 의외였다.

[나전칠기 공방이 있어서 거기 들렀다 가는 길이에요.]

"지금 있는 가구들도 충분히 훌륭한데 뭘 더 들여놓으려는 건데?"

[네? 무슨 말인지……?]

"가구를 사러 간 게 아닌가?"

[풋, 아니에요. 그냥 공방을 둘러보러 갔었어요.]

"미안해. 나전칠기 하면 자개장밖에 몰라서……."

잘못 짚은데 대해 태진이 변명 아닌 변명을 했다.

[괜찮아요. 대부분들 나전칠기 하면 자개장부터 생각하니까 말이에요.]

"공방은 어땠어?"

[좋았어요. 전시품의 품목도 다양하고 섬세하고 아름다운 제품들이라 눈이 호사였죠. 다만 어르신의 부재로 직접 작품 만드시는 걸볼 기회가 없었던 게 아쉽긴 해요.]

즐거운 듯 밝은 혜승의 목소리가 태진의 근심을 싹 씻기는 것 같았다.

그녀의 목소리는 평범하지만 그녀만의 특징이 있다. 감정이 솔직히 드러나면서도 과장되지 않은 소리가 다른 이들과 구분되는 그녀만의 특징이었다. 그래서 그녀의 목소리를 듣고 있으면 편안했다.

감정을 전혀 읽을 수 없는 사람도 대화를 할 때 불편함을 느끼지만, 지나치게 감정이 묻어나는 목소리로 말하는 사람도 불편하기는 마찬가지였다. 전자는 주로 사업을 하는 남자들에게서 볼 수 있는 타입이라면 후자는 여자들에게서 많이 찾아볼 수 있었다.

태진은 혜승의 목소리가 주는 즐거움에 빠져들어 이런저런 질문을 하며 긴 통화를 이어갔다.

남녀 주연 배우가 결정되고 카메라 감독을 비롯한 스텝들이 모두 모이자 일사천리로 영화 제작 발표회가 준비됐다. 기자들이 모여든 가운데 태진과 감독인 용진, 여배우인 진회와 남자 주인공 역의 최우영이 나란히 발표회장 안으로 들어섰다. 준비된 좌석에 앉자마자 여기저기서 카메라 플래시가 터졌다.

　영화에 대해 철저하게 비밀로 붙이며 일을 진행시켜서 여기저기서 질문이 쏟아져 들어오기 시작했다.

　"영화 제목이 '785g'인데 특별한 이유가 있습니까?"

　"'785g'은 여주인공과 남주인공 사이에서 태어난 미숙아의 몸무게를 말합니다. 이 영화는 남부러울 것 없는 결혼 이 년 차의 부부가 미숙아를 낳으면서 벌어지는 가족 간의 반목과 사랑에 관한 영화입니다."

　기사의 질문에 답을 한 것은 용진이었다.

　"영화의 소재가 상당히 특이한데 왜 이런 소재를 쓸 생각을 하셨는지요?"

　"이 영화 시나리오를 쓴 것은 제 친구입니다. 그 친구가 이런 말을 했습니다. '영화란 단순히 꿈을 보여주는 것만이 다는 아니다. 때론 현실의 암울함도 다룰 필요가 있다'라고요. 현재 국내에서는 미숙아의 치료비를 개인이 부담하고 있습니다. 하루에 이삼십만 원에 이르는 치료비를 오로지 부모에게만 의존하고 있는 실정입니다. 아이가 한 달만 인큐베이터 안에 있어도 치료비는 대략 천만 원 정도 됩니다. 실제로 갓 결혼한 신혼부부들에게 엄청난 경제적 부담이 아닐 수 없습니다. 부부나 가족 간의 사랑만으로는 감당하기 벅찬 현실입니다. '785g'은 세상에서 가장 가벼운 인간인 동시에 세상에서 가장 무거운 생명이기도 합니다. 이 생명을 지키는 길이 현실적으로 얼마나 어려운가를 똑바로 알리고 싶었고, 또 가능하다면 정부에서 나서 줄 것을 이 영화를 통해 요구하고 있는 것입니다. 그러나 전 이 영화를 통해 투쟁을 하고 싶은 것은 아닙니다. 영화는 어디까지나 가족 간의 사랑과 갈등이 주가 된 드라마가 강조될 것입니다."

소란스러움이 거짓말처럼 사그라졌다. 회견장에 모인 기자들은 영화에 대한 용진의 진지한 태도에 감명받은 듯했다. 기자들의 호기심이 호감으로 바뀌는 순간이었다. 뒤를 이은 기자들의 질문은 대체로 호의적이었다. 용진은 감독으로서 기자들의 질문에 성실히 대답했다.

"다음 질문은 정 사장님께 드리겠습니다. 의도야 좋지만 영화의 소재도, 또 영화가 드라마 위주의 영화라는 것도, 감독이 신인이라는 것도 투자자로서 상당한 부담이 됐을 텐데요. 이 영화에 투자를 하기로 결정하신 이유가 무엇입니까?"

한 기자가 태진에게 질문의 화살을 돌렸다.

"사업을 할 때는 여러 가지 경우가 있습니다. 때로는 100%의 확신으로, 때로는 절반의 부담을 안고, 그리고 때로는 단지 1%의 가능성만 가지고 시작하기도 합니다. 전 이 영화와 문 감독에게서 가능성을 보았고 거기에 투자를 한 겁니다."

그 기자의 질문을 시작으로 태진에게도 질문이 쇄도했고, 급기야 질문은 영화와 관계없는 태진의 사업 영역까지 확대되어 갔다. 태진은 적당한 선에서 질문을 중지시켰다. 태진에게서 돌아선 관심은 다시 영화의 여주인공 한서 역을 맡은 진희에게로 갔다.

"진희 씨, 엄마 역할은 처음이신 것 같은데요. 더구나 미숙아로 태어난 아이를 결국 잃어야 하는 역할이라 부담스럽지 않으십니까?"

"처음엔 감정을 몰입하는 게 힘들 거란 생각을 했어요. 하지만 시나리오를 읽으면서 자연스럽게 엄마가 된 것 같은 기분이에요."

진희는 환하게 웃으며 기자의 질문에 답했다.

"아이가 예쁘면 결혼할 때가 된 거라던데 혹시 결혼 계획은 없으십니까?"

"글쎄요. 아직은 꺼낼 얘기는 아닐 것 같은데요."

진희는 기자의 질문에 묘한 미소를 지으며 흘깃 태진을 쳐다봤다. 의미심장한 진희의 말에 회견장 안은 금방 소란스러워지면 진희에게 플래시를 집중했다.

"그 말은 애인이 있다는 얘긴가요?"

"노코멘트. 영화와 관련된 질문만 받겠습니다."

확실한 부정의 의사 표현을 하지 않는 진희 때문에 기자들은 제멋대로 추측을 하기 시작했다. 진희의 거절에도 기자들은 끈질기게 결혼에 관한 질문을 했고, 진희는 기자회견 내내 미소를 지으며 입을 다물어 상상력을 더욱 자극했다.

다음날 신문 한쪽 면에는 영화에 대한 소식과 함께 진희의 열애에 관한 기사가 났다. 가볍게는 '송진희 열애 중'이라는 기사서부터 '송진희 곧 결혼'이라는 기사까지 기자들 마음대로 상상하고 부풀린 내용들이 일간지를 장식했다.

진희는 자신의 거실 소파에 앉아 신문을 읽으며 즐거워했다.

스포츠 신문 1면을 장식한 '열애 중'이란 기사 앞에 펜으로 태진의 이름을 써넣었다.

"이제 구색이 맞잖아."

진희는 신문을 들어 자신이 써놓은 태진의 이름 위에 키스를 하고는 신문을 내려놓았다. 한참 동안 신문을 바라보며 즐거워하던 진희는 외출할 시간이 되자 날아갈 듯 가벼운 발걸음으로 콧노래를 부르며 옷장으로 향했다.

지금쯤 출근한 태진의 책상 위에도 신문이 놓여 있을 것을 생각하니 더욱 기분이 좋아지는 진희였다.

오후 일정이 취소되어 유난히 일찍 퇴근을 한 태진은 대문이 열려 있는 것을 보고 깜짝 놀라 서둘러 안으로 들어갔다. 집 안이 어수선하고 못 보던 사람들이 눈에 띄었다.

"이게 무슨 소란입니까?"

마침 찬방에서 나오는 충주댁을 향해 태진이 물었다.

"오셨어요. 이제 열흘 후면 한가위잖아요. 안성에서 명절 지낼 물건들 올라오는 거예요."

충주댁은 태진을 향해 반가운 기색을 내비치고 사람들에게 물건을 놓아둘 위치를 가르쳐 주느라 다시 찬방으로 들어갔다.

"이것들은 어디다가 놓을까요?"

나무 상자를 들고 있는 남자가 태진에게 물었다. 물건들의 자리를 알 길이 없는 태진은 남자의 질문에 답변을 할 수가 없어 난감했다.

"밤인가요?"

목소리의 주인공은 곳간채에서 나오던 혜승이었다. 혜승은 안마당에 서 있는 태진을 발견하고 눈인사를 했다.

"네."

"밤은 어차피 나갈 거니까 그냥 마루에 쌓아주세요."

남자들 서넛이 혜승이 가리킨 대청마루 한구석에 나무 상자를 나란히 쌓기 시작했다.

"집 안이 어수선하지요? 곧 정리가 될 거예요. 우선 사랑채에 가 계실래요?"

"괜찮아. 그런데 이 많은 물건들이 다 필요한 건가?"

태진은 집안에 계속 쌓이는 물건들을 가리켰다.

"아니요. 추석 명절에 쓸 것들도 있고, 도지로 올라온 것들도 있고, 지금 쌓고 있는 밤처럼 선물용으로 나가는 것도 있어요. 전부 다 명절에 쓸 건 아니에요. 가을걷이 끝날 즘, 이렇게 농산물이 올라와서 다소 소란스러워요. 이해하세요."

"내가 뭐 도울 일은 없나?"

"거의 다 끝나가요. 그런데 오늘은 일찍 퇴근했네요."

"일이 일찍 끝났어. 그런데 고모는 어디 계신지 안 보이시네."

태진은 이런 소란에도 선영의 모습이 보이지 않는 것이 의아했다. 평소 선영의 성격으로는 돕겠다고 두 팔 걷어붙이고 나서야 정상인데 모습조차 보이질 않으니 궁금할 만했다.

"참, 고모님 출타하셨어요. 친구 분 만나신다고 나가셨어요."

"그래? 친한 친구 분들 몇 안 되시는데 누굴 만나러 가셨지?"

태진은 고개를 갸웃거리며 선영의 친구들을 떠올렸다.

"잠깐만 기다릴래요? 일하시는 분들 음료라도 준비하려고 하는데."

혜승은 인부들의 일이 얼추 끝나는 것을 보고 태진에게 양해를 구했다.

"나도 돕지."

"네?"

"나도 돕는다고. 이래 봬도 부엌일 곧잘 하거든. 쟁반 나르는 걸 시켜도 되고."

"……."

"왜 그렇게 보는 거지?"

음료를 준비한다며 부엌으로 들어갈 생각은 않고 자신을 빤히 바라보고만 혜승이 이상해 태진이 물었다.

"미안해요."

혜승은 서둘러 사과했다.

"너무 의외의 말이라 그랬어요. 우리 집 남자들은, 남자라야 아버지뿐이었지만 부엌에 들어가 본 사람이 없어요. 그래서 저도 어느새 부엌이란 남자들은 들어가지 못하는 공간으로 인식하고 있었나 봐요. 습관이란 참 무섭네요. 도와준다는 말 한마디가 그렇게 놀랍다니……."

"혜승 씨 아버님은 정말 한 번도 부엌에 안 들어셨나 보군."

"네."

"휴. 뭐, 내가 들어간다고 지붕이 무너지기야 하겠어? 갑시다."

태진은 혜승의 등에 팔을 두르고 그녀를 주방으로 이끌어 갔다.

주방에 들어간 태진은 혜승이 음료와 다과를 준비하는 동안 두리번거리며 부엌 안을 살폈다. 여느 집 주방보다 크기만 좀 크고 식탁이 없다는 점이 다를 뿐 큰 차이는 없어 보였다.

"지붕은 안 무너지네."

태진이 웃으며 과일을 깎는 혜승에게 말을 걸었다. 혜승은 태진의 그 말에 조용히 웃었다.

"기왕 들어온 김에 과일 깎는 것도 도와줄까?"

"그만요. 더 이상 문화적 충격을 감당할 수가 없어요."

혜승의 농담에 이번에는 태진이 큰 소리로 웃었다.

태진은 다과를 준비하는 혜승의 곁에 서서 그 모습을 가만히 지켜보다가 음료수를 담은 쟁반을 받아 들고 나갔다. 혜승은 태진의 뒤를 따라 과일 쟁반을 받쳐 들고 나가 인부들에게 대접했다. 일을 마치고 다과상을 받은 인부들은 달게 먹고 돌아갔다.

"이건 어쩐다?"

마루에 쌓여 있는 밤 상자를 가리키며 충주댁이 혜승의 눈치를 살폈다.

"어쩌긴요. 보내야지요. 제가 사랑채에 가서 주소록 가져올게요."

밤 상자를 바라보는 혜승의 얼굴에 그늘이 확 지나갔다. 일어나서 사랑채로 가는 소리에도 근심이 엿보였다. 혜승뿐만 아니다. 충주댁도 뭔가 걱정이 있는 듯 한숨을 내쉬었다.

"왜 그러십니까?"

태진은 연유를 물었다.

"지금 속이 말도 아닐 것이여. 지 밤 상자가 해마다 추억 명절이면 주인어른이 친지나 친구 분들께 선물로 보내시던 것일세. 일이 이 지경이 되다 보니 선물을 보내야 할지 말아야 할지도 고민일 거고, 보내도 기쁜 마음으로 받을지 그것도 고민일 테고. 저것들을 보니 추석 명절을 어떻게 지내야 할지 나도 난감한데 저는 속이 어떻겠나."

충주댁의 한탄에 태진은 미처 살피지 못했던 혜승의 처지가 생각나 마음이 짠했다. 일어나 혜승의 뒤를 따라 사랑채로 갔다.

사랑채 상돌 위에 혜승의 신발이 나란히 올려져 있을 뿐, 안에서는 기척이 없었다. 안으로 들어가 보니 아니나 다를까 혜승은 까만 수첩을 손에 쥐고 우두커니 앉아 있었다. 태진은 가만히 다가가 그녀의 옆에 앉았다.

그녀의 모습이 너무 처연해 보여 차마 서툰 위로도 하지 못했다.

"보내는 게 옳겠죠."

혜승이 말문을 열었다. 하나, 태진의 대답을 바라고 꺼낸 말은 아니었다.

"아버지 친구 분들이나 사업상 신세지신 분들도 계시니까…… 그러니까 보내야겠지요."

혜승이 까만 수첩을 손으로 쓸어 내렸다.

"마음이 내키지 않으면 하지 마. 당신에게 강요하는 사람도, 당신을 비난할 사람도 없을 거요."

"그래서 그러는 게 아니에요. 비난을 받을까 봐 그러는 게 아니에요. 난 그냥, 변하는 게 싫어서…… 아버지 살아 계실 때랑 다르게 변하는 게 싫어서…… 그래서 그래요."

"……."

"해마다 보내던 거니까 보내야지 그렇게 마음먹었어요. 그런데 한편으로는 반가워하지 않으면 어쩌지 하는 걱정이 드는 거예요. 받아 들고 한구석에 던져 놓을까 봐, 이게 아버지 마음이었다는 걸 잊어버릴까 봐 혼자 걱정해요. 명절에 값비싼 선물 왔다 갔다 하면 부담만 되는 법이라고 해마다 이 밤을 선물로 보내시곤 했어요. 밤은 값비싼 선물은 아니지만 제사상에 반드시 올라가는 거니까 요긴하게들 쓰일 거라시며……. 과수원에서 좋은 밤을 골라 오동나무 상자에 넣어 여기로 보내면 어머니가 고운 보자기로 예쁘게 묶으시곤 했는데……."

혜승의 눈에서 눈물이 또르르 흘러내렸다.

태진은 혜승에게 어깨를 빌려주었다. 뜨거운 눈물이 셔츠를 적셨다.

"당신은 참 곧고 강해."

혜승은 눈물 고인 얼굴을 들고 태진을 바라봤다.

"내가요?"

"그래, 당신은 곧고 강해. 눈물은 많지만 그게 당신이 약하다는 증거가 되지는 못하지. 흔들리다가도 어느새 보면 당신이 서 있을 자리를 꿋꿋이 지키고 있거든. 도망가지 않는 게 얼마나 큰 용기를 필요로 하는 일인지 잘 알기 때문에 당신이 얼마나 강한 사람인지도 알아. 당신을 보면 언제나 바른 길만 걸어나갈 것 같아. 그래서 나는 당신을 많이 좋아하고 또 믿어."

"……."

"당신은 모르겠지만 말이야. 믿는다는 말은 내가 여자에게 하는 가장 큰 찬사와 같은 거야. 당신이 하고 싶은 대로, 당신이 뜻하는 대로 하도록 해. 그게 옳은 일일 테니."

"……고마워요."

혜승은 잠긴 목을 열어 태진에게 고맙다는 인사를 했다.

"뭐가 말이야? 나야말로 아무것도 한 일이 없는 것을."

"옆에 있어줘서요. 그래서 고마워요."

혜승이 태진의 어깨에 머리를 기댔다. 태진은 눈물이 나올 것 같았다. 혜승에게 그런 이유로 고맙다는 인사를 받을 줄은 꿈에도 몰랐었다.

곁에 있어줘서 고맙다니!

여전히 혜승에게 아무것도 해주지 못하고 진희의 일로 한동안 전 전긍긍했던 자신에게 환멸을 느끼고 있던 태진에게 그 말은 가뭄 끝 에 내린 단비와도 같았다. 메마른 가슴에 그 말에 촉촉이 스며들어 비옥한 대지를 만들 준비를 했다. 사랑이라는 이름의 싹을 틔우기에 충분한 대지를……

외출했던 선영이 돌아온 것은 다 함께 마루에서 밤 상자를 포장하 고 있을 때였다. 충주댁이 보자기로 상자를 곱게 싸매면 태진이 그걸 종이 박스에 넣어 테이프로 봉하고, 혜승이 그 위에 바른 글씨로 보 낼 곳의 주소를 적었다. 그렇게 포장을 하고 있을 무렵 어두운 안색 의 선영이 돌아왔다. 그러나 모두들 바쁜 손놀림에 선영의 어두운 낯 빛을 알아차리진 못했다.

"오셨어요. 친구 분 만나러 가셨다면서요?"

태진이 반갑게 맞았다.

"응? 으응. 언제 왔니?"

선영은 죄를 지은 사람마냥 깜짝 놀라고는 말을 돌렸다. 하지만 태진은 대수롭지 않게 흘려듣느라 펄쩍 뛰는 선영의 태도를 알아차 리지 못했다.

"좀 됐습니다."

"그래? 한데 이게 다 뭐라니?"

"명절 선물이에요."

이번에는 혜승이 대답했다.

"좀 도와주련? 내 옷 갈아입고 금방 올 테니 조금만 기다리려무나."

"거의 끝나갑니다. 천천히 하세요."

혜승이 선영을 만류했다.

선영은 그런 혜승이 예뻐서 웃어주고는 자신의 방으로 들어갔다. 방문을 닫는 순간 그녀의 얼굴에서 웃음이 사라졌다. 농으로 다가가 문을 여는 손이 덜덜 떨렸다. 결국 선영은 농문을 놓치고 방에 풀썩 주저앉았다.

이런 날이 올 줄 알았다. 이런 날이 언젠간 올까 봐 늘 마음 졸이고 살았었다. 태진이 스물을 넘으면서 다소 안도하며 잊어버리긴 했어도 마음 한구석에선 늘 이런 날이 올까 봐 불안했었다.

아침에 유난히 크게 울던 까치 소리에 그녀의 소식이 올 줄은 몰랐다. 그저 반가운 손님이 오려나 했을 뿐 그녀를 만나게 될 줄은 몰랐다. 올케 언니를, 태진 엄마를 만나게 될 줄은 몰랐다.

태진에게 어떻게 말을 꺼내야 하나. 제 엄마 얘기라고는 입 밖에도 내본 적이 없는 녀석한테 어떻게 얘기를 꺼내야 하나.

선영은 난감했다. 태진이 제 엄마 얘기를 하지 않는 것이 상처가 깊어서라는 걸 모르는 게 아닌 선영은 그래서 더욱 쉽사리 말을 꺼낼 수가 없었다.

선영은 그녀를 만나러 가며 단단히 각오를 하고 갔었다. 태진을 만나게 해달라고 하면 이제 와서 어쩌려고 찾느냐고, 무슨 자격으로 찾느냐고 모진 소리를 퍼부으려고 했다. 하나 결국 그 모진 소리는 할 수 없었다.

그래도 확실한 대답을 안 하고 온 것은 자신의 옹졸함 때문일 것이다. 힘들여 키워놓은 자식을 생으로 뺏기는 것 같아서, 그녀로 인해 태진과 멀어지는 결과를 낳을까 봐—제 친엄마니 고모보다는 가깝지 않은가—선뜻 만나게 자리를 마련해 주겠다는 말을 할 수 없었다.

마음만 먹으면 왜 만나게 해주지 못하겠는가. 만날 사람이 제 엄마라는 것을 숨기고 불러내면 되는 것을.

하지만 그러고 싶지는 않았다. 태진을 속이고 싶지는 않았다. 그렇게 속이고 그것이 태진에게 상처를 건드리고 마는 일이 될까 봐 싫었다. 아니, 어쩌면 그 핑계를 대고 만나게 해주고 싶지 않은지도 모른다. 그게 솔직한 심정인지도 모른다. 선영은 충격에 마음의 중심을 잡을 수가 없었다. 혼란스러운 마음의 갈피를 잡을 수가 없었다.

"자, 이게 마지막이야."

밖에서 들려오는 태진의 목소리에 선영은 정신을 차리고 후들거리는 발을 세우며 옷을 갈아입었다. 힘이 들어가지 않아 물먹은 솜마냥 축 처진 몸을 억지로 움직였다.

그날 저녁, 식사 내내 말이 없던 선영은 식사를 마치고 피곤하다는 핑계를 대고 방으로 들어가 자리에 누었다. 오만가지 생각이 머릿속을 돌아다녔다. 태진을 키우며 살아온 지나간 날이 영화를 보는 것처럼 눈앞에 그려졌다.

밖에서 고모님이 주무시니 그냥 가시라는 혜승의 목소리가 들렸다.

"태진아."

선영은 나직한 목소리로 태진의 이름을 불렀다.

"네."

"좀 들어오너라."

"네. 아직 안 주무셨어요?"

태진이 방으로 들어오며 선영에게 물었다.

"그래, 좀 앉아봐라."

선영은 자신의 말에 따라 앉는 태진을 바라보며 얘기를 꺼내려 무던히도 애를 썼다.

매도 먼저 맞는 게 낫다더라. 얘기를 하자. 하지만 목소리는 나오지 않았다.

"고모?"

태진이 부르는 소리에 선영은 그를 애잔한 눈빛으로 바라봤다.

"어디 편찮으신 거 아닙니까?"

평소와 다른 선영의 모습에 태진이 걱정스러운 듯 물었다.

"아니다. 너, 이번에 하는 영화 말이다…… 그거 염려가 많더구나."

"그것 때문에 걱정하셨어요? 별일 아닌 것 같고 괜히 떠드는 겁니다. 감독이 신인이라 더 말이 많고요."

"그 감독이라는 사람……."

'네 엄마 아들이다. 네 엄마가 키운 아들이야.'

"네?"

"……괜찮은 사람이니?"

"네. 밝고, 의지도 있고, 사람도 괜찮아 보였습니다. 그래서 믿고 영화를 맡긴 거고요."

'너도, 너도 네 엄마가 키웠다면 그런 사람이 됐을까? 밝고, 의지도 있고, 좋은 사람.'

"그러냐?"

"네."

태진은 안심하라는 듯 환하게 웃었다. 그러나 선영은 그 웃음이 가슴 아파서 차마 태진의 얼굴을 똑바로 바라볼 수가 없었다.

"그만, 가보거라. 난 좀 누워야겠구나."

"네. 안녕히 주무세요."

"그래, 너도 조심해서 가거라."

선영은 태진이 나가고 소리없이 베갯자락을 적셨다.

'불쌍한 것! 불쌍한 내 새끼!'

밤을 꼬박 새도록 선영의 눈물은 그칠 줄 몰랐다.

다음날 퉁퉁 부은 눈을 감추려 선영은 몸이 안 좋다는 핑계로 아침을 걸렀다.

"고모님, 혜승입니다. 좀 들어가겠습니다."

드르륵 문이 열리는 소리에 선영은 몸을 돌려 벽을 바라봤다.

"녹두죽이에요. 좀 드시고 누우세요."

"놓고 나가거라. 나중에 먹으마."

"지금 따뜻할 때 조금이라도 잡수세요."

"아니다. 지금은 안 넘어갈 것 같구나. 내 나중에 먹으마. 거기 놓고 나가거라."

뒷머리에 자신을 걱정스럽게 바라보는 혜승의 시선이 느껴졌다.

선영은 잠깐 혜승에게 의논할까 하는 생각을 했다가 곧 지웠다. 힘든 아이에게 또 다른 짐을 지워줄 수가 없었다. 태진이 혜승에게는 더러 마음도 열고 속 얘기도 하는 것 같지만, 그걸 믿고 혜승에게 태진이 엄마 얘기를 해 걱정거리를 만들어줄 순 없었다.

'어른이 돼서 남에게 떠넘길 생각만 하다니 너도 나이를 헛먹었

구나.'

"그럼 놓고 나갈 테니 나중에라도 잡수세요."

혜승의 기척이 방 안에서 완전히 사라지고 선영은 일어나 앉았다.

혜승이 놓고 나간 소반 위에 녹두죽 한 그릇과 물김치, 물 한 잔이 놓여 있었다. 꾀병을 피워 괜한 수고를 끼친 것이 미안했다. 자신의 마음이 그릇이 혜승의 마음 씀씀이에도 못 미치는 것 같아 한숨이 절로 나왔다.

선영은 소반에 놓여 있는 숟가락을 들었다. 입이 깔깔해 음식이 넘어갈 것 같지 않았지만 억지로 한 술 들었다. 이 상을 그대로 물렸다가는 더 큰 걱정을 하게 만들 것 같아서 겨우 죽을 넘겼다. 한참을 걸려 죽 한 그릇을 비우고 소반을 물리는데 밖에서 기척이 들렸다. 선영은 혜승이 가지 않고 처마 밑에 앉아 있었다는 깨달았다.

순간, 태진은 괜찮을지도 모른다는 생각이 들었다. 제 엄마 얘기를 해도 상처받지 않을지도 모른다는 생각이 들었다. 혼자만의 기우일 뿐, 태진이 의연히 받아들일 수 있는 가능성도 있었다. 더구나 혜승이 옆에 있어주면 잘 견뎌낼지도 모른다.

선영은 기회를 봐서 태진에게 제 엄마 얘기를 하기로 마음을 정했다. 일단 그렇게 마음을 정하고 나니 한 짐 더는 것 같았다.

선영은 외출할 때 들고 나갔던 지갑 속에 메모지를 꺼내 전화를 걸었다.

태진은 사무실에서 용진을 비롯한 스텝들과 제작회의에 들어갔다. 촬영 장소 섭외와 세트 건설에 관한 내용이었다. 의논 끝에 영화 속 배경에서 가장 큰 비중을 차지하는 신생아실과 병실 등 병원 내부는 세트를 짓기로 했다. 세균에 민감한 신생아실을 촬영 기간 내내 흔쾌히 내어줄 병원을 찾기는 현실적으로 힘들다는 데 합의했기 때문이다.

그 외에도 세부 촬영 일정에 관한 계획을 대략 세웠다. 자세한 일정은 배우들의 스케줄을 보며 맞춰가야 하기 때문에 확실히 결정짓지 못했다.

"안녕하세요. 제가 너무 늦은 건 아니지요?"

회의실 문이 열리며 진희가 들어섰다. 스텝들의 시선이 한꺼번에 쏠렸다.

"늦은 건 아닙니다. 어서 오세요. 연락은 했지만 당연히 못 오시는 줄 알았습니다."

용진이 자리에서 일어서며 진희를 향해 인사를 건넸다. 스텝들 중 한 명이 진희를 위한 의자를 가져왔다. 그런데 자리가 하필이면 태진과 용진의 사이였다.

"제작회의인데 당연히 와야죠."

진희는 특유의 환한 미소를 지으며 의자를 가져다 준 스텝에게 감사 표시를 하고 자리에 앉았다.

"저 때문에 맥이 끊긴 것 같은데 계속 진행하세요."

"중요한 사항은 의논이 거의 끝나던 참입니다. 배우들 스케줄과 촬영 스케줄을 조율하는 일만 남았습니다. 참, 오신 김에 스케줄 맞추고 가실래요? 대본 연습은 추석 직후부터 들어갈 예정입니다. 촬영은 월요일부터 목요일까지 할 계획인데 월요일, 화요일이 남자 주인공인 역을 맡은 우영 씨와 함께 출연하는 신을 찍을 예정입니다. 스케줄 괜찮으세요?"

용진이 진희에게 의견을 구했다. 우영이 확실히 스케줄이 비는 날이 월요일과 화요일뿐이다 보니 우선은 촬영 스케줄을 그렇게 정했다. 진희의 스케줄을 알아보고 다시 조절해야 했다.

　"전 이 영화 외에는 다른 스케줄 없으니 괜찮아요. 한동안 두 개, 세 개씩 했더니 체력이 딸려서요. 이번에는 다른 스케줄 잡지 말라고 했어요."

　진희가 용진과 촬영 스케줄에 관해 얘기를 나누는 사이 태진은 진희가 이 회의에 나타난 이유를 생각해 봤다. 저번 영화를 할 때도 제작회의에는 불참했던 그녀다. 용진이 그녀가 신경을 쓰고 잘 보일 만큼 이름있는 감독도 아닌데 제작회의에까지 나타나 잘 보이려 애쓰는 이유를 알 수 없었다. 진희의 이런 일련의 행동들이 자꾸만 태진을 불안하게 만들고 있었다.

　"정 사장님? 정 사장님, 무슨 생각을 그렇게 하세요?"

　용진이 부르는 소리에 태진은 진희에 대한 생각을 멈췄다.

　"죄송합니다. 무슨 말을 하던 중이었습니까?"

　"진희 씨가 늦은 벌로 스텝들에게 점심을 대접하겠다는데 점심 약속 없으시면 같이 가시지요?"

　용진이 태진에게 진희의 말을 전했다. 태진은 진희의 숨겨진 의도를 읽으려는 듯 그녀를 빤히 쳐다봤다. 그러나 그녀는 생글거리며 태진을 마주 보고만 있었다.

　"제가 사겠습니다. 제작자가 배우를 털어먹을 순 없는 일 아닙니까? 일어서시죠."

　태진은 스텝들과 함께 사무실을 나서 근처에 일식집으로 갔다. 홀이 없이 룸만으로 구성된 이 일식집에서 스텝들의 열화와 같은 지지를 얻으며 점심 메뉴로 선택된 것은 장어였다. 영화 일이 힘을 쓰는 일이 많다 보니 현장에서 일하는 스텝들이 대부분 스태미나 음식을 선호했다.

회의에 들어왔던 십여 명의 스텝이—각 파트의 대표만 회의에 참석한 관계로—먹어치운 장어는 무려 오십여 마리에 달했다.

"정 사장님 덕분에 오랜만에 포식했습니다. 앞으로도 종종 부탁드립니다."

부른 배를 탁탁 두드리며 조명 감독이 말했다.

"네. 영화만 잘 만들어주시면 이런 점심, 얼마든지 사겠습니다."

태진의 웃으며 조명 감독의 말을 받았다.

그의 의심과 달리 진희는 점심 식사 내내 별다른 행동을 보이지 않았다. 그녀의 겉모습만 봐서는 쓸데없이 태진 혼자서 의심하는 꼴이었다. 그녀는 태진과의 이별을 순순히 받아들였고 여태껏 다른 기색은 보이지 않았다. 하지만 태진은 계속 그녀의 행동이 마음에 걸렸다.

기자들에게 교묘히 결혼설을 흘리고, 이별을 순순히 받아들이고, 제작발표회장에서는 묘한 뉘앙스로 곧 결혼할 것처럼 구는 등 그녀의 일관성없는 행동이 태진을 더욱 불안하게 만들었다. 악착같이 이별은 안 된다고 버티는 것도 아니고, 나쁜 놈이라고 욕하고 돌아선 것도 아닌 어중간한 상황이 태진은 정말이지 마음에 들지 않았다. 태진은 진희에게 일종의 보상으로 영화를 던져 준 것을 후회했다. 차라리 그때 딱 끊었더라면 이렇게 불편한 상황은 오지 않았을 거라고 생각하니 그때의 성급한 결정이 큰 아쉬움으로 남았다.

하지만 어쩌겠는가. 이미 지나간 일……. 이제 영화가 끝날 때까지 되도록이면 마주치지 않기만을 바랄 뿐이다.

태진은 진희의 의도야 어찌 됐든 그녀의 점심 제안으로 스텝들은 촬영에 앞서 식사를 하며 친목을 다질 기회를 가진 데 만족하며 기꺼이 점심 값을 치렀다. 계산을 마치고 나가려는 태진의 눈에 혜승의 모습이 보였다. 어떤 남자와 함께 식당으로 들어서고 있는 중이었다.

"여긴 어쩐 일이지?"

태진은 옆에 귀를 쫑긋 세운 스텝들이 있다는 것도, 위험스런 진희가 있다는 것도 잊어버리고 혜승에게 다가갔다.

"어머, 여기서 만나네요. 식사하러 오셨나 봐요."

혜승이 반갑게 인사를 했어도 태진의 신경은 온통 그녀 곁에 서 있는 남자에게로 향했다. 그걸 눈치 챈 혜승은 그 남자를 태진에게 소개시켰다.

"태진 씨, 여기는 김재현 변호사님이에요, 아버님 유산 문제를 처리해 주신. 김 변호사님, 여기는 정태진 씨예요."

"만나서 반갑습니다. 정태진입니다. 우리 혜승이 도와주셨단 얘긴 들었습니다. 감사 인사가 늦었습니다."

태진은 혜승에 대한 소유권을 한껏 드러내며 재현에게 악수를 청했다. 혜승과 사귀면서 그녀에 대한 배려로 강압적인 태도를 많이 버렸으나, 재현에게 라이벌 의식을 느끼면서 그러한 태도가 다시 밖으로 드러났다.

"김재현입니다. 반갑습니다."

온몸으로 자신의 소유권을 주장하는 태진 때문에 혜승에 대한 도전은 시작도 못해보고 끝났다는 걸 알았다. 혜승이 처음 사무실로 찾

10··321

아왔을 때도 물론 마음이 있었지만 여러 일을 겪은 그녀의 처지를 생각해 함부로 접근할 수가 없었다. 그런 혜승이 추석 선물로 보낸 밤을 받고 감사 인사로 점심을 사겠다며 강권해서 겨우 그녀와의 점심 식사를 허락받은 터였다. 그런데 태진의 등장으로 데이트는 시작도 하기 전에 이미 끝났다.

"안 가세요?"

그때였다, 태진의 뒤에서 두 주먹을 쥐고 분노에 부르르 떨던 진희가 다가온 것은.

"영화배우 송진희 씨 아니세요?"

재현은 진희의 등장에 놀라는 한편 즐거워했다. 혜승에 대해 태진이 소유권을 주장하는 것처럼 그에 대한 소유권을 주장하는 진희의 태도가 눈에 보였기 때문이다.

"네, 안녕하세요."

잊어버리고 있던 진희의 등장이 반갑지 않았던 태진은 그녀가 인사까지 하자 뒤로 돌아서 그녀를 쏘아보며 경고를 했다.

"영화 스텝들과 식사하고 가던 중이야."

혜승이 진희의 인사를 받아주자 태진은 혜승에게 식당에 온 것이 일 때문임을 분명히 밝혔다.

"점심 맛있게 드셨어요?"

혜승은 진희에 대해 일말의 의심도 품지 않았다. 태진은 항상 지나치리만치 솔직했으니 그의 말에 의심을 품을 이유가 없었던 것이다.

"맛있게 먹었어. 식사 시간이 늦은 것 같은데 난 먼저 갈 테니 어서 들어요."

태진은 혜승과 재현을 향해 말했다. 그리고 지배인을 불러 혜승과 재현의 점심 값을 계산하려 했다.

"아닙니다. 추석 선물에 대한 감사의 표시로 제가 사겠습니다."

재현은 서둘러 태진의 호의를 거절했다. 그것이 호의를 빙자한 소유권 주장이란 걸 알기에.

"추석 선물? 아, 밤을 말하는 거요?"

"네. 선물 보낼 때 김 변호사님께도 하나 보냈어요."

태진의 질문에 혜승이 답했다.

"잘했군. 밤은 밤이고, 점심은 내가 감사의 의미로 사는 겁니다."

제 여자니 더 이상 접근하지 말라는 태진의 태도는 분명했다. '당신은 밥 한 끼 살 자격도 없어'라고 말하는 듯했다.

결국 태진은 재현의 거절을 듣지 않고 그들의 밥 값을 계산했다.

"감사히 잘 먹겠습니다."

재현은 울며 겨자 먹기 식으로 태진에게 감사의 인사를 했다.

"별말씀을요. 점심 맛있게 먹고, 집에서 봅시다."

태진은 마지막까지 재현에게 끼어들 여지를 주지 않았다. 시작도 해보기 전에 마음을 접어야 하다니 허탈했다.

등을 돌려 식당 밖으로 나가는 태진을 쫓아가며 진희는 주먹을 꽉 쥐었다. 자신은 안중에도 없는 것처럼 군 행동도 물론 분노의 불을 지폈지만 무엇보다 그녀를 분노에 떨게 했던 건 그 여자의 곁에 있었던 남자에 대한 태진의 행동이었다.

질투에 찬 행동.

그것이 진희를 분노하게 만들었다. 자신이 어디를 가는지, 누굴 만나는지, 늘 무관심한 태도로 일관하던 그가 그 여자에게는 다르다

는 게 참을 수 없이 싫었다. 가지런히 다듬은 손톱이 손바닥을 파고
들어 생채기를 내도 아픔을 느끼지 못할 만큼 진희의 정신을 온통 지
배하는 건 분노였다.

11

추석 날 아침, 태진의 오피스텔에서 명절 제사를 지내고 선영과 태진은 마주 앉아서 아침 식사를 했다. 혜승의 입장을 생각해서 이틀 전에 선영은 태진의 오피스텔로 왔었다. 친척들이 오는데 자리를 피해주는 것이 혜승을 위한 행동이라는 판단에서였다. 덕분에 태진은 밤새 잠들지 못했다.

무정한 친척들 틈에서 혜승이 상처받고 가슴 아파하고 있을지도 모른다고 생각하니 잠을 이룰 수가 없었던 것이다. 밤에 괜찮다는 그녀의 말을 전화로 전해 듣고도 전혀 안심이 되질 않았다.

태진은 밥을 뜨는 둥 마는 둥 하고 숟가락을 내려놓았다. 그녀는 지금쯤 식사를 하고 있을까 아니면 손님들 뒤치다꺼리하며 쉬지도 못하고 분주히 돌아다니고 있을까. 다시 태진의 걱정이 시작됐다. 직접 그녀를 보지 않고는 안심이 되질 않았다.

"태진아, 이리 앉아 보거라."

상을 치우고 선영은 거실을 서성이던 태진을 불러 앉혔다.

"이 얘기를 네게 해야 할지 말아야 할지 한참을 망설였다. 하지만 결국 해야겠구나."

"무슨 말씀이신지 몰라도 편하게 말씀하세요."

"네…… 네 엄마를 만났다."

힘겹게 내뱉은 선영의 말이 태진의 머리에 벼락을 쳤다.

"……!"

"널 만나고 싶어하는구나. 어떻게 하겠니?"

"언제…… 어떻게 만나셨어요?"

태진은 선영을 다그쳤다.

"그쪽에서 먼저 연락을 해왔다. 만나겠니?"

"엄마가 필요한 나이도 아닌데 이제 와서 새삼 왜요? 만날 필요성을 못 느낍니다."

태진의 어투에서 희미한 원망을 읽을 수 있었다.

"그래도 네 엄마가 아니냐."

"잊어버리고도 잘살았는데 새삼 과거를 들춰낼 마음 없습니다. 그리고 제겐 고모님만으로 충분합니다."

선영은 태진의 말에 가슴이 따뜻해졌다. 빈말이라도 기뻤다.

"태진아, 원망도 사랑이라더라."

선영은 태진이 가슴에 원망을 품고 사는 것이 싫었다. 미움을 품고 사는 것이 싫었다. 매듭을 풀자면 묶은 사람이 풀어야 하는 법. 선영은 태진이 그 매듭을 풀기를 바랐다.

"원망이 아닙니다. 처음에 홀로 버려졌을 때야 그랬지요. 그때는 버리고 갈 필요까지야 있었나 하는 맘에 많이 원망했습니다. 하지만 그 원망은 얼마 못 갔습니다. 고모가 제게 베풀어준 사랑이 그 원망을 지웠습니다. 어린 제가 느끼기에도 어머니는 아버지나 제게 정이 없었습니다. 아버지는 그런 어머니께 술만 드시면 폭력을 휘둘렀고요. 저를 고모께 맡긴 건 그분이 어머니로서 제게 해준 가장 감사한 일이었다고 그렇게 생각하고 있습니다. 원망은 금세 꺾였습니다. 다만, 부모님의 일로 남녀 간의 사랑을 믿지 못하기는 했었습니다. 여자를 믿지 못했었지요. 하지만 혜승 씨 덕분에 그런 것도 사라졌습니다."

'그것도 원망 아니냐. 엄마에 대하 원망이 변질돼서 사랑을, 여자를 믿지 못했던 게 아니냐.'

선영의 눈에 눈물이 차 올랐다.

"네 엄마를 원망하지 않거든 한번 만나보렴. 널 보고 싶어하신다."

"그럴 필요성을 느끼지 못합니다."

태진은 선영의 부탁을 단호히 거절했다.

"……부부 사이의 일은 아무도 모른다. 나나 네가 알 수 없는 일도 많았을 거다. 네 아버지가 돌아가시고 널 돌봐달라는 네 엄마 연락을 내가 늦게 받았다. 그동안 네게 미안해서 말하지 못했지만 네가 홀로 남겨졌던 건 내 탓이기도 하다. 너를 데려오고 내가 이사만 가지 않았더라도……. 그랬더라면 너는 네 엄마 품에서 자랐을지도 모른다. 네 엄마가 널 찾았다는구나. 그런데 내가 이사를 가서 서로 엇갈린 게지. 어린 너를 놓고 가서 네 엄마는 가슴에 돌덩어리를 달아놓고 살았다더라. 만나보렴. 부탁이다. 네가 이렇게 네 엄마 얼굴 한 번 안

보고 살면, 그게 내 죄 같아서…….”

선영은 눈물을 흘리며 태진에게 부탁을 했다.

“그게 왜 고모 잘못입니까? 아닙니다. 아니에요.”

“아니다, 내가 이사만 안 갔어도 네가 엄마랑 생이별하는 일은 없었을 것 아니냐. 내 탓이지, 내 잘못이야.”

“……알겠습니다. 연락해 보겠습니다.”

태진은 선영의 눈물에 마지못해 대답했다. 눈물 흘리며 자신을 탓하는 선영의 모습에 더 이상 거부할 수 없었던 것이다.

태진은 선영이 유난히 작고 늙어 보였다. 그의 손을 잡아주던 이십 대의 그녀는 어디로 가고 중년의 그녀만 남았다. 세월의 흐름이야 빗겨갈 수 없는 거라지만, 저 얼굴에 주름은 그가 만들어놓은 것 같아서 미안하고 또 미안했다.

“고맙다, 고마워. 이게 네 엄마 연락처다.”

선영이 건네준 쪽지에는 전화번호가 적혀 있었다. 태진은 쪽지 위의 숫자를 한참을 바라봤다. 실감이 나질 않았다.

태진은 쪽지를 접어 지갑 안에 넣었다. 갑자기 지갑의 무게가 증가하기라도 한 것일까? 묵직한 기분이 들었다.

선영은 태진이 지갑에 쪽지를 넣는 것을 보고 안심했다. 제 입으로 연락하겠다고 약속했으니 꼭 지킬 거라는 걸 믿었다. 입 밖으로 꺼낸 약속을 어긴 적이 없으니까 말이다. 이제 화살은 그녀의 손을 떠나 태진에게로 넘어갔다. 어디로 쏘든 그건 태진의 몫인 것이다. 선영은 다만 태진이 상처받지 않기만을 바랄 뿐이다. 제 엄마의 재혼 소식을 전하지 않은 건 그런 맥락에서였다.

서재로 돌아온 태진은 책상 위에 지갑을 올려놓고 휴대전화를 만지작거렸다. 가슴이 터질 듯 어지러운 감정들이 그를 혼란스럽게 만들었다. 이럴 때 혜승의 목소리를 들으면 진정될 것 같았다. 하지만 전화를 걸 순 없었다. 지금쯤 혼자서 힘겨운 하루를 보내고 있는 그녀에게 전화를 할 수는 없었다.

여린 몸 어디서 그런 힘이 솟아나는지 그녀는 강했다.

태진은 고모와 함께 오피스텔로 오던 날을 생각했다. 배신당했던 친척들을 용서하고 받아들이는 그녀를 보며 진심으로 감탄했었다. 그녀가 자란 환경 때문인지 그녀 특유의 강한 성격 때문인지 그건 모르겠지만 그녀는 꼭 바위 같았다. 산 정상에 서서 비바람, 눈보라를 다 맞으며 오랜 세월 꼿꼿이 제 형상을 유지하고 있는 바위 같았다.

아마도 지금쯤 그 집에서 자신의 자리를 굳건히 지키고 있을 것이다.

태진은 전화를 내려놓았다. 자꾸 버튼을 누르고 싶어하는 자신의 손가락을 믿을 수 없어서였다. 그리고는 책상 의자에 깊숙이 앉아 생각을 정리했다. 제멋대로 날뛰는 머리 속이 한꺼번에 정리될 리 없지만 그래도 차분해지려고 노력했다.

결국 태진은 머리를 어지럽히는 이런저런 추측들을 모두 지워 버리고 판단은 만남 이후로 밀어두기로 했다.

저녁에 태진은 선영을 데려다 주기 위해 명륜동으로 향했다. 행랑채를 지나 안채로 들어가는데 혜승의 모습이 보였다. 두 어깨가 축 처지고 눈가에 피곤함이 가득했다.

"명절에 집을 떠나시게 해서 죄송합니다."

그와 중에 죄송하다는 말을 할 정신은 있나 보다.

"저런, 얼굴이 안됐구나. 고생 많았지?"

혜승은 선영에게 희미한 미소를 지어 보이며 괜찮다고 했다.

"나는 신경 쓰지 말고 어서 들어가 쉬거라."

선영은 혜승을 쉬게 하려는 마음에 얼른 자신의 방으로 들어가 버렸다. 서서 인사를 주고받느라 시간을 지체해 봐야 피곤한 사람 괴롭히는 일밖에 더는 아닐 것 같아서 서둘러 방으로 들어가 버린 것이다.

혜승은 태진을 향해 미소를 지어 보였다. 그러나 힘이 하나도 없는 미소였다.

태진은 혜승에게 다가가 꼭 마주 안았다. 힘이 든지 혜승은 몸을 기대왔다. 태진은 혜승의 등을 가만히 쓸어주었다.

"힘들었지."

"……."

혜승은 그저 태진에게 몸을 기대고 눈을 감았다. 이렇게 죽을 것처럼 피곤할 때 기댈 수 있는 넓은 가슴이 있어서 감사했다.

"방으로 데려다 줄게. 가자."

태진은 혜승의 어깨를 끌어안고 자신에게 기대는 그녀의 몸을 받치고 초당으로 향했다.

"몸에 힘이 하나도 없군. 얼른 들어가서 쉬는 게 좋겠어."

초당까지 혜승을 데려온 태진은 그녀를 안아 들고 방으로 들어갔다. 그녀를 닮아 정갈한 방 안을 두리번거리며 이불을 찾았다. 눈으로 농을 찾은 태진은 안고 있던 혜승을 조심스럽게 내려놓고 농으로 가서 요를 꺼내 바닥에 펼쳤다. 다시 혜승을 안아 요 위에 눕히고 머리에 베개를 받쳐 주었다.

"그만 쉬어. 한숨 푹 자고 일어나면 괜찮을 거야."

이불을 가슴까지 덮어주고 일어나는데 가는 목소리가 그의 발을 잡았다.

"나 잘했죠. 잘했다고 말해 줄래요?"

태진은 몸을 돌려 누워 있는 혜승의 옆에 앉았다. 태진은 자신을 바라보며 간절한 눈빛을 보내는 혜승의 이마를 쓸어 넘겼다.

"잘했어. 당신 정말 잘해냈어."

"잊자 했는데…… 다 잊어버리려고 했는데, 몇몇 분을 보자 울컥 솟아오르는 감정이 잊어버리기엔 시간이 더 필요한가 봐요."

태진은 혜승의 눈에서 흘러내리는 눈물을 닦아주었다.

"그런 감정도 없다면 사람도 아니게. 나 같았으면 다시는 얼씬도 하지 말라고 내쫓았어."

"그러고 싶은 생각이 아주 없었던 건 아니에요. 하지만 그러면 결국 한씨 문중은 뿔뿔이 흩어져 사라지겠죠. 그럴 수는 없잖아요. 나 때문에 몇백 년이나 이어온 전통을 무너뜨릴 순 없잖아요."

"당신 탓이 아니야. 이대로 그 전통이라는 것이 무너져 내려도, 그건 결코 당신 때문이 아니라 탐욕에 찌든 사람들 때문이야."

"그래도 나만 참으면 이어지잖아요."

"당신에게만 희생을 강요하는 건 옳은 일이 아니야."

당사자인 혜승보다 외려 태진의 분노가 더 컸다. 만약 그 뻔뻔스런 얼굴들을 그가 봤다면 주먹이 먼저 날아갔을 것이다. 수치를 모르는 인간들 같으니라고.

"괜찮아요. 그리고 앞으로는 더 괜찮아질 거예요."

혜승의 목소리가 서서히 잦아들었다. 피곤에 지쳐 잠이 들려는 것이다. 태진은 혜승의 손을 잡고 자신의 뺨에 댔다. 하얗게 핏기가 하나도 없는 손은 얼음장처럼 차가웠다. 며칠 동안 명절 준비를 하느라 손을 물에 담그고 있어서 그런지 까칠했다.

태진은 그렇게 혜승의 손을 잡고 그녀가 잠자는 모습을 한참 동안 지켜봤다. 그러다가 밖에서 나는 인기척에 그녀의 손을 놓고 이불을 정리해 주고 이마에 입을 맞춘 후 방을 나왔다.

충주댁이었다. 혜승과 함께 초당으로 간 그가 한참을 오지 않자 걱정돼서 와본 모양이다.

"막 잠이 들었습니다."

"피곤도 하겠지."

"오늘 어땠습니까?"

태진은 혜승에게 하지 못했던 질문을 충주댁에게 했다.

"낯짝이 있는지 한상철 그 양반네 식구들이야 하나도 안 왔지만 다른 사람들도 마찬가지지. 집 팔아먹고 선산 팔아먹는데 동의한 사람들이야 다 거기서 거기 아닌가. 오십보백보라잖여. 몇몇은 왔더라고. 그러니 그 사람들 보는 혜승이 복장은 오죽 했겠나 말이여. 그런 사람들을 위해 밥상을 차려다 바쳤으니, 대단하지. 힘들어서 곧 쓰러질 것 같아도 꼿꼿이 버티더라고. 정 사장 와서 겨우 기댔여. 그전까지는 허리에 대나무 박아놓은 것마냥 꼿꼿했다니까."

"언제들 갔는데 아직까지 저러고 있어요?"

"아침나절에 제사 지낸 사람들이야 점심 먹고 얼추 갔지. 올해는 식사 안 하고 간 사람도 많았고. 한데 사당에 분향하러 오는 사람들이 또 있잖여. 오후까지 꼬박 그랬지. 사람들 가고 난 후 뒷일하며…… 아무튼 쓰러지지 않고 버틴 게 용해. 옛날에 사장님이 강단이 있다고 하시더니 그 말씀이 꼭 맞구먼."

태진은 초당을 바라봤다. 그 안에서 피곤에 지쳐 죽은 것처럼 자고 있을 그녀를 생각하니 차마 발길이 떨어지질 않았다.

"저, 오늘은 사랑채에서 자고 가겠습니다."

태진이 충주댁을 향해 말했다.

"아까 손님들 가시고 나서 치워두었으니 깨끗할 거여. 따라오게."

충주댁은 태진이 따라오는지 확인하지도 않고 등을 돌려 성큼성큼 걸어나갔다. 태진은 다시 한 번 초당에 안타까운 시선을 던진 후 사랑채로 향했다. 전에 자신이 머물렀던 방에 누워 잠을 청하려 했다. 복잡한 심사도 심사려니와 방 안으로 담뿍 들어오는 보름달빛도 그가 잠이 드는 걸 방해했다.

잠을 설친 태진은 다음날 아침에 일찍 일어나 초당으로 갔다. 혜승이 궁금했던 것이다. 안채에 들러 선영에게 인사를 하고 초당으로 들어섰다. 온 세상이 아직 잠에서 깨지 않은 것처럼 고요했다.

기척을 해도 방 안에서 아무런 반응이 없자 태진은 문을 열고 안으로 들어갔다. 여전히 그대로 잠이 들어 있는 혜승의 모습이 보였다. 안도하며 그녀에게 다가가는데 느낌이 뭔가 이상했다. 가까이 다가가 보니 온통 땀으로 젖어 있었다. 태진은 서둘러 혜승의 이마에 손을 얹었다. 이마가 불덩이였다. 태진은 혜승을 안고 안채로 향했다.

"아주머니! 아주머니!"

소리쳐 충주댁을 불렀다.

"에구머니, 무슨 일이래."

주방에 있던 충주댁이 태진의 부름에 밖으로 나와 몸을 축 늘어뜨리고 그의 품에 안겨 있는 혜승을 봤다. 방 안에 있던 선영도 태진의 큰 소리에 밖으로 나왔다.

"열이 심합니다. 가까운 병원이 어디 있습니까?"

태진은 충주댁에게 다급히 물었다.

"연휴가 문을 연 병원이 없을 거구만. 큰 병원 응급실이라면 모를까."

태진은 충주댁의 대답을 미처 다 듣기도 전에 밖으로 나갔다. 조수석에 혜승을 눕히고 서둘러 차를 출발시켰다. 가장 가까운 종합병원인 서울대 부속병원으로 향했다. 연휴로 인해 뻥 뚫린 길을 미친 듯이 차를 몰아 병원에 도착했다.

차에서 내려 혜승을 안고 응급실로 들어가는 태진의 마음은 급했다.

간단한 검사를 받고 열이 있을 뿐 별다른 이상은 없는 것 같다는 의사의 소견을 들은 후에야 마음을 놓았다. 의사는 자세한 검사는 연휴가 끝난 후에나 가능하다며 해열제와 링거 주사를 꽂아주고 자리를 떠났다.

누군가는 치료 지연을 이유로 소란을 피우고, 응급차 사이렌과 함께 부산한 발걸음들이 응급실 앞 복도를 달려도 태진의 귀에는 그런 소란스러움이 하나도 들리지 않았다. 오직 창백하게 누워 있는 혜승의 얼굴만 보일 뿐이었다.

죽은 것처럼, 진짜 숨을 쉬지 않는 것처럼 혜승은 조그만 미동도 없었다. 태진은 손을 혜승의 코 밑에 가져다 댔다. 다행히 미약하게나마 숨을 쉬는 게 느껴졌다. 안도하며 땀에 들러붙은 머리카락을 정리해 주었다.

그녀는 바보같이 힘들다고 말 한마디 못하고 견디다가 한계점을 넘어 쓰러져 버린 것이다. 아프다 소리 내어 말하지 않으니 얼마나 아픈지 아무도 몰랐던 것이다.

태진은 그녀의 상태를 미리 알아차리지 못한 자신에게 비난의 화살을 돌렸다. 추석 전 준비하는 과정에서부터 힘겨웠을 텐데 미리 알아차리고 짐을 덜어주지 못한 자신에게 화가 났다.

"당신은 정말이지……."

태진은 말을 잇지 못했다. 못 보던 삼 일 사이 얼굴이 반쪽이 된 것 같은 그녀를 두고 차마 작은 원망의 말이라도 할 수는 없었다. 그것이 스스로의 건강을 돌보지 않고 무리한 그녀에 대한 걱정의 표현이라 해도 말이다.

주머니 속에 넣어두었던 전화벨이 울렸다.

"휴대전화는 꺼주시기 바랍니다."

간호사가 다가와 태진에게 주의를 줬다. 태진은 발신자가 고모인 것을 확인했다.

"죄송합니다. 잠시만 이 환자 곁에 있어주시겠습니까?"

휴대전화를 가리키며 태진은 간호사에게 양해를 구했다. 그녀가 고개를 끄덕이자 전화기를 들고 밖으로 향했다.

"여보세요?"

[태진이냐? 혜승이는 좀 어떻다니?]

수화기 안에서 선영의 걱정스런 목소리가 흘러나왔다.

"열이 있어서 그렇지 괜찮답니다. 지금 해열제를 맞고 있습니다."

[그래, 다행이구나. 아무래도 몸살이지 싶다. 저 혼자 그 많은 일을 다 치르느라 얼마나 힘들었겠니. 이 참에 병원에서 푹 쉬게 하

거라.]

"네. 자리를 비워서 이만 끊겠습니다."

태진은 전화를 끊고 담배 생각이 간절했다. 담배를 꺼내 입에 물었다가 혜승이 걱정돼서 그냥 쓰레기통에 버리고 응급실 안으로 들어갔다. 다행히 간호사가 혜승 곁을 지키고 있었다. 태진은 간호사에게 감사의 인사를 하고 혜승 곁에 앉았다. 간호사는 자리를 비키며 편안히 쉴 수 있게 천장에 붙어 있는 커튼을 쳐서 시야를 차단해 주었다.

링거액이 거의 혈관으로 사라졌을 무렵 혜승이 힘겹게 눈을 떴다. 눈앞의 낯선 풍경에 불안해하며 눈을 굴리다가 자신을 걱정스럽게 바라보고 있는 태진과 눈이 마주쳤다. 그의 얼굴을 보자 안심이 되었다.

"……여기, 여기가 어디예요?"

"병원이야. 당신 쓰러졌었어."

"제가요?"

혜승은 몸을 일으키려 했다.

"일어나지 마요. 열이 39도까지 올라서 큰일날 뻔했어."

혜승의 눈에 자신의 팔목에 꽂혀 있는 바늘이 보였다.

"미안해요. 걱정을 끼쳤네요."

저 바보 같은 여자가 사과를 한다. 아픈 건 자기면서 미안하다고 사과를 한다. 정말 미안해서 얼굴도 못 들겠는 사람을 앞에 두고 자기가 먼저 사과를 한다.

태진은 그런 그녀에게 되레 화를 냈다.

"당신, 야단 좀 맞아야 해! 사람을 이렇게 기함하게 놀래키는 법이 어디 있어? 아프면 아프다고 말을 해야 할 것 아니야? 열 때문에 방 안에 쓰러져 있는 당신을 보고 내가 무슨 생각을 했는 줄이나 알아?"

"정말 미안해요."

"당신 정말……!"

또다시 사과를 하는 혜승 때문에 태진은 말문을 잃었다.

"그냥 좀 힘이 없고 피곤하기만 했지 아프진 않았어요. 갑자기 긴장이 풀려서 그랬나 봐요."

혜승은 계속해서 변명을 했다.

그때 간호사가 링거를 빼러 다가왔다. 간호사는 링거를 제거하고 체온을 쟀다.

"아직 미열이 좀 있으신데 열은 많이 내렸어요. 기분은 어떠세요?"

"괜찮습니다. 그럼 이만 집에 가봐도 되나요?"

주사 바늘이 제거된 자리를 소독된 솜으로 지혈하며 혜승이 간호사에게 퇴원하겠다는 의사 표시를 했다.

"당분간 입원해서 푹 쉬는 게 어떨까? 집에 있으면 아무래도 집안 일 때문에 쉬지도 못할 테고 또 어젯밤처럼 갑자기 열이 오르면 위험하니까 말이야."

태진이 혜승의 결정에 반대했다. 혼자 자는 밤에 열이라도 또 오르면, 생각만 해도 아찔했다.

"집이 편해요. 집에 가서 쉴래요. 해열제도 맞았고, 또 약 먹고 하면 괜찮을 거예요."

혜승은 태진을 설득했다.

"그건 의사 선생님이 결정하실 문제라 제가 답변을 드릴 수가 없네요. 선생님께 여쭙고 오겠습니다. 남편 분이 자상하셔서 참 좋으시겠어요."

간호사는 의사를 부르러 가면서 부러운 눈초리를 던졌다. 혜승은 그녀의 오해에 볼을 붉히며 태진의 얼굴을 똑바로 바라보지 못했다.

"집에 가시겠다고요?"

잠시 후 간호사와 함께 의사가 왔다.

"네. 이제 괜찮은 것 같아서요."

"음, 미열이 있기는 하지만 그건 별문제가 없을 것 같고. 혹시 다른 데 불편한 곳은 없으십니까?"

의사는 간호사가 작성해 놓은 차트를 살펴보며 질문을 했다.

"몸에 힘이 안 들어가고 근육이 좀 아픈 것 같긴 해요."

"명절에 무리하셨나 보네요. 몸살인 것 같습니다. 해마다 명절이 지난 후에 몸살 환자들이 늘긴 하지만 응급실까지 오신 분은 처음이세요. 약을 처방해 드릴 테니 잡숫고 무리하지 마시고 충분한 휴식을 취해야 합니다. 보호자 분은 열이 다시 오르는지 신경 써서 살펴주시고요."

의사는 혜승의 퇴원을 허락하고 다른 환자를 보기 위해 분주히 자리를 떴다.

혜승은 태진의 부축을 받으며 침대에서 일어났다. 발을 땅에 내디딘 순간 다리에 힘이 들어가지 않아 휘청거렸다. 태진은 그런 혜승을 붙잡으며 안고 응급실을 나섰다. 혜승은 몸이 붕 뜨며 태진에게 안기자 어쩔 줄 몰랐다.

"내, 내려주세요. 걸을 수 있어요."

혜승의 거절을 무시하고 태진은 그녀를 안고 가 차에 태웠다. 안

전벨트를 채워주고 올 때와 달리 천천히 차를 몰아 집으로 향했다.

"걸을 거예요. 걸을 수 있어요. 고모님도 계신데 걸어갈 거예요."

차가 집 앞에 도착하고 태진이 조수석 문을 열자 혜승이 먼저 선수를 쳤다. 태진은 어이없는 표정으로 피식 웃고는 혜승의 뜻에 따라 그녀를 부축해 주었다.

"놀라게 해드려서 죄송해요."

걱정스런 기색이 완연한 선영과 충주댁을 보자 혜승이 사과를 했다.

"그래, 이젠 괜찮은 게냐?"

"네."

"아이고, 내 정신 좀 봐. 이럴 게 아니라 어서 들어가 누워라."

선영이 눈짓으로 초당을 가리키며 혜승을 데려다 눕히라고 태진을 채근했다. 그러나 태진은 움직이지 않았다.

"아주머니, 안채에 있는 방 하나만 치워주십시오."

느닷없는 태진의 말에 모두 그를 의아한 표정으로 바라봤다.

"초당은 아무래도 외떨어져 있어서요. 다 나을 때까지 안채에 있는 게 좋을 것 같습니다. 들여다보기도 쉽고."

"그래, 그게 좋겠다."

선영도 태진의 말에 동의했다.

"돌아가신 사모님 방은 매일 치워두니 그리로 가면 되겠네."

충주댁도 선뜻 태진의 말에 동의했다.

결국 혜승의 모두의 주장에 따라 몸이 나을 때까지 안채에서 지내기로 했다. 그리고 혜승이 나을 때까지 태진도 사랑채에 머물며 그녀를 챙겼다. 충분한 휴식을 취하게 하라는 의사의 말 그대로 일절 집안일은 못하게 했다. 그녀가 아무리 답답하다며 하소연해도 일거리를 그녀 주변에 두질 않았다. 그런 태진의 간호 덕분이었는지 혜승은 곧 자신의 체력을 되찾았다.

'785g'이 촬영에 들어가고 한창 바쁠 텐데도 용진은 태진의 사무실에 자주 들렀다. 별다른 용건이 있는 것도 아닌데 자주 찾아오는 용진을 처음엔 이상하게 여기던 태진도 어느새 익숙해졌는지 그의 방문을 즐겁게 기다렸다. 용진은 어린 나이에 비해 식견이 풍부해 대화하는 재미가 있는 사람이었다.

"뭐 하세요?"

사무실 문을 빼금 열고 들어서는 용진이 들어섰다.

"감독이 이렇게 한가해도 되는 거야?"

태진이 웃으며 가벼운 타박을 했다.

"킥킥. 그러는 정 사장님은 어떻게 일밖에 모르세요? 틀림없이 연예 한번 못해보셨을 거야."

사무실 가운데 마련된 소파에 앉으며 용진이 가벼운 농으로 응수했다.

"문 감독님, 이거 왜 이러셔요. 우리 사장님, 아리따운 신붓감도 계신데."

인영이 음료를 가져오며 태진 대신에 용진의 농담에 대답했다.

"와, 진짜예요? 믿을 수가 없는데……."

"왜 아무 말씀 안 하세요?"

용진의 계속되는 농담에 태진이 아무런 대응도 하지 않자 인영이 더 열을 올렸다.

"쿡쿡쿡. 인영 씨, 재미있는 사람이네요."

자신의 일마냥 흥분하는 인영의 반응이 재미있었는지 용진이 웃음을 터뜨렸다.

"어이, 문 감독. 유부녀한테 작업 걸면 안 되지."

태진도 용진의 장난에 한 점 보탰다.

"사장님까지 이러시기예요?"

인영이 곱게 눈을 흘겼다.

"어, 유부녀셨어요? 정말 아쉽네요. 딱 제 타입이었는데……."

"안됐군."

"사장님, 정말 이러시면 혜승 씨에게 청혼했다가 퇴짜 맞은 얘기 사무실에 푸는 수가 있어요."

용진과 태진이 계속 짜고 놀리자 인영은 태진을 협박했다.

"인영 씨, 제발 그것만은 참아줘."

태진은 두 손 들고 항복했다.

"호호호, 앞으로 저한테 잘 보이셔야 해요."

인영은 승리의 미소를 날리며 사무실에서 퇴장했다.

"틀림없이 일 때문일 거예요. 요즘 여자들은 일벌레 안 좋아한다니까요. 그나저나 어떤 분인지 되게 궁금하네, 사장님 애인 되시는 분."

"얼핏 한 번 봤을 텐데."

"네? 언제요?"

"전에 일식집에서 스텝들이랑 점심 먹고 나올 때 잠시 마주쳤었지."

용진은 기억의 창고를 더듬었다. 하지만 얼핏 스친 터라 얼굴이 잘 기억나지 않았다. 하지만 분위기가 헤어진 사람들 분위기는 아니었던 걸로 기억한다.

"차이셨다면서요? 헤어지신 거 아닙니까?"

"자네 같으면 이 여자다 싶은 여자를 만났는데 한 번 차였다고 물러나겠나?"

"보기와는 다르시네요. 정 사장님 분위기는 뭐랄까, 미련 두지 않는 타입인 것 같았는데 의외의 모습이시네요."

"그 얘긴 그만 하고 그래, 오늘은 무슨 용건인가?"

자신의 얘기가 계속되는 것이 멋쩍은 태진이 화제를 돌렸다.

"저랑 어디 좀 가셔야겠습니다."

"어딜 말인가?"

"묻지 말고 꼭 같이 가주십시오."

농담을 하던 장난기 어린 얼굴은 사라지고 진지한 표정만 남았다.

"부탁드립니다."

각오를 단단히 하고 온 강철 같은 얼굴이다. 태진은 고개를 끄덕였다.

"잠시만 기다리게. 하던 일 마저 끝내고 가지."

일을 마치고 오후 스케줄을 비운 태진은 용진의 차에 타고 어디론가 갔다. 차를 타고 가는 도중 용진이 입을 열었다.

"정 사장님은 부모님 모두 안 계시다고 했지요? 전 두 분 모두 계십니다. 어머닌, 비록 새 어머니지만요."

갑작스런 가족 얘기에 태진은 용진을 바라봤다.

"친어머니는 제가 네 살 땐가 돌아가셨답니다. 그 후에 아버지 혼자 저를 키우셨지요. 하지만 남자가 혼자 애를 키운다는 게 어디 쉽습니까. 제 꼴은 늘 꾀죄죄하고 후줄근했지요. 그때 이웃에 지금의 어머니가 사셨는데 제게 참 잘해주셨습니다. 유치원에서 돌아오면 혼자 문을 따고 빈집에 들어가는 저를 가엾게 여기셔서 아버지가 오실 때까지 씻기고, 입히고, 밥 먹여주시곤 하셨어요. 전 엄마를 새로 가진 것 같아서 아버지의 야단에도 그분께 늘 엄마라 불렀습니다. 그렇게 일 년이 지나고, 이 년이 지나고, 아버지도 그분께 사랑을 느끼셨지요. 어느 날 아버지는 그분께 청혼하셨고 그분은 거절하셨습니다. 이유는 버리다시피 두고 온 자식이 있다는 거였지요. 그 아들이 생각나 제게 잘해주신 거였다고 그렇게 말씀하시고는 다음날부터 제게 문을 열어주시지 않았습니다."

태진은 머리카락이 곤두서는 것 같았다. 기분 나쁜 예감이 스멀거리며 몸을 감쌌다.

"전 비가 오는 날 그렇게 밖에 서 있다가 폐렴에 걸렸습니다. 병원에 찾아오신 그분께 제 엄마가 돼달라고 때를 썼습니다. 형 엄마도 되고 제 엄마도 되어달라고. 아버지는 잃어버린 아들을 함께 찾아보자며 그분께 다시 청혼하셨습니다. 그때 어머니께서 아버지의 청혼을 허락하신 게 저에 대한 죄책감 때문이었다 해도 전 기뻤습니다. 그리고 지금은 그분이 저를 사랑하신 걸 알고 있습니다. 그런데 얼마 전 어머니의 아들을 찾았습니다."

차가 한적한 주택가의 이 층 집 앞에 멈췄다. 용진은 태진의 얼굴을 똑바로 바라봤다.

"기다리고 계십니다, 지금."

태진은 눈을 감았다. 차일피일 미루기만 했던 쪽지 속 전화번호가 이렇게 나타난 것이다. 그런 태진을 용진은 재촉도 하지 않고 가만히 기다렸다. 갑자기 이게 무슨 일이냐며 뛰쳐나가지 않은 것만도 다행이라고 생각하면서.

그렇게 오랜 시간을 찾으며 기다렸으면서도 어머니는 막상 아들이 어디 있다는 걸 알게 되자 면목이 없다며 나설 것을 망설였다. 그래서 용진은 친구의 시나리오를 들고 태진을 찾아갔다. 그때는 영화 제작을 지원받을 거라는 생각은 조금도 하지 않았었다. 그가 어떤 사람인가를 알아보기 위해서 그냥 무작정 찾아갔던 것이다.

태진과 일을 하게 되고 그의 성격을 알게 되면서 용진은 어머니에게 태진을 만나볼 것을 권유했다. 그래서 어머니는 망설임 끝에 태진의 고모에게 연락을 취했고, 그분은 그에게 연락처를 전했다고 했다. 그렇게 기다림의 시간이 가고 태진에게서 연락이 없자 어머니는 점점 더 조급해하셨다.

용진은 자주 태진의 사무실에 불쑥불쑥 찾아가 그를 살폈지만 그의 속내를 알 수는 없었다. 그러다 결국 그를 무작정 데려온 것이다.

태진은 눈을 떠 용진을 바라봤다.

"후, 언젠가 한 번은 뵈어야지 했네. 뵙겠다고 고모께 약속도 했고. 가지, 앞장서게."

태진은 차에서 내렸다. 옷차림을 바로 하고 용진이 내리기를 기다렸다.

용진은 한 가정집 대문으로 가서 벨을 눌렀다. 딱 소리와 함께 문이 열렸다. 태진은 용진의 뒤를 따라 집으로 들어갔다. 작은 마당에는 화초가 가득했고 향긋한 냄새가 코를 자극했다.

"어머니, 저 왔어요."

용진이 현관을 들어서며 외쳤다.

"그래, 일찍 왔구나."

안에서 대답하는 소리가 들렸다.

"누굴 좀 모시고 왔어요. 어머니, 나와보세요."

"그래? 누구를 모시고……."

주방에서 나오던 여인은 현관 앞에 서 있는 태진을 보고 발걸음을 딱 멈췄다. 그렁그렁 두 눈에 눈물이 흘러넘쳤다.

"오, 맙소사!"

여인인 두 손으로 눈물이 흐르는 얼굴을 덮으며 외쳤다. 용진은 다가가 여인의 어깨에 손을 올려놓으며 그녀를 위로했다.

태진은 그런 모습을 보며 조금의 흐트러짐도 없이 서 있었다.

"어머니, 이렇게 우시지만 말고 뭐라고 말씀 좀 해보세요."

용진은 계속해서 그녀를 달랬다.

태진은 그녀에게서 지난날의 모습을 찾아봤다. 그때는 키도 큰 것 같았는데 지금 보니 상당히 왜소한 체격이다. 그때는 무기력하고 무표정한 얼굴이었는데 지금은 감정이 가득한 눈을 가지고 있었다.

계속되는 용진의 위로에 겨우 진정한 그녀는 태진을 향해 천천히 걸어왔다.

"태진아…… 태진아, 태진아!"

계속해서 자신의 이름만 부르며 다가오는 그녀를 향해 태진은 어떤 행동도 할 수 없었다. 태진의 앞까지 다가온 그녀는 손을 뻗어 태진의 얼굴을 어루만졌다.

"우욱— 흑…… 내 아가!"

태진은 여전히 아무런 미동도 하지 않았다. 그냥 그대로 등을 돌려 도망가고 싶은 마음뿐이었다. 그러나 못이라도 박아놓은 것처럼 발이 떨어지질 않았다.

한참을 그렇게 그녀는 오열하고 태진은 여전히 아무 반응도 보이지 않은 채 서 있기만 했다. 용진은 한구석에 서서 몰래 눈물을 훔쳤다.

"어머니, 그만 진정하시고 앉으세요. 그래야 형도…… 자리에 앉지요."

용진은 그녀를 소파로 데려가 앉히고 태진에게도 소파에 앉을 것을 권했다.

"미안하다! 미안해! 네게 정말 미안하다!"

그녀는 태진을 향해 계속해서 미안하다는 말만 반복했다. 계속해서 울며 미안하다는 말만 하는 그녀를 용진은 안타깝게 바라봤다. 그리고 또한 태진에게도 안타까운 시선을 보냈다.

"별로, 제가……."

태진이 입을 열었다. 그녀는 흐느낌을 멈추고 태진을 바라봤다.

"불행한 삶을 살았다고 생각진 않습니다. 고모님도 잘해주셨고요."

그녀는 태진의 말에 또다시 울음보를 터뜨렸다.

"그러니 미안해하실 필요 없습니다."

"나는 아가, 나는……."

그녀는 목이 잠겨 말을 잊지 못했다.

"……죄책감 같은 것도 가지실 필요 없습니다."

"미안하다, 용서해다오."

그녀는 계속 미안하다는 말만 했다.

태진은 문득 생각했다. 그녀가 바라는 게 용서라면, 용서하자고 어쩌면 그녀는 용진의 말처럼 지난 세월을 가슴 한쪽을 시커멓게 멍든 채 살았을지도 모르니까. 용서한다는 말 한마디가 그 멍을 지울 수 있다면 그래, 용서하자고 그렇게 생각했다. 지금에 와서 서로 상처 주는 말을 주고받는다고 행복해질 사람은 없으니까 말이다.

"네, 용서해 드리지요."

그녀는 울면서 태진을 빤히 바라봤다. 그게 진심인지를 알아내기라도 하듯이.

"그러니 이제 그만 하십시오. 지난 일은 잊겠습니다. 그러니…… 잊어버리세요. 제가 요즘 한 여자에게 배운 겁니다, 용서하고 잊어버리는 거."

"내가…… 밉지 않니?"

그녀가 조심스럽게 태진에게 물었다.

"고모는 사람을 미워하는 법은 가르쳐 주지 않으셨습니다. 그리고 앞으로도 배울 생각은 없습니다."

"고맙구나. 널, 이렇게 잘 키워준 아가씨에게도 고맙고, 잘 자라준 네게도 고맙다. 네가 날, 보지 않는다고 해도…… 할 수 없다고 생각했다. 이렇게 와줘서 고맙구나."

그녀는 겨우 진정하며 눈물을 멈췄다.

"그만 가보겠습니다."

태진은 벌떡 일어섰다. 이것이 한계였다. 예상치 못한 상봉에 그가 견딜 수 있는 한계였다. 더 이상은 자신없었다. 도망치는 거라도 그는 일어서 가야 했다. 그의 평온한 일상이 있는 곳으로…….

"왜 벌써……."

그녀의 말이 끝나기도 전에 태진은 벌써 현관을 나서고 있었다.

용진이 만류할 틈도 없이 빠른 움직임이었다.

"어머니, 제가 무작정 모시고 온 거예요. 어머니 만나러 오는 거라는 말도 없이 갈 데가 있다고 온 거라 형도 당황했을 거예요."

"왜……?"

그녀는 자신의 또 다른 아들을 바라봤다.

"어머니께서 보고 싶어하시니까요. 저 혼자만 형 만나는 게 죄송스러워서요."

그녀는 용진의 손을 토닥였다.

"고맙다."

용진은 그녀를 향해 웃어 보였다.

그 집을 빠져 나온 태진은 거리를 걸었다. 언젠가 그녀를 만날 땐 마음의 준비를 하고 그렇게 만나리라 결심했었다. 이렇게 갑자기 만나게 될 줄은 몰랐다. 태진은 그녀와의 만남에서 자신이 무슨 소리를 했는지 하나도 기억나질 않았다. 미안하다고 말하며 눈물 흘리는 그녀의 모습만 기억났다.

한참을 걷다가 또 걷다가 그는 회사로 가 차를 몰고 집으로 향했다. 집 앞에 차를 세우고 몇 시간인지도 모르게 그 안에 있었다.

저녁때가 되어도 전화도 없이 오질 않는 태진을 대문 밖으로 배웅온 혜승이 그의 차를 발견하고 다가갔다. 운전석에 멍하니 앉아 있는 그를 발견하고 차 유리에 톡톡 노크를 했다.

태진은 차창을 두드리는 혜승을 발견하고 정신을 차렸다.

"여기서 뭐 해요?"

혜승은 집 안으로 들어오지 않고 차 안에 있는 그가 의아했다.

"잠깐 타지?"

"다 저녁땐데…… 어디 멀리 갈 거예요?"

"글쎄……."

"잠깐만요. 나갔다 온다고 말씀드리고 올게요."

심상치 않은 태진의 태도에 혜승은 이유를 묻지 않았다. 잠시 후 겉옷을 들고 나온 그녀는 태진의 차에 올라탔다.

태진은 차를 몰아 한강변으로 향했다. 차 안에는 무거운 침묵이 가라앉아 있었고 강변에 차를 세우고 내릴 때까지 태진은 아무 말도 하지 않았다. 그리고 혜승도 선뜻 묻지 못했다.

"우리 저거 탈래요? 난 한 번도 타본 적 없는데……."

혜승은 강변에 정박해 있는 유람선을 가리키며 태진을 이끌고 유람선으로 가까이로 다가갔다. 태진은 혜승의 손에 이끌려 유람선에 탔다. 강을 가르며 유람선이 출발하자 시원한 바람이 얼굴을 때렸다.

"자, 이제 무슨 얘긴지 해봐요."

강바람을 맞으며 서 있던 혜승이 먼저 말문을 열었다.

"……어머니를 만났소."

"어, 어디서요? 어떻게……?"

태진의 태도가 이상하긴 했어도 설마 그렇게 큰일이 있었을 줄 몰랐던 혜승은 크게 놀랐다. 태진이 자란 과정을 대략 선영에게 들었던 그녀는 이십오 년이 넘게 만나지 못했던 어머니를 오늘 갑자기 만났다는데 놀라움을 금치 못했다.

태진은 혜승에게 고모가 전해준 쪽지 얘기며 용진의 얘기, 그리고 만난 얘기까지 남김없이 모두 말했다.

"잘했어요. 내가 잘했다고 말해 줄게요."

"뭐?"

"간혹 내 행동이 옳은 일인지 아닌지 헷갈릴 때 누군가 잘했다고 말해 주면 진짜 잘한 것처럼 위로가 되거든요. 추석에 당신이 내게 잘했다고 말해 줬으니까 이번엔 내가 당신한테 잘했다고 말해 줄게요."

혜승의 말에 태진은 피식 웃었다.

"과거는 사라지지 않아요. 신이 우리에게 벌이라도 주는 것처럼 과거는 지울 수가 없죠. 그래서 때론 한 번의 뼈아픈 실수가 죽을 때까지 지워지지 않는 상처로 남기도 해요. 당신이 어머니를 용서한다고 해도 과거는 사라지지 않고 그분을 계속 괴롭힐 거예요. 당신까지 거기에 고통을 더할 필요는 없어요. 그만 용서하고 상처받은 기억은 잊어버려요. 나도 그러려고 노력할 테니 당신도 노력해 봐요."

태진은 혜승을 끌어안았다. 만약 그녀가 없었다면 오늘 같은 날 그렇게 의연하게 대처하지는 못했을 것이다.

"야경이 참 좋다. 그쵸?"

혜승은 다리 위를 밝힌 형형색색의 조명을 보며 감탄했다. 태진은 다리 아래를 지날 때 혜승의 입술에 부드럽게 키스를 했다.

"고마워."

"뭐가요?"

"내 곁에 있어줘서."

태진은 전에 혜승이 했던 말을 고스란히 그녀에게 전해주었다. 두 사람은 마주 보고 웃으며 시원한 강바람을 가슴 가득 담고 돌아갔다.

12

"**형**, 형수님은 대체 언제 보여줄 겁니까?"

이제는 형이라 부르며 넉살을 떠는 용진을 태진은 숫제 포기했다.

"아직도 결혼 허락 못 받은 겁니까? 쓰읍, 의외로 능력이 없으시네."

"그만 가라. 너 영화 안 찍을 거냐?"

툭툭 면박을 줘도 도무지 알아듣는 기색이 없었다.

"형님 노총각으로 늙을까 봐 걱정이 돼서 그러죠."

"쓸데없는 걱정 말고 그만 가라. 그렇지 않아도 이번 크리스마스에 청혼할 예정이다."

"으흠. 이번에 거절 안 당하실 자신은 있으시고요?"

"야! 너 정말 안 갈래?"

용진의 놀림이 지나쳐 급기야 태진은 소리를 지르며 그를 내쫓았다.

"알았습니다. 간다고요."

나가다 말고 용진은 문고릴 잡고 태진을 향해 한마디 더 했다.

"제가 술 한 잔 사죠. 혹시 또 거절당하시면 전화하세요."

"야!"

크게 웃으며 밖으로 나간 용진은 빈 비서실에 서 있는 진희와 마주쳤다.

"진희 씨가 여기 어떻게…… 형, 아니, 정 사장님 만나러 오셨습니까?"

"정 사장님과 친하신가 봐요."

진희는 용진의 질문에는 대답하지 않고 자신의 용건만 물었다.

"그냥 지나가다 들렀어요."

진희는 몸을 획 돌려 비서실을 걸어나갔다.

"진희 씨!"

용진은 복도로 나가 진희의 이름을 불렀다. 그러나 진희는 성큼성큼 앞으로 걸어갈 뿐이었다. 용진은 영문을 알 수 없었다. 지나가다 들렀다면서 아무도 안 만나고 그냥 가는 그녀의 행동을 이해할 수가 없었던 것이다.

태진을 찾아온 진희는 문 밖에서 용진과 태진의 대화를 들었다. 진희의 머리 속에는 지금 크리스마스에 청혼할 예정이라는 태진의 목소리만이 메아리치고 있었다.

진희는 자신에게 기회가 있을 줄 알았다. 그 기회를 엿보며 그의 주변을 맴돌았다. 기회라는 것이 사랑이든 혹은 복수든.

그런데 태진은 그녀에게 기회도 주지 않고 그 여자와 결혼하려 한다. 그녀는 아직 아무런 계획도 세워두지 않았는데 말이다.

지하 주차장으로 내려간 진희는 언젠가 태진의 뒤를 밟아 갔던 혜승의 집으로 차를 몰았다.

끼리릭!

기계 소리가 나며 차가 멈췄다. 인사동에 나갔다 돌아오는 혜승을 발견하고 진희가 거칠게 차를 멈춘 것이다. 혜승은 갑자기 자기 옆에 세워지는 차 때문에 깜짝 놀라 길 옆으로 비켰다.

"나 알죠? 얘기 좀 해요."

자신이 무슨 일을 하려 하는지도 모른 채 진희는 혜승의 팔을 붙잡고 그녀를 차에 태웠다. 혜승은 그녀가 자신에게 왜 이런 행동을 하는지 알 수 없었다.

한참을 달려 차가 세워진 곳은 작은 강이 흐르는 교외의 한적한 곳이었다.

"아가씨, 이름이 뭐야?"

진희는 다짜고짜 이름부터 물었다. 그녀의 이름도 모르는 자신의 처지가 한심스러웠다. 연적의 이름도 모르다니 말이다.

"네?"

"이름이 뭐냐고? 이름! 한국말 몰라?"

진희의 말투가 거칠어졌다.

"한혜승입니다. 그렇게 물으시는 분의 이름은 어떻게 되시죠?"

혜승은 자신에 대한 그녀의 적개심에 무척 놀랐다. 그녀가 자신을 차에 태워 이곳까지 데려온 것도 놀랄 일이긴 하지만, 그것보다 한 번 스치듯 본 그녀가 자신에게 적개심을 가졌다는 데 더 놀랐다. 그리고 그런 그녀에게 경계심이 들었다. 그래서였다, 이름을 물어본

건. 유명한 배우인 그녀 이름을 모릴 리가 있겠는가. 하지만 혜승은
알고도 그녀가 했던 것과 똑같이 이름을 물었다.

"하! 너 정말 나 몰라? 몰라서 그러는 거야?"

"네."

끝까지 그렇다고 대답한 건 그녀의 오기였다.

"이거 웃기는 기집애 아냐!"

진희는 혜승의 당돌한 말에 기가 막혔다.

"말씀이 거치시네요."

"남의 남자 뺏은 년이 당당도 하네."

진희는 혜승을 노려봤다.

혜승은 그녀의 말에 깜짝 놀랐다. 남자라니? 처음엔 그녀가 말하
는 남자가 누군지 몰랐다. 그러다 곧 일식집에서 태진의 등 뒤로 나
타나던 그녀의 모습을 떠올렸다. 설마……? 아니겠지! 아닐 거다!

"왜? 이제 할 말이 없나 보지?"

"무슨 말씀이신지 모르겠는데요."

"정태진! 이래도 모르겠어? 네가 중간에 끼어들어서 뺏은 내 남자
말이야."

정신이 아득해지는 것 같았다. 막연히 짐작하는 것과 그녀의 입으
로 직접 듣는 것과는 전혀 달랐다. 혜승은 조수석 의자를 꼭 잡고 등
받이에 등을 기댔다. 쓰러지지 않으려고 등에 힘을 주었다. 그리고
태진을 떠올렸다. 그동안 자신에게 다정했던 그의 모습들이 차례로
머리 속을 스쳐 지나갔다.

"증거가 있나요?"

"뭐?"

"날 만나기 전에 당신 남자였다는 증거 말이에요. 아니, 당신은 지금도 당신 남자라고 주장하고 있는 거니까 그가 당신 남자라는 증거를 제시해 봐요."

"이게 지금 뭐라고 하는 거야?"

진희는 혜승이 이렇게 당돌하게 나올 줄은 몰랐다. 뻗치는 화를 참지 못하고 순간에 저지른 일이지만 자신이 거칠게 몰아붙이면 두 손 들리라 생각했다. 자신의 이런 행동이 태진과의 마지막을 뜻함을 모르진 않았다. 그러나 자신이 갖지 못하면 그녀에게도 줄 수 없었다.

"뭐를 증거로 대야 하지. 잠자리에서 그의 버릇?"

"헉!"

혜승은 자신도 모르게 거칠게 숨을 들이마셨다. 멍한 정신을 어떻게 수습해야 할지 아득했다. 남자의 과거를 눈앞에 대하는 기분이 이거구나! 이렇게 시리도록 추운 기분이 드는 거로구나! 저절로 떨리는 턱을 혜승은 멈출 수가 없었다. 온몸의 자율 신경이 고장나 제멋대로 구는 것 같았다.

그런 혜승을 보며 진희는 회심의 미소를 지었다. 진희는 혜승과 같은 여자들을 잘 알았다. 순진하고 멍청하게 자기 남자에게 오로지 자신만 있다고 믿는 여자들. 그런 여자들은 외도를 용서하지 못하는 법이다. 그녀는 떨어져 나갈 것이다. 진희는 그런 확신이 들었다.

'공평하잖아? 나는 당신을 못 갖고, 정태진 당신은 이 여자, 한혜승을 못 갖고.'

혜승은 천천히 심호흡을 했다. 코를 통해 공기가 드나드는 미세한 소리가 들리고 가슴이 천천히 올라갔다 내려간 후에야 그동안 자신이 숨을 멈추고 있었다는 걸 깨달았다. 심호흡을 통해 뇌에 공기가 전달되자 충격으로 잠시 멈췄던 뇌가 다시 깨어났다. 사고를 할 수 있게 된 것이다.

혜승은 그동안 태진의 보여줬던 행동이 모두 거짓일 거라는 생각이 들진 않았다. 사실 태진은 처음부터 솔직했다. 여자가 꽤 있었다는 말도 했다. 그녀를 갖고 싶은데 남자의 정부가 될 타입이 아닌 것 같으니까 결혼하자고 하는 말을 거침없이 할 정도로 그는 직선적이었다. 겉에 갑옷을 두르고 지금보다 딱딱한 모습을 보였어도 최소한 그는 솔직했다.

태진의 말을 들을 때까지 진희의 말을 믿을 수가 없었다. 자신이 악의에 찬 여자의 얘기를 무조건 믿을 이유가 없었다.

"이제 어쩔 거지?"

진희는 자신 만만하게 혜승에게 질문을 했다.

"내가 뭘 어째야 하죠?"

"헤어질 건가?"

진희는 확실히 확인하고 싶었다.

"왜 그래야 하는데요?"

"너랑 만나는 동안에 나랑 잤다니까, 그 남자."

혜승의 반응이 이상했다. 진희는 묘한 불안감을 느꼈다.

"당신 말만 일방적으로 믿을 수는 없어요."

"바보같이 어떤 남자가 그런 사실을 인정하겠어?"

그럼, 그렇지. 그냥 허세였어. 넌 결국 못 받아들이고 떠날 거야.

"태진 씨는 솔직한 사람이에요. 나는 그를 믿어요."

"그래? 그럼 내 얘긴 이미 들었나 보네."

진희는 한껏 비꽜다.

"넌 속은 거야! 기만당한 거라고!"

혜승은 눈을 감고 진희의 말을 가만히 듣고만 있었다.

"태진 씨가 난 참 곧고 강하다고 했어요. 그런데 그 사람 잘못 알았어요. 난 못돼먹은 고집이 있어요."

"무슨 뜻이야, 그 말? 못 헤어지겠다는 거야?"

진희는 혜승의 뜻 모를 얘기에 화를 벌컥 냈다.

"말했잖아요, 난 고집이 세다고. 고집 센 사람들의 특징이 뭔 줄 알아요? 그건 본인이 납득하고 이해할 때까지 절대 포기하지 않는다는 거예요."

"넌 자존심도 없니?"

"아무리 그래도 소용없어요. 제 스스로 납득하지 않는 한, 주변에서 아무리 흔들어도 끄덕도 안 해요."

"너, 너!"

"더는 하실 말씀 없으신 것 같은데 전 이만 내리죠. 돌아갈 때는 진희 씨 차를 타고 싶지 않거든요."

혜승은 진희의 차에서 내렸다. 주변에 인가도 보이지 않는 곳이었지만 내리는 데 주저함이 없었다.

"안 돼! 너흰 갈라서야 돼. 내가 못 가지면 그 남자도 못 가져야 한단 말이야!"

차에서 내려 도로를 거슬러 걸어가는 혜승의 등 뒤로 악의에 찬 진희의 목소리가 들렸다. 혜승은 그제야 진희의 행동이 이기적인 자기 욕심에서 나온 것이었음을 알 수 있었다.

혜승은 뒤돌아보지 않았다. 그리고 길을 되돌아가며 '아까 지나친 카페까지만 가자'고 되뇌었다. 진희가 그녀를 태우고 무작정 달리기 시작하면서 혜승은 주변 풍경을 잘 살폈었다. 그녀가 가려는 곳은 진희가 차를 세우기 전 지나친 카페였다. 거기까지만 가면 집에 갈 방도가 생길 것 같았다.

이십 분쯤 걸었을까, 카페가 보였다. 혜승은 카페 안으로 들어가 무너지듯 주저앉았다. 카페 종업원이 따라주는 물을 벌컥벌컥 한 잔 마시고 다시 한 잔을 부탁했다. 연거푸 물 두 잔을 비우고 나서야 타는 듯한 갈증이 좀 가라앉는 듯했다.

12월 찬 바람을 맞고 볼이 빨갛게 얼어 있는 여자가 들어와 냉수를 연거푸 비워대니 종업원들의 시선이 모두 혜승에게로 집중됐다.

혜승은 마음을 가라앉히고 생각을 정리하려 노력했다. 아닌 척했지만, 그렇지만 진희의 말은 한 가닥 비집고 들어와 의심이라는 싹을 틔웠다. 그녀 얘기를 듣지 못한 건 사실이니까……. 어쩌면 이미 지난 일이라 얘기할 필요가 없었던 건지도 모른다. 하지만 만약 만의 하나라도 그녀의 말이 사실이라면, 그렇다면 감당할 수 있을까? 밀렸던 한기가 몰려들었다.

금세 따뜻한 커피 한 잔이 혜승의 앞에 놓였다. 까만 액체가 들어 있는 조그만 잔이 아득할 정도로 깊어 보였다. 손잡이를 손으로 쥐려는데 달그락거리는 소리에 다시 내려놓았다. 수전증에 걸린 사람마냥 손이 멋대로 떨렸다. 두 손으로 커피 잔을 감싸 쥐었다. 떨리는 손은 잔을 들지 못하고 가만히 쥐고만 있었다.

따스한 온기가 손끝을 타고 올라왔다. 그러나 뭔가 부족했다. 혜승은 가만히 고개를 숙이고 엎드려 커피 잔에 차갑게 얼어버린 볼을 가져다 댔다. 커피가 차갑게 식을 때까지 그렇게 테이블에 엎드려 있었다. 아무 생각도 하지 않고 그저 따뜻함에 빠져 석양이 강물을 넘어갈 때까지 그렇게 엎드려 있기만 했다.

철저하게 무기력했다. 아니, 무기력해지고 싶었다. 생각하는 것도, 움직이는 것도, 말하고 먹는 것도, 그 어느 것도 하고 싶지 않았다.

휴대폰 벨이 울렸다. 혜승은 벨이 울리는 소리를 그냥 듣고만 있었다.

사랑의 인사! 무척이나 좋아하는 곡이다. 특히 바이올린 연주곡을 좋아하는데, 바이올린으로 연주되는 곡을 들으면 마치 사람이 귓가에 속삭이는 듯한 기분이 들곤 했다. 휴대전화의 액정화면에 깜박이는 태진의 이름을 보면서 혜승은 귓가에 울리는 사랑의 인사만 몇 번이고 듣고 있었다.

창밖에 어둠이 내리고 스산한 겨울바람이 창을 때릴 때 혜승은 몸을 일으켰다. 이제 그만 돌아가야 했다.

혜승은 전화번호부 맨 앞에 자리한 태진의 이름을 지나 친구에게 전화를 걸었다. 그러나 친구의 전화는 그녀의 부재를 말할 뿐이었다. 그때 전화번호부 끝부분에 자리한 재현의 이름이 눈에 들어왔다.

"저……."

[혜승 씨?]

망설임 끝에 입 밖에 낸 단어 하나. 재현은 금방 혜승의 목소리를 알아들었다.

"네."

[반가운데요. 먼저 전화를 다 주시고.]

밝은 목소리였다. 일말의 기대와 즐거움이 섞인 목소리였다.

"저, 죄송한데…… 혹시 시간이 괜찮으시면……."

[시간이요? 물론 괜찮습니다.]

재현은 뜻밖의 행운에 웃음이 절로 나왔다. 일식집에서 정태진이라는 남자를 만나고 반쯤은 포기하고 있었다. 그런데 뜻밖에 혜승으로부터 먼저 연락이 오자 희망의 불씨가 되살아나는 것만 같았다.

"저, 저 좀 데리러 와주시겠어요?"

[네? 거기가 어디신데요?]

"글쎄……. 저도 잘 모르겠어요. 잠시만요."

혜승은 카페 종업원을 바꿔주며 위치를 설명해 달라고 부탁했다. 카페의 위치를 설명한 종업원은 전화기를 다시 혜승에게 주었다.

[알았어요. 금방 갈 테니 조금만 기다리세요. 혜승 씨?]

"네?"

[왜 거기까지 갔는지, 혼자 어떻게 갔는지 이유는 묻지 않을게요. 하지만 움직이지 말고, 다른 데 가지 말고 꼭 거기서 기다리고 있어야 해요. 약속할 수 있지요?]

"……네."

재현에게 약속을 하고 전화를 끊은 혜승은 새로 따뜻한 커피를 주문했다. 이번에는 다행히 손이 떨리지 않아 커피를 한 모금씩 마셨다. 따뜻함이 식도를 타고 뱃속으로 흘러 들어갔다. 커피를 다 마시고 한결 안정된 기분으로 앉아 있을 때 재현이 도착했다.

미친 듯이 차를 몰아 카페에 도착한 재현은 문을 열고 들어서는 자신을 향해 웃는 혜승의 미소가 슬퍼 보였다. 뚜벅뚜벅 걸어가 혜승의 앞자리에 앉았다.

"겨울에 강변 카페에 앉아 차를 마시고 낭만적이시네요."

재현은 일부러 혜승의 상태를 모른 척했다.

"미안해요, 여기까지 와달라고 해서……."

"괜찮습니다. 덕분에 드라이브 잘했는걸요. 정 미안하시거든 차나 한 잔 사주십시오."

그 멋진 드라이브로 인해 속도위반 딱지가 족히 몇 개는 날아들 것이다. 하지만 그 따위 딱지가 어찌 이 기쁨에 찬물을 끼얹을소냐. 그녀를 보는 기쁨, 그리고 그녀에게 도움이 되는 기쁨.

재현은 차를 마시며 혜승에게 사무실에서 있었던 재미난 에피소드들에 대해 얘기했다. 슬퍼 보이는 듯한 혜승은 재현의 얘기를 들으며 간간이 웃기도 하고 그랬다. 재현은 웃는 그녀의 모습에 더욱 우스운 얘기를 풀어놨다. 그렇게 혜승을 즐겁게 해주려고 노력하면서도 재현은 자신의 말대로 정말 이유를 묻지 않았다.

혜승은 그런 재현이 고마웠다.

혜승에게 연락이 두절되자 태진은 미칠 것 같은 심정이었다. 처음 전화를 받을 수 없다는 안내가 나올 때만 해도 그냥 평범하게 생각하려 했다. 하지만 그 한 번이 두 번, 세 번이 되자 태진은 혜승에게 무슨 일이 있는 건 아닌지 걱정이 되기 시작했다. 일이 손에 잡히지 않아 일찍 퇴근하고 집에서 기다렸다. 혜승이 저녁 식사 시간이 다 되도록 연락도 되지 않고 집에 들어오지도 않자 태진은 안절부절 어쩔 줄을 몰랐다. 저녁을 드는 둥 마는 둥 하고 골목 입구까지 나가 혜승을 기다렸다. 연락없이 늦는 건 처음이라 집안 식구들 모두 초조하기는 마찬가지였다.

골목 입구에서 기다린 지 얼마나 됐을까. 찬바람에 귀가 떨어져 나갈 것 같을 때 골목을 들어서는 자동차가 한 대 보였다. 태진이 무심코 흘려보며 지나치려는데 차 안에 얼핏 혜승의 모습을 본 것 같기도 했다. 태진은 차의 뒤를 따라 달렸다. 이상한 불안이 그의 뒤를 따랐다.

차가운 공기에 숨이 턱에 차고 언 땅에 내디딘 발을 타고 딱딱한 충격이 머리로 전달됐다. 코너를 돌아 집이 보이는 지점에 다다랐을 때 태진은 발을 딱 멈췄다. 숨을 딱 멈췄다.

차에서 내리는 혜승 옆에는 그 남자가 서 있었다. 김재현이라는 변호사. 일식집에서 혜승과 같이 들어오는 그 남자를 보면서 태진은 한눈에 알아차렸다. 그가 혜승에게 마음이 있음을. 그래서 더욱 방어막을 쳤는지도 모른다. 밥 값을 내고, 일부러 집에서 보자는 얘기를 꺼내고 하면서……. 하지만 지금 보니 전혀 먹혀들지 않았나 보다.

꾸벅 그 남자를 향해 인사를 하고 대문 안으로 들어가는 혜승을 남자는 오래도록 바라보고 있었다. 등을 돌리고 있었음에도 태진은 그의 안타까운 눈동자가 보이는 것만 같았다.

그렇게 서 있던 남자가 차를 타고 자리를 떴다. 그가 자리를 뜨고 나서 태진은 천천히 집으로 걸어 들어갔다. 대문을 들어가 행랑채를 지나 안채에 연결된 문 앞에 서서 혜승이 하는 말을 듣고 있었다.

"죄송합니다."

"죄송할 것까지야 없고. 안 그러던 애가 연락도 없이 늦으니 걱정했던 거지. 별일없었다니 됐다. 밖에 태진이 마중 나간 것 같던데 못 봤니?"

선영의 말에 혜승이 움찔했다.

"……아니요."

"길이 어긋난 모양이구나."

"네. 저 고모님, 그만 들어가 쉬겠습니다."

"그래, 그래라. 태진이 들어오면 내 말하마."

"안녕히 주무세요."

인사를 마친 혜승은 초당으로 향했다. 태진은 누가 머리에 찬물을 한 바가지 퍼부은 것만 같았다. 차가운 한기가 몸에 스몄다. 재현을 만나느라 자신의 전화를 받지 않았다고 생각하니 피가 싸늘히 식고 심장이 온기를 잃고 얼어붙었다.

평소와는 다른 그녀의 태도가 그의 의심을 더욱 부채질했다.

배신. 그가 제일 싫어하는 단어다. 비록 지금은 화해 비슷한 걸 하긴 했지만 그의 엄마 탓에 태진은 여자를 믿지 않았다. 그러던 중 혜승을 만났고 그녀만은 무슨 일이 있어도 그를 버리거나 배신하지 않을 거라 믿었다. 그런 그녀가 자신의 전화를 받지 않고 다른 남자를 만났다.

다른 남자를 만났다!

태진은 성큼성큼 걸어 안채를 통해 초당으로 들어가다 혜승의 방에 켜진 불빛을 보고 기척도 없이 안으로 들어갔다.

옷을 갈아입던 혜승은 문이 벌컥 열리는 소리에 깜짝 놀라 돌아봤다. 무서운 얼굴을 한 태진이 서 있었다.

"무슨 일을 하느라 전화를 안 받았는지 설명해 봐."

"……"

마주치는 순간 얼어붙을 것같이 싸늘한 눈빛을 한 낯선 남자가 눈앞에 서 있었다. 오한이 나는 것처럼 몸에 소름이 돋았다. 혜승은 아무 말도 할 수 없었다.

"설명해 보라니까!"

타인을 바라보는 듯한 혜승의 표정에 태진은 가슴에 구멍이 뚫린 것 같은 기분이 들었다.

"나, 나가요."

혜승은 고개를 옆으로 돌리고 태진의 시선을 피했다.

태진은 방을 가로질러 가 혜승의 양팔을 잡았다. 벗어 손에 들고 있던 혜승의 겉옷이 방바닥에 떨어졌다.

"나가요, 제발……."

혜승은 여전히 태진의 눈을 피했다. 지금은 그의 얼굴을 볼 수 없었다.

"대답해! 누구랑 있었는지 대답하라고!"

태진은 혜승의 몸을 마구 흔들었다. 감정적으로 지쳐 있던 혜승은 뿌리치지 못하고 태진이 흔드는 대로 흔들렸다.

"김재현이랑 있었나? 다른 남자랑 만나다 들어와 내 얼굴을 쳐다보지 못하는 건가? 그래?"

태진은 혜승의 턱을 강제로 치켜 올리고 눈을 맞췄다.

"그런 게 아니에요."

"그런 게 아니면 뭐? 설명을 해봐!"

혜승은 흉포한 태진의 눈을 바라봤다. 그리고 그 속에서 답을 찾고 싶었다. 하지만 그 안에 존재하는 거라고는 싸늘한 분노뿐이었다.

'설명을 듣고 싶은 건 나란 말이에요. 두려워 차마 묻지도 못하고

있는 건 나란 말이에요. 이러지 말아요. 나 오늘 얼마나 힘들었는지 알아요? 제발 이러지 말아요, 당신.'

혜승의 두 눈엔 눈물이 흘러내렸다. 그리고 태진은 그만 그 눈물을 오해하고 말았다.

"하! 그 녀석이 애틋해? 그래서 우는 건가?"

"흑흑, 제발⋯⋯."

"말해! 당신 눈물 내가 얼마나 싫어하는지 알면서 내 앞에서 울 만큼 그래?"

"흑흑흑."

혜승은 눈물만 나왔다.

'왜 이래요? 겨우 추스르고 있는데 이러지 마요.'

"당신 절대 아무 데도 못 가! 내가 안 보내줘! 알아?"

태진은 울고 있는 혜승을 끌어당겨 거칠게 입맞췄다. 그건 일말의 부드러움도 없는 소유의 확인일 뿐이었다. 흐느끼는 혜승의 입술 사이를 태진의 혀가 파고들어 입속을 마구 헤집어놓았다. 혜승은 손으로 그의 가슴을 밀며 저항했지만 머리를 부여잡은 태진은 그녀에게 일말의 움직임도 허락지 않았다.

혜승은 몸을 뒤로 빼며 계속 저항했고 태진은 그녀를 방바닥에 쓰러뜨렸다. 속옷 위를 돌아다니던 태진의 거친 손이 어깨에 걸친 가느다란 끈을 잡아당겼다. 툭 소리를 내며 끈이 끊어지고 태진은 캐미솔 자락을 끌어 내렸다.

질투와 욕정으로 제정신이 아닌 태진은 지금 자신이 무슨 일을 하고 있는지 인지하지 못했다.

순식간에 브래지어 차림이 된 혜승은 몸이 덜덜 떨렸다. 처음 보

는 태진의 거친 모습에 놀라 거부할 정신을 찾지 못했다. 그의 입술
이 목을 타고 내려와 쇄골 근처를 더듬고 손이 브래지어 위의 가슴을
꽉 움켜쥘 때 혜승의 머리 속에 들리는 목소리가 있었다.

"뭐를 증거로 대야 하지? 잠자리에서 그의 버릇?"

비웃는 듯한 진희의 목소리가 머리를 울리는 순간 혜승은 정신이
확 들었다. 혜승은 있는 힘을 다해 도리질치며 태진을 밀어내려 했
다. 주먹으로 그의 가슴을 때리고 발로 찼다.

"싫어! 싫어!"

소리치는 혜승의 목소리에 반쯤 정신을 차리고 고개를 든 태진의
눈동자는 아직 채워지지 않은 욕망으로 흐릿했다.

"싫어! 내 몸에 손대지 말아요! 내 몸에 손대지 말아요!"

혜승은 손톱을 세우고 태진의 얼굴을 손으로 밀어냈다. 그 와중에
손톱이 그의 볼을 스치며 붉은 상처를 만들었다.

태진은 화끈거리는 뺨의 통증을 느끼고 나서야 자신이 무슨 짓을
하고 있었는지 정신을 차렸다.

"난……."

태진은 말을 이을 수 없었다. 눈물을 흘리며 덜덜 떨고 있는 그녀
의 모습이 눈에 들어왔다. 화가 나긴 했지만 그것이 자신의 행동을
정당화시킬 수 없다는 걸 알고 있었다. 늘 소중히 여기던 그녀였다.
그런데 분노에 정신을 잃고 그녀를 욕보이려 했다니 자신의 행동을
믿을 수가 없었다.

"흑흑흑, 손대지 마요."

울면서 흐느끼는 혜승을 향해 태진은 미안함에 그녀의 눈물을 닦아주려 손을 뻗었다. 그러나 혜승은 태진의 손을 매몰차게 쳐냈다.

"저리 가요. 저리 가요, 제발."

태진은 멍하니 혜승의 말대로 그녀의 몸 위에서 비켰다. 혜승은 끊어진 캐미솔을 치켜 올리며 몸을 가렸다.

"미안하다, 미안……."

"나가요."

태진의 사과가 끝나기도 전에 혜승이 말을 잘랐다.

"혜승아, 난……."

"제발, 제발 그만 가요. 그만 가요. 나중에 얘기하고 그만 가요."

울먹이며 그만 가라고 말하는 그녀를 보면 태진은 아무 말도 하지 못하고 방을 나섰다. 자신에 대한 자괴감으로 괴로웠다.

여태껏 이성을 잃을 정도로 화를 내본 적이 없었다. 늘 화를 내기에 앞서 생각하고 또 생각했다. 이성을 잃은 순간적인 분노가 결코 바른 판단을 내릴 수 없음을 알기 때문이다.

그런데 혜승에 대해서만은 이성적인 판단을 내릴 수 없었다. 그녀 앞에만 서면 평소 자신과 다른 행동을 하곤 했다. 늘 생각도 하기 전에 입이 먼저 말을 하고, 몸이 먼저 움직였다. 하지만 분노 때문에 그녀에게 상처 입히는 일이 있을 거라고는 정말 단 한 번도 생각해 본 적이 없었다.

그런데 지금 그녀가 울고 있다. 다른 누구도 아닌 바로 자신 때문에…….

태진은 초당에서 안채로 통하는 작은 산문의 문설주를 주먹으로 내려쳤다. 밤공기에 딱딱하게 얼어 있던 나무는 그의 손에 벌건 핏물을 만들었다.

그의 등 뒤로 흐느끼는 혜승의 울음소리가 들렸다. 그 서러운 울음소리가 태진의 가슴에 비수가 되어 꽂혔다.

칼을 들고 심장을 찔러도 이것보다 아프진 않으리라. 두 다리를 잘라내고 기어다녀도 이것보다 무능하게 느껴지진 않으리라.

터벅터벅 걸어 안채와 행랑채를 지나 대문 밖으로 나오는 태진의 어깨 위로는 진한 고통이 내려앉아 있었다. 돌이킬 수 없는 시간에 대한 깊은 후회가 그의 뒤를 따랐다.

13

혜승은 퉁퉁 부어오른 얼굴과 눈을 모자와 목도리로 가리고 아침 식사도 거른 채 외출에 나섰다. 볼일이 있다는 핑계로 막상 집을 나섰으나 갈 곳이 없었다. 무작정 버스를 타고 삼성동으로 향했다. 평소 사람이 많은 곳을 싫어했지만 오늘은 왠지 사람들 사이에 파묻히고 싶은 기분이었다.

이른 아침이었음에도 사람들이 꽤 많았다. 사람들의 흐름에 몸을 맡기고 따라가 다다른 곳은 영화관이었다. 방학을 맞아 조조할인 영화를 보려는 학생들이 꽤 많았다. 혜승은 그 틈에 섞여 아무 영화 표나 끊었다.

영화가 시작되고 스크린 안에 배우들이 울고, 웃고, 떠드는 동안 혜승은 멍하니 화면만 바라보고 있었다. 눈은 다른 관객들처럼 영화를 보고 있었어도 그녀의 정신은 영화 속 내용을 전혀 인지하고 있지 못했다.

극장 안에 불이 켜지고 사람들이 하나둘씩 빠져나가자 혜승도 일어나서 극장 밖으로 나갔다. 그저 사람들의 행동을 그대로 따라서 했을 뿐이었다. 그렇게 사람들의 흐름에 섞여 수족관을, 전시장을, 서점을 걸어다녔다. 배가 고픈지도 모르고 목이 마른지도 모르고 꼬박 하루를 그렇게 사람들 안에 섞여 돌아다녔다.

그렇게 걷다가, 또 걷다가 그녀가 도착한 곳은 한 건물 앞이었다.

혜승은 건물 입구에 한참을 앉아 있었다. 차가운 바닥의 냉기가 차츰 올라와 몸을 얼어붙게 만들었다. 간판에 불이 하나둘 들어오고 퇴근하는 사람들이 썰물처럼 건물을 빠져나가는데도 그녀는 눈을 감고 시린 겨울바람을 고스란히 맞으며 미동도 없이 앉아 있었다.

어둠이 완전히 거리를 덮고 화려한 불빛이 제 자랑을 할 때 혜승은 천천히 몸을 일으켰다. 그녀의 몸에서는 흡사 뼈가 부러지는 소리처럼 우두둑거리는 소리가 들렸다. 뻣뻣하게 굳은 팔과 다리를 움직여 건물 안으로 들어갔다.

태진의 사무실 앞에 선 혜승은 문을 열고 안으로 들어갔다. 퇴근을 하려고 막 코트에 팔을 꿰던 인영이 반가운 인사를 건넸다. 혜승은 인영의 인사에 건성으로 답을 하고 태진의 사무실 문을 열었다. 그런 혜승의 등 뒤로 인영이 비서실을 나가는 소리가 들렸다.

태진은 하루 종일 일이 손에 잡히지 않았었다. 모든 결재를 뒤로 미루고 손님을 받지 말라고 지시한 뒤 사무실 안에서 어제의 행동을 돌이켜 보고 자책하기를 반복하고 있었다. 사무실 문이 열리는 소리가 나고, 절대 방해하지 말라는 그의 말을 인영이 어겼나 싶어 입구를 바라본 태진은 혜승의 모습에 깜짝 놀랐다.

퇴근하고 집으로 가면 혜승의 얼굴을 어떻게 볼까 하루 종일 고민했던 태진은 막상 그녀가 눈앞에 앉자 혀가 굳었는지 간단한 인사말도 나오지 않았다.

혜승은 똑바로 걸으려고 노력하며 사무실 한가운데 있는 소파로 걸어가 자리에 앉았다.

"연락도 없이 늦었던 거…… 미안해요."

너무 오래 밖에 있었나 보다. 입 주변은 물론 얼굴 근육이 얼어붙어 말이 잘 나오질 않았다.

'왜 당신이 먼저 사과를 하는 건데? 정작 미안한 건 난데…….'

"당신이 화가 난 거……."

갑자기 따뜻한 곳에 들어와서인지 피부가 스멀스멀 간지럽더니 급기야 따끔거리기 시작했다. 말이 제대로 이어지질 않았다.

'사람을 왜 이렇게 초라하게 만드니? 왜 날 용기도 없는 비겁한 놈으로 만드니?'

"화를 낸 게 당신이 늦었기 때문이라고 생각하나?"

어떻게 혜승의 얼굴을 봐야 할지, 어떻게 용서를 빌어야 할지를 내내 고민하던 태진의 앞에 그녀가 나타나 먼저 사과를 하자 마음과 달리 비틀린 말이 먼저 나갔다.

"난…… 모르겠어요."

"내가 화가 난 건 당신이 김재현, 그 남자랑 같이 있었기 때문이야. 그것도 내 전화를 피하고 밤늦게까지 그 남자와 함께 있었기 때문이라고."

"그, 그건……."

"이유를 말해 봐. 왜 그 남자를 만나야 했는지 내게 설명을 해봐."

태진은 계속해서 혜승을 추궁했다. 사과를 하고 용서를 빌어야 한다는 걸 알고 있으면서도 말은 계속 헛나갔다.

"……미안해요. 아직은 준비가 안 됐어요."

따끔거리던 피부가 이제 도를 넘었다. 마치 온몸에 화상을 입은 것처럼 아파오기 시작했다.

"하! 당신 말을 내가 어떻게 해석해야 되지? 어떻게 받아들여야 하냐고?"

태진은 벌떡 일어나 사무실 안을 서성이기 시작했다.

"……날, 떠날 건가요?"

귀 기울여 듣지 않으면 안 들릴 정도로 작은 목소리였다. 그러나 청각의 모든 기능을 혜승에게 맞추고 있는 태진의 귀에는 똑똑히 들렸다.

"내가 당신을 떠나줬으면 하나?"

'당신 지금 떠나고 싶다고 말하는 건가, 아니면 나한테 떠나달라고 말하는 건가?'

"날 떠날 건가요?"

태진의 질문을 듣지 못한 것처럼 다시 물었다.

"말했잖아, 나는 당신 못 놓아준다고."

태진은 자신의 의지를 담아 한 자 한 자 힘주어 말했다.

'내가…… 실수한 거 알아. 당신한테 못되게 군 거 미안하게 생각하고 있어. 변명을 하자면, 당신한테 연락이 되질 않아 엄청 걱정하고 있는데 당신이 그 남자와 함께 오는 모습을 보고 참을 수 없을 만큼 화가 났어. 알아, 아무리 화가 나도 그래선 안 된다는걸. 미안해. 그러니까 날 미워하지 않는다면 한 번만 더 기회를 주라. 부탁이다.'

"친구들이 말을 해요……. 연애에는 적당한 기술이 필요하다고……. 남녀 사이에 밀고 당기고 하는……. 하지만 난…… 그런 거 잘 못해요. 일부러 오해하게 만들고 시험하는 거…… 난 하기 싫어요. 재현 씨, 태진 씨가 말하는 의미로 만난 건 아니에요……. 이유는 말해 줄 수 없지만…… 믿어줬음 좋겠어요."

더 이상 견딜 수 없을 것 같은 아픔에 정신을 차리려 노력하며 띄엄띄엄 말을 마쳤다.

'아무리 생각해도 난 진희 씨와 당신 사이에 있었던 일, 못 물어봐요. 두려워서 난 못해요. 비겁하고 말래요. 당신이 날 떠나지 않는다고 하니, 날 못 놓아준다고 하니 그냥 묻어버릴래요. 그러니까 더 이상 묻지 말아줘요. 난 거짓말은 못하고, 당신이 계속 물으면 진희 씨 만난 일, 얘기해야 하잖아요.'

태진은 혜승의 눈빛에서 간절함을 읽을 수 있었다. 그녀가 거짓말을 하고 있지 않다는 것도. 그녀가 배신을 한 건 아니란 것도.

"미안해. 내가 먼저 사과했어야 했는데……. 당신 말 믿어. 어제는 내가 이성을 잃어서 그만……."

태진은 혜승의 앞으로 걸어갔다. 그녀가 앉아 있는 소파 앞에 다가가 두 손을 잡았다.

"손이 왜 이렇게 차?"

차가운 손의 감촉에 깜짝 놀란 태진은 그녀의 손을 자신의 손으로 비볐다.

"아악!"

혜승은 자신도 모르게 비명을 질렀다. 화상을 입은 것처럼 화끈거리고 아픈 피부를 태진이 따뜻하게 해준다며 비비자 그 통증을 참지 못하고 내지른 소리였다. 태진은 혜승의 심상치 않은 반응에 그녀의 손과 얼굴을 자세히 살펴봤다. 동상이라도 걸린 것처럼 피부가 꽁꽁 얼어 있었다.

"이게 어떻게 된 거야? 밖에 얼마나 있었기에 이래?"

한기가 점점 뼛속을 파고들어 혜승은 덜덜 떨기 시작했다. 태진은 혜승의 몸을 꼭 끌어안았다. 너무 차가웠다.

"안 되겠다. 가자."

태진은 혜승을 일으켜 세웠으나 그녀의 발은 그 기능을 제대로 해주지 못했다. 태진은 그녀를 안아 들고 주차장으로 내려갔다. 차에 타자마자 전화로 자신의 오피스텔 보일러를 작동시켰다.

태진은 차를 몰고 가는 내내 자신을 향해 욕을 퍼부었다.

안 봐도 훤했다. 아마도 회사 앞에서 오랫동안 망설이다가 들어왔을 것이다. 그녀를 추위에 떨게 만든 게 자신이라는 생각에 태진은 못난 스스로를 향해 쉴 새 없이 욕을 퍼부었다.

만약 그녀가 잘못되기라도 한다면…… 그는 평생 자신을 용서할 수 없을 것이다.

그녀의 증상으로 봐서는 저체온증 같았다. 태진은 머리 속에 있는 저체온증에 대한 상식을 있는 대로 끄집어냈다. 젠장, 부정맥과 심장마비로 위험할 수도 있다란 구절이 떠올랐다. 태진은 액셀러레이터를 더 세게 밟아 속도를 높였다.

오피스텔에 도착한 태진은 혜승을 우선 소파에 앉히고 방으로 들어가 담요를 찾아와 그녀의 몸에 둘러주었다. 그리고 욕실로 들어가 욕조에 따뜻한 물을 받았다.

욕조에 물이 차는 사이 그는 주방으로 가 커피를 데워 가지고 왔다. 그러나 추위에 곱은 혜승의 손은 커피 잔 하나 제대로 잡을 수가 없었다. 태진은 그런 혜승의 입으로 따뜻한 커피를 조금씩 흘려 넣어 주었다.

물이 다 받아지자 혜승을 욕실로 안고 간 태진은 욕실 가장자리에 앉히고 그녀의 곱은 손을 대신해 옷을 벗겨주었다. 자신이 하겠다며 고집하는 혜승의 주장은 받아들여지지 않았다.

겉옷이 벗겨지고 속옷이 드러났다. 태진은 혜승의 속옷을 마저 벗겨주려 했으나 그녀가 거부했다. 태진은 더 이상 강요하지 않았다. 그는 혜승을 안고 따뜻한 물이 찰랑이는 욕조 안으로 집어넣으려 했다.

따뜻한 물이 발에 닿자 혜승은 참을 수 없는 고통에 발을 들고 태진에게 매달렸다. 태진은 순간 몸의 중심을 잃고 휘청거렸지만 곧 다시 중심을 잡았다.

태진은 그녀를 안은 채로 찬물을 좀 더 틀어 물의 온도를 떨어뜨렸다.

"들어가야 돼. 이대로 있다가는 저체온증으로 위험해."

물의 온도를 떨어뜨렸음에도 다시 그에게 매달리며 욕조에 들어가기를 거부하는 혜승을 설득했다. 그리고 그녀를 욕조 안에 앉혔다.

피부를 칼로 긁어내는 것 같은 고통에 혜승의 눈에 눈물이 맺혔다. 혜승은 참지 못하겠는지 욕조에서 나오려 발버둥 쳤다. 그러나 몸이 말을 따라주지 않아 허우적거리며 물을 먹었다.

태진은 옷을 입은 채로 황급히 욕조로 들어가 혜승을 끌어 올리고 진정시켰다. 그는 결국 옷을 벗고 속옷 차림으로 혜승과 함께 욕조에 들어가 앉았다.

"심장마비가 올 수도 있기 때문에 당신 혼자 내버려 둘 수가 없어."

고통에 몸부림치는 혜승을 품 안에 가두고 놓아주지 않았다. 한참을 빠져나가려고 발버둥 치던 혜승은 지쳤는지 차츰 몸에 힘이 빠졌다.

태진은 물의 온도가 떨어지면 따듯한 물을 보충하면서 욕조 안의 온도를 따듯하게 유지했다. 점차 안정을 찾기 시작하던 혜승은 태진의 품에서 서서히 잠이 들었다.

혜승의 움직임이 멈춰 걱정하던 태진은 그녀의 코에 손을 대어보고 숨을 쉬는지 확인한 뒤에야 안심했다.

어느 정도 긴박한 상황을 넘기자 태진은 욕조에서 빠져나와 설핏 잠이 들어 있는 혜승의 몸을 커다란 수건으로 닦아 물기를 제거했다. 다시 담요로 둘둘 말고 침실로 데려갔다. 침대에 눕힌 후에 드라이어를 가지고 와 허우적거리느라 젖은 머리를 꼼꼼히 말려주었다.

태진은 속옷과 바지를 챙겨 입고 이불을 하나 더 꺼낸 후에 혜승의 옆으로 미끄러져 들어갔다. 잠시의 망설임 끝에 그녀를 끌어당겨 품에 안았다. 아까는 너무 긴박한 상황이라 겨를이 없었지만 지금은 그녀의 몸을 의식하지 않을 수가 없었다.

젖은 속옷을 벗겨낸 혜승은 알몸이었다.

태진은 자신에게 남아 있는 모든 인내심을 끌어 모아 그녀의 몸을 의식하지 않으려고 노력했다. 어깨를 간질이는 숨결도, 자신의 맨가슴에 살짝 눌린 그녀의 젖가슴도, 다리에 닿아 있는 그녀의 허벅지도……

"따뜻하게 해주는 것. 겨우 이 정도네, 내가 당신에게 해줄 수 있는 건. 있잖아, 난 당신에게 해주고 싶은 게 너무 많은데 지나고 보면 늘 당신에게 받는 게 더 많아. 당신에게 줄 게 더 많다고 생각했는데, 당신에 비해 난 가난한 사람인가 보다."

혼자 중얼거리던 태진은 밤을 새운 피곤함에 깜박 잠이 들었다.

신생아실로 꾸민 세트 안에서 촬영이 한창이었다.

진희가 조산한 이아와 처음 만나는 장면을 촬영 중이었다. 작은 몸에 빼곡히 기계를 부착하고 있는 아이는 정교하게 만들어진 인형이었다. 한참 찍고 있는 장면은 인큐베이터 안에 손을 넣어 자신의 손바닥보다 더 작은 아이를 진희가 만지는 장면이었다. 아이가 다칠까 두려워하며 가운뎃손가락으로 아이의 가슴을 쓰다듬어 주면서 눈물 흘리는 장면이었다. 하지만 감정이 잡히질 않아 일곱 번의 NG 끝에 겨우 OK 사인을 받았다.

촬영을 마치고 '수고하셨습니다' 란 인사가 오가는 와중에 진희가 용진에게 다가갔다.

"감독님, 시간 좀 내주시겠어요?"

용진은 흔쾌히 허락했다. 촬영장 뒷정리는 조감독에게 맡기고 용진은 진희와 함께 촬영장을 떴다.

두 사람은 시내에 있는 이탈리안 레스토랑에서 늦은 저녁을 먹기로 했다.

"하실 말씀이 있으시면 하시지요."

분명 뭔가 할 말이 있는 태세였는데 식사가 다 끝나도록 영화에 관한 일상적인 대화만 하는 진희의 행동에 답답함을 느낀 용진이 먼저 운을 띄웠다.

"특별히 할 말이 있는 건 아니고요. 감독님께 식사 대접 한번 해드리고 싶어서요."

"그렇다면 맛있게 잘 먹었습니다. 다음엔 답례로 제가 사지요."

"호호호, 맛있게 드셨다니 저도 좋네요."

서로 인사치례를 하고 난 후 웨이터가 후식을 가져오는 통에 잠시 대화가 끊겼다.

"저번에 보니까 감독님 정 사장님하고 친하신가 봐요. 호형호제하시는 거 보면."

용진은 진희의 질문에 잠시 난감했다. 태진이 사람들에게 밝히지 않는 이상 자신이 먼저 나서 그들 사이를 설명할 수는 없었던 것이다.

"제가 일방적으로 형이라 부르며 쫓아다니는 겁니다."

"그러세요?"

진희의 얼굴에서 실망을 읽어낸 용진은 그녀의 용건이 무엇인지를 깨달았다. 하지만 왜? 용진은 그녀의 질문의 의도를 알 수가 없었다.

"진희 씨, 정 사장님께 관심있으십니까?"

용진은 단도직입적으로 물었다.

"관심이라기보다…… 감독님께는 말해도 괜찮겠죠 뭐. 사실은 '악몽' 찍을 때 인연으로 만남을 유지하고 있어요."

만남을 유지하고 있다? 용진은 그녀의 말이 선뜻 이해가 가질 않았다. 태진에게는 혜승이라는 이름의 결혼할 사람이 있다. 청혼을 거절당했음에도 다시 청혼할 예정이라고 태진의 입으로 직접 듣지 않았던가.

"그 말뜻은……?"

"미혼의 젊은 남녀가 만난다는 게 무슨 뜻이겠어요?"

진희는 환하게 웃어 보였다.

"태진 씨가 크리스마스이브에 청혼할 예정이라는 말은 감독님도 들으셨지요? 어제 태진 씨 만나러 갔다가 못 들은 척하느라 그냥 간 거예요. 태진 씨는 깜짝 청혼을 준비하는 것 같은데 제가 미리 알아서 태진 씨 계획을 망치면 안 되잖아요. 그때까지 다른 사람들에겐 비밀 지켜주셔야 해요?"

진희는 분노와 질투에 휩싸여 용진과 태진의 대화를 전부 듣지 못했다. 그래서 태진이 크리스마스에 청혼할 예정이라는 여자에 자신을 대입시켜 용진에게 말한 것이다. 연예계에서 비밀이란 곧 소문이므로……. 진희는 용진의 입을 통해 얘기가 퍼져 나가기를 바랐던 것이다. 용진이 혜승에 대해 알고 있으리라곤 짐작도 못하고 말이다.

용진은 진희를 새로운 눈으로 꼼꼼히 뜯어봤다. 그리고 진희의 얘기에 대한 어떤 부정도 하지 않았다. 그건 태진의 몫이었음으로……. 어쩌다가 태진이 진희와 얽히게 됐는지 몰라도 그녀를 보니 태진이 혜승 씨와 결혼하는데 난관이 만만치 않겠다고 생각했다.

용진은 진희의 말에 건성으로 대꾸해 주며 그녀와의 식사를 마쳤다.

두 시간쯤이나 지났을까. 태진이 잠에서 깼다. 혜승의 이마를 만져 보니 제법 온기가 도는 것이 이제는 괜찮을 듯싶었다.

웃옷을 입고 혜승이 잠에서 깬 후 먹을 요깃거리를 찾아 주방으로 간 태진은 텅 빈 냉장고만 발견했다. 저녁을 혜승의 집에서 해결한 후부터 더 이상 집에서 식사를 할 일이 없어 일을 봐주는 아주머니가 식사 준비를 안 한 지 벌써 몇 달째다. 간단한 음료를 제외하고 먹을 거라곤 집 안에 없었다.

잠시 고민에 빠졌다. 뭘 사러 가자면 그녀를 혼자 두고 나가야 하는데 그게 영 마음에 들지 않았다. 그래도 뭔가 따뜻한 국물 같은 걸 먹여야 할 거 같고, 태진은 최대한 빠르게 발을 놀려 오피스텔 근처에 있는 설렁탕 집에 가서 설렁탕을 포장해 가지고 왔다.

돌아오자마자 다시 방으로 들어가 혜승이 괜찮은지 살폈다. 잠이 들어 있는 혜승의 옆으로 가 침대에 걸터앉았다.

그리고는 그녀의 모습을 하나하나 살펴보기 시작했다. 찬찬히 그녀의 모습을 머리에 담고 가슴에 담았다. 혜승의 얼굴을 살피던 태진은 그녀의 습관을 하나 새로 발견했다.

잠을 잘 때 입을 살짝 벌리고 자는 것이다. 살포시 벌어진 아랫입술이 도톰했다. 입술을 벌리고 자는 여자. 매력있을 거란 생각은 안 해봤다. 멍청해 보이지 않을까 했다.

하지만 의외로 굉장히 섹시했다. 번들거리는 입술 화장보다 수십 배는 더 매력적이었다.

엄지손가락으로 벌어진 혜승의 아랫입술을 살포시 눌렀다. 찬바람 때문일까 거칠게 말라붙어 있는 겉 피부가 손가락에 고스란히 느껴졌다. 태진은 고개를 숙여 그녀의 아랫입술에 입을 맞췄다. 입 안에 빨아들여 말라 있는 입술이 촉촉하게 젖어들 때까지 부드럽게 그녀의 입술 윤곽을 탐색했다.

머리가 아득해지고 심장이 쿵쾅거렸다. 단지 키스만으로 그의 감각이 모두 다 곤두섰다.

태진은 입술을 떼며 아쉬움에 혀로 입술을 쓸어 내렸다. 그리고 천천히 혜승의 목을 손으로 쓰다듬었다. 턱 아래 아름다운 목줄기에서 팔딱팔딱 튀는 맥박이 손을 타고 전해졌다. 안정감있는 울림이었다.

태진은 그녀의 목에서 뛰는 생명의 소리에 매료되어 손으로 감싸고 그 소리를 느꼈다. 그녀의 맥박은 어느새 태진의 심장과 같이 뛰고 있었다. 아름다운 화음이었다. 태진은 눈을 감고 그 기묘한 울림을 마음껏 느꼈다.

"여기가…… 어디……?"

갑자기 들려오는 목소리에 눈을 떴다. 혜승이 잠에서 깨어났는지 자신을 빤히 바라보고 있었다. 태진은 황급히 그녀의 목을 감싸고 있던 손을 치웠다. 경우에 따라서는 목을 조르려 했다고 오해할 만한 자세기 때문이다.

"깼나? 내 오피스텔이야."

"내가 왜…… 여기에……."

"기억나지 않나? 저체온증으로 위험한 것 같아서 우선 여기로 데려왔지."

태진의 설명을 들은 혜승은 몸을 일으키려 했다. 하지만 근육이 말을 듣지 않았다.

"가만히 있어."

태진은 혜승의 등을 받치고 일으켜 주고 침대 헤드에 기대어주었다. 그 과정에서 그의 손이 그녀의 매끄러운 등에 닿았다. 혜승은 순간 자신이 맨몸이라는 것을 깨달았다. 깜짝 놀라 우선 태진의 얼굴을 바라봤다.

"욕조에 들어가느라 속옷이 젖어서 벗길 수밖에 없었어."

혜승은 기억을 더듬었다. 곧 그와 함께 속옷 차림으로 욕조에 들어갔던 일이 생각났다.

세상에나, 그런 일을 저지르다니……. 민망해서 그의 얼굴을 똑바로 바라볼 수가 없었다. 더구나 지금 알몸이라는 건 그가 옷을 벗겼다는 말이 아닌가. 그녀의 얼굴은 삽시간에 불타올랐다.

태진은 그녀가 얼굴을 붉히는 이유를 알고 목 아래까지 이불을 끌어 올려 덮어주었다.

"집에 먹을 건 없고, 설렁탕을 사 왔는데 데워 올게."

태진은 그녀가 편안히 마음을 진정시키길 바라며 음식을 데워 온다는 핑계로 몸을 돌려 방을 나가려 했다.

"돼, 됐어요."

"따듯한 걸 먹어두는 게 좋아."

한마디로 혜승의 거절을 묵살시킨 뒤 태진은 주방으로 가서 설렁탕을 데워 왔다. 구수한 국물 냄새가 방 안에 가득 차자 허기진 배가 꼬르륵 소리를 냈다. 그러고 보니 아침 식사 전에 나와 헤매고 다니느라 하루 종일 아무것도 먹지 못한 것이다.

태진이 혜승의 허벅지 위에 쟁반을 내려놓았다. 혜승은 쟁반을 받으려 하다가 이불이 미끄러지는 바람에 손을 멈춰야 했다.

태진은 밥 한 그릇을 국에 말아 한 술 떠서 입으로 호호 불어 식힌 다음 혜승의 입 앞에 가져갔다.

"내가 먹을게요."

"이불 붙잡고 있어야지."

혜승이 내민 손을 잡아 이불 끝자락을 쥐어주고 눈을 찡긋하며 태진이 장난스럽게 말했다.

"저기, 옷은……."

"아! 깜박했다. 욕실에 그대로 있을 텐데……. 세탁기 돌리면 금방 마르니까 우선 이것부터 먹자."

정신없이 구느라 그만 옷을 잊어버린 것이다.

태진의 고집에 혜승은 먹여주는 설렁탕을 얌전히 받아먹었다. 뜨거운 국물이 빈 위장을 데우고 덩달아 온몸이 따뜻해지는 것 같았다. 하지만 오래 먹진 못했다. 갑자기 들어오는 음식에 위장이 적응을 못했기 때문이다. 결국 혜승은 채 반도 먹지 못하고 상을 물려야 했다.

상을 옆으로 치운 태진이 침대에 걸터앉아 혜승을 똑바로 바라보며 말문을 열었다.

"인정해야 할 것 같군."

"……."

"김재현이, 질투였나 봐."

"네?"

"김재현이, 당신 옆에 있는 게 싫어. 당신 바라보는 눈도 그렇고. 내가 그 친구 질투했나 봐. 그래서 당신에게 괜한 화를 낸 것 같아. 우스운 꼴을 보였어. 미안해."

혜승은 눈만 동그랗게 떴다. 그의 고백은 놀랍기도 하고 한편 기쁘기도 했다.

"알아, 그 친구 만난 게 일 때문인 거. 그 친구 당신 변호사니까. 알면서도, 그러면서도 기분 나쁘더라고. 난 그 친구만큼 당신에게 도움이 못 되는 것 같아 어쩐지 패배감도 들고. 그러니까 앞으로 당신한테 무슨 일이 있으면 그게 아무리 조그만 일이라도 나한테 얘기해 줬으면 해. 당신이 뭔가 의논하고 싶은 일이 있으면, 의견을 구하고 싶은 일이 있으면 비록 전문가는 아닐지라도 나에게 먼저 말해 줬으면 해. 누군가 나보다 더 당신을 잘 알고 있는 게 난 싫어. 당신에 관한 걸 나보다 더 먼저 아는 사람이 있다는 것도……."

"……네."

혜승은 그리 대답할 수밖에 없었다. 진희에 대한 얘기를 물어볼 수 없었음으로……. 일 때문에 재현을 만났을 거란 태진의 오해도 바로잡아 줄 수 없었다.

"충주댁 아주머니 말로는 추위를 엄청 많이 탄다면서? 그런데 이 추위에 밖에서 떨고 있었던 건 나 때문인가? 어제 내 행동 때문에……?"

태진은 혜승의 대답에 만족하고 화제를 돌렸다.

"아니에요, 그런 거……."

태진은 손을 뻗어 혜승의 볼을 쓰다듬었다.

"아프지 마라, 아프지 마."

"……."

혜승은 대답하지 않았지만 태진은 그녀가 자신의 진심을 알았을 거라고 믿었다.

"옷을 세탁기에 돌리고 올 테니 조금 더 쉬어."

태진은 혜승의 등을 받치고 다시 눕혀주었다. 듣지 않아도 알 수 있었다, 그녀도 자신과 같이 어젯밤을 뜬눈으로 지새웠을 거라는 걸. 태진은 그녀가 조금 더 잠을 자길 바라며 방을 나갔다. 그러나 옷을 세탁하고 간단한 메일을 확인한 후 그가 방으로 들어올 때까지 그녀는 잠들지 못하고 있었다.

"고모님께 전화를 드려야 할 것 같아서……."

"내가 하지."

태진은 선영에게 전화를 걸어 혜승과 같이 있다는 사실만 알렸다. 저체온증을 일으켰다는 것까지 알려 걱정을 끼칠 필요는 없다는 판단에서였다.

"……저, 제가 입을 만한 옷이 없을까요?"

이런 질문을 한다는 것 자체가 민망하다는 듯 얼굴을 붉히며 혜승이 물었다.

"이거면 되나?"

태진은 서랍에서 면 티를 한 장 꺼냈다. 바지는 어차피 너무 커서 맞지도 않을 테고, 셔츠는 앞에 단추가 달려 있어서 불편할 테고 해서 면 티를 꺼낸 것이다. 혜승은 얌전히 태진이 내미는 면 티를 받았다. 태진은 등을 돌리고 그녀가 옷을 입게끔 배려해 주었다. 혜승은 태진의 등을 바라보다가 결국 이불을 푹 덮고 그 안에서 꼼지락거리며 옷을 입었다.

"다 입었어요."

태진이 다시 몸을 돌려 혜승을 바라봤다. 자신의 몸에는 딱 맞는 옷이었건만 그녀가 입으니 굉장히 커 보였다. 그래서 상대적으로 그녀가 상당히 작고 연약해 보였다.

"조금 더 자는 게 좋겠어. 옷이 다 마르면 깨워줄 테니 걱정 말고."

"그럼 조금만 더 잘게요."

혜승은 태진의 권유에 포근한 침대 속으로 파고들었다. 방도 따듯하겠다, 밥도 먹었겠다, 마침 졸음이 오던 참이었다.

입을 가리고 귀여운 하품을 하는 것을 마지막으로 혜승은 다시 잠에 빠져들었다. 한 번 잠이 든 그녀는 옷이 다 마르도록 잠에서 깨어나지 않았다.

태진은 그녀를 깨워 집으로 돌려보내고 싶지 않았다. 고모나 충주댁 없이 단둘이 집에 있기는 처음이었기 때문이다. 간혹 그녀의 집에서 자고 가도 그녀는 초당에, 자신은 사랑채에서 잤다. 한집안이라 해도 엄밀히 말하면 서로 다른 건물 안이었다. 그런데 그녀가 한집안에, 그것도 매일 그가 잠을 청하는 침대 위에 누워 있는데 그런 순간을 깨버리기가 싫었다.

태진은 결국 혜승을 깨우지 않았다. 두 팔을 이불 밖으로 내밀고 몸을 모로 세우고 잠이 들어 있는 그녀의 모습을 계속 지켜봤다. 평생을 봐도 질리지 않을 것 같은 모습이다.

태진은 그 모습을 새벽 두 시가 넘도록 지켜보다가 옆에서 잠을 청했다.

아침 햇살에 눈을 뜨고 낯선 환경에 정신을 차릴 틈도 없이 자신의 가슴에 얹어져 있던 묵직한 팔을 발견해 낸 순간 숨이 턱 막혔다. 소스라치게 놀란 가슴을 진정시키려 애쓰며 숨을 골랐다.

옷이 마를 동안 잠시 더 쉬라는 태진의 말을 뒤로 깜박 잠이 들었던 모양이다.

혜승은 조심스럽게 태진의 팔을 치우고 일어나 앉았다. 몸을 모로 세우고 잠이 들어 있는 태진은 깊이 잠들었는지 미동도 느껴지지 않았다.

자신이 어떻게 태연하게 잠을 잤을까? 온돌 생활을 해버릇 해서 침대를 불편해하는 데다가 혼자 자 버릇해서 누가 옆에 있으면 잠을 못 자곤 했다. 수학여행을 갔을 때도 거의 삼 일을 뜬눈으로 새우다시피 했었다. 그런데 태진이 옆에 누워 팔을 걸치고 있는 상황에서 어떻게 태연하게 잠을 잤을까? 피곤함을 핑계로 댄다 해도 이상한 일임에 틀림없었다.

혜승은 잠들어 있는 태진을 바라봤다. 평화스러운 얼굴이었다. 단잠을 자고 있는 그가 어딘지 안쓰러워 보이는 건 착각일까?

손을 뻗어 이마를 살짝 덮고 있는 앞머리를 만졌다. 이마에 손이 닿는 순간 그가 깰까 봐 아주 조심스러운 손길이었다. 옆으로 밀어낸 머리카락은 곧바로 다시 이마를 덮었다. 그의 머리카락은 보기 드물게 곧은 직모였다. 그의 성격을 반영이라도 하듯이……

어떻게 해야 할까, 이 남자를……?

어떻게 하고 싶은 건가, 나는……?

지켜주고 싶어졌다. 이 평화스러운 얼굴을……. 그 깊은 배신감과 상처에도 불구하고 혜승은 평화롭게 잠이 든 태진의 얼굴을 지켜주고 싶어졌다.

"내가 갖지 못하면 그 남자도 갖지 못해야 한단 말이야!"

악의에 찬 진희의 외침이 귓가에 다시 들려오는 것만 같았다. 한숨이 절로 나왔다. 그 여자의 태도로 보아 순순히 물러날 태세는 아니었다.

"나는 태진 씨를 떠나지 않기로 마음먹었고, 결국 진희 씨의 악의도 감당해 내야 할 테죠. 힘드네요, 당신."

혜승은 베개도 없이 자고 있는 태진의 얼굴을 끌어당겼다. 태진은 잠결에 뒤척이며 그녀가 이끄는 대로 딸려왔다. 그의 머리를 가까이 끌어당긴 혜승은 자신의 허벅지 위에 그의 머리를 눕혔다. 혜승은 이불 아래 맨다리에 그의 체온을 고스란히 느끼며 그가 깰 때까지 다리를 내주었다.

그녀의 다리가 조금씩 저려올 무렵 태진은 잠에서 깼다. 자신이 혜승의 허벅지를 베고 잠을 자고 있었다는 사실을 깨닫자마자 깜짝 놀라 후닥닥 몸을 일으켰다. 머리를 헤집으며 기억을 더듬어봐도 어떻게 자신이 그녀의 다리를 베고 자고 있었는지 생각이 나질 않았다. 머뭇머뭇하며 혜승에게 사과를 하려는데 그녀가 먼저 입을 열었다.

"장미는 없어도 돼요. 그러니까 다시 한 번 물어봐 줘요."

태진은 잠시 그녀가 무슨 말을 하고 있는지 인지하지 못했다. 그러다가 그녀의 말뜻을 깨닫는 순간 정신이 번쩍 나며 잠이 싹 달아났다. 혜승이 먼저 그 말을 꺼낸 사실이 믿겨지지 않아 태진은 그녀를 빤히 바라봤다.

"이제 다시는 안 물어볼 건가요?"

"아니, 아니야."

재촉하는 듯한 혜승의 목소리를 다시 듣는 순간 태진은 도리질을 쳤다.

"뭐가 아닌데요?"

"아니라고. 아니, 다시 청혼할 거라고. 사실 이번 크리스마스이브에 당신에게 다시 청혼하려고 꽃가게에 부탁해 놨었어. 당신이 좋아한다는 장미 가져다 달라고……."

"그랬어요?"

"응. 하지만 지금 원한다면……. 후회하기 없기야. 잠이 덜 깬 몽롱한 몽롱로 하는 청혼이지만 절대 무를 순 없어."

"……네."

"음, 으흠. 우리, 그러니까, 우리, 결혼하자."

목소리를 가다듬어도 잘 나오지 않아 더듬거리는 목소리로 겨우 결혼하자는 말만 했다. 수많은 미사여구들은 아무것도 떠오르지 않은 채 머리 속에 떠오른 단어라고는 오직 결혼이라는 단어뿐이었다.

"네."

짧은 한마디. 태진은 세상을 얻은 것 같았다. 주체할 수 없는 기쁨에 혜승을 와락 끌어안았다.

"고마워, 정말 고마워. 사는 동안 절대 후회하지 않게 해줄게."

혜승은 태진 품에 안겨 가만히 눈을 감았다. 선택은 끝났다. 그러니 고민도 그만 끝내야 했다.

집으로 돌아온 혜승은 태진이 퇴근하기를 기다렸다. 그리고 그와 함께 결혼하기로 했다는 소식을 선영과 충주댁에게 알렸다. 두 분 모두 눈물을 흘리며 기뻐해 주셨다.

혜승은 빠른 시일 내에 날짜를 잡자는 태진에게 양해를 구해 결혼식은 부모님의 일 년 탈상이 끝난 후에 올리기로 했다. 아쉬워하는 태진을 위해 선영이 약혼을 제안했고 혜승은 그녀의 뜻을 받아들였다.

그렇게 해서 올해의 마지막 날인 12월 31일 날에 두 사람은 약혼을 하기로 했다.

"무슨 말이냐, 그게?"

태진은 방금 자신이 들은 얘기가 황당해 어이가 없었다.

"이제까지 대체 뭘 들은 겁니까? 송진희 씨가 형이랑 결혼할 거라고 하더라고요. 뭐, 형이 곧 청혼할 거라나?"

"언제 그 얘기를 너한테 하던?"

"어제요. 촬영 끝나고 할 말이 있다고 하더니 그 얘기를 하더라고요."

용진의 대답에 태진은 잠시 생각에 잠겼다. 그녀가 갑자기 그런 행동을 한 이유가 뭘까? 여태껏 조용히 있다가 난데없이 그런 행동을 한 이유가 없었다.

"저 사실…… 그제 진희 씨 봤어요, 형 비서실에서."

"그제 언제? 자세히 얘기해 봐라."

"형이 형수님께 또 퇴짜맞으면 제가 술 사겠다고 형 놀렸다가 쫓겨났을 때, 비서실에 진희 씨 있더라고. 형 만나러 왔냐고 물으니까, 지나가다 들렀다며 그냥 가더라고. 그때는 별생각없이 넘겼는데…… 둘 사이에 무슨 일 있었어? 진희 씨 말로는 먼저 번 영화 할 때부터 형이랑 만났다고 하던데?"

비서실에서 진희가 용진과의 대화를 엿들었다. 그리고 그냥 갔다. 그 다음엔 용진을 만나 결혼할 거란 얘기를 했다. 대체 왜? 대체 왜 그런 행동을 했을까? 새삼 이제 와서 뭘 하겠다고……. 훼방이라도 놓겠다는 건가?

"형!"

태진이 아무 말 없이 생각에 잠겨 있자 용진은 소리 내어 태진을 불렀다.

"네가 신경 쓸 일 아니다."

태진은 용진의 부름에 퍼뜩 정신을 차리고 그의 개입을 차단했다. 자신의 일에 누군가 간섭하는 건 질색이었다. 더군다나 그게 미묘한 관계에 있는 어머니의 의붓아들이라면 더더군다나 거추장스러웠다. 가뜩이나 달라붙어 비비는 성격에 사실을 알면 이래저래 끼어들 것이 뻔했다.

"성격도 참……. 타고난 건지, 만들어진 건지 알 수가 없단 말이야. 좋아, 신경 끊을게. 하지만 한 가지만 알자. 내 형수 될 사람이 저번에 인영 씨가 말한 혜승 씨라는 분 맞지? 송진희가 아니라."

"그래, 조만간 결혼할 예정이다."

태진은 혜승과의 대화를 떠올리며 확신에 찬 목소리로 대답했다.

"정말? 그렇다면 청혼 허락한 거네. 잘됐다. 축하해, 형. 드디어 노총각 신세를 면하는군."

"고맙다. 그렇게 알고 그만 가라."

"형은 그 말밖에 할 줄 모르지. 왜 왔냐, 가라, 단 두 마디. 알았어, 사라져 주지. 하지만 형, 약혼 전에 진희 씨 착각부터 바로잡아 줘야 하는 게 순서 아니야?"

"내가 알아서 할 테니 신경 끊어라. 안 가니?"

태진은 다시 한 번 용진을 재촉했다. 그가 가야 생각을 할 수 있을 것 같아서였다.

"알았어. 간다고, 가."

용진이 나가고 사무실 안이 조용해지자 본격적으로 진희의 행동에 대해 생각했다.

그녀가 점점 더 위협이 되어 다가오는 것만 같았다. 다른 행동은 다 예사로 넘긴다 하더라도 용진에게 결혼 얘기를 꺼낸 것만큼은 예사로 넘길 일이 아니었다.

혜승이 청혼을 승낙한 마당에 이 무슨 위협이란 말인가?

태진은 진희와 결판을 내야겠다고 마음먹었다. 이런 식으로 주변에 얼쩡거리며 신경을 건드리는 일, 더 이상 가만 놔두고 볼 수는 없었다.

그녀에게 틈을 줬다고 생각진 않는다. 그는 단호하게 관계의 정리를 요구했고, 그녀도 영화라는 대가를 받고 그의 요구를 수락했다. 그런데 그녀는 계속 엉뚱한 행동을 보였다. 마치 그의 인내심을 시험이라도 하듯.

뭔가 해야 했다. 그것이 위협이든 타협이든 해결을 봐야 했다.

태진은 진희에게 전화를 걸어 만날 약속을 정했다. 그녀의 밝은 목소리가 어쩐지 위화감을 느끼게 했다. 희미한 불안이 깔려 있는 것 같은…….

태진은 회원권이 없으면 출입이 불가능한 회원제 레스토랑에 들어섰다. 이 레스토랑은 특이하게도 홀이 없었다. 전부 열세 개의 룸만으로 이루어진 곳이었다. 사적인 만남이나 은밀한 사업상 거래를 할 때 이용하는 곳이었다.

지배인이 안내한 룸에 앉아 진희가 오기를 기다렸다. 한 시간 같은 십 분 후에 문이 열리고 까만 모피 차림의 진희가 안으로 들어왔다.

"내가 늦은 건가요, 당신이 일찍 온 건가요?"

"앉지."

진희의 질문은 무시하고 그녀가 자리에 앉을 것을 권했다.

"오랜만이네요, 여기."

진희는 룸 안을 둘러봤다. 변한 게 있나 찾아보는 중이었다.

"원하는 게 뭐야?"

"후후, 뭘 말인가요?"

태진의 단도직입적인 질문에 진희는 질문으로 응수했다.

"문 감독에게 그런 얘기를 한 의도 말이야."

"그런 얘기? 아, 당신과 결혼할 거라는 얘기요. 그래요, 내가 문 감독에게 했어요. 의도요? 의도는…… 당신을 다른 여자에게 주기가 아까웠거든요."

진희는 내심 그가 자신이 혜승을 만난 사실을 알고 있을까 봐 마음 졸였었다. 하지만 역시나 혜승은 그에게 말하지 않았던 것이다. 진희는 여유를 되찾았다.

"다른 여자한테 주는 게 아깝다. 홋, 마치 당신에게 그럴 권리라도 있는 것처럼 말하는군."

"그 정도 권리는 있지 않나요? 우리 꽤 오래 만났고……."

"착각하지 마. 난 당신 소유였던 적이 없는데 왜 당신이 주고, 왜 당신이 아깝지? 누가 당신에게 그 권리란 걸 줬다는 거야?"

진희는 분노에 몸이 부르르 떨리는 걸 간신히 진정시켰다.

"육체 관계는 아무것도 아니다. 그 말인가요, 지금?"

"그래."

"하! 하하하! 하하하하!"

한동안 통쾌하게 웃던 진희가 한순간 웃음을 딱 멈췄다.

"착각하고 있는 건 내가 아니라 태진 씨야. 왜 육체 관계가 아무것도 아니지? 남녀가 벌거벗고 세상에서 가장 가까운 거리에서 서로를 느끼는데 그게 어떻게 아무것도 아니야?"

"요점을 흐리지 마. 그래서 어쩌자는 건데? 네 말대로 날 다른 여자에게 주기 싫다 치고, 그래서 어쩌겠다고?"

"문 감독에게 말했다시피 당신이랑 결혼하려고."

"하! 누구 마음대로? 누구 마음대로 내가 너랑 결혼을 하는데?"

"그 여자가 알면, 당신 용서할까?"

진희는 여유있게 말을 이어갔다. 태진은 사실이 그녀에게 알려지는 걸 두려워한다. 그녀는 이미 알고 있지만 그에게 말하지 않았다. 그렇다면 당신이 두려워하는 거, 그걸 약점으로 잡을 수 있지 않을까?

"뭐?"

"지난 여름에, 놀이공원에서 당신을 봤어. 무척이나 놀랐었지. 당신이랑 그런 데 별로 어울리는 장소는 아니잖아? 그런데 그날 당신 옆에서 어떤 여자를 봤었어. 그녀 아니야, 당신이 결혼하려는 여자?"

태진의 눈동자가 흔들렸다. 진희는 계속 말을 이어갔다.

"그때 우리 관계는 이어지고 있을 때야. 아니라고는 못할걸? 후후, 그녀도 알고 있을까 몰라. 당신이 그녀를 만나는 동안에도 날 만나고 있었다는 걸."

"그래서? 그녀에게 알려 훼방이라도 놓겠다고?"

태진은 이를 악물었다.

"못할 것도 없지."

진희는 느긋하게 말을 받았다.

"그런다고 내가 당신이랑 결혼이라도 할 것 같아서?"

"아니라도 내가 손해날 건 없잖아? 가만히 있어도 당신은 달아날

판국인데. 하는 데까지는 해봐야지."

"그래서 송진희 자존심에 질척거리며 매달리기라도 하겠다는 건
가?"

"당신 눈엔 이게 매달리는 걸로 보이나 보지?"

"아닌가?"

"글쎄…… 뭐가 됐든 좋을 대로 생각해. 하지만 분명한 건 당신은
절대 그 여자랑 결혼할 수 없다는 거야. 내가 그렇게 만들 테니까."

"그럼 난 가만히 있을 것 같고? 이번 영화를 끝으로 깨끗이 갈라
서기로 한 약속을 먼저 깬 건 당신이야. 명심해. 이번 일로 어떤 불이
익을 당하든 그건 당신이 자초한 거야."

"협박하는 거야? 그런다고 내가 외눈 하나 깜빡할 것 같아?"

"협박? 그건 그저 말로써 위협하는 거 아닌가? 난 평생 협박이란
걸 해본 적이 없어. 말로 내뱉은 건 그대로 행동으로 옮겼으니까. 명
심해 두는 게 좋아."

"그녀에게 알려지고도 이렇게 태연할 수 있을까? 마음은 당신이
돌려. 당신이랑 그녀, 아직 아무 관계도 아니잖아. 그러니까 당신이
포기해. 나한테 안 와도 좋아. 당신이 그녀 포기하면 나도 물러나 줄
게."

"못해!"

태진은 단호히 대답했다.

"못해? 내가 그녀한테 알려도, 그래도 못해? 언론에 우리 둘이 어
떤 관계였는지 밝혀도, 그래도 못해?"

"그래. 네가 무슨 짓을 해도 우리 안 헤어져. 언론에 알리겠다고?
여태껏 쌓아왔던 이미지 다 깨고, 여배우로서 생명 버리고 스캔들 터

뜨리겠다고? 넌 못해. 넌 지나치게 이기적이라 스스로 상처 내는 일, 절대로 못해."

태진은 강하게 나갔다. 자신의 태도 어딘가에 있을지도 모르는 빈틈을 차단하기 위해 담대한 태도로 일관했다.

"그래, 당신 말대로 난 이기적이라 날 망가뜨리는 일은 못할지도 모르지. 하지만 남에게 상처 내는 일은 아무렇지도 않게 잘해."

"이게 마지막 경고야. 더 이상 소란 피우지 마, 날 적으로 돌리고 싶지 않으면."

"나도 마지막 경고야. 그녀랑 헤어져."

태진과 진희는 서로를 똑바로 바라보며 한 치의 양보도 없었다. 태진은 진희를 무섭게 쏘아본 후 룸을 나가려고 자리에서 일어섰다.

"대답해! 그녀랑 헤어지겠다고 대답하고 나가!"

진희는 소리쳤다.

"네가 무슨 짓을 해도 내가 결혼하는 건 그녀야. 어떤 방해를 해도 절대 그녀 못 놔, 난."

"못 놓는다고……?"

"그래, 절대 못 놔."

"왜? 왜 못 놔? 혹시 당신…… 진짜야? 그녀, 당신한테 진짜냐고! 사랑이냐고!"

소리치는 진희의 두 눈엔 눈물이 흘러내리고 있었다.

"글쎄, 어쩌면."

태진은 그 말을 끝으로 룸을 나갔다.

홀로 남겨진 진희는 눈물을 펑펑 쏟았다. 자신이 울고 있는지도 모른 채…….

태진은 무거운 마음으로 레스토랑을 나섰다. 말은 그렇게 했어도 진희의 협박이 두렵지 않은 것은 아니었다. 이제 겨우 결혼 허락을 받고 약혼을 앞두고 있는데, 행복이 눈앞에 있는데 왜 두렵지 않겠는가. 한 가지 믿고 있는 게 진희가 혜승을 모른다는 거였다. 놀이공원에서 얼핏 봤을 뿐 누구인지, 어디 사는지 같은 기본 정보를 모른다는 게 그나마 위안이었다.

진희가 혜승을 알고 있고, 그들 관계에 대해 이미 밝혔다는 걸 꿈에도 모르는 태진이었다.

14

약혼식 준비로 눈코 뜰 새 없이 바쁘던 어느 날, 혜승과 태진이 약혼 드레스와 턱시도를 맞추러 간 사이 혜승의 집에 반갑지 않은 손님이 들이닥쳤다. 쉬쉬하며 퍼진 태진의 약혼 소식을 듣고 찾아온 진희였다.

태진이 혜승을 포기할 수 없다면 혜승이 그를 포기하게 만들겠다는 심산이었다. 이미 혜승에게 얘기했지만 먹혀 들어가지 않았고, 다른 방법으로 그녀의 부모님을 찾아가 설득할 작정으로 온 것이다.

다부진 걸음으로 대문 앞까지 걸어갔다.

혜승의 일로 어른들을 뵈러 왔다는 말에 굳게 닫힌 문이 열렸다. 충주댁의 안내로 안으로 들어가며 진희는 겉으로 보기보다 훨씬 더 큰 한옥의 규모에 적잖이 놀랐다. 그리고 한편 안심했다. 이런 규모의 전통 한옥에서 사는 사람이면 상당히 보수적인 사람들일 거란 생각에서였다.

안채에서 진희를 맞은 것은 선영이었다. 혜승의 일이라는 말에 집에 없다며 물리칠까 하다가 문을 열어줬다. 결혼식은 아직 안 올렸지만 이미 한가족이라는 생각에서였다.

"안녕하세요?"

안내를 받고 방으로 들어간 진희는 혜승이 염색한 고운 명주 한복을 입고 있는 선영을 혜승의 엄마로 오해하고 그녀를 향해 정중히 인사를 했다.

"그래요. 혜승이 일로 찾아왔다고 들었는데요. 무슨 일인지……?"

"말씀 놓으세요."

다소곳한 태도로 앉으며 나긋나긋하게 말을 꺼냈다.

"……그러겠네."

"혜승 씨 곧 약혼한다는 소식 들었습니다. 실례지만 혜승 씨 약혼자에 대해 얼마나 아세요?"

"알 만한 건 다 알고 있네만."

"흑, 그 사람 저랑 결혼하려던 사람입니다."

진희는 여배우의 기질을 발휘해 울먹이는 목소리로 말했다. 숨을 거칠게 들이마시는 선영의 모습을 훔쳐보며 회심의 미소를 지었다.

"무, 무슨 말인가?"

"흑흑, 저는 영화배웁니다. 처음엔 일로 만나게 됐고 차차 사이가 깊어져 결혼 약속을 했었습니다. 흑, 그런데 그 사람, 결혼은 양갓집 아가씨와 하겠다고 일방적으로 결혼 약속을 파기했습니다. 그 댁에서도 제가 연예인인 걸 못마땅하게 생각했었거든요."

"그 댁이라면?"

"태진 씨 부모님이 절 마음에 안 들어하셨거든요. 부모님들은 누구나 참한 아가씨를 며느리로 삼고 싶어하시니까 이해합니다. 흑흑, 하지만 전 태진 씨 사랑하고 있고요, 저희 식만 안 올렸다 뿐이지 이미 부부나 다름없는 사이입니다."

선영은 머리가 차갑게 식었다. 그녀가 일로 태진을 만나 관계가 깊어졌다는 말을 했을 때만 해도 앞이 노랬다. 그러나 곧 태진의 부모 얘기가 나오면서 뭔가 이상하다는 걸 깨달았다. 없는 부모를 만났다니 말이 되질 않았다.

"아가씨가 그런 얘기를 나한테 하는 이유를 모르겠네."

얼음장 같은 선영의 목소리를 태진에 대한 분노 때문인 줄로 오해한 선영은 더욱 크게 흐느꼈다.

"흑흑흑, 전 이미 태진 씨한테 상처 입었지만 혜승 씬 그래선 안 될 것 같아서요. 혜승 씨를 생각해서라도 이 약혼 없었던 걸로 해주십시오."

"아가씨, 내가 누구 같아요?"

"……혜승 씨 어머님 아니신가요?"

진희는 선영의 질문에 의구심을 담고 대답했다.

"나, 태진이 고모 되는 사람입니다."

"헉!"

진희는 순간 거짓 눈물도 잊어버리고 숨을 쉬는 것도 잊어버렸다. 눈을 크게 뜨고 선영을 뚫어져라 쳐다봤다. 지금 들은 말이 사실이 아니길 바라며.

"난 태진이한테 아가씨 소개받은 기억이 없어요. 우리 만났던가요? 그리고 이미 이 세상 사람이 아닌 오빠는 물론, 태진 엄마도 아가씨를 한 번도 본 적이 없다고 맹세할 수 있어요. 왜 이런 거짓말을 하는 거지요?"

진희는 자신이 가진 마지막 카드가 흔들리는 걸 느꼈다. 혜승이 들어간 집에 사는 그녀의 어머니 또래의 중년 부인. 당연히 그녀의 엄마라 생각했다. 그녀가 태진의 고모일 줄이야.

"막으려고요. 이 결혼, 절대로 못하게 막으려고요!"

진희는 연기를 포기하고 본래의 성격을 드러내며 악에 받쳐 소리쳤다.

"이런다고 태진이, 아가씨한테 가지 않아요."

선영은 어렴풋이 그녀가 태진과 모종의 관계가 있었음을 짐작할 수 있었다. 그녀의 말처럼 결혼 약속을 했다거나 한 건 아니었을지라도 태진은 건장한 총각이 아닌가. 여자가 한 명도 없었을 거란 생각은 안 해봤다.

"압니다. 그래서 더 막으려는 거예요. 둘 다 못 갖는 것이 공평한 거 아닌가요? 제가 이대로 물러나면 저만 아무것도 아닌 게 되잖아요. 태진 씨는 혜승 씨를 갖는데 저는 아무것도 없이 빈손으로 그를 놔야 하잖아요."

"어리석군요. 그럼 약혼만 깨지면, 결혼만 깨지면 아가씬 행복해지나요?"

"적어도 비참해지진 않겠지요."

"그 말은 지금 비참하다는 뜻인가요?"

"네. 하지만 곧 괜찮아질 거예요. 혜승 씨 부모님이 아시면 절대 이 결혼 허락하실 리가 없으니까요."

아직 완전히 날아간 카드는 아니야. 진희는 그렇게 위안했다.

"혜승이 부모님 모두 돌아가셨어요. 가까운 친척도 없고요."

끝났다. 진희는 이제 완전히 끝났다는 걸 깨달았다. 더는 할 수 있는 방법이 없었다. 언론에 알리는 방법은 처음부터 고려의 대상이 아니었다. 만약 실패한다면 그녀만 수렁에 빠지는 결과를 낳을 것이기 때문이다.

"왜죠? 저도 태진 씨를 여자로 만났고, 혜승 씨도 그 사람을 여자로 만났는데 왜 저는 안 되고 혜승 씨는 되는 거죠? 태진 씨 고모님이시라면서요. 이유를 말씀해 주세요. 왜 전 태진 씨한테 안 되는 거죠?"

진희의 두 눈에 흘러내리는 눈물은 더 이상 연기가 아니었다.

"인연이 아닌 게지."

선영은 길게 탄식했다. 비록 거짓말을 해 결혼을 깨려고 했지만 눈앞에서 우는 모습을 보니 선영은 마음이 좋지 않았다.

남녀가 만나 어떤 사람들은 서로에게 단 하나뿐인 사랑이 되고, 어떤 사람들은 상처로 남고, 또 어떤 사람들은 눈물이 되고, 또 어떤 사람들은 서로에게 아무것도 아닌 사람이 되어 등을 돌리고…….

인연이라는 말이 아니면 그런 일들을 어떻게 설명할 수 있겠는가.

"아가씨랑 태진이는 인연이 아닌 게야. 사람 인연이란 게 누구보다 잘나서 더 잘 이어지는 것도 아니고, 재물이 많다고 이어지는 것도 아니고, 마음이 크다고 이어지는 것도 아닌 게지. 하늘이 점지해 주는 게 어떻게 사람의 힘으로 되겠나."

"어흐흑! 흑흑흑!"

진희는 오열했다. 이제 완전히 끝나 버린 것이다. 더 이상 잡고 있을 끈이 없었다.

선영은 고개를 옆으로 돌리고 앉아 진희의 울음이 멈추기를 기다렸다.

자기 설움에 겨워 한참을 울던 진희가 갑자기 몸을 일으켜 방을 나갔다. 도망치듯이 비틀거리며 안채를 빠져나가는 진희의 등 뒤로 겨울바람이 싸늘하게 불었다.

흔들흔들 위태로운 걸음으로 겨우 대문까지 간 진희는 대문을 붙잡고 지친 숨을 골랐다. 마라톤이라도 한 것처럼 피곤했다. 물을 잔뜩 삼킨 솜마냥 온몸이 무거웠다.

진희가 그렇게 숨을 고르는 동안 대문 앞에 차가 한 대 다가와 섰다. 멍한 눈으로 바라보니 태진과 혜승이었다. 이렇게 비참한 순간에, 이렇게 피곤한 몸으로 가장 만나고 싶지 않은 그들을 마주쳐야 하다니 잔인한 운명이었다.

차에서 내려 혜승과 함께 집으로 가려던 태진의 눈에 대문 앞에 서 있는 진희의 모습이 보였다. 그동안 아무런 행동도 하지 않아 안심하려던 무렵에 그녀를 혜승의 집 앞에서 본 것이다. 태진은 분노에 휩싸여 진희의 상태가 눈에 들어오질 않았다. 그녀가 얼마나 지쳐 있는지 따위는 눈에 보이지도 않았다.

태진은 혜승을 자신의 등 뒤로 감췄다.

"진희 씨, 괜찮아요?"

그때였다, 혜승이 등 뒤에서 고개를 내밀고 진희에게 말을 건 것은. 태진은 몸을 휙 돌려 혜승을 바라봤다. 그의 눈에는 의문이 가득 담겨져 있었다. 그러나 혜승은 쓰러질 듯 계단을 내려오는 진희를 살피느라 태진의 눈길을 눈치 채지 못했다.

"괜찮아요?"

비틀거리며 옆을 스쳐 지나가는 진희를 향해 혜승이 조심스럽게 물었다.

"동정하지 마. 곧 죽어도 너한테 동정 따위는 받고 싶지 않아."

진희는 금방이라도 무릎이 꺾여 주저앉을 것 같은 다리로 자신의 차를 향해 다가가며 혜승에게 매몰차게 말했다.

혜승은 그녀의 심정이 이해가 될 것 같았다. 약한 모습을 보이고 싶지 않은 것이리라.

"진희를…… 어떻게 알아?"

태진의 목소리에 혜승은 진희에게로 향했던 시선을 돌리고 그를 바라봤다. 흔들리는 눈동자가 몹시 불안해 보였다.

'우선 당신을 안심시키는 게 먼저겠지.'

"들어가요. 들어가서 얘기해요."

혜승은 태진을 이끌고 안으로 들어갔다. 그러나 성질 급한 태진은 행랑채에서 발을 딱 멈췄다.

"초당으로 가서 얘기해요."

혜승은 다시 태진의 팔을 붙잡고 안으로 이끌었다. 안채에서 들어서는 그들을 보며 깜짝 놀라는 선영과 충주댁의 모습에 진희가 이미 집 안에 들어왔다 갔음을 알 수 있었다.

"저, 저기……."

"진희 씨 일이라면 저도 알고 있어요, 고모님. 저희 얘기 좀 하러 초당으로 갈게요."

머뭇거리며 말을 잇지 못하는 선영을 안심시키고 놀란 눈으로 자신을 쳐다보는 태진을 초당으로 이끌었다.

"당신이 진희를 어떻게 알아?"

방에 들어오자마자 태진은 질문부터 했다.

"전에, 진희 씨가 찾아온 적이 있어요."

"어, 언제……?"

저 남자가 저렇게 불안해 보인 적이 있었던가? 혜승은 문득 그가 귀엽다는 생각이 들었다.

"제가 연락도 없이 늦은 날이요."

"그래서 무슨 얘기를 했는데?"

태진의 심장이 미친 듯이 뛰었다. 혈액이 몰리는지 얼굴이 뜨거워졌다. 혜승이 이렇게 태연한 건 진희가 사실을 밝히지 않았다고 봐도 무방하지 않을까? 아니다, 그날 그녀가 자신의 전화도 피하고 늦게 들어왔으니 이미 알고 있는 건가?

"차를 타고 어딘지 모르는 교외로 갔는데, 진희 씨가 당신 얘기를 했어요."

그녀는 이미 알고 있었다.

"그런데 왜……?"

"왜 당신에게 물어보지 않았냐고요? 아니면 왜 모르는 척했냐고요?"

"그래."

"곰곰이 생각해 봤는데요. 난 당신이랑 헤어지고 싶지 않았어요. 두 가지 선택이 남았지요. 당신에게 물어보느냐, 아니면 덮어두느냐. 사실대로 말하지만 당신 대답이 두려웠어요. 그래서 그냥 묻어두기로 했지요. 난 이미 당신을 선택했으니까 당신의 과거인 그녀를 받아들이고 인정하는 건 내 몫이라고 생각했어요."

"미안하다. 그리고 고마워."

태진은 혜승을 가슴에 안았다. 불안에 떨던 날이 바보 같았다. 진작에 그녀에게 사실을 고백했다면 마음 편히 그녀와의 약혼에만 신경을 집중할 수 있었을 텐데 말이다.

"지금도 당신한테 안 물어봐요, 나. 그러니까 진희 씨에 대해서 나한테 설명하거나 변명할 필요 없어요. 그녀와의 과거를 가지고 있는 당신 그대로 내가 받아들인 거니까."

"그래, 변명 같은 건 안 할게. 하지만 약속은 하나 할게. 앞으로 절대로 이런 일은 없을 거야. 약속해."

혜승의 눈을 똑바로 바라보며 맹세했다.

"됐어요. 그걸로 충분해요. 뒤돌아보지 말고 앞날만 생각해요. 행복할 날들만 생각해요."

"그래, 앞으로 행복할 날들만 생각하자."

태진은 혜승을 힘차게 안으며 결심했다. 평생 이 여자만을 위해 살겠노라고, 평생 이 여자의 행복을 위해 노력하겠노라고, 평생 이 여자를 사랑하겠노라고⋯⋯.

이상할 정도로 그녀를 위한 맹세는 잘 지키지 못했지만 다시 한번 맹세했다. 그리고 앞으로도 수없이 맹세하며 기억할 것이다. 그녀를 위한 다짐을⋯⋯.

에필로그

약혼을 하고 오 개월이 지나 라일락이 필 무렵, 혜승과 태진은 결혼식을 올렸다. 부모님 일 년 탈상 때까지 미루어뒀던 결혼은 모두의 축복 속에 화려하게 거행됐다.

새 하얀 드레스를 입은 혜승은 눈부시게 빛났다. 장식이 많지 않은 단순한 디자인의 드레스는 그녀의 단아한 아름다움을 한껏 드러내 주어 하객들 사이에서 아름다운 신부를 향한 찬사가 끊이질 않았다.

결혼식을 시작할 시간이 되고 까만 턱시도를 입은 태진이 신부 대기실까지 그녀를 마중 왔다. 혜승은 설레는 마음으로 태진의 손을 잡고 동시에 결혼식장에 입장했다.

혼인 서약을 하고 주례 선생님이 성혼 선언을 하는 순간 태진은 자신의 팔에 팔짱을 끼고 있는 혜승의 손을 꽉 붙잡았다. 혜승은 그런 태진을 바라보며 살포시 미소 지었다. 주례사가 이어지는 동안에도 잡은 손을 놓지 않았다.

주례사가 끝나고 내빈께 인사를 드린 후에 부부가 되어 첫발을 함께 내디뎠다. 화려한 축포와 꽃 사이를 한 걸음씩 걸어나갔다.

요즘은 많이들 생략하는 폐백을 혜승이 고집했다. 이런 기회가 아니면 어머님께 절 올리기가 쉽지 않을 것 같아서였다. 어머님과 아버님, 그리고 고모님께 정성껏 절을 올리고 덕담을 들었다.

간략한 피로연을 마친 태진과 혜승은 신혼여행을 떠나기 위해 호텔 측에서 준비한 웨딩카에 올라탔다. 신혼 여행지는 태진의 강력한 주장에 따라 몰디브에 있는 코코팜 리조트였다.

가까운 곳으로 다녀오자는 혜승의 설득에도 태진은 끝내 열세 시간이 넘는 비행을 하는 몰디브를 고집했다.

긴 비행 끝에 몰디브의 말레 공항의 모습이 창밖으로 보였다. 공항에 도착한 시간은 현지 시간으로 결혼식 다음날 오전 다섯 시였다. 결혼 첫날밤을 고스란히 비행기 안에서 새우잠을 자며 보낸 것이다.

몰디브는 작은 섬들로만 구성된 국가라 훌렐레섬에는 오직 말레 공항뿐 다른 시설이 들어설 공간이 없었다.

비행기에서 내리자마자 리조트로 가기 위해 수상 비행기를 탔다. 혜승은 긴 여행에 피곤함을 느꼈다. 수상 비행기의 커다란 엔진 소리도 파리가 윙윙거리는 소리처럼 들렸다. 수상 비행기를 탄 지 삼십 분 후 비행기가 서서히 내려가기 시작했다.

리셉션에서 고객등록카드를 작성하고 배정받은 숙소로 향했다. 숙소 키의 번호는 101번. 어째 좀 불안한 예감이 든다. 아니나 다를까, 라군 빌라 맨 끝에 위치해 있단다.

"우리 밥부터 먹고 가요."

라군 빌라로 가다 말고 혜승이 태진을 불러 세웠다.

"저끝까지 언제 갔다가 다시 와요. 우리 밥 먹고 들어가서 쉬어요, 네?"

태진은 혜승의 부탁에 저녁을 먼저 먹기로 하고 레스토랑으로 갔다. 뷔페식으로 식사가 나오는 메인 레스토랑에 가서 간단한 저녁을 먹고 방으로 향했다.

맨 끝에 위치한 라군 플레이스 빌라 안으로 들어가니 탁 트인 인도양과 넓은 테라스, 그리고 프라이빗 풀과 바다로 바로 내려갈 수 있는 선덱이 눈앞에 펼쳐졌다.

잠이 확 깼다.

혜승은 어린애처럼 깡충깡충 뛰며 테라스로 나가 바다 공기를 마음껏 들이마셨다. 태진은 그런 혜승의 뒤로 다가가 그녀의 등을 가슴에 안았다.

"비행은 힘들었지만 여기까지 온 보람이 있지 않아?"

혜승은 태진의 가슴에 등을 기대고 고개를 젖혔다. 태진의 얼굴이 바로 위에 있었다. 혜승은 까치발을 하고 태진의 입술에 쪽 소리가 나게 뽀뽀를 했다.

"피곤할 텐데 목욕하게 일찍 쉴까?"

태진의 질문에 혜승은 고개를 끄덕였다. 태진은 그런 그녀를 테라스에 놔두고 욕실로 들어가 욕조에 물을 받았다.

욕조에 물이 가득 차자 태진은 혜승을 데리러 왔다. 태진의 안내로 들어간 욕실에서 그녀는 또 한 번 감탄했다. 커다란 자쿠지 욕조가 바다 쪽으로 놓여 있고 욕조 위에 나 있는 창에는 탁 트인 인도양이 보였다.

태진은 욕조 끝머리에 앉아 혜승에게 손을 내밀었다. 혜승은 주저하며 태진의 손을 잡았다. 저체온증으로 그와 함께 욕조에 들어갔던 일이 생각났다.

손을 잡고 혜승을 끌어당긴 태진은 그녀를 품에 안고 그녀에게 부드러운 키스를 했다. 입술에서 목으로, 그리고 어깨로 입술이 미끄러지는 동안 손은 천천히 그녀의 옷을 벗겼다. 그녀의 아름다운 나신이 드러났다. 태진은 자신의 옷을 벗어 던지고 그녀와 함께 욕조에 들어갔다. 따뜻한 물이 몸을 감싸고 혜승은 나른한 기분이 들었다.

태진은 호텔 측에서 준비해 준 와인을 두 잔 따랐다. 한 잔은 혜승의 손에 쥐어주고 한 잔은 그가 손에 들었다.

"우리의 행복한 결혼을 위하여!"

잔을 부딪치고 와인을 한 모금 마셨다. 목을 타고 넘어가는 알코올의 싸한 느낌이 묘하게 신경을 자극했다.

태양빛이 환한 아침에 알몸으로 욕조에 누워 있는 기분이 묘했다. 이런 대담한 행동을 하는 자신이 도무지 믿기질 않았다. 저 푸른 에메랄드 빛 바다가 마법을 걸었나 보다.

혜승은 와인을 한 모금씩 마시며 태진의 단단한 가슴이 주는 느낌을 음미했다. 여자와 남자 서로 다른 성의 육체적 차이는 경이로울 정도로 확연히 달랐다.

태진은 혜승의 몸을 쓰다듬었다. 부드러운 배를 어루만지고 봉긋솟은 가슴이 주는 감촉을 즐겼다. 그동안 참아왔던 욕망이 기지개를 켰다. 태진은 혜승의 어깨에 입술을 비볐다. 목으로 어깨로 입술을 미끄러뜨리며 그녀의 허리를 끌어당겼다. 좀 더 몸을 밀착시키고 싶었다. 혜승은 움찔하며 손에 들고 있던 와인 잔을 떨어뜨렸다. 욕조 안으로 풍당 빠진 잔에서 와인이 흘러나와 물을 붉게 물들였다.

"자, 잔이……."

혜승이 신음과 함께 잔을 주우려 욕조 안으로 손을 뻗었지만 허리에 감긴 태진의 단단한 팔 때문에 손이 닿질 않았다. 태진의 손길이 점점 거칠어졌다. 흐릿한 욕망이 그의 두 눈에 이글거렸다. 태진은 혜승의 고개를 돌려 입술에 키스를 했다. 갑작스런 공격에 놀라 입을 벌린 틈을 타 그의 혀가 입 안으로 침입해 들어왔다. 짜릿한 감각이 발끝까지 흘렀다. 세상이 사라지고 오직 그들 둘만 존재하는 것 같았다. 태진의 손이 다리를 향해 움직였다. 매끈한 종아리를 더듬던 손이 위로 올라갔다. 허벅지 사이에 그의 손이 파고드는 순간 혜승은 다리를 오므렸다. 낯선 침입에 대한 본능적인 반응이었다. 태진은 서두르지 않고 천천히 공략했다. 혜승의 다리가 살짝 벌어지고 허벅지 안쪽 부드러운 피부를 만지는 순간 태진의 이성은 달아나 버렸다.

태진은 벌떡 일어나 혜승을 안고 침대로 향했다. 닦아내지 못한 물방울들이 또르르 떨어지며 침실까지 따라왔다. 환한 햇빛이 혜승의 몸 위로 부서지고 물방울은 마치 보석처럼 반짝였다.

"아름다워."

신혼부부를 위한 침대엔 이름 모를 열대의 꽃잎이 흩뿌려져 있고 그 위에 알몸에 보석을 붙여놓은 것 같은 혜승이 누워 있었다. 태진은 감탄이 절로 나왔다. 부끄러움에 혜승은 고개를 옆으로 돌려 태진의 시선을 피했다. 그의 고개가 천천히 내려와 혜승의 세상을 덮었다. 오직 그의 모습 외에 다른 건 보이지도 않았다.

서로의 입술이 격렬히 얽히고 불꽃이 되어 타올랐다. 점차 혜승의 눈빛도 열기로 탁해졌다. 혜승은 그의 단단한 등 근육을 어루만졌다. 울퉁불퉁한 근육은 그녀에게 생경한 흥분을 가져다 주었다. 호흡이 거칠어 서로를 어루만지는 손길도 거칠어졌다. 아래로 내려온 태진의 입술이 가슴을 삼키자 혜승은 숨을 멈추고 태진의 머리카락 안에 손가락을 찔러 넣었다. 혜승의 눈을 바라보며 태진은 천천히 그녀의 몸 안으로 들어왔다. 순결을 잃는 아픔보다 가슴 가득 차 오르는 충만함에 혜승은 태진의 머리를 가슴에 안았다. 그녀를 배려한 부드러운 움직임은 점차 격렬해졌고 숨소리도 거칠어졌다. 두 사람은 마침내 별이 폭발하는 것처럼 눈부신 빛으로 함께 폭발해 버렸다.

열정의 시간이 지난 후에도 태진은 혜승을 계속 끌어안고 있었다.

"괜찮아?"

"네."

수줍은 혜승의 대답에 태진은 그녀의 이마에 입을 맞췄다.

"사랑해."

마침내 태진은 그 말을 입에 담았다.

"알고 있어요. 그리고 나도 사랑해요."

혜승은 태진의 팔을 베고 누워 그의 품에 안긴 채로 사랑을 고백했다. 태진은 관자놀이에 입을 맞췄다. 태진은 그녀의 고백을 듣는 순간 자신의 인생에서 결여됐던 것이 무엇이었는지 깨달았다.

그건 사랑이었다. 존재한다고 믿지도 않았던 사랑.

그런데 그 사랑은 그도 모르는 사이 가슴에 커다란 구멍을 내고, 그는 점점 그 상처에 익숙해져서 아픔을 느끼지 못하고 있었던 것이다.

혜승이 구멍을 메우고 난 후에야 태진은 비로소 그 커다란 구멍의 쓸쓸함을 깨달을 수 있었다. 상처에 피가 돌고 살이 아문 후에야 흉터의 크기가 보였다. 그냥 내버려 뒀다면 살이 썩어 들어가도 알지 못했을 것이다.

태진은 혜승을 안은 채로 잠을 청했다. 잠에서 깨어나도 그녀가 곁에 있을 거란 즐거운 기대에 태진은 긴 비행으로 모자란 잠을 청했다. 깨어나면 그녀가 있을 것이다. 제일 처음 보는 얼굴은 그녀일 것이다.

앞으로도 언제나…….

그녀의 옆에서 서로의 꿈을 나누고, 아픔을 나누고, 함께 희망을 꿈꿀 것이다.

둘이 함께.

언젠가 TV에서 본 종가집에 관한 다큐멘터리 프로그램이 내내 기억에 남았었다. 수많은 불합리와 불편함 속에서도 몇백 년이나 그 명맥을 유지해 온 종가에 나는 매력을 느꼈다. 그때의 기억이 〈상복이 어울리는 여자〉의 소재가 되었다.

혜승의 본관인 안성 '한'씨는 만들어낸 가상이다. 혜승을 끝으로 대가 끊기는 설정이었기 때문에 존재하고 있는 성씨를 쓴다는 게 마음에 걸렸기 때문이다.

종가집을 소재로 삼으며 글을 쓰는 동안 한국적인 것에 유난히 눈이 많이 갔다. 한옥과 천연 염색, 매듭 공예, 한지 공예의 아름다움에 눈을 든 계기가 되었다. 개인적으로 좋은 공부가 되었다. 글 속에서 우리 공예품을 많이 소개하고 싶었지만 그렇지 못해 안타깝다. 미숙하고 부족한 내 표현력 때문이다. 머리 속에 들어 있는 이야기들을 글로 풀어내기에 내 표현력은 너무 보잘것없었다.

글을 쓰는 동안 능력의 한계란 반갑지 않은 벽에 여러 번 부딪쳤다. 이제부터 그 벽을 낮추기 위한 노력을 꾸준히 할 생각이다.

그러다 보면 언젠가는 내가 하고자 하는 얘기를 모두 글로 풀어낼 수 있지 않을까?

"그 뻔한 얘기를 왜 읽어? 결국엔 둘이 행복하게 잘살았다, 이거 아냐?"

친구는 내게 이렇게 말하곤 했다. 그럼 나는,

"응, 그래서 읽어. 결국엔 행복해지니까."

대답하곤 했다.

해피엔딩은 로맨스 소설이 갖는 가장 큰 특징 중 하나일 것이다.

남자, 여자가 만나 사랑하고 역경을 극복하고 결국 행복해지는 이야기. 나는 그런 로맨스 소설을 미치도록 좋아하는 독자다.

고교 시절 끄적이던 노트를 끝으로 뭔가를 써본 적이 없던 내가 이 글을 쓰기 시작한 건 우연이 인터넷에서 〈로망띠끄〉라는 로맨스 소설을 연재하는 사이트를 발견하면서부터였다.

한번 해보지 뭐. 무작정 올린 글을 첫날 읽어준 독자가 이백 명이 넘었었다.

그때의 감동을 어떻게 표현할 수 있을까? 가슴 벅찬 행복이었다.

부족한 글이지만 내가 이야기를 만들어 나가고 누군가 그걸 읽어준다는 게 너무 행복했다. 개인적인 사정으로 인터넷 연재를 중단할 때까지 하루하루가 너무 즐거웠었다.

이 글을 끝까지 마칠 수 있었던 건 인터넷에 처음 연재를 할 때 느낀 감동 때문일 것이다.

나의 첫 감사 인사는 로망띠끄 회원 분들에게 드리고 싶습니다. 비록 연재를 끝마치지는 못했지만 연재하는 동안 읽어주시고 격려해 주신 모든 분들께 감사 드립니다.

그리고 내심 많은 도움을 주셨던 엄마와 컴퓨터를 쓰는 나 때문에 때때로 방에서 쫓겨나 거실에서 자야 했던 동생과 많은 응원을 보내준 친구들에게도 감사 인사를 전합니다.

마지막으로 약속된 시간을 엄청나게 초과해 버린 저 때문에 마음 고생하신 종민 씨와 책으로 엮어준 청어람 출판사에도 감사하다는 말씀을 드립니다.

_유다은 드림.